삼총사 1

알렉상드르 뒤마(1802~1870)
프랑스에서는 뒤마 탄생 200주년을 맞이하여 2002년에 다양한 행사가 열렸다. 그 기념행사의 피날레로 11월에는 뒤마의 유해가 프랑스 위인들만이 묻힐 수 있는 묘역인 팡테옹에 이장된다. 또한 프랑스뿐 아니라 영국, 독일, 미국 등지에서 그의 작품들이 재출간되면서 뒤마의 문학적 업적에 대한 새로운 평가가 활발하게 진행되고 있다.

무도회장에서 만난 추기경과 국왕 부부.
애덤 프랭크(1903~1905년에 영국에서 발행한 뒤마 작품의 삽화가) 그림.

총사가 되기 위해 파리로 가는 다르타냥.
총사(銃士, mousquetaire)는 프랑스 루이 13세 때 국왕을 호위하던 근위대원이다.

추기경의 근위대와 마주친 삼총사와 다르타냥.

윈터 경의 목을 조르는 다르타냥.

루이 13세의 안느 왕비와 영국의 버킹엄 공작.

아토스와 밀레디.

아토스와 그의 수종 그리모.

리슐리외 추기경.

죽음을 앞두고 자신이 가장 아끼는 작품은 『삼총사』였노라고 고백한 뒤마. 어린 시절 칼싸움을 즐겼던 그는 삼총사와 다르타냥의 뒤를 잇는 다섯 번째 총사였다.

삼총사 1

알렉상드르 뒤마 · 이규현 옮김

Les Trois Mousquetaires

민음사

1권 차례

머리말 · 13

아버지의 세 가지 선물 · 17

트레빌 씨 저택의 대기실 · 40

면담 · 56

아토스의 어깨, 포르토스의 가죽 멜빵, 아라미스의 손수건 · 73

국왕의 총사대와 추기경의 근위대 · 86

국왕 루이 13세 · 102

총사들의 세계 · 130

궁중의 음모 · 143

다르타냥이 두각을 나타내다 · 156

17세기의 쥐덫 · 169

얽혀 들어가는 음모 · 184

버킹엄 공작, 조지 빌리어스 · 209

상인 보나시외 · 222

묑의 사나이 · 235

법복 귀족과 군인 귀족 · 251

국새 담당관 세기에가 예전에 그랬듯이 또다시 종을 울렸다 · 263

보나시외 부부 · 281

연인과 남편 · 301

작전 계획 · 313

여행 · 327

머리말

영광스럽게도 내가 독자들에게 들려줄 이 이야기의 주인공들은 이름이 '—오스'와 '—이스'로 끝나지만 신화에 등장하는 인물과는 거리가 멀다는 것을 이 서문에서 분명하게 알 수 있을 것이다.

  일 년쯤 전에 나는 왕립 도서관에서 루이 14세에 관한 이야기를 쓰기 위해 자료 조사를 하고 있었다. 그러다가 우연히 『다르타냥 씨의 회상』이란 책이 눈에 띄었다. 암스테르담에 있는 피에르 루주 출판사에서 나온 책으로, 당시에는 대부분의 책들이 이런 곳에서 출판되었다. 프랑스에서는 바스티유 감옥에 갇히게 될지도 모르는 위험을 무릅쓰고 진실을 이야기하기란 불가능했기 때문이다. 이 제목에 끌린 나는 집으로 책을 가져와—물론 도서관 사서의 허가를 받고—정신없이 읽어 내려갔다.
  이 자리에서 그 신기한 책을 분석하고 싶은 생각은 없다. 독자들이 풍속사에 관심이 있다면 한번 읽어나 보라고 권할 따름이다. 그 책에 수록된 인물들의 초상은 간략하지만 아주 능숙한 솜씨로 그려져 있다. 물론 대개 군대 막사의 출입문이나 술집

벽에 그려진 그림을 베낀 것이기는 하지만 루이 13세와 왕비 안느 도트리슈(Anne D' Autriche, '오스트리아의 안느'란 뜻으로, 왕비의 출신을 나타낸 표현이다—옮긴이), 리슐리외와 마자랭을 비롯한 당시 궁정 관리들의 초상이 앙크틸의 역사책에 등장하는 초상만큼이나 실제 모습과 비슷하다는 것을 누구나 인정할 것이다.

그러나 모두들 알다시피, 변덕스런 시인의 마음에 강한 인상을 남긴 것이라 해서 반드시 대중 독자를 사로잡으라는 법은 없다. 아마 다른 이들도 마찬가지였겠지만, 이 섬세한 묘사를 살펴보면서 감탄하던 나는 여태껏 아무도 관심을 기울이지 않았던 한 가지 사실을 깨달았다.

다르타냥이 자신을 받아들여 달라고 그토록 청원한 근위 총사대(近衛銃士隊)의 대장 트레빌을 처음 찾아갔을 때, 그 유명한 총사대에서 근무하던 아토스와 포르토스, 그리고 아라미스라는 세 총사를 총사대 대장의 응접실에서 만났다고 쓰고 있었다.

솔직히 말해서 나는 이 야릇한 이름들에 끌렸다. 그리고 이 세 사람의 이름이 필시 가명일 것이라고 생각했다. 그들이 일시적인 충동이나 불만 또는 가난 때문에 총사모(銃士帽)를 쓰게 되면서 스스로 이 이름들을 선택했거나, 아니면 다르타냥이 그들의 이름을 감추려고 일부러 가명을 썼을지도 모른다.

그때부터 나는 당시의 저작물들에서, 그토록 강한 호기심을 불러일으킨 이 유별난 이름들의 흔적을 찾는 일에 매달렸다.

내가 그런 목적으로 읽은 책들의 목록만으로도 책의 한 장(章)을 채우고 남을 정도이다. 그 목록은 아마 유익한 정보가 되겠지만 독자들에게는 분명 그다지 흥밋거리가 아닐 것이다. 다만 여기서 일러두고 싶은 것은, 아무리 조사해 보아도 소용이 없다는 데 실망한 나머지 조사를 그만 마칠까 하던 차에, 유명한 학자인 내 친구 폴랭 파리스의 조언에 힘입어, 분류 번호가 4772인지 4773인지 지금은 잘 기억나지 않지만 하여튼 마침내 이절판(二折判) 필사본을 발견했다는 사실이다. 그 필사본의 제목은 다음과 같다. "루이 13세 통치 말기와 루이 14세 통치 초기에 프랑스에서 일어난 몇 가지 사건에 관한 라 페르 백작의 회상록."

마지막 희망이었던 이 필사본을 뒤적거리다가, 20쪽에서 아토스의 이름을, 27쪽에서 포르토스의 이름을, 그리고 31쪽에서 아라미스의 이름을 찾아냈을 때 우리가 얼마나 기뻤을지는 짐작하고도 남을 것이다.

지금처럼 역사학이 눈부시게 발전한 시대에, 전혀 알려지지 않은 필사본을 발견했다는 것이 우리에게는 거의 기적처럼 느껴졌다. 그래서 우리는 서둘러 이 필사본의 출판 허가를 신청했다. 우리의 학식만으로 아카데미 프랑세즈의 회원이 되는 것은 십중팔구 불가능하다 할지라도, 언젠가는 다른 이의 학식의 힘을 빌려서라도 금석학 문학 아카데미 회원 자격을 얻고자 했기 때문이다. 우리가 이 허가를 받아내는 데 아무런 문제가 없었다는 것을 여기서 꼭 밝혀두어야겠다. 왜냐하면 우리가 문인들의 처우에 무관심한 나라에 살고 있다는 악의적인 주장을 펼치는 자들에 대해 공개적으로 반박하고 싶기 때문이다.

이제 내가 적절한 제목을 붙여 공개하는 이야기는 그 귀중한 필사본의 1부이다. 1부가 충분히 성공을 거둔다면, 물론 그럴 것이겠지만, 그렇게 되면 지체 없이 2부도 출판할 것을 약속한다.

그때까지, 대부(代父)가 제2의 아버지인 것처럼 독자가 이 이야기를 읽고 즐거워하든 따분해하든 그 모든 책임은 라 페르 백작이 아니라 나에게 있다는 것을 알아주었으면 한다.
그럼 각설하고 본 이야기로 넘어가자.

아버지의 세 가지 선물

1625년 4월의 첫 번째 월요일, 『장미 이야기』의 지은이가 태어난 묑 읍은 온통 야단 법석이었다. 마치 칼뱅파 신교도들이 몰려와서 이곳을 제2의 라 로셸(대서양에 면한 항구 도시로 신교도가 세력을 떨쳤던 곳으로 유명하다——옮긴이)로 만들어버리기라도 한 듯했다. 아낙네들은 큰길로 달아났고 어린애들이 문간에 나와 울어댔다. 동시에 남자들은 허둥지둥 갑옷을 걸치고, 분주히 화승총과 미늘창을 챙겨서 프랑 뫼니에 여관 쪽으로 달려가고 있었다. 여관 앞으로 빽빽이 모여든 사람들은 행여나 좋은 구경거리를 놓칠세라 북새통을 이루었다.

당시에는 이렇게 느닷없이 공포에 휩싸이는 일이 자주 있었다. 어느 도시에서건 이런 종류의 사건이 벌어지지 않는 날이 거의 없었다. 영주들끼리도 싸웠고, 왕도 추기경과 다투곤 했으며, 에스파냐 왕도 프랑스 왕과 전쟁을 벌였다. 이 은밀하거나 공공연한 전쟁들, 냉전이나 열전 외에도 도둑과 거지, 칼뱅파 신교도와 늑대에 건달 들까지 싸움을 걸어왔다. 큰 마을이나 도시의 주민들은 도둑, 늑대, 건달 들을 물리치기 위해, 그리고 흔하게는 영주들과 칼뱅파 신교도들에 대항하여, 또 때로는 국왕에 대항하여 무기를 들곤 했다. 추기경과 에스파냐 국왕에 대해서 그러는 일은 결코 없었지만, 어쨌든 주민들이 무장해야 하는 경우가 매우 많았다. 주민들은 이런 습관에 익숙해져서 앞서 말한 1625년 4월의 첫 번째 월요일에도 와자지껄한 소리에 노랗고 붉은 삼각기도, 리슐리외의 부하들도 보이지 않았으므로, 다들 프랑 뫼니에 여관 쪽으로 급히 달려갔다.

그 앞에 도착하자 이 소동의 진상이 이내 밝혀졌다.

바로 한 젊은이 때문이었다. 그를 단 한 번의 묘사로 그려보자면 이렇다. 열여덟 살의 돈 키호테, 쇠사슬 갑옷도 넓적다리 가리개도 걸치지 않은 돈 키호테, 푸른 빛깔이 포도주 찌꺼기 색과 하늘색이 어지럽게 뒤섞여 묘한 색깔로 변해 버린 긴 모직 윗도리를 몸에 꼭 끼게 입고 있는 돈 키호테를 상상해 보라. 갸름하고 가무잡잡한 얼굴. 재치 넘치는 인상을 주는 툭 불거진 광대뼈. 베레모를 쓰지 않아도 확실히 가스코뉴 사람이라는 걸 단번에 알려주는, 놀랍도록 발달한 턱 근육. 게다가 이 젊은이는 떡하니 깃털이 달린 베레모까지 쓰고 있었다. 총명해 보이는 커다란 눈. 갈고리 모양이지만 윤곽이 섬세한 코. 소년이라기에는 너무 크고, 어른이라기에는 너무 작은 키. 눈썰미가 별로 없어 가죽끈에 매단 긴 칼을 보지 못한 사람이라면, 여행 중인 농부의 아들로 착각했을지도 모른다. 그 칼은 걸어갈 때에는 그의 장딴지를 때렸고, 말을 타고 갈 때에는 곤두선 말의 털을 건드렸다.

그 젊은이에게는 말이 한 마리 있었는데, 그의 말 또한 워낙 사람의 눈에 띌 만했고, 실제로도 이목을 끌었다. 열두서너 살 정도 먹은 베아른 산(産) 조랑말로, 털빛은 노랗고 덜미에는 갈기가 없는 데다가 다리에는 종기가 더덕더덕 나 있었으며, 걸어갈 때에는 머리를 무릎보다도 더 낮게 수그렸다. 덕분에 가슴걸이를 매어둘 필요가 없었다. 그래도 하루에 7킬로미터쯤은 끄떡없이 달렸다. 그러나 불행히도 이 말의 장점들은 기묘한 털과 우스꽝스러운 걸음걸이에 가려 눈에 띄지 않았다. 그리고 타고 다니는 말에 따라 사람을 평가하던 시대였는지라, 이 조랑말이 십오 분쯤 전에 보장시의 관문을 지나 묑에 나타나자 여기저기서 사람들이 수군거리기 시작했고, 이 말에 대한 악평이 그 주인까지 욕보였다.

이 호의적이지 않은 수군거림에 젊은 다르타냥은(제2의 로시난테를 타고 가는 이 돈 키호테의 이름은 다르타냥이었다.) 말할 수 없이 괴로웠다. 아무리 말을 잘 타는 사람이라도 이런 말을 타고 가면 사람들의 비웃음을 살 수밖에 없다는 것을 그 스스로도 너무나 잘 알고 있었기 때문이다. 그러기에 그는 아버지로부터 작별의 선물로 이 말을 받으면서 깊은 한숨을 내쉬었던 것이다. 이런 하찮은 짐승이라도 20리브르는 족히 나간다는 것을 모르지 않았다. 그리고 아버지가 이 선물을 주시면서 건넨 말씀은 사실 돈으로 헤아릴 수 없는 값어치가 있었다.

앙리 4세도 결국 고치지 못했던 순수한 베아른 사투리로 가스코뉴의 늙은 귀족이 아들에게 말했다. "내 아들아, 이 말은 십삼 년 전쯤에 네 아비의 집에서 태어나, 줄곧 여기에서 살아왔단다. 그러니까 너도 틀림없이 이 말을 사랑하게 될 거다. 절대로 팔아서는 안 돼. 명대로 살다가 명예롭게 조용히 죽도록 해야 한다. 그리고 이 말을 타고 전투에 나가면 늙은 하인을 대하듯 아껴주어라." 아버지는 말을 계속했다. "유서 깊은 귀족 가문의 자제인 너에겐 당연한 일이다만, 궁정에 드나드는 영광을 누리게 된다면, 오백 년 이상이나 조상 대대로 이어져온 가문의 이름을 더럽히지 않도록 의젓하게 처신해라. 너 자신과 주위 사람들을 위해서 말이다. 주위 사람들이란 너의 친척과 친구들을 뜻하느니라. 추기경 예하와 국왕 폐하의 명령 외에는 어떠한 것도 받아들여서는 안 된다. 오늘날 귀족이 출세하려면 용기가 있어야 한다. 알겠느냐, 오로지 용기만이 필요할 뿐이다. 한순간이라도 두려움에 몸을 떠는 사람은 모처럼 찾아온 행운을 놓쳐버리고 말 것이다. 너는 젊다. 그리고 두 가지 근거로 보아 틀림없이 용감할 것이다. 첫째는 네가 가스코뉴 사람이라는 것이고, 둘째는 내 아들이라는 것이다. 싸움을 두려워하지 말고 스스로 모험을 찾아라. 나는 너에게 검술을 가르쳤다. 네게는 무쇠 같은 다리와 강철 같은 주먹이 있다. 때를 가리지 말고 용감하게 싸워라. 결투가 금지되어 있기에 감히 싸우려면 두 배의 용기가 필요하니, 그만큼 더 혼신의 힘을 다해야 한다. 아들아, 내가 너에게 줄 수 있는 것이라고는 단돈 15에퀴와 내 말과 방금 들려준 충고뿐이다. 네 어머니가 어느 집시 여자에게서 배운 처방법을 네게 가르쳐줄 것인데, 그 약은 심장의 상처만 빼면 모든 상처를 치유하는 데 기적 같은 효험이 있다. 이 모든 것을 유용하게 쓰도록 하고, 행복하게 오래오래 살아라. 이제 마지막으로 본보기를 하나 보여주자는 뜻에서 한마디만 덧붙이겠다. 본보기라지만 나를 두고 하는 말은 아니다. 나로 말하자면, 한 번도 궁정에 얼굴을 보인 적이 없고, 종교 전쟁에 여러 차례 자원하여 나간 것이 전부이기 때문이란다. 내가 얘기하려는 것은 트레빌 씨에 관해서이다. 그분은 예전에 내 이웃이었지. 어린 시절에는 영광스럽게도 하느님이 보호하시는 우리의 국왕 루이 13세와 같이 어울리셨던 분이다. 때때로 장난이 지나쳐 싸움이 되는 경우도 있었는데, 폐하가 늘 이기신 건 아니란다. 폐하께서는 몇 번 얻어맞으신 적도 있었지만, 도리어 트레빌 씨에게 커다란 존경과 우정을 베푸셨단다. 그 후 트레빌 씨가 처음으로 파리에 올라가는 길에 다섯 번이나 결투를 하셨다. 선왕이 돌아가시고 나서 어린 왕이 성인이 될 때까지 트레빌 씨가 칼로 싸운 것은 일곱 번이었다. 전투나 포위 공격은 빼놓고서도 말이다. 그리고 왕이 성인이 되신 이래 그분은 오늘날까지 아마도 백 번은 싸웠을 것이다! 그러하니 결투 금지의 칙령이니 법령이니 하는 따위가 있음에도 불구하고, 지금은 총사대의 대장이자 근위 기병대의 우두머리로서 국왕의 지극한 신임을 받고 있으며, 누구나 아는 것처럼 천하에 두려울 것이 없다는 추기경님도 그를 두려워하고 있다. 게다가 트레빌 씨는 일 년에 1만 에퀴의 녹봉을 받는다. 그러니 이제 정말 대영주가 되신 거지. 하지만 그런 분도 처음에는 지금의 너와 다를 바가 없었다. 이 편지를 갖고 가서 만나 뵈어라. 그리고 그분을 잘 본받도록 하여라."

아버지는 이렇게 말하고서 자신의 칼을 아들에게 채워주었고, 양쪽 볼에 정답게 입을 맞추면서 아들을 축복해 주었다.

젊은이가 아버지의 방에서 나오자, 어머니가 그 희한한 처방전을 손에 들고 기다리고 있었다. 앞서 말한 아버지의 충고에 따르면 이 비약은 틀림없이 유용할 것이다. 어머니와 헤어지는 일은 아버지의 경우보다 더 길고 더 다정스러웠다. 물론 아버지도 유일한 후손인 아들을 사랑하지 않은 것은 아니었으나, 감정을 드러내는 것은 남자답지 못하다고 생각했을 것이다. 반면에 다르타냥 부인은 여자이고 어머니였다. 어머니는 마냥 울었다. 그리고 아들 다르타냥은 미래의 총사대원으로서 의젓한 자세를 잃지 않으려고 갖은 애를 다 써보았지만, 저절로 솟아오르는 정을 이기지 못하고 뜨거운 눈물을 쏟았는데, 그 눈물의 절반이나마 감추는 것도 여간 힘들지 않았다.

바로 그날 다르타냥은 아버지에게서 받은 세 가지 선물, 즉 앞에서 말한 대로 은화 15에퀴와 말과 트레빌 씨에게 전할 편지를 가지고 길을 떠났다. 아버지의 충고도 마음에 새기고서 말이다.

이런 지침 때문에 다르타냥은 앞에서 마치 역사가처럼 그의 모습을 그려야 했을 때 기꺼이 비교했던 세르반테스의 주인공과 풍모뿐만 아니라 기질까지도 영락없이 똑같았다. 돈 키호테가 풍차를 거인으로, 양 떼를 군대로 잘못 보았듯이, 다르타냥은 사람들이 빙그레 웃기만 해도 자기를 모욕한다고 생각했고, 바라보기만 해도 싸움을 건다고 여겼다. 그런 까닭에 타르브에서 묑까지 오는 내내 주먹을 불끈 쥐고 있었고, 하루에도 열 번은 칼자루로 손이 내려갔다. 그렇지만 주먹으로 누구의 턱을 치거나 칼집에서 칼을 빼는 일은 없었다. 행인들이 털이 누렇게 바랜 불쌍한 조랑말을 보고 미소를 짓지 않았던 것은 아니다. 그러나 조랑말 위에 워낙 훌륭한 장검이 처렁처렁 울리고 있었고, 그 칼 위로는 오만하다기보다 사나운 눈이 반짝이고 있었으므로, 행인들은 터져 나오려는 웃음을 억지로 참거나, 결국 참지 못하고 웃음보가 터지는 경우에는 옛날 가면처럼 한쪽으로만 웃으려고 애썼다. 그래서 다르타냥은 묑이라는 불운의 도시에 오기까지는 그럭저럭 위엄을 지킬 수 있었고, 성마른 그의 성격을 드러낼 일도 없었다.

그러나 다르타냥이 묑에 도착하여 프랑 뫼니에 여관의 문 앞에 말을 세웠는데도, 여관 주인은 물론 심부름꾼이나 마부를 비롯하여 어느 누구도 그가 말에서 내리는 것을 거들러 나오지 않아 혼자 말에서 내려야 했다. 방긋이 열린 1층 창문을 통해, 약간 찌푸린 표정에 키가 후리후리하고 풍채가 좋은 한 귀족이 다르타냥의 눈에 띄었다. 이 남자는 두 사람과 이야기를 하고 있었다. 두 사람은 공손한 태도로 그의 말을 경청하고 있는 듯했다. 다르타냥은 여느 때처럼 분명히 자신을 두고 하는 대화일 거라고 생각하고 귀를 기울였다. 이번에는 다르타냥의 생각이 절반쯤은 맞았는데, 그가 아니라 그의 말이 화젯거리였기 때문이다. 그 귀족은 다른 사람들에게 말의 특징을 모조리 열거하고 있는 모양이었다. 그리고 듣고 있는 사람들이 말끝마다 크게 웃음을 터뜨리는 것으로 보아 앞서 말한 것처럼 이야기하는 사람에게 매우 경의를 표하고 있는 듯했다. 소리를 죽여 웃었다 해도 다르타냥을 격분시키기에 충분했을 텐데, 그토록 시끄러운 폭소의 연발이 그 젊은이에게 어떤 효과를 끼쳤을지는 짐작하기 어렵지 않을 것이다.

그렇지만 다르타냥은 자기를 비웃는 건방진 놈의 용모를 우선 똑똑히 봐두고 싶었다. 그래서 낯선 사나이를 대담하게 쳐다보았다. 나이가 마흔다섯 살쯤 되어 보이는 사람으로, 쏘아보는 듯한 검은 눈에 얼굴빛이 창백하고, 콧날은 또렷하며 검은 콧수염을 잘 다듬은 위인이었다. 그는 꽉 끼는 자주색 윗도리에 같은 빛깔의 허리끈으로 졸라맨 짧은 자주색 바지를 입고 있었다. 장식이라곤 소맷부리를 터놓은 게 전부였는데, 그 사이로 셔츠가 보였다. 반바지와 윗도리 모두 새것이었지만 여행용 가방 속에 오랫동안 넣어두었던 모양인지 잔뜩 구겨진 상태였다. 다르타냥은 날카로운 눈썰미로 이 모든 것을 재빨리 눈여겨보았다. 그리고 이 미지의 사나이가 틀림없이 자신의 장래에 커다란 영향을 끼치게 되리라는 것을 본능적으로 느꼈다.

그런데 다르타냥이 그 귀족을 뚫어지게 쳐다보고 있던 바로 그때, 이 귀족은 다르타냥의 베아른 산 조랑말에 관해 유식하고 심오한 말들로 설명하고 있었는데, 그의 이야기를 듣던 두 사람은 깔깔 웃었고, 이야기하던 본인도 평소와는 다르게, 희미한 미소를 흘렸다. 이번에야말로 의심의 여지가 없었다. 정말로 다르타냥이 모욕을 당하고 있었던 것이다. 그렇게 확신한 다르타냥은 베레모를 눈 위까지 푹 눌러 쓰고는, 가스코뉴에서 여행 중인 귀족들에게서 보아두었던 궁정 사람들의 몸짓을 약간이나마 흉내 내보려고 애쓰면서, 한쪽 손을 칼의 손잡이 아래에 대고, 다른 손으로는 허리를 짚고 나아갔다. 그러나 안타깝게도 앞으로 걸어 나아가면서 치밀어 오르는 분노로 갈수록 이성을 잃더니 결국 미리 준비해 두었던 위풍당당한 도전의 말 대신에 야비한 인품을 드러내는 말이 튀어나오고 말았다. 게다가 성난 몸짓까지 뒤따랐다.

"이봐요!" 그가 소리쳤다. "거기 겉창 뒤에 숨어 있는 양반!

그래, 당신 말이오. 도대체 뭐가 그리 우스운지 말 좀 해보시오. 같이 좀 웃어봅시다."

그 귀족은 이렇게 심한 비난이 자신을 향한 것임을 깨닫는 데는 얼마의 시간이 필요하기라도 하다는 듯이 천천히 시선을 옮겼다. 그러고는 이제 조금도 의심할 여지가 없다는 것을 확인했다. 그는 눈살을 약간 찌푸리더니 꽤 오랫동안 가만히 있었다. 그러고는 오만한 말투에 빈정거리는 듯한, 묘사하기 어려운 말투로 다르타냥에게 대답했다.

"자네에게 말하던 것이 아니네, 젊은 양반."

"하지만 난 당신에게 이야기하는 거요!" 다르타냥은 이 정중하고도 거만한 태도, 예절과 경멸이 뒤섞인 태도에 격분하여 소리를 질렀다.

미지의 사나이는 가벼운 미소를 머금고서 다시 한 번 다르타냥을 바라보았다. 그러다가 창가에서 물러나더니 천천히 여관을 걸어 나와 다르타냥에게서 두 걸음쯤 떨어진 곳, 말의 정면에 우뚝 섰다. 창가에 머물러 있던 두 일행은 이 사나이의 태연자약한 거동과 비웃는 듯한 표정을 보고서 더욱더 크게 웃음을 터뜨렸다.

다르타냥은 다가온 그를 보고 칼을 한 뼘쯤 뽑았다.

"이 말은 분명히 노란색이군. 아니 더 정확히 말하자면 젊었을 적에는 노란색이었겠지." 미지의 사나이가 말을 계속 살펴보면서, 창가에 서 있는 일행들에게 말했다. 그러는 동안 격분한 다르타냥은 그들 사이에 들어섰지만, 미지의 사나이는 조금도 아랑곳하지 않는 태도였다. "이건 식물들에서는 흔하게 볼 수 있는 빛깔이지만, 말에서 발견된 경우는 아주 드물지."

"감히 주인을 비웃지는 못하니까 말이나 비웃어보자는 건가!" 다르타냥이 분함을 못 이겨 소리쳤다.

"나는 잘 웃는 편이 아니네, 젊은 양반." 미지의 사나이가 다시 말을 이었다. "내 얼굴을 보면 자네도 짐작할 수 있을 거네. 하지만 웃고 싶을 때 웃을 권리만은 꼭 간직하고 싶다네."

"하지만 난 말이오." 다르타냥이 큰 소리로 말했다. "내가 웃고 싶지 않을 때는 남도 웃지 말아줬으면 좋겠소!"

"음, 그러신가, 젊은 양반?" 미지의 사나이가 여전히 침착하게 말을 이었다. "아닌 게 아니라 정말 맞는 말이군."

그렇게 말하고 홱 돌아서서 대문을 지나 여관으로 돌아가려 했다. 대문 아래에는 안장을 얹어놓은 말 한 마리가 있었다. 다르타냥이 여기에 도착했을 때 이미 봐두었던 말이다.

그러나 다르타냥은 건방지게도 자기를 조롱한 사람을 그렇게 호락호락 보내줄 성격이 아니었다. 칼을 칼집에서 완전히 빼들고 그를 쫓아가면서 소리쳤다.

"돌아서! 돌아서란 말이오, 이 빈정대기 좋아하는 양반아. 뒤에서 치고 싶진 않으니까!"

"나를 친다고, 나를!" 상대방이 홱 돌아서서는 경멸과 놀라움이 가득 찬 눈으로 젊은이를 바라보면서 말했다. "설마 그럴 리가. 아니, 이봐, 머리가 돌았나!"

그러고는 나지막한 목소리로 혼잣말을 중얼거렸다.

"애석한 일이로군. 백방으로 총사대원이 될 만한 용사들을 찾고 계시는 폐하를 위해서는 참으로 적합한 인물인데!"

그가 말을 마치자마자 다르타냥이 맹렬히 덤벼왔다. 그는 잽싸게 뒤로 물러났다. 그렇지 않았더라면 그의 농담도 이번이 마지막이 되어버렸을 것이다. 미지의 사나이는 그제야 농담이 아니라는 걸 알아차리고서 칼을 뽑아들었다. 상대방에게 가볍게 인사하고는 진지하게 방어 자세를 취했다. 그러나 바로 그때 그의 일행 두 사람이 여관 주인과 함께 달려왔다. 그들은 몽둥이, 부삽, 부집게를 마구 휘두르면서 다르타냥에게 덤벼들었다. 이로 인해 금세 공격 자세가 흐트러진 다르타냥은 방향을 틀어 빗발치는 공격을 막아내야 했다. 그사이에 다르타냥의 적수는 이미 자신이 배우가 아니란 걸 깨닫고는, 칼을 칼집에 단정하게 집어넣고는 여느 때와 다름없이 침착한 태도로 돌아갔다. 이제 구경꾼이 된 그는 싸움을 지켜보면서 혼잣말로 이렇게 중얼거렸다.

"나가 뻗어라, 가스코뉴 놈들! 저런 녀석은 누런색 말에 태워서 올려서 쫓아버려야 돼!"

"이 비겁한 놈, 널 죽이기 전엔 어림도 없어!" 다르타냥은 자신을 마구 후려치는 세 명의 적에 맞서 한 걸음도 물러나지 않고 힘껏 맞서며 외쳤다.

"그래도 여전히 허풍을 떠는군." 귀족이 중얼거렸다. "정말 가스코뉴 놈들은 어쩔 수가 없단 말이야. 녀석이 꼭 그러고 싶다니까 날뛰게 놔둬. 그러다가 지치면 그만 하자고 하겠지."

그러나 미지의 사나이는 다르타냥이 얼마나 고집이 센지 아직 모르고 있었다. 다르타냥은 결코 자비를 구할 사람이 아니었다. 싸움은 한동안 계속되었으나 마침내 다르타냥이 기진맥진하여 칼을 떨어뜨렸다. 그 칼은 몽둥이에 부딪혀 두 동강이 나 버리고, 그의 이마에 다시 한 번 타격이 가해졌다. 그 바람에 그는 거의 피투성이가 된 채 실신해서 벌렁 나뒹굴었다.

바로 그때 사방에서 사람들이 몰려왔다. 나쁜 소문이 날까 두려웠던 여관 주인은 종업원들을 시켜 부상자를 부엌으로 옮기고 대충 응급 치료를 받게 해주었다.

한편 그 귀족은 창가의 자리로 돌아와 사건 현장을 떠나지 않고 있는 군중을 당황한 표정으로 초조하게 바라다보고 있었다.

"끝났나? 그 미친놈을 어떻게 했지?" 문 열리는 소리가 나고 여관 주인이 그의 상태를 알아보려고 들어오자, 뒤돌아보면서 그가 말했다.

"나리께서는 무사하십니까?" 여관 주인이 물었다.

"암, 나는 아무 일 없네, 주인 양반. 그러니 젊은이가 어떻게 됐는지 묻고 있지 않나."

"차차 나아지고 있습니다." 여관 주인이 말했다. "완전히 기절해 버렸었거든요."

"정말이야?" 귀족이 말했다.

"그런데 기절하기 직전에도 온 힘을 다 짜내 나리를 부르면서 나리에게 도전하려 들더군요."

"아니, 그 녀석 정말 악마의 화신이로군!" 귀족이 소리쳤다.

"아이고, 놀라라! 아니옵니다, 나리. 악마가 아닙니다." 여관 주인이 악마를 끔찍하게 싫어한다는 듯 얼굴을 찌푸리며 말을 이었다. "왜냐하면요, 나리, 그가 기절해 있는 사이에 그의 소지품을 뒤져봤더니, 꾸러미 속에는 셔츠 한 벌밖에 없고, 지갑 속에는 12에퀴밖에 없었으니까요. 그런데도 그는 정신을 잃기 직전에, 여기니까 오늘 일을 나중에 후회할 터이지만 만약 파리였다면 당장 후회했을 것이라고 말하지 않겠어요 글쎄."

"그렇다면, 변장한 왕족이기라도 하단 말인가." 귀족이 쌀쌀

맞게 말했다.

"제가 이런 말씀을 올리는 건, 귀족 나리." 여관 주인이 말을 이었다. "조심하시라는 뜻입니다요."

"그런데 혹시 홧김에 누구의 이름이라도 입 밖에 내지 않던가?"

"말했습니다. 주머니를 두드리면서, '두고 보면 알 거야. 트레빌 씨가 자신이 뒤를 봐주는 사람에게 이런 모욕이 가해진 것을 어떻게 생각하실는지.' 라고 하던데요."

"트레빌 씨라고?" 미지의 사나이가 정신을 바짝 차리면서 말했다. "트레빌 씨라고 하면서 주머니를 두드렸다고? 이봐, 주인장, 그 젊은이가 기절해 있는 사이에 틀림없이 그 주머니를 뒤져봤겠지. 뭐가 있던가?"

"총사대 대장 트레빌 씨 앞으로 보내는 편지 한 통이 들어 있었습니다."

"정말이겠지!"

"맹세코 사실입니다, 나리."

여관 주인은 본래 그다지 명민하지 못해서 미지의 사나이가 자기 말을 듣고 어떤 표정으로 변했는지 전혀 눈치 채지 못했다. 이 사나이는 여태껏 팔꿈치로 기대고 서 있던 창가에서 떨어져 불안한 듯 눈살을 찌푸렸다.

"제기랄!" 그는 앙다문 이 사이로 내뱉듯이 중얼거렸다. "트레빌이 가스코뉴 놈을 내게 보냈을까? 아주 젊은 녀석이던데! 하지만 나이야 어쨌든 간에 칼을 휘두른 건 휘두른 거지. 게다가 상대가 어린애이면 경계도 덜하게 마련이야. 큰 계획도 때로는 사소한 장애물 때문에 좌절될 수 있으니까."

미지의 사나이가 한동안 생각에 잠겼다.

"이봐, 주인 양반." 그가 말했다. "나를 위해 그 미친놈을 쫓아버릴 수 없겠나? 솔직히 말해, 내가 그 녀석을 죽일 수는 없어." 그가 냉혹하고 위협적인 표정을 지으면서 덧붙였다. "그렇지만 역시 내게는 방해가 된단 말일세. 그 녀석은 지금 어디 있지?"

"2층의 제 아내 방에서 치료를 받고 있습니다만."

"그의 옷가지와 배낭은 안주인의 방에 있겠군? 윗도리는 벗지 않았겠지?"

"아니요, 그런 건 모두 아래층 부엌에 있습니다. 하지만 그 미친 젊은이가 나리께 거추장스럽다면……."

"거추장스럽고말고. 그 녀석 때문에 자네 여관에 대해 나쁜 소문이 난단 말일세. 그렇게 되면 점잖은 손님들은 들지 않게 될걸. 자, 올라가서 내 계산서를 써서 내 하인에게 주게나."

"아니! 벌써 떠나시려고요?"

"아까 말에 안장을 얹으라고 일러두지 않았나. 아니, 아직 준비가 안 되었나?"

"아닙니다, 다 되어 있습니다. 나리께서 보지 못하셨는지 모르겠습니다만, 말은 언제든지 떠나실 수 있도록 모든 채비를 갖추어 대문 근처에 매어두었습니다."

"좋아, 그럼 조금 전에 말한 대로 해주게."

'허어 참!' 여관 주인은 속으로 생각했다. '그 꼬맹이가 무서운 걸까?'

그러나 여관 주인은 미지의 사나이가 명령하는 듯한 눈길을 보내자 움찔하고는 공손히 절을 하고 나갔다.

"밀레디가 이 건달의 눈에 띄면 안 되겠지." 미지의 사나이가 계속 중얼거렸다. "그 여자가 오래지 않아 지나갈 거야. 나타날 시간이 벌써 지났는데……. 내가 말을 타고 마중을 나가는 게 차라리 낫겠다……. 다만 트레빌에게 전해질 편지에 무슨 내용이 씌어 있는지 알 수 있었으면 좋겠는데!"

미지의 사나이가 줄곧 중얼거리면서 부엌 쪽으로 갔다.

그동안 여관 주인은 이 젊은이 때문에 그 귀족이 여관을 떠나려 한다고 믿고는 떨떠름해하면서 아내의 방으로 올라갔다. 다르타냥은 마침내 정신이 들었다. 그래서 여관 주인은 다르타냥에게 대귀족과 싸움을 했으니—여관 주인의 견해에 따르면 미지의 사나이는 대귀족일 수밖에 없었기 때문인데—경찰에게 단단히 혼이 날지도 모른다는 것을 귀띔해 주고, 몸이 아직 완전히 회복되지 않았더라도 어서 여행을 계속하도록 다르타냥을 설득했다. 그래서 다르타냥은 반쯤 얼이 빠진 상태로 윗도리도 입지 않은 채 머리에는 붕대를 잔뜩 감고서 자리에서 일어나, 주인에게 떠밀리다시피 아래층으로 내려갔다. 그러나 부엌에 이르러 맨 먼저 눈에 띈 것은 그의 화를 돋우었던 바로 그자였다. 그 사나이는 두 마리의 커다란 노르망디 산 말이 끄는 육중한 사륜마차의 발판에서 누군가와 태연스럽게 이야기를 하고 있었다.

그와 이야기를 나누고 있는 상대의 얼굴이 마차의 문틈 너머로 보였다. 스물이나 스물두어 살쯤 되어 보이는 여자였다. 다르타냥이 얼마나 재빠르게 사람의 용모를 파악하는가는 앞에서 이미 말한 바 있거니와, 이번에도 그 여자가 젊고 아름답다는 것을 단번에 알아보았다. 그런데 그녀는 여태껏 다르타냥이 보아왔던 남쪽 지방의 미녀들과는 아주 딴판이라 그만큼 더 깊은 인상을 주었다. 그녀는 얼굴이 하얗고 금발의 기다란 고수머리를 어깨 위에 드리우고 있었다. 시름겨운 커다란 푸른 눈, 장밋빛 입술, 그리고 눈처럼 흰 손이 다르타냥의 눈에 들어왔다. 이 여자가 미지의 사나이와 매우 격한 어조로 이야기하고 있었다.

"그래, 각하께서 저에게 내리신 분부는……." 귀부인이 말했다.

"즉시 영국으로 돌아가, 공작이 런던을 떠났는지의 여부를 곧장 알려달라는 것입니다."

"다른 지시 사항은?" 그 아름다운 여인이 물었다.

"이 상자에 들어 있습니다. 영국 해협을 건너기 전에는 절대로 열어보지 말아야 한답니다."

"아주 좋아요. 그런데 당신은 어떻게 하시겠어요?"

"나는 파리로 돌아갈 생각입니다."

"그 건방진 꼬맹이를 혼내주지 않고요?" 그녀가 물었다.

미지의 사나이가 대답하려고 막 입을 여는 순간, 이야기를 듣고 있던 다르타냥이 문턱을 넘어 뛰어나갔다.

"바로 그 건방진 꼬맹이가 너희들을 혼내 주겠다!" 다르타냥이 외쳤다. "이번에는 지난번처럼 피할 수 없을 게다."

"피할 수 없을 거라고?" 미지의 사나이가 눈살을 찌푸리면서 말을 이었다.

"암, 여자 앞에선 감히 달아나지 못하겠지."

"잊지 마세요." 귀족이 칼을 뽑으려 하는 것을 보면서 밀레디가 외쳤다. "조금이라도 늦으면 모든 일이 수포로 돌아갈지도 몰라요."

"옳은 말이오." 귀족이 외쳤다. "그럼 당신도 목적지로 출발하시오. 나는 나대로 떠날 테니."

그가 고개를 끄덕여 여자에게 인사를 하고는 자기 말 위로 뛰어올랐다. 이와 동시에 사륜마차의 마부가 말에 힘껏 채찍을 가했다. 대화를 나누던 두 사람은 제각기 반대편으로 말을 달려 멀어져갔다.

"이봐요, 계산은 하셔야죠!" 여관 주인이 고함을 질렀다. 그 귀족에 대한 그의 호의는 그가 숙박비를 치르지 않고 멀어져감에 따라 깊은 경멸로 변해 갔다.

"계산해 줘라, 이 녀석아!" 귀족이 여전히 말을 달리면서 하인에게 고함쳤다. 그러자 하인이 은화 두세 개를 여관 주인의 발아래 던지고는 주인의 뒤를 쫓아 말을 달리기 시작했다.

"저런 비겁한 놈! 저런 파렴치한 놈! 야, 이 가짜 귀족아!" 이번에는 다르타냥이 그 하인의 뒤를 따라 내달리면서 고래고래 소리를 질렀다.

그러나 다르타냥은 아직도 몸이 너무 허약한지라 그 같은 격렬한 몸놀림을 감당할 수가 없었다. 열 걸음도 채 못 가서 귀가 울리고 현기증이 났으며, 눈 위로 피가 뚝뚝 흘러내리더니 그만 길 한복판에 쓰러져버렸다. 그러면서도 여전히 이렇게 외쳐댔다.

"으, 비겁한 놈! 비겁한 놈! 비겁한 놈!"

"아닌 게 아니라 참 비겁한 놈이로군요." 여관 주인이 다르타냥 곁으로 다가오면서 중얼거렸다. 한 우화에서 왜가리가 달팽이에게 아첨하듯이, 그도 가엾은 청년과 화해를 하려고 시도했다.

"그래, 참 비겁한 놈이야." 다르타냥이 중얼거렸다. "그렇지만 그 여자는 정말 아름답던데!"

"그 여자라니 누구 말씀입니까?" 여관 주인이 물었다.
"밀레디 말이오." 다르타냥이 우물우물 말했다.
그러고는 다시 까무러쳐버렸다.
"아무러면 어때." 여관 주인이 말했다. "두 사람은 놓쳤지만 아직 이 사람이 남아 있잖아. 틀림없이 적어도 며칠은 묵겠지. 그러면 11에퀴는 벌 수 있을 거야."
다들 알다시피 11에퀴란 정확히 다르타냥의 지갑 속에 남아 있는 금액이었다(작가의 실수이다 ─ 옮긴이).
여관 주인은 하루에 1에퀴씩 11일간의 치료가 필요하리라고 계산했다. 그러나 이런 계산은 자기만의 생각이었다. 이튿날 다르타냥은 아침 5시부터 일어나 직접 부엌으로 내려갔다. 그러고는 몇 가지나 되는지 알 수 없는 재료들에다 포도주, 기름, 로즈메리를 구해 어머니한테서 받은 처방전을 손에 들고 비약을 조제했다. 의사의 손을 빌리고 싶지 않았기 때문에 손수 습포를 갈아가면서 무수한 상처에 그 약을 발랐다. 집시의 비약이 효험이 있었는지, 의사의 도움 없이도 다르타냥은 바로 그날 저녁부터 일어설 수 있었고 이튿날엔 거의 다 나아버렸다.
다르타냥에게 들어간 비용은 로즈메리, 기름, 포도주 값이 전부였다. 그가 아무것도 먹지 않았기 때문이다. 반면에 노란 말은 여관 주인의 말에 의하면, 체구에 비해 적어도 세 배는 더 먹었다는 것이다. 어쨌든 다르타냥이 숙박 대금을 지불하려고 보니, 주머니 속에는 11에퀴가 들어 있는 다 닳아빠진 벨벳 지갑만 있을 뿐, 트레빌에게 전할 편지는 온데간데없었다.
젊은이는 주머니란 주머니는 스무 번도 더 뒤집어보았다. 배낭 속도 샅샅이 뒤져보았다. 또한 지갑을 열었다 닫았다 하면서 끈덕지게 편지를 찾았다. 마침내 편지가 없어졌다는 확신이 들자, 또다시 세 번째로 분노의 발작을 일으켰다. 하마터면 포도주에 로즈메리, 기름이 한 번 더 필요해질 뻔했다. 그렇지 않아도 성치 않은 머리에 열을 받아, 편지를 찾아내지 못하는 날에는 여관에 있는 물건을 모조리 부숴버리겠다고 으르렁댔는데, 이 꼴을 본 여관 주인은 벌써 창을 집어 들고, 그의 아내는 빗자루를, 그리고 심부름꾼 아이들은 전전날 썼던 몽둥이를 이미 움켜들고 있었기 때문이다.

"내 추천장을 내놓으란 말이야!" 다르타냥이 고함을 질렀다. "젠장, 내 추천장을 내놔! 안 내놓으면 너희들을 모조리 멧새처럼 꼬챙이에 꿰버릴 테다!"

그러나 불행히도 젊은이의 이런 위협은 한 가지 장애에 부딪혔다. 다름이 아니라, 앞에서 말했듯이 그의 칼이 먼젓번 싸움에서 두 동강이 나버린 것이었다. 그는 이 사실을 까맣게 잊고 있었다. 그래서 다르타냥이 실제로 칼집에서 칼을 빼 들고 보니, 칼은 겨우 20에서 25센티미터 정도 되는 토막에 불과했다. 이것도 그나마 여관 주인이 챙겨서 칼집에 꽂아놓은 부분이고, 나머지 칼날은 주방장이 고기 꼬챙이로 써먹으려고 슬쩍 빼돌렸다.

그렇지만 격분한 다르타냥이 칼의 꼬락서니에 실망은 했을망정, 그쯤으로 풀이 죽을 리는 만무했다. 여관 주인이 손님의 요구가 지당하다는 것을 인정했기에 망정이지, 그렇지 않았다면 또다시 난리가 났을 것이다.

"정말이지 편지가 어디로 갔을까?" 여관 주인이 창 끝을 내리면서 말했다.

"그래, 편지가 어디 있느냔 말이야?" 다르타냥이 큰 소리로 말했다. "먼저 말해 두겠는데, 그 편지는 트레빌 씨에게 드릴 거다. 꼭 찾아야 한단 말이야. 만약에 찾지 못하는 날에는 트레빌 씨가 어떻게든 찾아내시고 말 거야!"

이런 위협에 여관 주인은 마침내 겁을 집어먹었다. 군인들 사이에서는 물론 평민들 사이에서도 국왕과 추기경 다음으로 트레빌이 가장 자주 입에 오르내리는 사람이었기 때문이다. 물론 조제프 신부도 있었지만, 사람들이 이 추기경의 측근을 '막후의 추기경'이라 부를 정도로 두려워했기 때문에, 그의 이름은 아주 낮은 소리로만 사람들 입에 오르내렸다.

그래서 여관 주인은 창을 멀리 내던졌다. 아내와 하인들에게도 빗자루와 몽둥이를 내려놓으라고 말했다. 그러고는 없어진 편지를 직접 찾기 시작했다. 앞장서서 모범을 보인 셈이었다.

"그 편지에 무슨 귀중한 것이 들어 있었나요?" 여관 주인이 한참 찾다가 물었다.

"그렇고말고요!" 궁정에서 출세하기 위해 그 편지에 기대를 걸고 있었던 다르타냥이 외쳤다.

"에스파냐 채권인가요?" 여관 주인이 걱정스럽다는 표정으로 물었다.

"국왕 폐하의 특별 보물고에서 지불받을 어음이 들어 있었어요." 다르타냥이 대답했다. 그 추천장의 힘을 빌려 국왕을 위해 봉사할 수 있지 않을까 생각했으므로, 이렇게 좀 엉터리 같은 대답을 해도 새빨간 거짓말은 아닐 것이라고 생각했다.

"아이고, 이걸 어쩌나!" 여관 주인이 아주 낙담한 어조로 말했다.

"하지만 상관없어요." 다르타냥이 태연하게 말을 이었다. "상관없어. 돈은 아무것도 아니에요. 중요한 건 그 편지. 편지를 잃느니 차라리 1,000피스톨(10리브르짜리 금화—옮긴이)을 잃어버리는 게 더 낫겠어."

2만 피스톨이라고 해도 상관없었겠지만, 젊은 사람 특유의 양심에 비추어 차마 그렇게까지는 말하지 못했다.

아무것도 찾아내지 못해 실망하고 있던 여관 주인의 머리에 불현듯 한 줄기 빛이 스치고 지나갔다.

"그 편지는 잃어버린 게 아닙니다!" 그가 외쳤다.

"뭐라고요!" 다르타냥이 말했다.

"잃어버린 것이 아니라 도둑맞은 겁니다."

"도둑을 맞다니! 누구한테?"

"어제 그 양반한테 말입니다. 그 사람이 잠시 손님의 윗도리를 놓아둔 부엌에 혼자 내려간 적이 있었습니다. 틀림없이 그 양반이 훔쳐간 겁니다."

"정말 그렇게 생각해요?" 다르타냥이 곧이듣기 어렵다는 듯이 되물었다. 왜냐하면 자기 개인에게만 중요한 편지라는 것을 누구보다도 잘 알고 있었기 때문이다. 누군가가 그 편지에 욕심을 품을 이유라고는 전혀 없었다. 사실, 하인이든 숙박 중인 손님이든 그런 편지를 가지고 있어봤자 아무 소용이 없을 것이다.

"그래, 그 건방진 귀족이 수상쩍단 말이지요." 다르타냥이 다시 말을 이었다.

"틀림없다고 확신합니다." 여관 주인이 말을 계속했다. "손님이 트레빌 씨의 보호를 받고 있는 분일 뿐만 아니라 그 저명한 귀족님께 드릴 편지까지 갖고 계신단 말을 했더니, 몹시 걱정스러운 표정을 지으면서 그 편지가 어디 있느냐고 묻고는 곧장 부엌으로 내려갔습니다. 손님의 윗도리가 거기에 있다는 걸 알고서 말입니다."

"그렇다면 그놈이 훔친 거로군." 다르타냥이 맞장구를 쳤다. "트레빌 씨에게 청원하겠어요. 그러면 트레빌 씨는 국왕께 청원하시겠지요."

이렇게 말하고 나서 의젓하게 주머니에서 2에퀴를 꺼내 여관 주인에게 주었다. 여관 주인이 모자를 손에 들고 대문까지 배웅을 나왔다. 다르타냥은 다시 노란 말에 걸터앉았다. 파리의 생 탕투안 관문에 무사히 도착한 뒤 3에퀴를 받고 말을 팔아버렸다. 다르타냥이 이 마지막 여정에서 말을 심하게 부려먹었다는 점을 감안하면, 그래도 말 값은 썩 잘 받은 셈이었다. 다르타냥에게 3에퀴, 곧 12리브르의 돈을 치르고 말을 양도받은 말장수도 말의 털 빛깔이 독특하기 때문에 비싸게 쳐준다는 말을 잊지 않았다.

이리하여 다르타냥은 작은 짐꾸러미를 옆구리에 끼고 걸어서 파리에 들어갔다. 몇 푼 안 되는 돈에 맞는 셋방을 찾아낼 때까지 여기저기 쏘다녔다. 결국 찾아낸 곳은 다락방으로, 뤽상부르 궁 근처의 포스와외르 가에 있었다.

다르타냥은 문지기에게 팁을 건네주고 이내 방으로 들어가 앉았다. 윗도리와 바지에 장식끈을 꿰매 달면서 해 질 녘까지 나머지 시간을 보냈다. 이 장식끈은 아무도 모르게 어머니가 아버지의 멀쩡한 윗도리에서 떼서 아들에게 주었던 것이다. 그런 다음에 다르타냥은 페레유 강둑으로 가서 칼에 새 날을 끼운 다음 루브르 궁 쪽으로 갔다. 지나가는 총사대원 한 사람을 붙들고 트레빌의 저택이 어디에 있는지 물었는데, 알고 보니 비외 콜롱비에 거리, 즉 다르타냥이 얻은 셋방 바로 근처에 있었다. 일이 이렇게 잘 풀리는 것이야말로 이번 여행이 성공하리라는 상서로운 조짐이 아닌가 하는 생각이 그의 뇌리를 스쳤다.

그런 뒤에 다르타냥은 묑에서 자기가 한 행동에 만족하고 과거에 대한 아무런 아쉬움도 없이, 현재에 대해서는 자신에 차 있고, 뿐만 아니라 미래에 대한 희망으로 가득 차서 잠자리에 들어 바로 곯아떨어졌다.

아직까지 시골에서의 습관을 버리지 못한 그는 아침 9시부터 일어나, 아버지의 평가에 의하면 프랑스 왕국에서 세 손가락 안에 꼽히는 유명 인사 트레빌의 저택으로 향했다.

트레빌 씨 저택의 대기실

가스코뉴에서는 트레빌 일가가 아직도 트루아빌이라고 불리고 있었지만, 그는 파리에 와서 자신의 이름을 트레빌로 바꾸었다. 그도 처음에는 다르타냥과 하나도 다를 바가 없었다. 가진 것이라고는 한 푼도 없지만, 대신 담력과 재치와 판단력을 지니고 있는 점이 그랬다. 이는 가스코뉴의 가난한 귀족이 흔히 아버지로부터 물려받는 자질로서, 페리괴 지방이나 베리 지방의 돈 많은 귀족이 물려받는 것보다 훨씬 더 나은 자본이었다. 트레빌은 급변하는 혼란의 시대에 뛰어난 용기와 행운 덕분에, 이른바 궁정의 요직이라는, 오르기 힘든 사다리를 네 단계씩 뛰어올라 꼭대기까지 이른 사람이었다.

그는 왕의 친구였다. 널리 알려진 대로, 당시의 국왕은 부왕(父王) 앙리 4세의 유덕(遺德)을 존중했다. 트레빌의 아버지는 앙리 4세가 신성 동맹에 대항하여 전쟁을 치를 때 충성을 다했다. 그래서 앙리 4세는 그에게 보답을 하고자 했으나 이미 국고는 바닥난 상태였다. 베아른 태생의 앙리 4세는 평생 동안 돈에 쪼들렸다. 그래서 그는 언제나 남에게 빌릴 필요가 없는 유일한 재능인 재치로 빚을 갚곤 했다. 이런 처지였기 때문에 파리의 항복을 받아낸 뒤, 트레빌의 아버지에게 "충성과 용맹"이라는 명구가 새겨진 붉은 바탕의 황금 사자 무늬를 문장(紋章)으로 하사했다. 이것은 명예라는 면에서 볼 때는 대단한 것이었지만, 물질적인 만족이라는 면에서 보면 하찮은 것이었다. 그래서 앙리 4세의 이 유명한 충신이 죽었을 때, 그의 아들이 물려받은 것이라곤 검과 문장뿐이었다. 그러나 이 두 가지 유산과 고결한 명성 덕택에, 트레빌은 젊은 왕의 궁정에 들어갈 수 있었다. 트레빌은 검을 아주 능숙하게 다루었고 가문의 문장에도 충실했다. 나라에서 손꼽히는 검술의 대가 가운데 하나였던 루이 13세는 만약 어떤 친구가 싸움을 하게 된다면 보조자로서 첫 번째로는 자신을, 다음으로는 트레빌을, 아니 어쩌면 자기보다도 트레빌을 먼저 데려가도록 권하겠다고 입버릇처럼 말하곤 했다.

이처럼 루이 13세는 트레빌에게 진심으로 애정을 품고 있었다. 국왕으로서의 이기적인 애정이기는 했지만, 그래도 두터운 애정임에는 틀림없었다. 혼란스러운 시대였으므로 누구나 트레빌 같은 강인한 사람들을 곁에 두고 싶어했다. 그의 문장에 새겨진 '용맹'이라는 말을 좌우명으로 삼는 사람은 많았지만, '충성'이라는 말에 어울릴 만한 귀족은 찾아보기 어려웠다. 트레빌은 그 드물다는 충성스러운 귀족들 중의 한 사람이었다. 집 지키는 개와 같은 순종적인 지혜와 맹목적인 용맹, 날카로운 눈,

그리고 날쌘 손을 가진 보기 드문 인물이었다. 그의 눈은 오직 국왕이 못마땅해하는 자가 누구인지 알아내기 위한 것이었고, 그의 손은 오직 거슬리는 자, 이를테면 벰므나 모르베르 또는 폴트로 드 메레나 비트리(모두 암살자 또는 암살 사주자다—옮긴이) 같은 자를 해치우기 위한 것이었다. 요컨대 트레빌에게는 여태까지 기회가 없었을 뿐이다. 그는 늘 사태를 주시하면서 만약 기회가 생기기만 하면 재빨리 붙잡을 태세를 갖추고 있던 것이다. 그리하여 루이 13세는 트레빌을 총사대의 대장으로 임명했다. 루이 13세와 총사대의 관계는 충성이라는 면에서, 더 정확히 말하자면 맹목적인 헌신의 면에서 볼 때, 앙리 3세와 근위대원의 관계나 루이 11세와 스코틀랜드 근위병의 관계와 같았다.

이 점에서는 추기경도 국왕 못지않았다. 프랑스의 둘째가는 왕, 아니 오히려 첫째가는 왕이라고 부르는 것이 마땅할 추기경은 루이 13세가 무시무시한 정예병으로 둘러싸여 있는 것을 보고는 자신도 근위대를 두고 싶었다. 그래서 그도 루이 13세처럼 근위 총사들을 거느리게 되었다. 이 두 적대 세력은 서로 앞을 다투어 프랑스 곳곳에서뿐 아니라 다른 나라에서까지도 검술의 달인들을 불러들였다. 심지어 리슐리외와 루이 13세는 저녁에 체스를 두다가도 자기 대원들의 공적에 대해 말다툼을 하는가 하면, 자기 대원들의 풍채와 용기를 자랑하기 일쑤였으며, 밖으로는 결투나 싸움을 엄금하고 있으면서도 몰래 부추겨서 칼부림이 나게 만들었다. 그러고는 자기 대원들의 승패에 따라 이루 말할 수 없는 기쁨이나 비탄을 느끼곤 했다. 이는 몇 차례 패배를 경험하였으며 수많은 승리를 맛보았던 누군가가 자신의 회고록에서 밝히고 있는 바이다.

트레빌은 자기 주군의 약점을 정확히 간파하고 있었다. 루이 13세가 우정에 매우 충실했다는 기록을 찾아볼 수 없음에도 불구하고 트레빌을 오랫동안 변함없이 총애한 이유는 바로 그러한 재주 때문이었다. 트레빌은 아르망 뒤플레시 추기경 앞에서 마치 그를 조소하듯 자신의 총사대를 행진하게 하곤 했다. 그러면 추기경 예하의 희끗희끗한 콧수염이 분노로 곤두섰다. 게다가 트레빌은 적을 희생시키고도 살 수 없을 때는 같은 나라 사람이라도 희생시켜야 한다는 당시 전쟁의 논리를 놀랍도록 분명하게 파악하고 있었다. 그러기에 그의 대원들은 자신들의 대장 이외에는 누구의 명령도 듣지 않는 저돌적인 군단을 이루고 있었다.

국왕의 총사라기보다는 차라리 트레빌의 총사라고 해야 할 이 병사들은 단정치 못한 옷차림에 술 냄새를 풍겼으며, 온몸이 상처투성이였다. 이들은 술집에서, 산책로에서, 놀이터에서 떼 지어 다녔다. 그러면서 고래고래 소리를 지르기도 하고 수염을 말아 올리기도 했다. 허리에 칼을 치렁치렁 차고 다니면서 추기경의 근위병들과 이유 없이 충돌하기도 했다. 길 한복판에서 칼을 뽑고는 되는 대로 야유를 늘어놓았다. 그러다 때로는 살해당하는 수도 있었다. 그럴 경우에는 동료들이 슬퍼하면서 복수를 다짐하였고, 대개는 결국 상대방을 죽이는 것으로 끝을 맺곤 했다. 그렇다 해도 트레빌이 석방을 요구할 터이니 감옥에서 썩을 염려는 없다고 생각했다. 그만큼 트레빌은 그들로부터 두터운 신망을 얻고 있었다. 총사들은 그를 열렬히 숭배했다. 거칠기 짝이 없는 사내들이었지만, 대장 앞에서는 선생님 앞의 학생처럼 쩔쩔맸다. 아무리 하찮은 말에도 복종하였으며, 아무리 사소한 꾸지람에도 체면을 되찾기 위해 죽을 각오가 되어 있었다.

트레빌은 우선 국왕과 국왕의 친구들을 위해, 그리고 자신과 친구들을 위해 이 강력한 수단을 사용했다. 그러나 당시의 무수한 회고록들 가운데 어디에도 이 훌륭한 귀족이 비난을 받았다는 기록은 없다. 그에게는 무인들뿐만 아니라 문인들 사이에도 적대 세력이 있었다. 그러나 이런 적들로부터 비난을 샀다는 이야기는 없다. 다시 말하거니와 어떤 회고록에서도 이 훌륭한 귀족이 자신의 충성스런 부하들의 협력을 남용했다고 그를 비난하는 대목은 보이지 않는다. 그는 뛰어난 책략가들에 견줄 만큼 비상한 술책에 능한 재주에도 불구하고, 언제나 신사도를 잃지 않았다. 게다가 허리를 많이 쓰는 맹렬한 검투와 피로를 가중시키는 고된 훈련을 모두 소화해 내는 동시에 연회에 자주 드나드는 가장 세련된 사람, 옷을 잘 입고 여자의 호감을 사는 데 가장 능숙한 사람이자 빼어난 재담가로 손꼽혔다. 이십 년 전에 바송 피에르의 염문이 자자했던 것처럼 트레빌이 연루된 연애담도 사람들의 입에 오르내렸다. 그러나 그런 소문은 과장된 경우가 많았다. 요컨대 이 총사대장은 숭배와 경외와 사랑의 대상이었다. 이야말로 인간이 얻을 수 있는 최고의 행복이라 할 것이다.

루이 14세는 궁정의 작은 별들을 자신의 드넓은 광휘 속에 모조리 끌어들였다. 그러나 그의 아버지 루이 13세는 '골고루 주는' 태양으로서, 자신의 광채를 총신들에게 넘겨주었고, 자신의 권력을 대신들에게 널리 나누어주었다. 국왕과 추기경의 아침 알현 이외에도, 당시 파리에는 아침에 문안인사를 받는 명사들이 이백 명이 넘었는데, 그중에 트레빌은 사람들이 가장 아침 문안을 드리고 싶어하는 인물이었다.

그의 저택은 비외 콜롱비에 가에 자리 잡고 있었다. 저택의 마당은 군사 주둔지를 연상시켰다. 여름에는 오전 6시부터, 겨울에는 8시부터 법석거렸다. 오륙십 명의 총사들이 전투 준비를 갖추고 끊임없이 왔다 갔다 했다. 그들은 언제나 인원수가 압도적이라는 점을 뽐내기 위해 서로 교대하는 것 같았다. 오늘날이라면 집 한 채라도 들어설 만한 장소에 커다란 계단들이 세워져 있었다. 이 계단들을 따라, 호의를 얻고자 하는 파리의 청원자들과 입대를 열망하는 시골 귀족들, 그리고 각양각색의 옷차림으로 주인의 전갈을 트레빌에게 전하러 오는 하인들이 오르내렸다. 대기실에서는 선택받은 자들, 곧 부름을 받은 사람들이 둥그렇게 늘어놓은 긴 의자에 앉아 기다리고 있었다. 대기실은 아침부터 저녁까지 사람들의 말소리로 시끌벅적했다. 트레빌은 대기실에 인접한 집무실에서 방문객을 맞았고 그들의 하소연을 들었으며 명령을 내렸다. 그리고 창가로 가서 서면, 루브르 궁의 발코니에 서 있는 왕처럼 인원과 장비를 점검할 수 있었다.

다르타냥이 방문한 날은 무척이나 많은 사람들이 모여 있었다. 더구나 시골에서 막 올라온 다르타냥에게는 더욱 어마어마해 보였다. 그러나 그는 시골뜨기라고는 해도 가스코뉴 사람이었다. 당시에 가스코뉴 사람들은 좀처럼 겁을 먹지 않는 것으로 유명했다. 실제로 머리가 네모난 긴 못들로 고정된 육중한 대문 안에 일단 들어서면, 서로 소리치고 다투며 시시덕거리면서 마당을 오락가락하는 한 무리의 군인들 틈에 섞여야 했다. 관료나 대귀족 또는 예쁜 여자가 아니면 뚫고 지나갈 수 없을 지경이었다.

바로 이 시끌벅적하고 혼란스러운 마당 한가운데에서 우리의 젊은이가 앞으로 걸어 나갔다. 그는 두근거리는 가슴을 안고 마른 다리에 장검을 가지런히 하려고 애썼다. 한쪽 손으로 펠트 모자의 테두리를 잡았다. 어리숙한 시골뜨기가 짐짓 의젓한 척하려고 애쓸 때처럼 가벼운 미소를 지어 보였다. 그러고는 한 무리의 사람들 사이를 빠져나갔다. 그러고 나니 좀 더 마음 놓고 숨을 쉴 수 있었다. 그러나 자기를 쳐다보는 다른 사람들의 시선을 의식하지 않을 수 없었다. 이날까지 스스로에 대해 꽤 자부심을 갖고 있었던 다르타냥은 태어나서 처음으로 우스꽝스러운 자신의 외모에 머쓱해졌다.

계단에 이르니 상황은 더욱 고약해졌다. 아래 계단에서는 총사 네 명이 장난삼아 검술 연습을 하고 있는가 하면, 층계참에서는 여남은 명이 시합 차례를 기다리고 있었다.

넷 중의 한 사람이 위쪽 계단에서 칼을 빼들고 서서 다른 세 사람이 올라오지 못하도록 막고 있었다. 아니, 적어도 막으려고 애를 쓰고 있었다.

아래쪽 세 사람이 매우 날쌘 칼 솜씨로 나머지 한 사람과 겨루고 있었다. 처음에 다르타냥은 검술 연습 중이니까 검의 끝부분에 가죽을 씌워놓았겠지 하고 생각했다. 그러나 번번이 상처에서 피가 흐르는 것을 보고는 검들이 모두 새파랗게 날이 선 진짜 칼임을 알게 되었다. 게다가 상처가 날 때마다 구경꾼들뿐만 아니라 싸우는 본인들까지도 미친놈들처럼 웃어대는 것이었다.

이윽고 위쪽 층계를 차지하고 있던 사나이가 상대들을 놀라운 솜씨로 제압하기 시작했다. 그들의 주위로 사람들이 몰려와 원을 이루고 있었다. 찔린 사람은 시합에서 물러나고 이긴 사람에게 순서를 양보한다는 조건이 걸려 있었다. 오 분 만에 세 사람 모두 위쪽 층계의 총사에게 손을 들었다. 한 사람은 손목에, 또 한 사람은 턱에, 나머지 한 사람은 귀에 상처를 입었다. 위쪽에 있던 총사는 털끝 하나 다치지 않았다. 이와 같은 능란한 솜씨로 이 총사는 약속대로 세 사람의 차례를 제쳤다.

여간해서는 놀라지 않으리라 마음먹고 길을 떠나왔던 우리의 젊은 여행자일지라도 이런 광경을 보고는 놀라지 않을 수가 없었다. 사람들이 걸핏하면 흥분하던 시골에서도 결투 비슷한 것쯤은 본 적이 있었지만, 이 네 사람이 벌인 난폭한 시합은 가스코뉴에서도 여지껏 들어본 적이 없는 맹렬한 것이었다. 그는 걸리버가 엄청난 공포에 사로잡혔다는 그 유명한 거인국에라도 와 있는 것이 아닌가 하는 생각이 들었다. 그렇지만 이것으로 끝이 아니었다. 층계참과 대기실이 남아 있었다.

층계참에서는 칼부림 대신에 여자들에 대한 이야기가 무르익고 있었다. 대기실에서는 궁정 이야기가 한창이었다. 다르타냥은 층계참에서는 얼굴을 붉혔고, 대기실에서는 몸을 떨었다. 가스코뉴에 있을 때에는 걷잡을 수 없는 분방한 상상력으로 젊은 하녀들과 때로는 젊은 주부들을 두려움에 떨게도 했던 다르타냥이었다. 그러나 아무리 흥분이 고조되었을 때라도 그 정도의 상상력으로는 이토록 진기한 연애담의 절반에도, 그리고 명사들의 실명과 노골적인 사실로 흥미를 더한, 이토록 대담한 음담패설의 4분의 1에도 미치지 못했다. 이렇듯 다르타냥이 층계참에서는 미풍양속을 사랑하는 마음에 상처를 입었다면, 대기실에서는 추기경에 대한 존경심이 여지없이 짓밟혔다. 다르타냥은 유럽을 뒤흔드는 추기경의 정책과 그의 사생활에 대한 공공연한 비난을 듣고 몹시 놀랐다. 추기경의 사생활을 파헤치려 했다는 이유만으로도 벌써 많은 귀족들과 영주들이 처벌을 당한 터였다. 아버지의 존경을 받고 있는 그 위인이 트레빌의 총사들에게는 웃음거리가 되어 있었다. 그들은 추기경의 다리가 휘었다느니, 등이 구부정하다느니 하면서 맘껏 그를 조롱했다. 어떤 총사들은 크리스마스 캐럴의 곡조에 맞추어 추기경의 정부인 에기용 부인과 그의 조카딸인 콩발레 부인을 풍자했고, 또 어떤 총사들은 추기경의 시동들과 근위대원들에 대해 욕설을 퍼부었다. 다르타냥에게는 이 모든 것이 괴기스럽고 있을 수 없는 일처럼 보였다.

그렇지만 이렇게 추기경을 조롱하는 중에 간혹 국왕의 이름이 불쑥 튀어나올 때면, 빈정거리던 그 모든 입들이 마치 부리망이라도 씌워진 듯 딱 닫혀버렸다. 모두들 머뭇머뭇 주위를 둘러보는 꼴이 마치 트레빌의 집무실 벽에 귀라도 달려 있지 않을까 걱정하는 것처럼 보였다. 그러나 이내 추기경을 암시하는 말이라도 나와 대화의 소재가 추기경 예하로 다시 바뀌면, 더욱더 소란스러워졌고, 추기경의 온갖 행동이 낱낱이 폭로되었다.

'이 작자들은 분명히 곧장 감옥에 끌려가 교수형을 받을 거야.' 다르타냥이 불안에 떨며 생각했다. '그리고 나 역시 의심할 여지 없이 그들과 같이 끌려갈 것이다. 왜냐하면 그들의 이야기에 귀를 기울이는 순간, 나도 공범자가 되는 셈이기 때문이다. 추기경을 존경하라고 그토록 단단히 이르시던 아버님께서 만약 이런 불경한 자들과 자리를 같이하고 있다는 걸 아신다면 무어라고 하실까?'

굳이 말하지 않아도 누구나 짐작하겠지만, 다르타냥은 감히 이들의 대화에 끼어들지 못했다. 다만 어떤 이야기도 놓치지 않으려고 오감을 한껏 긴장시켰다. 귀를 바짝 기울이고 두 눈을 부릅뜨려고 했다. 다르타냥은 아버지의 권고에도 불구하고 호기심과 본능에 이끌려, 지금 여기에서 일어나고 있는 기막힌 일들을 비난하기보다는 오히려 함께하고 싶다는 느낌이 들었다.

그러는 사이, 트레빌의 추종자들에게는 다르타냥이 전혀 낯선 사람이고 이곳에서 처음 보는 얼굴이었으므로, 누군가가 그에게 다가와서 무슨 일로 왔는지 물었다. 다르타냥은 시종에게 매우 공손하게 이름을 밝히면서 트레빌 씨와 같은 고향에서 왔는데, 잠시 면담할 수 있게 해달라고 부탁했다. 그러자 시종은 마치 보호자라도 되는 듯한 말투로, 적당한 틈을 봐서 전하겠노라고 약속했다.

처음에는 경악을 금치 못했던 다르타냥도 이제 어느 정도 진정이 되었다. 그제야 주위 사람들의 복장과 용모를 자세히 살펴볼 여유가 생겼다.

가장 활기에 차 있는 무리 가운데에 키가 훤칠한 총사 한 사람이 있었다. 그는 거만한 얼굴에 차림새도 독특해 주위 사람들의 이목을 끌었다. 그는 제복 상의를 입고 있지 않았다. 당시는 분위기가 요즈음보다 자유롭지 못했다. 그러나 총사들의 경우는 예외였던지라 의무적으로 반드시 제복을 입을 필요는 없었다. 그는 몸에 꼭 달라붙는 하늘색 윗도리를 걸치고 있었다. 얼마간 색이 바랜 낡은 윗도리였다. 윗도리 위로 금빛 수를 놓은 멋진 가죽 멜빵이 마치 햇살을 받은 물결처럼 반짝거렸다. 어깨 위에는 진홍색의 벨벳 망토를 멋지게 걸치고 있었는데, 앞쪽이 열려 있어 화려한 가죽 멜빵이 드러나 보였다. 물론 멜빵에는 커다란 장검이 매달려 있었다.

이 총사는 막 근무를 마치고 돌아온 참이었다. 감기에 걸렸다고 투덜거리면서 가끔씩 헛기침을 해댔다. 그의 말로는 감기 때문에 망토를 걸치고 있다는 것이었다. 그가 거만스럽게 콧수염을 말아 올리면서 쩌렁쩌렁하게 이야기하는 동안, 주위 사람들은 그의 번쩍이는 멜빵을 감탄의 시선으로 바라보았다. 누구보다도 특히 다르타냥이 그 멜빵에 감탄했다.

"그렇게 유심히 볼 것 없어." 그 총사가 말했다. "이 멜빵은 유행일 뿐이야. 어리석은 짓이라는 건 나도 잘 알고 있지만, 유행인 걸 어떻게 하겠나. 게다가 유산으로 받은 돈은 써야 하지 않겠어."

"이봐! 포르토스!" 누군가가 말했다. "그 멜빵 말이야, 너그러운 부모님 덕분인 것처럼 말하지 말게. 지난 일요일에 생 토노레 관문 근처에서 우리가 마주쳤잖아. 그때 자네와 같이 있던 베일 쓴 부인한테서 받은 게 아닌가?"

"아냐, 그렇지 않아. 가문의 명예를 걸고 맹세하지. 내가 내 돈으로 산 것일세." 방금 포르토스라는 이름으로 불린 사람이 대꾸했다.

"아무렴 그렇겠지." 또 다른 총사가 말했다. "내 애인이 헌 지갑 속에다 넣어준 돈으로 내가 이 새 지갑을 샀듯이 말이야."

"정말이라니까. 금화로 12피스톨을 주고 산 거라고. 이게 그 증거야." 포르토스가 말했다.

감탄은 커졌으나 사람들은 여전히 의심이 가시지 않는다는 표정이었다.

"안 그래, 아라미스?" 포르토스가 다른 총사를 돌아보면서 말했다.

 이 총사는 방금 그를 아라미스라고 부르던 총사와는 여러모로 아주 대조적인 사나이였다. 나이는 겨우 스물두세 살쯤 되어 보이는 것이, 순진하고 온순해 보이는 인상이었다. 검은 눈에 온화한 기색이 깃들어 있었다. 장밋빛 볼은 가을 복숭아처럼 부드러웠다. 입술 위로는 가느다란 콧수염을 일자로 길렀다. 손을 높이 들어올리고 있는 폼이 혈관이 부풀어오르기라도 할까 봐 내리기가 두려운 듯했다. 가끔씩 귓불을 잡아당기는 버릇 때문에 귀가 불그스름했다. 성격은 과묵한 편으로, 이따금 입을 열 때에도 느릿한 어조로 말했다. 그러나 인사성은 밝았다. 하얀 이를 드러내면서 소리 없이 웃었다. 신체의 다른 부분들처럼 치아에도 정성을 많이 기울이는 듯했다. 그는 친구의 물음에 고개를 끄덕이면서 그렇다고 대답했다.

 친구의 질문에 그가 긍정하는 대답을 하자 멜빵에 얽힌 의혹은 모두 풀린 듯했다. 모두들 여전히 멜빵을 경탄스러워하며 바라보고 있었으나 말을 하지는 않았다. 그리고 이런 경우에 흔히 그렇듯이, 갑자기 다른 주제로 대화가 바뀌었다.

 "샬레의 시종이 이야기한 것에 대해 여러분은 어떻게들 생각하시오?" 또 다른 총사가 물었다. 특별히 어느 누구를 지목한 것이 아니라 주위 사람 모두에게 묻는 말이었다.

 "그가 무슨 이야기를 했는데?" 포르토스가 으스대는 어조로 물었다.

 "브뤼셀에서 추기경의 심복 로슈포르가 성 프란체스코회의 수도사로 변장하고 있는 것을 보았다는 거야. 망할 놈의 로슈포르란 녀석이 그런 변장을 하고 레그 씨를 농락했대."

"이런 바보 같으니. 그런데 그 얘기가 사실일까?" 포르토스가 말했다.

"아라미스한테서 들었는걸." 그 총사가 대답했다.

"정말이야?"

"그래, 자네도 잘 알고 있을 텐데, 포르토스. 어제 자네에게 이야기하지 않았나. 그러니 이제 그만두세." 아라미스가 말했다.

"더 이상 말하지 말자고? 그건 자네 생각일 뿐이야." 포르토스가 다시 말을 이었다. "이제 그만두자고? 제기랄! 자넨 결론을 참 빨리도 내리는군. 뭐라고? 추기경이 배신자, 불한당, 망나니를 시켜 어떤 귀족의 동정을 염탐하고 그의 편지를 훔쳐내게 하다니. 그리고 그 염탐꾼의 도움으로, 그리고 그 편지를 이용하여 샬레가 왕을 죽이고 왕의 맏형을 왕비와 결혼시키려 했다는 터무니없는 구실로 샬레의 목을 치게 하다니! 이 수수께끼에 대해 아는 사람은 아무도 없었어. 그걸 자네가 어제 우리들에게 알려주었기 때문에 모두들 무척 기뻐했던 거야. 우리는 아직도 그 소식에 어안이 벙벙한데 이제 와서 그만두잔 말인가!"

"그럼 이야기하지 뭐, 자네가 원하니까 말이야." 아라미스가 침착하게 다시 말했다.

"내가 만약 그 불쌍한 샬레의 시종이라면, 로슈포르란 놈을 가만두지 않았을 거야." 포르토스가 고함을 쳤다.

"그러면 자네는 루주 공작('붉은 모자의 공작'이란 뜻으로 추기경을 가리킨다—옮긴이)에게 십오 분 동안 톡톡히 당할 테고 말이야." 아라미스가 말을 이었다.

"아! 루주 공작이라! 만세, 만세, 루주 공작이라!" 포르토스가 손뼉을 치고 고개를 끄덕거리면서 대꾸했다. "참 멋진 말이로군. '루주 공작'이라, 이 말을 퍼뜨려야겠어. 이봐, 친구, 조용히 하라고. 아라미스 이 친구는 참으로 재치가 있단 말이야! 자네가 첫 번째 소명을 따르지 못한 것은 정말 불행한 일이야. 참으로 매력적인 사제가 되었을 텐데, 안 그런가?"

"아! 그야 때를 좀 놓쳤을 따름이야." 아라미스가 말을 이었다. "언젠가는 그렇게 될 걸세. 포르토스, 자네도 알다시피, 나는 신부가 되기 위해 신학 공부를 계속하고 있거든."

"말한 대로 꼭 그렇게 될 거야." 포르토스가 말했다. "조만간에 그렇게 되겠지."

"오래 걸리지 않을 거야." 아라미스가 말했다.

"아라미스는 마지막 결단을 내려서 군복 뒤에 매달고 다니는 사제복을 다시 입기 위해 한 가지만을 기다리고 있는 거야." 다른 총사가 끼어들었다.

"뭘 기다리는 거지?" 또 다른 총사가 물었다.

"왕비께서 황태자를 낳아주실 날을 기다리고 있는 거지."

"그 문제를 두고 농담은 하지 맙시다, 여러분. 다행히도 왕비께서는 아직도 황태자를 낳으실 수 있는 연세셔." 포르토스가 말했다.

"버킹엄 공작이 프랑스에 있다지." 아라미스가 의미심장한 미소를 띠며 말을 이었다. 언뜻 듣기에는 단순한 말이었지만, 추문과 무언가 상당한 관련이 있는 듯한 분위기를 풍겼다.

"아라미스, 이번에는 자네가 틀렸네." 포르토스가 그의 말을 가로막고 나섰다. "이 친구야, 자네의 재치는 늘 도가 지나쳐. 트레빌 씨가 자네 말을 듣기라도 하신다면 큰일 나겠네."

"나에게 설교를 할 작정인가, 포르토스?" 아라미스는 소리쳤다. 그의 온화한 눈이 일순간 번개처럼 반짝였다.

"이 친구야, 총사가 되든지 사제가 되든지 하라고. 둘 중에 어느 한쪽을 택해야지, 모두 다 되려고 하면 안 돼." 포르토스가 말했다. "옳지, 아토스도 요전에 자네에게 말했잖아. 자네는 양다리를 걸치고 있어. 아! 화내지 말게. 화를 내도 소용없을 테니까. 자네와 아토스와 나 세 사람 사이에 약속한 일이 있지 않나. 자네는 에기용 부인한테 환심을 사려고 하는가 하면 슈브뢰즈 부인의 조카딸인 부아 트라시 부인도 찾아가더군. 자네는 부인들한테 굉장히 인기가 좋다는 소문이야. 오! 저런, 행복하다고 고백할 필요는 없네. 아무도 자네더러 비밀을 털어놓으라고 하지는 않으니까. 자네의 입이 무겁다는 건 우리도 잘 알고 있어. 하지만 그런 미덕을 제발 왕비 마마를 위해서도 사용해 달라는 말이야. 국왕이나 추기경에 관해서는 아무렇게나 말해도 좋아. 하지만 왕비 마마는 신성한 분이야. 그분 이야기를 하는 건 좋지만 모욕적인 말은 안 돼."

아라미스가 대꾸했다. "포르토스, 경고하겠는데, 자네는 지금 나르키소스처럼 거드름을 피우고 있어. 자네도 알다시피, 아토스의 설교라면 다른 문제지만, 나는 누구한테든 설교를 듣는 건 질색이야. 자네에 관해 한마디 하겠는데, 그 가죽 멜빵은 자네에게 지나친 물건이야. 나는 내가 신부가 되고 싶을 때 신부가 되겠어. 하지만 그때까지는 총사야. 그래, 총사의 자격으로 내가 하고 싶은 말을 할 거야. 지금 자네가 하는 말은 더 이상 참을 수가 없군."

"아라미스!"

"포르토스!"

"아니, 왜들 이러십니까! 왜들 이래요!" 주위의 총사들이 외쳤다.

"트레빌 씨가 다르타냥 씨를 기다리십니다." 바로 그때 시종이 집무실의 문을 열면서 소리쳤다.

이렇게 알리면서 문을 열어두자 다들 입을 다물었다. 그 가스코뉴 청년은 이 야릇한 말다툼의 결말에서 제때에 벗어나게 된 것을 내심 무척 기뻐하면서, 쥐 죽은 듯이 고요한 대기실을 곧장 가로질러, 총사대장의 방으로 들어갔다.

면담

　트레빌은 매우 기분이 언짢은 상태였다. 그래도 머리가 땅에 닿도록 절을 하는 젊은이에게 정중히 답례를 했다. 그러고는 그가 베아른 사투리로 인사하자, 젊은 시절과 고향을 떠올리며 빙그레 웃었다. 사람은 누구든지 나이와 상관없이 이 두 가지 추억에 미소 짓게 마련이다. 그러나 이내 트레빌은 대기실로 다가가면서 다르타냥을 향해, 다른 사람들과 먼저 끝낼 일이 있으니 잠깐 실례하겠다는 손짓을 하고는, 세 사람의 이름을 불렀다. 한 사람씩 부를 때마다 목소리가 커졌다. 명령조와 신경질이 섞인 억양의 중간쯤인 듯했다.
　"아토스! 포르토스! 아라미스!"
　세 사람의 이름 중에서 마지막 두 이름이 불리자 두 총사가 대답하고는 곧장 트레빌의 집무실로 걸어 들어왔다. 우리가 이미 알고 있는 두 총사였다. 그들이 문턱을 넘어서자마자 문이 닫혔다. 이 두 사람의 태도는 아주 침착하다고는 할 수 없었지만, 품위가 있는 동시에 복종심도 넘쳐흘렀다. 다르타냥은 이들을 신처럼 바라보았으며 이들의 대장은 벼락으로 무장한 주피터라고 생각하고 있던 터라, 그들의 거침없는 태도를 보고는 감탄이 절로 나왔다.

두 총사가 들어가고 다시 문이 닫히자, 이 부름이 아마도 새로운 화젯거리가 된 모양이었다. 대기실이 다시 시끄러워졌다. 트레빌은 집무실 안에서 눈살을 찌푸리고 아무 말 없이 서너 번이나 방 안의 한쪽 끝에서 다른 쪽 끝으로 성큼성큼 거닐었다. 포르토스와 아라미스는 사열을 받는 것처럼 입을 다물고 꼿꼿한 자세로 서 있었다. 이 두 사람 앞을 왔다 갔다 하던 트레빌이 갑자기 그 앞에서 걸음을 딱 멈추었다. 그들을 발아래서 머리끝까지 화난 눈으로 훑어보면서 큰 소리로 말했다.

"국왕께서 나에게 뭐라고 하셨는지 아나? 바로 어제저녁 일이지. 뭐라고 하셨는지 알아, 자네들?"

"모르겠습니다." 잠시 침묵을 지키던 두 총사가 대답했다. "아닙니다, 대장님, 저희들은 모릅니다."

"하지만 뭐라고 하셨는지 알려주셨으면 합니다." 아라미스가 매우 공손한 말투와 다시없이 정중한 태도로 덧붙였다.

"이제부터는 국왕의 총사를 추기경의 근위대원들 중에서 뽑겠다고 하셨어!"

"추기경의 근위대원들 중에서요! 왜죠?" 포르토스가 다급하게 물었다.

"폐하의 값싼 포도주에 좋은 포도주를 섞어 맛을 좋게 할 필요가 있다고 생각하셨기 때문이야."

두 총사의 얼굴이 새빨개졌다. 다르타냥은 무슨 영문인지 몰랐으나 땅속으로라도 숨고 싶은 심정이었다.

"그래, 그렇지." 트레빌이 흥분하여 계속 말했다. "폐하의 말씀은 지당해. 왜냐하면 궁정에서 총사들이 뛰어난 능력을 보이지 못하는 건 사실이니까. 어제 추기경이 폐하와 체스를 두는 자리에서 민망하다는 듯이, 나에겐 대단히 불쾌한 말투로 '그저께 몇몇 고약한 총사들이, 말썽쟁이 녀석들이'라고 이야기를 시작했어. 이 말을 힘주어 빈정거리듯 했는데, 그게 나에겐 더욱 더 불쾌했단 말이야. 그러고는 '그 허풍선이들이……'라고 하면서 그 살쾡이 같은 눈으로 나를 바라보면서 말하는 거야. '페루 가의 어떤 술집에서 늦도록 진을 치고 있었습니다. 그래서 폐하의 순찰대가……' 하는데 확실히 이때부터는 나를 비웃는 것 같았어. '할 수 없이 그 난동자들을 체포하였습니다.' 제기랄! 자네들도 틀림없이 이 사건에 관해서는 아는 바가 있겠지! 총사들을 체포하다니! 자네들도 그 자리에 있었어. 부인하진 못하겠지. 목격자도 있어. 추기경은 자네들의 이름까지 댔단 말이야. 분명 내 잘못이야. 그래, 내 잘못이고말고. 내가 부하들을 뽑았으니까 말이야. 이봐, 아라미스, 자네는 사제복이 제격일 텐데 어째서 총사대를 지원했지? 그리고, 이봐, 포르토스, 그 훌륭한 금빛 멜빵은 밀짚 칼을 매달고 다니기 위한 건가? 그리고 아토스! 아토스는 보이지도 않는군. 어디 갔나?"

"병으로 몸져누웠습니다, 대장님." 아라미스가 침울한 얼굴로 대답했다. "중병입니다."

"아프다고? 중병이라고? 그래, 무슨 병인가?"

"천연두가 아닐까 걱정하고 있습니다." 포르토스가 자기도 대화에 끼어들어 한마디 거들고 싶어서 나섰다. "그게 사실이라면 틀림없이 얼굴이 상할 테니 참으로 딱한 노릇입니다."

"천연두라고! 정말 명예로운 얘기로군, 포르토스! 그 나이에 천연두를 앓는단 말이야? 천만에, 그럴 리가 없어! 그게 아니라 아마 부상을 당했겠지. 어쩌면 죽었을지도 모르고……. 아! 내가 만약 알았더라면! 젠장! 자네들, 나는 총사가 그런 몹쓸 곳에나 드나들면서 거리에서 싸움이나 하고, 칼부림이나 하는 것을 원치 않네. 요컨대 추기경의 근위대원들에게 웃음거리가 되기를 원치 않는단 말이야. 근위대의 병사들은 모두 침착하고 능란한 용사야. 잡혀갈 만한 일은 절대 하지 않는 데다가 잡혀가지도 않을 거야, 그들은! 틀림없이 뒤로 물러나기보다는 차라리 그 자리에서 죽는 편이 낫다고 생각할 거야……. 빠져나간다거나 도망친다거나 달아나는 일 따위는 다 국왕의 총사대원들이나 하는 짓이지. 암, 그렇고말고!"

포르토스와 아라미스의 몸이 분노로 부들부들 떨렸다.

그들은 대장이 이런 지독한 말을 하는 것도 실은 자신들을 사랑하기 때문임을 잘 알고 있었다. 그렇지 않았더라면 당장에 트레빌의 목을 조르고 말았을 것이다. 그들은 발로 바닥을 쳤다. 피가 나도록 입술을 깨물고 칼집을 힘껏 쥐었다. 대기실에 있던 사람들은 아토스, 포르토스, 그리고 아라미스의 이름이 불리는 소리를 들었고, 그 목소리의 어조로 보아 트레빌이 노발대발하고 있다는 것을 누구나 짐작하고 있었다. 머리를 벽에 대고 있던 호기심 많은 총사들은 얼굴이 분노로 붉으락푸르락했다. 그들의 귀에 방 안에서 하는 말이 한마디도 빠짐없이 들려왔기 때문이다. 그리하여 대장의 욕설은 대기실에 있는 모든 사람들에게 차례로 전해졌다. 순식간에 총사대장의 집무실에서 대문까지, 저택 전체가 온통 들썩였다.

"도대체가 국왕의 총사들이 추기경의 친위대에게 체포를 당하다니, 쯧쯧." 트레빌이 말을 계속했다. 속으로는 자기 부하들과 마찬가지로 분개하고 있었지만, 토막토막 끊어진 그의 말 한 마디 한마디는 듣는 사람들의 가슴을 마치 단도로 찌르는 듯했다.

"아! 추기경 예하의 근위병 여섯이 국왕 폐하의 총사 여섯을 체포하다니! 제기랄! 그래서 나는 결심했다. 당장 루브르 궁으로 가서 사표를 내고 국왕의 총사대장을 그만두겠다고. 대신에 추기경의 근위대에서 보좌관으로 근무하게 해달라고 해야겠다. 만약 거절하신다면, 별수 있나, 신부나 되어야지."

이 말에 바깥의 중얼거림이 마침내 큰 소리로 불거졌다. 사방에서 욕설과 분노의 외침이 들려왔다. "제기랄!", "맙소사!", "빌어먹을!" 따위의 말들이 난무했다. 다르타냥은 벽에 걸린 장식용 융단 뒤에라도 숨거나, 탁자 밑으로 기어들고 싶은 마음이 굴뚝같았다.

"아니! 대장님!" 포르토스가 자신도 모르게 입을 열었다. "6 대 6이었다는 건 사실입니다만, 저희들은 기습을 당했기 때문에 미처 칼을 뺄 겨를도 없이 두 명이 죽어버렸고, 아토스는 중상을 입어 죽은 거나 다름없었습니다. 하지만 아토스는, 대장님도 잘 아시지 않습니까, 두 번이나 일어서려고 했지만, 그때마다 다시 쓰러져버리고 말았습니다. 그렇지만 저희들은 항복하지 않았습니다. 그럼요! 저희들은 강제로 끌려갔지만 도중에 도망쳐 나왔습니다. 아토스는 죽은 줄로만 알았기 때문에, 데려올 생각도 못하고 그대로 놓아두었던 겁니다. 사건은 이상과 같습니다. 어쩌겠습니까, 대장님! 싸울 때마다 늘 이길 수는 없지 않습니까. 위대한 폼페이우스도 파르살루스 전투에서 졌으며, 제가 알기로는 또 다른 폼페이우스였던 프랑수아 1세께서도 파비아 전투에서 패하신 적이 있습니다."

"감히 말씀드리겠습니다만, 저는 상대방의 칼을 빼앗아서 한 놈을 죽였습니다." 아라미스가 말했다. "제 칼이 첫 번째 교전에서 부러져버렸거든요……. 그놈은 죽었거나 치명상을 입었을 겁니다. 대장님, 좋으실 대로 생각하십시오."

"그런 줄은 몰랐어." 트레빌이 분노를 약간 누그러뜨리고 다시 말했다. "그렇다면 추기경이 과장한 것이로군."

"참, 한 가지 청이 있습니다. 대장님." 대장의 노여움이 어느 정도 가라앉은 걸 보고서 아라미스가 감히 말을 꺼냈다. "다름이 아니라, 아토스가 부상을 당했다는 말씀은 안 하셨으면 합니다. 그런 소문이 폐하의 귀에 들어가게 된다면 아토스가 얼마나 실망하겠습니까. 상처가 어깨에서 가슴까지 관통해서 매우 위중하므로, 어쩌면 생명이……."

바로 그때 문의 휘장이 걷혔다. 그러고는 고상하게 잘생겼으나 핏기라곤 전혀 없는 창백한 얼굴 하나가 휘장의 술 장식 아래로 나타났다.

"아토스!" 두 총사가 큰 소리로 불렀다.

"아토스!" 트레빌도 똑같이 외쳤다.

"대장님께서 저를 호출하셨다고 해서요." 아토스는 작지만 매우 침착한 목소리로 말했다. "대장님께서 저를 부르셨다는 소식을 듣고 부랴부랴 달려왔습니다. 무슨 일이십니까?"

이렇게 말하고는 여느 때와 다름없이 허리띠를 조이고 제복을 단정하게 입은 모습으로 당당하게 집무실로 걸어 들어왔다. 트레빌은 이 늠름한 자세에 진심으로 감동하여 그에게로 달려갔다.

"지금 이 대원들에게 말하던 중이었네." 그가 덧붙였다. "우리 총사대원들은 쓸데없이 목숨을 위태롭게 해서는 안 된단 말이야. 왜냐하면 총사들은 국왕께 아주 소중한 사람들이거든. 국왕께서는 총사들이야말로 이 세상에서 가장 용감한 사람들이라는 걸 잘 알고 계시네. 자, 악수나 하세, 아토스."

그러고는 이 애정의 표시에 상대방이 미처 응하기도 전에 그의 오른손을 잡고 힘껏 쥐었다. 아무리 자제력이 강한 아토스라 해도 이번에는 아픔을 못 견디고 저도 모르게 몸을 움찔했다. 게다가 얼굴마저 더욱 창백해졌다.

집무실의 문은 아까부터 열려 있었다. 아토스의 부상이 비밀에 부쳐졌다 할지라도 이미 모두들 알고 있었던 터라, 그가 이렇게 달려오자 큰 소동이 벌어졌던 것이다. 대장의 마지막 말에 만족스런 환호성이 터졌다. 두서너 사람이 너무나 감격한 나머지, 휘장 틈으로 얼굴을 내밀었다. 트레빌이 이 같은 무례한 행위를 격한 말로 가차 없이 꾸짖으려던 순간, 갑자기 아토스는 손에 경련이 느껴졌다. 아토스가 곧 기절할 것만 같다는 생각이 들었다. 아토스는 온 힘을 다하여 고통과 싸웠으나 결국 더 이상 견디지 못하고 마룻바닥에 죽은 듯이 쓰러져버렸다.

"의사를 불러!" 트레빌이 외쳤다. "내 의사를, 국왕의 시의(侍醫)를, 가장 유능한 의사를 불러와! 어서, 의사를! 용맹한 우리의 아토스가 죽어가고 있다."

트레빌의 고함에 모두 집무실 안으로 뛰어들어왔다. 문을 닫는 것도 잊고 쓰러진 아토스 주위로 몰려들었다. 그러나 아무리 이렇게 몰려와 보았자, 의사가 바로 저택 안에 있지 않았다면 아무 소용도 없었을 것이다. 부름을 받고 달려온 의사가 사람들을 헤치고 아토스에게 다가갔다. 아토스는 여전히 혼절한 상태였다. 의사는 주위의 소란이 방해가 되므로 무엇보다도 먼저 환자를 옆방으로 옮겨달라고 했다. 트레빌은 즉시 문을 열고 포르토스와 아라미스에게 그쪽을 가리켰다. 그러자 두 총사가 동료를 들어 옮겼다. 그들의 뒤를 따라 의사가 들어간 뒤 문이 다시 닫혔다.

그러자 평소에는 그토록 신성시하는 장소였던 트레빌의 집무실이 또 하나의 대기실처럼 되어버렸다. 사람들은 각자 악담을 퍼부으며 욕설을 해댔다. 추기경과 그의 근위대원들을 저주했다. 장광설을 늘어놓고 거드름을 피우며 지껄여댔다.

잠시 후 포르토스와 아라미스가 돌아왔다. 트레빌만이 부상자 옆에 머물러 있었다.

이윽고 트레빌도 돌아왔다. 부상자가 깨어났던 것이다. 의사의 말에 의하면, 환자의 병세는 모두가 걱정할 만한 정도는 아니었다. 단지 심한 출혈 때문에 실신했다는 것이다.

트레빌이 손으로 신호를 보내자 다들 물러갔다. 오직 다르타냥만이 본래의 목적을 잊지 않고, 가스코뉴 사람다운 끈기를 발휘하여 계속 머물러 있었다.

모두들 나가고 문이 다시 닫히자, 트레빌이 돌아서서 그 젊은이와 대면하게 되었다. 방금 일어났던 사건 때문에 대화의 흐름이 잠시 끊어졌으므로, 이 인내심 많은 청원자에게 무슨 일로 왔느냐고 다시 물었다. 다르타냥이 자신의 이름을 밝혔다. 그제야 트레빌은 과거와 현재의 모든 기억을 한꺼번에 되찾으면서 상황을 파악했다.

그가 빙그레 웃으면서 말했다. "실례가 많았네, 젊은이. 자네 일을 그만 까맣게 잊어버리고 있었어. 별수 없지 않는가! 대장이란 한 집안의 아버지와 하나도 다를 것이 없는 데다가, 책임으로 치면 보통 집안의 아버지보다도 더 무겁거든. 병사들은 큰 아이들이야. 하지만 나는 국왕의 명령과 무엇보다도 추기경님의 명령이라면 무슨 일이 있더라도 반드시 이행해야 한다고 생각하고 있기 때문에……."

다르타냥은 미소를 숨길 수가 없었다. 트레빌은 다르타냥의 이 미소를 보고 상대방이 결코 눈치가 없지는 않다고 판단했다. 그래서 화제를 바꾸어 곧장 본론으로 들어갔다.

"나는 자네 아버님을 퍽 좋아했네." 그가 말했다. "그분의 아들을 위해 내가 무엇을 해줄 수 있을까? 자, 어서 말해 보게. 난 시간이 없으니까."

"대장님, 제가 타르브를 떠나 여기에 온 것은 대장님께서 잊지 않고 계시는 그 우정을 생각해서, 제게 총사의 제복을 내려주십사 부탁드리기 위해섭니다." 다르타냥이 말했다. "그러나 두 시간 전부터 제 눈으로 보니, 그 같은 호의는 엄청난 특별 대우라는 것을 알게 되었습니다. 그래서 저에게는 그만한 자격이 없지 않을까 불안합니다."

"실제로 특별 대우지." 트레빌이 대답했다. "하지만 자네가 생각하고 있는 것만큼 그렇게 과분한 것은 아닐 거야. 그런데 폐하께서 만들어놓으신 규정이 있다네. 자네에겐 안됐지만, 전투에 몇 번 참여했거나 어떤 공훈을 세우지 않으면, 또는 우리 총사대는 아니더라도 다른 군대에서 이 년쯤 근무했다거나 하지 않으면, 누구도 총사로 채용할 수 없게 되어 있어."

다르타냥은 말없이 머리를 숙였다. 쉽지 않은 일이라는 것을 알게 되자 총사의 제복을 입고 싶은 생각이 더욱더 간절해졌다.

"그러나, 그러나 말일세. 아까도 말했지만, 자네 아버님하고는 옛 친구이니만큼, 자네를 위해 뭔가 해주고 싶네." 트레빌이 상대방의 마음을 밑바닥까지 읽어내려고 하는 듯한 날카로운 눈으로 고향에서 온 젊은이를 응시하면서 말을 이었다. "우리 베아른의 귀족 청년이라면 가진 게 별로 없을 거야. 그 점은 내가 고향을 떠나온 뒤에도 달라졌을 것 같지 않군. 그러니 자네도 그다지 많은 돈을 가져오지 못했을 거야."

다르타냥은 거만하게 몸을 뒤로 젖히며 말했다. "저는 적선 따위는 받지 않습니다."

"좋아, 좋아, 젊은이." 트레빌이 계속했다. "그런 태도는 나도 알고 있네. 내가 파리에 왔을 때는 주머니에 겨우 4에퀴밖에 없었어. 하지만 누군가 네 주제로는 루브르 궁을 절대로 살 수 없다고 말했다면, 나는 그자와 싸웠을 걸세."

다르타냥은 몸을 더욱 뒤로 젖혔다. 말을 판 덕분에 트레빌의 경우보다 4에퀴나 더 많은 돈을 가지고 인생의 새 출발을 했기 때문이다.

"그러니까 내가 하고 싶은 말은, 설령 자네가 아무리 많은 돈을 가지고 있다 하더라도 그것을 잘 간직할 필요가 있다는 것이네. 또 한 가지 명심해야 할 점은 귀족에 어울리는 훈련을 받아야 한다는 것이야. 오늘 당장 왕립 아카데미의 책임자에게 소개장을 써주겠네. 그러면 내일부터 수업료 없이 자네를 받아줄 거야. 대단치 않은 호의지만 받아주게나. 아무리 지체가 높고 돈이 많은 귀족이 간청한다 해도 얻기 힘든 기회야. 자네는 마술(馬術), 검술, 그리고 무도(舞蹈)를 배우도록 하게. 그러다 보면 좋은 사람들을 사귀게 되겠지. 그리고 가끔씩 나한테 와서 어느 정도 진척됐는지, 그리고 내가 자네를 위해 해줄 만한 일이 있는지 말해 주면 좋겠네."

다르타냥은 궁정의 예절에 대해 아직 아무것도 아는 것이 없었지만, 그래도 조금 냉랭한 대접이라는 것 정도는 알 수 있었다.

"이거 정말 유감이군요." 그가 말했다. "대장님께 드리라고 아버지께서 써주신 소개장이 지금 제 수중에 없다는 점이 참으로 아쉽기 짝이 없습니다!"

"솔직히 그렇다네." 트레빌이 대답했다. "나도 놀라고 있네. 우리 베아른 사람들에게는 유일한 자산이자 없어서는 안 될 여비와도 같은 소개장도 없이 이런 머나먼 길을 잘도 내디뎠구나 하고 말이야."

"사실은 가지고 있었습니다. 그것도 정식 소개장을 말입니다." 다르타냥이 외쳤다. "그런데 어떤 고약한 놈한테 도둑맞았습니다."

그러고는 묑에서 겪은 일의 자초지종을 이야기하면서 미지의 귀족을 상세하게 묘사했다. 트레빌은 그렇게 열심히 이야기하는 다르타냥의 모습이 마음에 들었다.

"이상한 일이로군." 트레빌이 생각에 잠겨 말했다. "그러니까 자네가 내 얘기를 큰 소리로 했단 말이지?"

"예, 그렇습니다. 경솔한 짓이었는지도 모르겠습니다. 하지만 어쩌겠습니까, 대장님 같은 분의 이름이 여행 중인 저에게는 틀림없이 방패가 되었을 겁니다. 덕택에 제가 얼마나 안전했는지 모릅니다!"

당시는 아첨이 난무하던 시대였다. 트레빌도 왕이나 추기경 못지않게 알랑거리는 말을 좋아했다. 그래서 그는 자기도 모르게 만족스러운 미소를 짓지 않을 수 없었다. 그러나 이내 미소가 사그라들었다. 그는 일시적인 자기도취에서 벗어나 묑에서 일어난 사건에 관심을 보였다.

"그런데 이보게, 그 귀족의 관자놀이에 흉터가 있지 않았나?" 그가 말을 계속했다.

"있었습니다. 총알에 긁힌 흉터 같은 것이었어요."

"미남이었나?"

"예, 미남이었습니다."

"키가 크고?"

"예."

"얼굴은 창백하고 머리카락은 갈색이고?"

"예, 예, 맞습니다. 대장님께서 어떻게 그놈을 알고 계십니까? 아! 그놈을 다시 만나기만 한다면, 맹세코 지옥이라도 달려가고야 말겠습니다!"

"어떤 여자를 기다리고 있었겠지?" 트레빌이 계속했다.

"예, 기다리던 여자와 잠시 얘기하고 나서 떠났습니다."

"그들이 무슨 얘기를 했는지 자넨 모르겠지?"

"그놈은 여자에게 상자 하나를 주면서, 이 상자 속에 지령이 들어 있으니 런던에 가서 열어보도록 했습니다."

"그 여자는 영국 여자였지?"

"그가 영어로 그 여자를 밀레디라고 부르더군요."

"바로 그놈이다." 트레빌이 중얼거렸다. "그래, 그놈이야! 아직도 브뤼셀에 있는 줄로만 알았는데!"

"저런, 대장님께서 만약 그놈을 아신다면 그놈이 누구인지, 어디에 있는지 알려주십시오." 다르타냥이 외쳤다. "그렇게 하신다면 다른 것은 바라지도 않겠습니다. 총사대에 넣어주시겠다는 약속을 안 지키셔도 좋습니다. 무엇보다도 먼저 복수를 하고 싶으니까요."

"그만두게, 젊은이!" 트레빌이 소리를 질렀다. "도리어 그 작자와 마주칠 일이 있으면 피하도록 하게! 그런 바위 덩어리 같은 사람에게 부딪히지 말란 말이네. 자네가 계란처럼 부서져버릴 테니."

"상관없습니다." 다르타냥이 말했다. "놈을 다시 만나기만 하면……."

"당분간 그자를 찾지 말게." 트레빌이 말을 이었다. "이게 내가 자네에게 해줄 수 있는 충고일세."

트레빌은 불현듯 수상한 기분이 들어 갑자기 말을 그쳤다. 아버지의 소개장을 미지의 사나이에게 도둑맞았다는 것도 꽤 수상쩍은데, 이 젊은 나그네가 미지의 사나이에 대해 드러내 보이는 이 불타는 증오의 이면에 어떤 속셈이 숨어 있는 것이 아닐까? 이 젊은이는 추기경이 보낸 사람으로, 무슨 덫을 놓기 위해 온 것이 아닐까? 다르타냥이라고 하는데, 혹시 밀정이 아닐까? 추기경이 내 집에 들여보내 측근에 두었다가 신임을 얻게 한 뒤에 나를 실각시키는 데 사용하려는 밀정 말이야. 지금까지도 여러 번 있었던 일이었다. 그는 처음보다도 더 뚫어지게 다르타냥을 바라보았다. 영리하고 재주가 넘쳐 보이는 용모, 틀림없이 겸손해 보이는 모습이긴 했다. 그런데도 여간해서는 안심이 되지 않았다.

'가스코뉴 사람이라는 건 잘 알겠어.' 그가 생각했다. '그렇다고 해서 내 사람이라고 할 수는 없지. 추기경의 사람이 될 수도 있으니까. 어디 한번 시험해 보자.'

"이보게, 친구." 그가 다르타냥에게 천천히 말했다. "자네가 소개장을 잃어버렸다는 이야기는 믿겠네. 자네는 내 옛 친구의 아들이 분명하고 처음에 자네를 맞이한 내 태도가 쌀쌀맞다고 생각하는 듯하니, 그런 오해를 풀기 위해 말하겠네. 나는 자네에게 우리 정책의 기밀을 솔직하게 털어놓고 싶어. 국왕과 추기경은 다시 없이 좋은 친구 사이라네. 겉으로 갈등이 있어 보이는 건 어리석은 자들의 눈을 속이기 위해서일 뿐이야. 나의 동향인이자 뛰어난 기사이며, 정직할 뿐만 아니라 장래가 촉망되는 자네가 다른 수많은 멍청이들처럼 그런 겉모양에 속아 넘어가거나 함정에 빠지리라고는 생각하지 않네. 나는 두 전능하신 주인에게 충성을 다하고 있다네. 국왕은 물론이고, 우리 프랑스가 낳은 가장 뛰어난 천재이신 추기경님을 진심으로 섬기는 일 말고는 나는 아무 할 일이 없어. 젊은이, 이제는 자네도 이 점에 대해 깊이 생각하고 나를 따르는 것이 좋을 거야. 가족 관계나 친구 관계 때문에, 또는 다른 귀족들처럼 자네도 추기경에 대한 반감을 혹시 품고 있다면, 이대로 그만 헤어지세. 기회가 있으면 언제라도 도와주겠네. 하지만 나 개인과 관계를 맺을 수는 없어. 어쨌든 내가 이렇게 솔직하게 말하니 내 친구가 되어주기를 바라네. 왜냐하면 나에게 이런 이야기를 들은 젊은이는 지금까지 자네 한 사람밖에 없기 때문이야."

트레빌이 혼자 마음속으로 중얼거렸다.

'만약 추기경이 이 여우 새끼를 보낸 거라면, 내가 얼마나 자기를 증오하고 있는지 자기도 잘 알 테니까, 나의 환심을 사는 가장 좋은 방법은 자기에 대해 나쁘게 말하는 것이라고 이 밀정에게 일러두었을 게 틀림없어. 그러니까 내가 아무리 그렇지 않다고 반박해도, 이 교활한 녀석은 틀림없이 추기경 예하를 몹시 증오한다고 대답할 거야.'

그러나 정작 다르타냥의 반응은 트레빌의 기대와는 딴판이었다. 다르타냥은 솔직하기 짝이 없는 대답을 했다.

"대장님, 저도 대장님과 같은 생각을 품고 파리에 왔습니다. 아버지는 저에게 국왕과 추기경님과 대장님, 이 세 분이 프랑스에서 으뜸가는 분이라고 하시면서 이 세 분만을 진심으로 섬기라고 당부하셨습니다."

다들 알아차렸겠지만, 다르타냥은 트레빌을 다른 두 사람과 같은 수준으로 대하고 있었다. 그런다고 해서 무슨 해가 있지는 않으리라 확신했다.

"그래서 저는 추기경님을 둘째가라면 서러울 정도로 숭배하고 있습니다." 다르타냥이 말을 계속했다. "그분의 행동에 대해서도 진심으로 경의를 표하고 있습니다. 대장님께서 그렇게 기탄없이 말씀해 주시니, 저에겐 참으로 잘된 일입니다. 그러면 영광스럽게도 저와 대장님의 마음이 이처럼 같다는 것을 대장님께서 인정해 주실 것 아닙니까. 그러나 저에 대해 미심쩍어 하시는 일이 있다면, 하기야 아주 당연한 의심이겠습니다만, 제가 진실을 말씀드리는 것이 도리어 저에게 해가 되리란 것도 잘 알고 있습니다. 하지만 할 수 없습니다. 그래도 대장님께서 저라는 인간이 어떤 사람인지 제대로 평가해 주실 테니까요. 그거야말로 이 세상에서 무엇보다도 제가 바라는 바입니다."

트레빌은 말할 수 없이 놀랐다. 뛰어난 통찰력과 솔직함에 감탄이 절로 나왔다. 그렇다고 해서 의심이 완전히 걷힌 것은 아니었다. 이 젊은이가 다른 청년들보다 뛰어난 만큼, 혹시나 자신이 속아 넘어가고 있는 건 아닐까 하는 걱정을 지울 수가 없었다. 그러나 다르타냥의 손을 잡고 말했다.

"자네는 훌륭한 청년이야. 그러나 지금으로서는 아까 말한 것밖에는 해줄 수가 없네. 내 저택은 자네에게 언제나 열려 있어. 언제든지 나를 만날 수 있고, 따라서 온갖 기회를 잡을 수도 있을 테니, 언젠가는 자네가 얻고 싶어하는 것을 얻을 것이네."

"다시 말해서 저에게 자격이 갖춰질 때까지 기다려주시겠다는 말씀이시죠." 다르타냥이 말을 받았다. "좋습니다, 안심하십시오." 그가 가스코뉴 사람답게 정겨운 말투로 덧붙였다. "그다지 오래 기다리시지는 않아도 될 것입니다." 그러고는 마치 다른 볼일이 있다는 듯이 물러가려고 인사를 했다.

"아니, 좀 기다려보게나." 트레빌이 그를 잡으면서 말했다. "아카데미의 책임자에게 보여줄 소개장을 써주겠다고 약속했잖는가. 그런 걸 받기엔 자존심이 허락지 않는다는 말인가, 젊은 친구?"

"아닙니다, 대장님." 다르타냥이 말했다. "이번 소개장은 절대로 지난번처럼 되지 않도록 하겠습니다. 맹세코 잘 간직했다가 그 주소에 전하겠습니다. 만약 또 훔치려는 놈이 있다면 가만두지 않겠습니다!"
 트레빌은 젊은이의 호기에 빙그레 웃었다. 그러고는 지금까지 같이 서서 이야기하던 창가에서 기다리라고 한 후에, 탁자로 가서 약속한 소개장을 쓰기 시작했다. 그러는 동안 다르타냥은 특별히 할 일도 없고 해서, 총사들이 하나 둘씩 창문 앞을 지나 길모퉁이로 사라지곤 하는 모습을 바라보면서 박자에 맞춰 유리창을 두드리기 시작했다.
 트레빌이 소개장을 다 쓰고 봉인을 했다. 그러고는 일어나 젊은이에게 소개장을 주기 위해 가까이 다가갔다. 그런데 다르타냥이 그것을 받으려고 손을 뻗치던 바로 그 순간, 다르타냥이 갑자기 펄쩍 뛰면서 분노로 얼굴이 새빨개진 채 고함을 치고 집무실 밖으로 달려나가는 바람에 트레빌은 깜짝 놀랐다.
 "오냐, 이놈! 이번에는 놓치지 않을 테다!"
 "아니, 누군데 그러나?" 트레빌이 물었다.
 "그놈입니다. 제 소개장을 훔친 놈입니다!" 다르타냥이 대답했다. "아! 이 음흉한 놈!"
 다르타냥의 모습이 보이지 않았다.
 "저런 미친놈을 봤나!" 트레빌은 혼자 중얼거렸다. "자기 음모가 실패한 것을 알고서 슬그머니 뺑소니를 치려는 수작만 아니라면 좋겠는데······."

아토스의 어깨, 포르토스의 가죽 멜빵, 아라미스의 손수건

 격분한 다르타냥이 불과 세 걸음 만에 대기실을 통과해 계단으로 달려 나갔다. 네 계단씩 뛰어내려야지 생각하면서 머리를 숙이고 달리다가 때마침 트레빌의 집무실에서 다른 문으로 나오던 총사 한 사람을 머리로 받아버렸다. 다르타냥의 머리가 어깨에 부딪히자, 상대방은 울부짖음에 가까운 비명을 질렀다.
 "미안합니다." 다르타냥이 다시 뛰어가려고 하면서 말했다. "미안합니다. 급해서 그만."
 그가 첫 계단을 내려오자마자 강철 같은 주먹 하나가 그의 어깨띠를 붙잡아 그를 세웠다.
 "급하긴 급했군!" 수의처럼 창백한 얼굴의 총사가 외쳤다. "내게 부딪혀 놓고는, 그런 핑계로 '미안합니다.' 하면 그만일 줄 알아? 천만의 말씀이야, 젊은이. 트레빌 씨가 오늘 우리들에게 좀 함부로 말씀하셨다고 해서, 자네도 우리를 그렇게 대해도 될 줄 알았나? 그렇게는 안 될걸. 자네는 트레빌 씨가 아니란 말이야, 알겠어?"

"정말, 정말 고의로 그런 것이 아닙니다." 눈앞의 상대가 의사의 치료를 받고 나서 집으로 돌아가려던 아토스라는 걸 알아보고서 다르타냥이 대꾸했다. "그래서 '미안합니다.' 하고 말씀드린 겁니다. 그러면 되는 줄 아는데요. 하지만 다시 한 번 사과드립니다. 좀 무례했을지도 모르겠습니다만, 급한 일이 있어서 그럽니다. 매우 급한 일이니 제발 놓아주십시오. 볼일이 있으니 저를 좀 내버려둬 주세요."

"이봐, 자네는 예의를 모르는군." 아토스가 다르타냥을 놓아주면서 말했다. "보아하니 시골에서 오신 모양이지."

다르타냥은 벌써 서너 층계를 뛰어내려가 있었다. 그러나 아토스의 말을 듣고 딱 걸음을 멈추었다.

"아니, 이봐요!" 그가 말했다. "미리 말해 두지만, 내가 어디서 왔건 나에게 예절을 가르치려 들지 마시오."

"아무렴." 아토스가 말했다.

"아! 이렇게 급한 일만 없었다면……!" 다르타냥이 외쳤다. "어떤 사람을 쫓아가고 있지만 않았다면……."

"바쁜 양반, 그렇게 뛰지 않아도 나를 만날 수 있소. 알겠소?"

"그럼 어디서 만날 수 있겠습니까?"

"카름 데쇼(맨발의 카르멜회. 카르멜회에서 갈라져 나온 수도회로 외부와 단절된 채 사색과 노동에만 힘쓴다—옮긴이) 수도원 옆이오."

"시간은요?"

"정오쯤."

"정오쯤, 좋습니다. 그리로 가지요."

"기다리지 않게 하시오. 미리 말해 두지만, 정오에서 십오 분 이상 지나면 내가 쫓아가서 당신의 귀때기를 잘라놓을 테니까."

"좋습니다!" 다르타냥이 그에게 외쳤다. "정오 십 분 전에 가 있겠소."

이렇게 말하고는 뛰기 시작했다. 마치 악마가 그를 이끄는 듯했다. 미지의 사나이가 그 차분한 걸음걸이로는 아직 멀리 가지 못했을 테니까 다시 찾아낼 수 있으리라 생각했다.

그런데 대문 앞에서 포르토스가 경비병 한 명과 이야기를 하고 있었다. 두 사람 사이에는 꼭 한 명쯤 지나갈 만한 여유가 있었다. 다르타냥은 그만한 여유 공간이면 충분하겠다고 생각하고는, 그 두 사람 사이로 지나가려고 쏜살처럼 뛰어갔다. 그러나 급하게 뛰면서 바람까지는 생각하지 못한 게 실수였다. 두 사람 사이로 막 통과하려는 순간에 포르토스의 긴 망토가 바람에 부풀면서 다르타냥이 그 속으로 곧장 뛰어들고 말았다. 포르토스로서는 안에 입고 있던 옷을 드러내고 싶지 않았던지라, 쥐고 있던 망토 자락을 놓기는커녕 더욱더 자기 쪽으로 끌어당겼다. 포르토스가 완강히 저항하는 바람에 생긴 회전 운동 때문에 다르타냥은 벨벳 망토 속으로 휘감겨 들어갔다.

다르타냥은 이 총사가 욕하는 소리를 들으면서 눈을 가리고 있는 망토 속에서 빠져나올 틈을 찾았다. 그는 무엇보다도 포르토스의 훌륭한 가죽 멜빵을 더럽히지나 않을까 걱정이 되었다. 그러나 조마조마해하면서 눈을 뜨고 보니 포르토스의 양 어깨

사이, 다시 말해서 자신의 코가 바로 멜빵 위에 달라붙어 있었다.
 그런데 이게 웬일인가! 이 세상 대부분의 것들이 겉치레일 뿐이듯, 이 가죽 멜빵도 앞쪽만 금실 자수로 되어 있고, 뒤쪽은 그저 물소 가죽에 불과했다. 허세를 부리기 좋아하는 포르토스도 가죽 멜빵 전체를 금으로 할 수는 없어서, 겨우 절반만 그렇게 꾸며놓았던 것이다. 그제야 왜 포르토스가 감기에 걸렸다면서 급히 망토를 걸쳐야 했는지 알 수 있었다.
 "이런 제기랄!" 포르토스가 등에서 꿈틀거리고 있는 다르타냥을 떨쳐버리려고 안간힘을 쓰면서 외쳤다. "당신 미쳤어? 이렇게 사람한테 마구 뛰어들다니!"
 "이거 죄송하게 됐습니다." 다르타냥이 거구의 어깨 아래로 빠져나오면서 말했다. "매우 급한 일이 있어서 그만…… 어떤 놈을 쫓아가는 중이라서요."
 "아무리 쫓아간다 해도 도대체 눈을 어디다 두고 다니는 거요?" 포르토스가 물었다.
 "아니요." 다르타냥이 어리둥절한 표정으로 말했다. "저는 눈이 좋아서 다른 사람들에게는 안 보이는 것까지도 볼 수 있답니다."
 이 말을 알아들었는지 못 알아들었는지, 포르토스는 계속 화를 내면서 말했다.
 "여보시오, 총사에게 이렇게 덤비면 두들겨 맞을 테니 그런 줄 아시오."
 "때린다고요!" 다르타냥이 말했다. "이거 말씀이 심하시네요."
 "심심하면 누구라도 원수를 만드는 사람에게는 꼭 들어맞는 말이지."

"아무렴, 그렇고말고요! 나도 당신이 왜 친구들에게 등을 보이지 않는지 잘 알고 있소."

다르타냥은 자신의 농담에 스스로 흡족하여 목청껏 껄껄 웃으면서 멀어져갔다. 포르토스는 입에 거품이 일 정도로 금방 화가 치밀어 다르타냥에게 달려들려고 했다.

"나중에, 나중에요." 다르타냥이 그에게 소리쳤다. "당신이 망토를 벗고 난 뒤에 말입니다."

"그럼 1시에, 뤽상부르 궁 뒤에서."

"좋습니다, 1시에." 다르타냥이 대답하면서 길모퉁이를 돌아갔다.

그러나 지금까지 지나왔던 거리는 물론, 눈앞에 펼쳐진 거리에도 사람이라곤 그림자도 보이지 않았다. 미지의 사나이가 아무리 천천히 걸었다 해도 그새 꽤 멀리 가버린 모양이다. 아니면 어느 집으로 들어갔을지도 모른다. 다르타냥은 지나가는 사람들마다 붙들고 미지의 사나이를 못 보았느냐고 물어보면서 배를 묶어놓은 곳까지 내려갔다. 다시 센 가와 크루아 루주 가를 걸어 도로 올라와 보았으나 아무것도, 정말 아무것도 없었다. 그렇지만 이렇게 헐레벌떡 쫓아다닌 것이 말짱 헛수고는 아니었다. 땀이 이마로 흘러내리면서 마음이 차분해졌다.

그러자 조금 전까지 있었던 많은 불길한 사건들이 떠올랐다. 이제 겨우 오전 11시밖에 되지 않았는데 벌써 트레빌의 신임을 잃었다. 그는 다르타냥이 자기 집무실을 떠난 모습을 보고 분명히 무례하다고 생각했을 터였다.

게다가 다르타냥은 결투를 두 번이나 치르게 되어버렸다. 결투 상대는 두 사람 모두 혼자서라도 다르타냥 같은 사람 셋쯤은 거뜬히 해치울 수 있는 총사였다. 그는 평소에 총사들을 존경했다. 이 세상 누구보다 뛰어난 사람들이라는 생각을 머리와 가슴에 품고 있었다.

참으로 눈앞이 캄캄했다. 다르타냥은 자신이 아토스의 손에 죽으리라고 확신했다. 그래서 포르토스에 관해서는 그다지 걱정도 하지 않았다. 이해할 만하다. 그러나 사람의 마음속에는 마지막까지 희망이 남아 있는지라, 무시무시한 상처를 입는 것은 당연지사라 하더라도, 혹시 두 결투에서 살아남을 수도 있지 않을까 하는 기대감이 생겨나기 시작했다. 살아남을 경우를 생각하며 그는 스스로를 꾸짖었다.

"난 정말 경솔한 놈이야! 그리고 정말 얼간이야! 용감한 아토스가 가엾게도 어깨에 상처를 입었는데, 바로 거기에 부딪히다니. 바로 거기에 망치처럼 머리를 들이박은 거야. 그가 나를 그 자리에서 죽여버리지 않은 것이 오히려 이상한 일이지. 그에겐 그럴 권리가 있었는데 말이야. 굉장히 아팠을 거야. 그리고 포르토스는, 아, 정말이지 포르토스의 일은 더 어이가 없군."

다르타냥은 자신도 모르게 웃기 시작했다. 이렇게 까닭 없이 혼자 웃는 모습을 누가 보기라도 하면 기분이 상하지 않을까 싶어 주위를 둘러보았다.

"포르토스는 더 이상한 사람이야. 하지만 그래도 역시 내가 경망한 놈이란 건 변함이 없어. 조심하라는 말도 없이 그렇게 사람에게 달려들다니, 어떻게 그럴 수가! 남의 망토 속으로 뛰어들어 거기 있지도 않은 것을 들여다보려는 놈이 세상에 어디 있담! 그 빌어먹을 놈의 가죽 멜빵에 관해 에둘러 말하지만 않앉아도 그는 틀림없이 나를 용서해 주었을 거야. 아무렴, 용서해 주고말고. 말이야 정말 근사하게 돌려서 했지! 아! 나는 정말 어쩔 수 없는 가스코뉴 놈이구나. 나라는 놈은 튀김 냄비 속에 집어넣어도 농담 따먹기를 하고 있을 거야. 자, 다르타냥, 이 친구야." 그가 자기 자신을 곱게 타이르듯이 혼잣말을 계속했다. "만일 네가 이번 고비를 잘 넘긴다면, 그렇게 될 것 같지는 않다마는, 만약에 그렇게만 된다면, 앞으로는 예의 바르게 처신하지 않으면 안 돼. 이제부터는 남에게 존경을 받도록, 남에게 모범이 되도록 해야 돼. 상냥하고 공손하다는 것은 비겁한 것이 아니야. 아라미스를 봐. 아라미스는 온화와 우아의 화신이야. 그렇지만 아라미스를 비겁한 사람이라고 말하는 사람이 있느냔 말이야. 천만에, 아무도 없었어. 앞으로는 모든 점에서 이 사람을 본받고 싶다. 아니! 아라미스가 바로 저기에 있네."

다르타냥은 혼잣말을 하면서 걸어가다가 에기용의 저택 바로 옆까지 이르렀는데, 이 저택 앞에서 아라미스가 국왕 근위대 소속의 세 귀족과 즐겁게 이야기하고 있는 것이 눈에 띄었다. 아라미스 쪽에서도 다르타냥을 보았다. 그러나 트레빌이 이날 아침 몹시 역정을 냈을 때 이 젊은이가 한자리에 있었다는 것을 잊지 않았으며 총사들이 꾸지람 듣는 장면을 목격한 사람에 대해 유쾌한 기분일 수 없었으므로, 보고도 못 본 체해 버렸다. 반대로 다르타냥은 이제 화해하고 싶은 마음과 예의 바르게 행동하고 싶은 마음이 간절했으므로, 그 네 사람 쪽으로 다가가서는 아주 상냥하게 미소를 지으며 깍듯이 인사를 했다. 아라미스가 고개를 살짝 숙였다. 그러나 미소를 짓지는 않았다. 뿐만 아니라 네 사람 모두가 동시에 대화를 중단해 버렸다.

다르타냥도 자기가 방해자라는 것을 눈치 채지 못할 만큼 어리석지는 않았다. 그렇지만 거의 모르는 것이나 다름없는 사람들과 마주쳐 자기와 아무런 관계도 없는 대화에 끼어든 사람의 어색한 입장에서 적절히 빠져나올 수 있을 만큼 상류 사교계의 예법에 익숙하지는 않았다. 그래서 가능한 한 어색하지 않게 물러날 방법을 내심 찾고 있는데, 때마침 아라미스가 손수건을 떨어뜨렸다. 아마 자기도 모르게 그랬겠지만, 그것을 발로 밟은 것이 다르타냥의 눈에 띄었다. 다르타냥은 자신의 실례를 벌충할 수 있는 기회다 싶어, 몸을 구부리고 되도록 멋스러운 태도로 총사의 발밑에서 손수건을 빼내어 그에게 건네주면서 말했다.

"손수건을 잃어버리면 곤란하시지 않겠습니까."

아닌 게 아니라 손수건에는 훌륭한 수가 놓여 있었고, 한쪽 모서리에 왕관과 문장이 새겨져 있었다. 아라미스가 얼굴을 빨갛게 물들이며 다르타냥의 손에서 손수건을 빼앗듯이 받았다.

"아니! 저런!" 근위대원 하나가 소리쳤다. "이래도 자네는 부아 트라시 부인과 사이가 좋지 않다고 말할 작정인가, 신중한 아라미스? 그 아리따운 부인이 친절하게도 자기 손수건까지 빌려주고 있는 판인데?"

아라미스가 다르타냥 쪽으로 시선을 돌렸다. '너는 이제 나하고 불구대천의 원수가 됐다.'는 뜻을 알리는 듯한 시선이었다. 그런 뒤에 다시 평소의 온화로운 얼굴빛을 되찾았다.

"자네들이 잘못 생각한 걸세." 그가 말했다. "이 손수건은 내 것이 아니야. 저분이 왜 자네들 중의 어느 한 사람에게 돌려주지 않고 나에게 건네주는 건지 오히려 난 모르겠네. 이것 보게, 이게 그 증거네. 내 것은 이렇게 내 주머니 속에 있잖아."

아라미스는 이렇게 말하면서 주머니에서 또 한 장의 손수건을 꺼냈다. 역시 여간 멋스럽지 않은, 섬세한 리넨 손수건이었다. 당시에는 리넨이 비쌌는데, 이 손수건에는 자수도 문장도 없이 글자 하나, 곧 주인 이름의 첫 글자만 새겨져 있을 뿐이었다.

이번에는 다르타냥도 말 한마디 할 수 없었다. 자신의 실수를 알아차렸기 때문이다. 그러나 아라미스의 친구들은 아라미스의 말을 곧이들으려 하지 않았다. 그러더니 그중 한 사람이 짐짓 정색을 하고서 젊은 총사에게 말을 건넸다.

"이보게, 아라미스. 만약 자네의 주장이 사실이라면, 나로서는 자네에게 그 손수건을 돌려달라고 하지 않을 수 없네. 왜냐하면, 자네도 알다시피, 부아 트라시는 내 친구일세. 그러니 누가 그의 아내 물건을 자랑하고 다니는 것을 그냥 보고 있을 수는 없지 않나."

"요청하는 말투가 그게 뭔가?" 아라미스가 응수했다. "자네의 요청이 정당하다는 것은 인정하지만, 형식이 예의에 어긋났기에 거절하겠네."

"사실은…… 아라미스 씨의 주머니에서 손수건이 떨어지는 것을 본 건 아닙니다." 다르타냥이 머뭇머뭇 입을 열었다. "다만 발로 밟고 계시는 걸 보았을 뿐입니다. 그게 전부입니다. 그리고 밟고 계시니까 그저 이분의 것이려니 생각했습니다."

"이봐요, 당신이 잘못 생각한 거요." 아라미스가 다르타냥의 사죄하려는 마음에는 신경도 쓰지 않고 쌀쌀맞게 대답했다.

그러고는 부아 트라시의 친구라고 자칭한 근위대원 쪽을 돌아보면서 말을 계속했다.

"여보게, 부아 트라시의 친구, 나도 역시 자네 못지않게 그의 다정한 친구 아닌가. 곰곰이 생각해 보니, 엄밀히 말하자면 이 손수건은 내 주머니에서 떨어졌을 수도 있고 자네 주머니에서 떨어졌을 수도 있는 셈이야."

"그렇지 않아, 명예를 걸고 맹세하지!" 폐하의 근위대원이 외쳤다.

"자네가 명예를 걸고 맹세하겠다면, 나도 내 말을 걸고 맹세하겠네. 그렇다면 분명히 둘 중 한 사람이 거짓말을 하는 셈이 아닌가. 그러니, 여보게, 몽타랑. 좋은 수가 있네. 둘이서 절반씩 갖자고."

"손수건을 반으로?"

"그래."

"정말 대단하군." 다른 두 근위대원이 소리쳤다. "그야말로 솔로몬 왕의 판결일세. 정말 자네의 지혜는 이만저만이 아닐세, 아라미스."

젊은이들은 폭소를 터뜨렸다. 사건은 이것으로 끝이었다. 잠시 후에 대화를 끝내고 그들은 서로 정답게 악수를 나누었다. 세 근위대원과 아라미스가 각기 다른 길로 헤어졌다.

"지금이야말로 저 점잖은 신사와 화해할 수 있는 기회야." 그들의 대화가 끝나갈 무렵에는 떨어져 있던 다르타냥이 이렇게 중얼거리더니 호의를 품고 아라미스에게 다가갔다. 아라미스는 벌써 다르타냥을 거들떠보지도 않고 멀어져가고 있었다.

"여보세요, 잠깐만 기다려주세요." 다르타냥이 아라미스에게 말했다. "절 용서해 주시길 바랍니다."

"아! 당신이로군." 아라미스가 말을 가로막았다. "충고 한마디 하겠는데, 아까 같은 상황에서 당신은 신사답지 못하게 처신했소."

"아니, 뭐라고요!" 다르타냥이 외쳤다. "설마 저를······."

"물론 당신이 바보라고 생각하지는 않습니다만, 아무리 가스코뉴 같은 시골에서 오셨다 해도, 주머니에 있어야 할 손수건을 발로 밟고 있을 때에는 다 그만한 까닭이 있다는 것쯤은 잘 아실 것 아닙니까. 파리의 거리에 리넨이 무수히 깔려 있는 것도 아니니까 말이오."

"여보시오, 나에게 모욕을 주려고 한다면 유감이오." 다르타냥이 말했다. 그의 호전적인 본능이 화해하려는 마음보다 더 강하게 밀려들기 시작했다. "그래요, 나는 가스코뉴 출신이오. 그런 줄 알고 계시니까, 가스코뉴 사람들이 성급하다는 것을 새삼 당신에게 말할 필요는 없을 거요. 설령 어리석은 짓을 했다 할지라도, 한번 사과했으면 그것으로 이미 해야 할 도리의 절반 이상을 했다고 생각하는 것이 우리 가스코뉴 사람들입니다."

"이봐요, 내가 당신에게 싸움을 걸려는 뜻은 아니오." 아라미스가 대답했다. "다행히도 나는 검객이 아니오. 그리고 총사로 있는 것도 당분간일 뿐이니까, 정말로 부득이할 때만 싸움을 합니다. 그것도 정말 마지못해서 하는 거요. 하지만 이번 일은 심각한 사건이오. 왜냐하면 한 귀부인의 명예가 당신 때문에 훼손되었으니까."

"'우리' 때문이란 말이겠죠!" 다르타냥이 외쳤다.

"어째서 손수건을 내게 돌려주는 실수를 했소?"

"어째서 그걸 떨어뜨리는 실수를 했죠?"

"아까 말하지 않았소. 다시 말하지만, 이 손수건은 내 주머니에서 떨어진 것이 아니오."

"아, 그래요! 그렇다면 이제 두 번이나 거짓말을 하는 셈이로 군. 당신 주머니에서 손수건이 떨어지는 걸 내 두 눈으로 똑똑히 봤소!"

"아니, 말투가 그게 뭐요! 좋아, 가스코뉴 양반, 세상 물정을 가르쳐드리지."

"그렇다면 난 당신이 미사나 올리게 해드리지, 사제 양반! 자, 원한다면 칼을 빼시오, 지금 당장."

"미안하지만 거절하겠소, 잘생긴 친구. 적어도 여기선 안 되오. 아는지 모르겠는데, 여기는 에기용 저택 앞이오. 저 안에는 추기경의 비호를 받는 자들이 가득 차 있소. 당신마저도 추기경 예하의 명령을 받고 내 머리를 베어 바치려는 것이 아닌지 누가 알겠소? 그런데 내 머리로 말하자면, 나는 내 머리가 내 어깨와 아주 잘 어울린다고 생각하기 때문에, 죽어도 이 머리를 버리고 싶지 않다오. 당신과 한판 붙고 싶은 건 맞으니, 안심하시오. 하지만 사람들 눈에 띄지 않는 호젓한 곳에서, 당신이 당신의 죽음을 자랑할 수 없는 한적한 곳에서 조용히 죽여드리겠소."

"제발 그렇게 해주시오. 하지만 너무 자만하지는 마세요. 그리고 손수건일랑 당신 것이건 아니건 가져가세요. 혹시 쓸 기회가 있을지도 모르니까."

"가스코뉴 사람이라고 했죠?" 아라미스가 물었다.

"그렇습니다. 설마 조심성 때문에 결투 약속을 미루려는 건 아니겠죠?"

"이봐요, 조심성이라는 것이 총사들에게는 해당되지 않는 미덕이라는 것쯤은 나도 알고 있소. 하지만 성직자들에게는 불가

결한 것이오. 그리고 나는 임시로 총사대에 몸담고 있을 뿐이오. 그러니까 늘 조심하려고 하는 거요. 2시에 트레빌 씨 저택에서 기다리겠소. 그때 좋은 장소를 알려드리도록 하지."

두 젊은이가 인사를 나누었다. 그런 뒤에 아라미스는 뤽상부르 궁으로 올라가는 길을 향해 떠나갔다. 다르타냥은 시간이 많이 지난 것을 깨닫고는 혼잣말을 중얼거리면서 카르멜 수도원 쪽으로 발걸음을 옮겼다.

"정말, 돌아올 수 없는 다리를 건넜구나. 하지만 죽음을 당하더라도 최소한 총사의 손에 죽게 되겠지."

국왕의 총사대와 추기경의 근위대

다르타냥은 파리에 아는 사람이 아무도 없었다. 그래서 그는 상대방이 골라주는 결투 증인으로 만족해야겠다고 마음먹고, 홀로 아토스와 약속한 장소로 갔다. 게다가 실은 그 정직한 총사에게 약점을 보이지 않으면서 적당히 사과할 생각이었다. 이번 결투는 젊고 건강한 청년과 허약한 부상자가 싸우는 것이니만큼, 진다면 상대의 승리만 배로 빛날 것이고, 이겨봤자 공평한 결투가 아니었다는 오명을 얻는 것이 고작일 터이므로, 이런 난처한 상황에서 신통한 결과가 나올 리 없다고 생각했기 때문이다.

게다가 모험을 좇는 다르타냥의 성격을 제대로 설명했을지 모르지만, 틀림없이 독자들도 다르타냥이 평범하지 않다는 것은 이미 눈치 챘을 것이다. 그런 만큼 다르타냥은 자신의 죽음이 불가피하다는 것을 몇 번이고 마음속으로 떠올리면서도, 이런 상황에 처하여 자신보다 용기도 없고 침착하지도 못한 사람처럼, 그렇게 조용히 죽음을 맞이하고 싶은 생각은 조금도 없었다. 그는 이제부터 결투할 상대들의 제각기 다른 성격을 곰곰이 생각했다. 그리고 자신이 처한 상황을 좀 더 분명하게 살피기 시작했다. 아토스에게는 성심껏 사과하여 그의 친구가 되고 싶었다. 그의 대귀족다운 풍채와 근엄한 용모가 워낙 마음에 들었기 때문이다. 포르토스에게는 가죽 멜빵의 실체를 무기로 겁을 줄 수 있으리라고 은근히 기대하고 있었다. 당장에 죽음을 당하지 않는다면, 모두에게 멜빵 이야기를 해줄 수 있다고 생각했다. 그럴싸하게 꾸며낸다면 틀림없이 포르토스를 웃음거리로 만들어버릴 수 있을 것이다. 마지막으로 엉큼한 아라미스는 그다지 두려울 것이 없었다. 일이 잘못되어 그를 상대하게 된다면, 멋지게 해치워 버릴 작정이었다. 아니면 적어도, 카이사르가 자신의 병사들에게 폼페이우스 병사들을 공격하라고 내렸던 명령처럼, 그의 얼굴을 후려쳐서 그가 자랑스러워하는 잘생긴 낯짝을 영원히 망가뜨려 놓겠다고 마음먹었다.

다음으로 다르타냥에게는 아버지의 교훈이라는, 결단을 내리는 데 막강한 힘을 발휘하는 자산이 늘 마음속에 자리 잡고 있었다. "국왕 폐하, 추기경 예하, 그리고 트레빌 씨 외에는 어떠한 사람에도 용서해서는 안 된다."는 것이 그 교훈의 주요 내용이었던 것이다. 그래서 그는 카르멜회 수도원을 향해 날 듯이 달려갔다. 창문 같은 것도 없는 이 수도원은 프레 오 클레르의 초원에 자리한 건물로, 주변이 초목 하나 없는 허허벌판이었다. 시간을 낭비하고 싶지 않은 사람들이 곧잘 이곳을 결투장으로 이용하곤 했다.

이 수도원 아래 펼쳐져 있는 조그만 공터가 보이는 곳에 다르타냥이 도착했다. 아토스는 이미 오 분 전부터 기다리고 있었다. 때마침 정오를 알리는 종소리가 들려왔다. 아토스는 사마리텐 펌프처럼 시간을 엄수한 셈이었다. 아무리 결투에 관해 까다로운 사람이라도 아토스를 탓할 거리는 하나도 없었다.

아토스는 트레빌의 주치의에게 다시 치료를 받았지만, 여전히 상처 부위가 몹시 아픈 상태였다. 그런데도 경계석 위에 앉아, 조용하고 의젓한 태도를 조금도 잃지 않고 상대를 기다리고 있었다. 그러다가 다르타냥을 보자 일어나서 정중하게 몇 걸음 걸어나왔다. 다르타냥도 모자를 손에 들고 모자의 깃털 장식이 땅바닥에 닿아 끌릴 만큼 공손한 태도로 상대방에게 다가갔다.

"내 친구 두 사람에게 증인이 되어달라고 말해 두었는데, 둘 다 아직 안 왔습니다." 아토스가 말했다. "이렇게 늦다니 참 이상합니다. 보통은 이런 일이 없는 사람들인데."

"저는 증인이 없습니다." 다르타냥이 말했다. "실은 어제야 파리에 왔기 때문에, 아직 트레빌 씨밖에는 아는 사람이 없습니다. 그분의 몇 안 되는 친구인 아버지께서 찾아가 뵈라고 해서 온 겁니다."

아토스가 잠시 생각에 잠겼다.

"트레빌 씨밖에 아는 사람이 없다고요?" 아토스가 물었다.

"그렇습니다. 그분밖에 없습니다."

"이거 곤란한데……." 아토스가 반은 자기 자신에게, 반은 다르타냥에게 말하는 듯이 말을 이었다. "아, 이거…… 내가 당신을 죽인다 해도, 내가 허풍선이처럼 보이겠는걸!"

"그렇지는 않습니다." 다르타냥이 당당하게 인사를 하면서 대답했다. "그렇지 않아요. 상처 때문에 몹시 불편하실 텐데, 저를 상대로 칼을 뽑는 것이니까요."

"사실 매우 불편합니다. 게다가 당신과 부딪히는 바람에 더 아픈 게 사실이오. 하지만 왼손을 쓰기로 하겠소. 이런 경우에 나는 통상 왼손을 씁니다. 당신을 깔봐서 그러는 것이라곤 생각하지 마시오. 난 양손을 다 정확하게 쓸 수 있는데, 이 점이 당신에겐 오히려 불리하게 작용할지도 몰라요. 왼손잡이라는 걸 모르고 상대한다면 매우 고약한 꼴이 되겠죠. 이런 사정을 좀 더 일찍 알려드리지 못해 미안합니다."

"정말 이렇게까지 정중하게 대해 주시니 뭐라고 감사해야 할지 모르겠습니다." 다르타냥이 다시 고개를 숙이며 말했다.

"나야말로 송구스럽소." 아토스가 귀족다운 태도로 대답했다. "내가 좀 더 일찍 알리지 못한 것을 불쾌하게 생각하지 않으신다면, 딴 이야기나 하실까요. 아야야! 당신이 어찌나 아프게 했는지 원. 어깨가 불타는 듯하군요."

"허락해 주신다면······." 다르타냥이 머뭇머뭇 입을 열었다.

"무엇을 말이오?"

"기적처럼 상처에 잘 듣는 비약이 저에게 있습니다. 어머니한테서 받은 것인데, 제 몸에도 시험해 봤어요."

"그래서요?"

"이 약을 쓰시면 틀림없이 사흘 안으로 나으실 겁니다. 자, 여기 있어요. 그러니까 사흘 후에 다 나으시고 나서, 상대를 해주신다면 좋겠습니다. 당신의 결투 상대가 된다는 것은 언제나 큰 영광이니까요."

다르타냥이 솔직하게 말했다. 그의 솔직함은 그의 용기를 해치기는커녕 그의 예의 바른 태도를 더욱 빛내 주었다.
"참으로 마음에 드는 제의로군요." 아토스가 말했다. "내가 그 제의를 받아들이겠다는 뜻은 아닙니다. 당신의 말에서 실로 훌륭한 귀족의 아량이 엿보이는군요. 샤를마뉴 시대의 기사들도 당신처럼 말하고 행동했습니다. 기사라면 누구나 마땅히 그들을 본받아야 합니다. 하지만 불행하게도 지금은 이미 대제의 시대가 아니라 추기경의 시대지요. 아무리 비밀을 굳게 지킨다 하더라도, 앞으로 사흘이 채 못 되서 우리가 결투한다는 소문이 날 것이고, 그렇게 되는 날에는 결투하기 어려워질 것이오. 아니, 이 친구들은 도대체 어디를 쏘다니느라고 안 오는 거야?"
"급하시다면……." 다르타냥이 조금 전 결투를 사흘 후로 미루자고 제의했을 때와 똑같이 솔직한 말투로 아토스에게 말했다. "만약에 급하시다면, 지금 바로 나를 해치워 버리는 것이 좋겠다고 생각하신다면, 어려워 말고 그렇게 하십시오."
"그 역시 내 마음에 드는 말씀이로군요." 아토스가 다르타냥에게 깍듯이 고개를 숙여 절하면서 말했다. "자신감이 없는 사람이라면 할 수도 없는 말이고, 확실히 도량이 큰 사람 아니고선 못할 말이오. 나는 당신 같은 사람들을 좋아합니다. 그러니 우리가 서로 죽이지 않는다면 훗날 정말 즐겁게 이야기를 나눌 수 있을 거라 생각하오. 오기로 한 친구들을 기다리도록 합시다. 나는 언제라도 상관없소. 또 그렇게 하는 것이 더 예의에 맞을 테니까 말이오. 아! 저기 한 사람 오는 것 같군요."
아닌 게 아니라 보지라르 가의 끝에서 덩치 큰 포르토스가 보이기 시작했다.

"아니!" 다르타냥이 외쳤다. "당신의 첫 번째 증인이 포르토스 씨인가요?"

"그렇소. 무슨 곤란한 문제라도 있습니까?"

"아니, 천만에요."

"두 번째 증인도 오는군요."

아토스가 가리키는 쪽을 돌아다보았다. 아라미스였다.

"아니!" 다르타냥이 아까보다도 더 놀란 목소리로 외쳤다. "아라미스가 당신의 두 번째 증인이란 말입니까?"

"우리가 늘 붙어 다닌다는 걸 아마 당신은 모르시겠죠? 총사대에서도, 근위대에서도, 궁정에서도, 시내에서도 우리를 아토스 · 포르토스 · 아라미스라고, 뗄래야 뗄 수 없는 삼총사라고 부른답니다. 하기야 당신은, 닥스라고 했나, 포라고 했나, 아무튼 시골에서 막 도착했으니까……."

"타르브입니다." 다르타냥이 말했다.

"그러니까 이런 사실을 모르는 것도 무리가 아니죠." 아토스가 말했다.

"삼총사라, 정말 좋은 호칭이로군요." 다르타냥이 말했다. "그리고 이번에 제가 벌인 모험이 다소 잡음을 불러일으킨다 해도, 최소한 당신들의 단결이 결코 헛된 일은 아니라는 것은 입증될 것입니다."

그러는 동안 포르토스가 다가와서 손을 흔들며 아토스에게 인사했다. 그러고 나서 다르타냥을 돌아다보고는 화들짝 놀랐다. 그는 이미 가죽 멜빵을 벗고 망토도 입고 있지 않았다.

"아니, 이런! 이게 어떻게 된 일이야?" 그가 말했다.

"바로 이분과 내가 결투하는 거야." 아토스가 손으로 다르타냥을 가리키더니 똑같은 손짓으로 포르토스에게 인사하면서 말했다.

"나도 이 사람과 결투하기로 약속했어." 포르토스가 말했다.

"하지만 그건 1시입니다." 다르타냥이 대꾸했다.

"나 역시 이분과 결투를 할 예정이네." 이번에는 때마침 현장에 도착한 아라미스가 말했다.

"하지만 그건 2시입니다." 다르타냥이 먼젓번과 똑같이 침착하게 말했다.

"그런데 자네는 왜 결투하는 거지, 아토스?" 아라미스가 물었다.

"글쎄, 나도 잘 모르겠는데. 이 양반이 내 어깨를 아프게 했거든. 그런데 포르토스, 자넨 왜 결투하려는 거야?"

"글쎄, 나야 그저 결투를 하기 위해 결투하는 거지." 포르토스가 얼굴을 붉히면서 대답했다.

눈치 빠른 아토스는 다르타냥의 입술 위로 교활한 미소가 번지는 것을 보았다.

"옷 문제로 논쟁을 했지요." 다르타냥이 말했다.

"그러면 아라미스, 자네는?" 아토스가 물었다.

"나는 신학상의 문제로 결투를 하려는 거야." 아라미스가 대답했다. 그리고는 다르타냥을 향해 제발 결투의 이유는 비밀로 해달라는 눈짓을 보냈다.

아토스는 다르타냥의 입술 위로 또다시 미소가 번지는 것을 보았다.

"정말인가?" 아토스가 물었다.

"그렇습니다. 성 아우구스티누스에 관해 의견 차이가 있어서요." 다르타냥이 말했다.

"확실히 재치 있는 녀석이로군." 아토스가 중얼거렸다.

"이렇게 여러분이 한데 모이신 자리에서 사과드리고 싶습니다." 다르타냥이 말했다.

'사과'라는 말이 나오자, 아토스의 표정이 순간 어두워졌고 포르토스의 입술 위에는 그것 보라는 듯한 미소가 스쳐갔으며, 아라미스는 안 된다는 시늉을 했다.

"여러분은 제 말을 못 알아들으시는군요." 다르타냥이 말했다. 그러면서 고개를 들었는데, 때마침 햇빛이 얼굴에 비쳐 대담하고 뚜렷한 얼굴이 금빛으로 반짝였다. "다름이 아니라 세 분 모두에게 제 빚을 갚지 못하게 될까 싶어서 사과드리려는 것입니다. 왜냐하면 아토스 씨가 맨 먼저 나를 죽일 권리를 갖고 계시니, 포르토스 씨의 권리는 그 가치가 매우 희박해지고, 더구나 아라미스 씨에 이르러서는 아예 없어지는 것이나 다름없기 때문입니다. 그러면 다시 한 번 사과를 드리겠습니다. 자, 이제 시작합시다."

이렇게 말하고 나서 다르타냥은 다시 볼 수 없을 당당한 태도로 칼을 빼들었다.

다르타냥의 머릿속에 피가 솟구쳤다. 이런 경우라면, 설령 왕국의 모든 총사들을 상대해야 할지라도 지금 아토스, 포르토스, 그리고 아라미스에게 했듯이 서슴지 않고 칼을 뽑았을 것이다.

때는 12시 15분이었다. 태양이 바로 머리 꼭대기에 떠 있었다. 결투장으로 햇볕이 따갑게 쏟아지고 있었다.

"몹시 덥군요." 아토스가 칼을 빼들면서 말했다. "그렇지만 윗도리를 벗을 수도 없겠군요. 방금도 상처에서 피가 흐른 것 같은데, 당신의 칼에 찔린 것도 아닌데 피를 보여드린다면 불쾌하실까 싶어서 그렇소."

"사실 그렇긴 하지요." 다르타냥이 말했다. "남이 찔렀건 내가 찔렀건, 이토록 용감한 귀족의 피를 본다는 것은 확실히 민망한 일이죠. 그럼 저도 당신처럼 옷을 입은 채 싸우겠소."

"이봐, 이봐." 포르토스가 말했다. "그런 인사말은 그만들 해. 우리가 차례를 기다리고 있다는 것도 생각해 줘야지."

"우리라니, 포르토스, 그런 무례한 말을 하려거든 우리라고 하지 말게나." 아라미스가 말을 가로막았다. "나로서는 저 두 사람의 말이 매우 지당한, 귀족다운 인사라고 생각하네."

"자, 언제든지 덤비시오." 아토스가 수비 자세를 취하면서 말했다.

"말씀이 떨어지기를 기다리고 있었습니다." 다르타냥이 칼을 마주치면서 말했다.

그러나 두 사람의 칼이 마주쳐 소리를 내자마자, 추기경 예하의 근위대 한 분대가 쥐사크의 지휘 아래 수도원 모퉁이에 나타났다.

"추기경의 근위대다!" 포르토스와 아라미스가 동시에 외쳤다. "칼을 집어넣어! 다들 칼을 집어넣어!"

그러나 때는 이미 늦었다. 두 사람의 자세가 의심할 여지 없이 결투를 하려는 자세라는 것을 그만 들키고 만 것이다.

"어이!" 쥐사크가 그들 쪽으로 나아가면서 외쳤다. 그러고는 부하들에게 따라오라고 신호했다. "어이! 총사들, 여기서 결투를 하고 있는 건가? 자네들은 도대체 칙령을 뭘로 보는 거야?"

"당신들은 참 관대하군, 근위대 양반." 아토스가 악의에 가득 찬 말투로 말했다. 왜냐하면 쥐사크도 그를 공격했던 사람 중의 하나였기 때문이다. "내 단언하건대, 만약 당신들이 결투하는 장면을 우리가 목격하게 되더라도 결코 결투를 못하게 하지는 않을 것이야. 그러니 우리 일에 참견하지 말아주었으면 좋겠어. 그러면 당신들은 손가락 하나 까딱하지 않고 재미나는 구경을 하게 될 것 아닌가."

"유감천만이로군." 쥐사크가 말했다. "그건 안 될 말이야. 우리들에겐 무엇보다도 의무가 우선이지. 그러니 자, 칼을 넣고 따라와."

"유감천만이로군." 아라미스가 쥐사크의 말을 우스꽝스럽게 흉내 내면서 말했다. "그건 안 될 말이야. 우리 마음대로 할 수 있는 일이라면 고마우신 초대에 흔쾌히 응하겠지만, 그건 트레빌 씨가 금한 일이야. 그러니 자, 어서 가던 길을 가. 그러는 편이 당신들에겐 제일 좋을 거야."

이러한 조롱에 쥐사크는 화가 치밀어 올랐다.

"순순히 따르지 않으면 공격하겠어."

"저쪽은 다섯이야." 아토스가 중얼거렸다. "그런데 이쪽은 셋밖에 안 되니, 이거 또 지겠는걸. 진다면 이 자리에서 죽어버려야 해. 또다시 패배자의 모습으로 대장님 앞에 나설 수는 없으니까."

쥐사크가 병사들을 정렬시켰다. 그러는 동안 아토스, 포르토스, 그리고 아라미스는 얼른 가까이 모여들었다.

바로 그 순간 다르타냥은 마음의 결정을 내렸다. 그야말로 남자의 일생을 결정지을 사건 하나가 이제 벌어질 판이다. 국왕

편에 붙을 것인가, 추기경 편에 붙을 것인가를 선택하고, 일단 선택한 뒤에는 끝까지 충실해야 한다. 지금 결투를 한다는 것은 곧 법을 어기는 일이다. 생명의 위험을 무릅쓰는 일이기도 하다. 또한 단번에 국왕보다 더 강력한 재상의 적이 되는 길이다. 이러한 상황들을 다르타냥은 단숨에 깨달았다. 그리고 기특하게도 전혀 주저하지 않았다. 그래서 아토스와 그의 친구들 쪽을 돌아다보면서 말했다.

"지금 하신 말씀에 이의가 있습니다. 이쪽은 셋밖에 안 된다고 하셨는데, 제가 보기엔 네 사람입니다."

"하지만 당신은 우리 편이 아니지 않소." 포르토스가 말했다.

"옳은 말씀입니다." 다르타냥이 대답했다. "저는 제복을 입고 있진 않지만 영혼은 있습니다. 바로 총사의 영혼 말입니다. 꿈에서라도 총사가 되고 싶습니다."

"물러서, 젊은이." 쥐사크가 외쳤다. 아마도 그의 몸짓과 표정에서 다르타냥의 의도를 짐작한 모양이었다. "당신은 가도 좋아. 그러다가 다쳐. 자, 어서 꺼져."

다르타냥은 꿈쩍도 하지 않았다.

"과연 당신은 훌륭한 청년이오." 아토스가 젊은이의 손을 쥐면서 말했다.

"자, 자, 어서 담판을 짓자고." 쥐사크가 다시 말했다.

"자, 어떻게 해보자." 포르토스와 아라미스가 말했다.

"이 사람은 참으로 대단한 친구야." 아토스가 말했다.

그러나 세 사람은 모두 다르타냥의 나이를 생각하고 그가 경험이 없는 것을 걱정했다.

"우리는 셋뿐이잖아. 셋 중에 하나는 부상자고. 여기에 어린애가 하나." 아토스가 말을 이었다. "그래도 역시 우리가 네 사람이었다고들 할 거야."

"그래. 하지만 이대로 물러날 수야 없지!" 포르토스가 말했다.

"그건 안 될 말이지." 아토스가 말했다.

다르타냥은 그들이 망설이고 있다는 것을 알아차렸다.

"어쨌든 저를 한번 믿어보시죠." 그가 말했다. "설령 우리가 지더라도, 저는 맹세코 이 자리를 떠나지 않겠습니다."

"자네 이름이 무엇인가?" 아토스가 물었다.

"다르타냥이라고 합니다."

"좋아! 아토스, 포르토스, 아라미스, 그리고 다르타냥, 자 앞으로!" 아토스가 외쳤다.

"자, 어떻게 됐소? 결정했소?" 쥐사크가 세 번째로 소리를 질렀다.

"결정했소." 아토스가 말했다.

"그래, 어떻게 결정했소?" 쥐사크가 물었다.

"명예롭게 대결하기로 했소." 아라미스가 한쪽 손으로 모자를 올리고 또 한쪽 손으로는 칼을 빼면서 대답했다.

"뭐라고! 대항하겠다고!" 쥐사크가 고함쳤다.

"물론이다! 놀랐는가?"

그리하여 아홉 명의 투사들은 나름의 체계를 지키면서 맹렬하게 상대편에게 덤벼들었다.

아토스는 추기경의 총애를 받고 있는 카위자크라는 사나이를, 포르토스는 비스카라를, 아라미스는 두 명의 적수를 한꺼번에 상대했다. 한편 다르타냥은 다름 아닌 쥐사크에게 달려들었다.

다르타냥의 심장이 요동을 쳤다. 가슴이 터질 듯했다. 두려워서가 아니었다. 천만에! 눈꼽만큼도 두렵지 않았다. 오로지 맞붙어 보려는 생각뿐이었다. 그는 성난 호랑이처럼 싸웠다. 적의 주위를 열 번도 더 돌았고, 자세와 위치를 스무 번도 더 바꾸었다. 쥐사크라면, 당시 사람들 누구나가 인정하듯이, 결투의 명수, 역전의 투사였다. 그러나 지금은 몸을 지키느라 안간힘을 쓰는 형편이었다. 상대가 날쌔게 뛰어다니면서, 정식 검술에는 아랑곳하지 않고 닥치는 대로 사방에서 치고 들어왔기 때문이다. 그러면서도 자기는 생채기 하나 입지 않겠다는 듯이 재빠르게 몸을 피했다.

마침내 쥐사크가 견뎌낼 수 없을 지경에 이르렀다. 한낱 어린애로만 여겼던 자에게 그토록 제압을 당하고 있는 데에 버럭 화가 나서 흥분한 나머지 실수를 거듭하기 시작했다. 다르타냥은 실전 경험은 없었지만 이론은 깊이 터득하고 있었으므로 더욱더 민첩하게 움직였다. 쥐사크는 빨리 끝내려고 오른발을 깊숙이 내디디면서 사정없이 찔렀으나 상대는 얼른 칼을 피했다. 그러더니 쥐사크가 몸을 일으키는 동안, 뱀처럼 그의 칼 아래로 살짝 들어가 그의 몸뚱이에 칼을 푹 찔렀다. 쥐사크는 털썩 쓰러져버렸다.

그러자 다르타냥은 다른 사람들의 형세가 어떻게 되었나 싶어서 얼른 뒤를 돌아보았다. 아라미스는 이미 두 적 중의 하나를 죽여놓았으나, 다른 놈이 맹렬하게 달려들고 있었다. 그렇지만 여전히 아라미스가 유리한 상황으로, 충분히 맞설 수 있었다.

비스카라와 포르토스는 금방 서로 찌르고 찔린 뒤였다. 포르토스는 팔을 찔렸고, 비스카라는 넓적다리를 찔렸다. 그러나 양쪽 모두 상처가 가벼웠기 때문에 더욱 맹렬하게 싸우기 시작했다.

아토스는 카위자크에게서 또다시 상처를 입어 얼굴이 눈에 띄게 창백해졌다. 그래도 전혀 물러서지 않고 칼만 왼손으로 바꾸어 잡은 채 계속 싸우고 있었다.

당시의 결투 규칙에 의하면, 다르타냥은 누구라도 거들 수 있었다. 그는 같은 편 중에서 자신의 도움이 필요한 사람이 없나 둘러보는 동안 아토스와 눈길이 부딪쳤다. 아토스의 눈길은 숭고한 웅변이었다. 아토스는 도와달라고 사람을 부르기보다는 차라리 죽어버릴 사나이였지만, 시선을 보내 지원을 요청했다. 다르타냥은 얼른 눈치 채고는 힘차게 뛰어가 카위자크의 옆구리로 달려들면서 외쳤다.

"나에게 덤벼라, 이 근위대원아. 내가 죽여줄 테니까!"

카위자크가 돌아섰다. 아주 적절한 공격이었다. 엄청난 용기의 힘으로만 버티던 아토스가 이때 무릎을 꿇고 쓰러졌다.

"안 돼!" 아토스가 다르타냥에게 외쳤다. "죽이지는 마시오, 제발 부탁이니. 상처가 낫고 몸이 회복되면 그와 결판을 지어야 할 일이 있소. 그냥 무장만 해제시키시오. 칼을 떨어뜨리게 하시오. 바로 그거요. 좋아! 아주 좋아!"

아토스가 이런 탄성을 지른 것은 카위자크의 칼이 스무 걸음 가량이나 날아갔기 때문이다. 다르타냥과 카위자크가 동시에 뛰어갔다. 한 사람은 칼을 다시 집기 위해, 다른 사람은 못 집게 하려고 달려갔는데, 결국 다르타냥이 앞질러 가서 발로 칼을 밟았다.

카위자크는 아라미스가 죽인 근위대원 쪽으로 달려가 그의 칼을 집어 들고 다르타냥에게로 되돌아오려 했다. 그러나 아토스가 그의 앞을 가로막았다. 다르타냥이 대신 싸워주는 동안 잠시 숨을 돌린 아토스는 다르타냥이 상대방을 죽여버리지나 않을까 걱정하여 자기가 다시 나와 싸우려고 했다.

다르타냥은 아토스가 하고 싶은 대로 내버려두지 않는 것이 도리어 실례라고 생각했다. 아닌 게 아니라 몇 초 후에 카위자크도 목을 찔리고 쓰러졌다.

바로 이 순간 아라미스가 나둥그러진 적수의 가슴에 칼을 들이대고 항복한다는 말을 받아냈다.

이제 남은 것은 포르토스와 비스카라의 대결뿐이었다. 포르토스는 온갖 허세를 다 부리고 있었다. 비스카라에게 지금 몇 시쯤이나 되었을까 묻기도 하고, 비스카라의 동생이 나바르 연대에서 중대장이 된 것을 축하하기도 했다. 그러나 그렇게 놀리면서도 담판을 짓지는 못하고 있었다. 비스카라는 죽기 전에는 결코 항복하지 않는 아주 꿋꿋한 사나이였던 것이다.

그렇지만 끝장을 내야 했다. 순찰대가 와서 국왕 편이건 추기경 편이건, 부상자이건 아니건, 싸운 사람들을 모조리 데려갈 수도 있었다. 그래서 아토스, 아라미스, 그리고 다르타냥은 비스카라를 에워싸고 어서 항복하라고 권했다. 자기 혼자밖에 남지 않은 데다 넓적다리까지 칼에 찔렸지만, 비스카라는 그래도 저항하려 들었다. 그러나 팔꿈치를 짚고 몸을 일으킨 쥐사크가 항복하라고 외쳤다. 비스카라는 다르타냥과 마찬가지로 가스코뉴 사람이었다. 쥐사크가 외치는 소리를 들은 체도 않고 그저 웃기만 할 뿐이었다. 그리고 칼이 멈춘 틈을 타, 칼끝으로 땅바닥 한군데를 가리키면서 성서의 한 구절을 익살맞게 흉내 내며 말했다.

"여기서 비스카라는 홀로 죽겠다."

"하지만 상대는 넷이나 돼. 그만둬, 명령이다."

"명령이라면 문제가 다르지." 비스카라가 말했다. "자네가 대장이니까, 복종하지 않을 수 없군."

그러고는 훌쩍 뛰어 뒤로 물러나서는 자신의 칼을 적에게 넘겨주지 않으려고 무릎에 대고 부러뜨려 수도원 담 너머로 던져버렸다. 그러고 나서 팔짱을 끼고 추기경을 찬양하는 노랫가락 하나를 휘파람으로 불기 시작했다.

용맹한 사람은 비록 적군이라 해도 언제나 존경을 받게 마련이다. 총사들은 칼로 비스카라에게 경의를 표하고 나서 칼을 칼집에 집어넣었다. 다르타냥도 따라했다. 그러고는 유일하게 쓰러지지 않은 비스카라의 도움을 받아 쥐사크와 카위자크, 그리고 아라미스의 두 적수 중에서 상처 입은 사나이를 수도원 현관 아래까지 부축했다. 나머지 한 사람은 다 알다시피 이미 죽은 상태였다. 그런 뒤에 총사들 편은 철수의 종을 울리며 적수의 칼 다섯 자루 중에서 네 자루를 집어 들고서, 승리의 기쁨에 취해 트레빌의 저택을 향해 돌아갔다.

그들은 서로 어깨동무를 하고 나란히 서서 거리를 누볐다. 만나는 총사마다 소식을 전하더니 마침내 일대 개선 행진을 이루었다. 다르타냥도 기쁨에 취해 있었다. 그는 아토스와 포르토스 사이에 끼어 걸어가면서 그들을 정답게 껴안고 있었다.

"아직 총사가 되지는 못했지만……." 그가 트레빌의 저택으로 들어서면서 새로운 친구들에게 말했다. "적어도 견습 총사로는 받아들여진 거죠, 그렇지 않나요?"

국왕 루이 13세

사건에 얽힌 소문이 널리 퍼졌다. 트레빌은 큰 소리로 총사들을 몹시 꾸짖었고 낮은 목소리로 칭찬했다. 지체 없이 국왕에게 알리기 위해 트레빌은 급히 루브르 궁으로 갔으나 한발 늦었다. 왕은 추기경과 함께 있었다. 지금은 집무 중이어서 알현할 수 없다는 것이었다. 그래서 트레빌은 저녁에 왕의 오락 시간에 다시 찾아갔다. 왕이 여러 차례 내기에서 이겼다. 워낙 욕심 많은 왕은 기분이 좋아져서 트레빌을 먼빛으로 보자마자 반겨 맞았다.

"어서 오시오, 총사대장. 그러나 한 가지 나무랄 일이 있소. 실은 추기경이 짐에게 와서, 그대의 총사들에 대해 불만을 털어놨소. 추기경이 여간 흥분한 것이 아니어서, 오늘 저녁에는 아마도 병이 났을 정도요. 아, 어찌 이런 일이! 그대의 골칫덩어리 총사들은 혼이 좀 나야겠소."

"그렇지 않습니다, 폐하." 사태가 어떻게 돌아갈지 대번에 눈치 챈 트레빌이 대답했다. "도리어 그들은 어린 양처럼 순하고 선량한 자들입니다. 소신이 보증합니다만, 그들에겐 한 가지 소원밖에 없습니다. 오로지 폐하를 위해서 칼을 쓰겠다는 생각뿐입니다. 그런데도 추기경님의 근위대원들이 번번이 싸움을 걸어오니 하는 수 없지 않겠습니까. 몸을 지키기 위해서는 부득이 대항하지 않을 수 없는 형편입니다."

"이봐요, 트레빌 경!" 왕이 말했다. "경의 이야기를 누가 들으면 마치 종교 단체인 줄 알겠소! 정말 경의 총사대장 직을 박탈하여 수도원 관리를 맡기겠다고 약속한 슈므로 양에게 넘겨주고 싶을 지경이오. 짐이 경의 말을 곧이들으리라 생각하오? 트레빌 경, 짐은 공정왕(公正王) 루이라고 불리고 있소. 조금 두고 보도록 합시다."

"예, 소신은 폐하의 공정하심을 믿고 있으므로, 폐하의 뜻을 조용히 참고 기다리겠습니다."

"그럼 기다리고 있게나." 왕이 말했다. "오래 기다리게 하지는 않을 것이니."

실제로 상황은 바뀌어 있었다. 왕은 그때까지 내기에서 땄던 것을 잃기 시작했으므로, 그대로 꽁무니를 뺄 수 있는 핑곗거리가 생긴 것이 오히려 반가웠다. 여기서 꽁무니를 뺀다는 표현을 쓴 점에 대해 너그럽게 봐주기를! 고백건대 이 도박 용어가 어디서 유래했는지는 모른다. 왕은 잠시 후 자리에서 일어나면서, 방금 전에 딴 돈을 주머니에 집어넣고 말했다.

"라 비외빌, 짐 대신 놀아주시오. 짐은 중요한 일로 트레빌

경과 이야기를 해야 하니까. 그렇지! 집 앞에 80루이가 있었지. 그만큼 거시오. 잃은 분들이 불평하지 않도록 말이오. 무엇보다도 공정함이 제일이니까."

그러고는 트레빌에게 다가와 함께 창가로 걸어가면서 말을 계속했다.

"그래서 추기경의 근위대원들이 경의 총사들에게 싸움을 걸었다, 이 말인가?"

"그렇습니다, 폐하. 언제나 그렇습니다."

"그래, 사건의 발단은 뭐지? 총사대장도 알다시피, 재판관은 쌍방의 이야기를 모두 들어야 하니까."

"아! 너무나 명백한 상황이었습니다. 소신이 데리고 있는 친구들 중에 가장 우수한 총사는 아토스, 포르토스, 아라미스입니다. 폐하께서도 그들의 충성을 여러 번 칭찬해 주셨고 이름까지 알고 계실 정도로, 오직 폐하에 대한 헌신만을 생각하고 있다고 소신이 보증할 수 있는 자들이온데, 이 뛰어난 총사 세 사람이 바로 그날 아침 소신이 소개한 가스코뉴 청년과 놀러 나가던 길이었사옵니다. 생 제르맹인가 하는 곳에 가기로 되어 있어서 카르멜 수도원에 모두들 모였는데, 그때 쥐사크 씨와 카위자크와 비스카라, 그리고 다른 근위대원 둘이 와서 방해를 했던 것입니다. 이렇게 여럿이 온 것을 보면 칙령에 위배되는 좋지 않은 생각을 품고 있었던 게 틀림없습니다."

"그래! 그래! 경의 말을 듣고 보니 그럴지도 모르겠다는 생각이 드는군." 왕이 말했다. "아마 그자들은 결투라도 할 양이었나 보오."

"소신이 이렇다 저렇다 아뢸 수는 없지만, 카르멜 수도원 부근과 같은 호젓한 곳에 무기를 지닌 다섯 명의 사나이들이 무슨 일로 왔을까 하는 점은 현명한 폐하의 판단에 맡기고자 합니다."

"그렇소, 경의 말이 옳소. 트레빌, 경의 말이 옳아."

"그래서 그들은 소신의 총사들을 보자, 소속 부대 사이의 원한 때문에 자기들끼리의 개인적인 원한을 잊어버린 것입니다. 폐하께서도 아시는 바와 같이, 총사들은 폐하께, 오직 폐하께만 속하므로 자연히 추기경님의 직속 부대인 근위대에게는 적이나 다름없기 때문입니다."

"그렇소, 트레빌, 바로 그렇소." 왕이 침울한 표정으로 말했다. "우리 왕국에 두 당파가 있고 왕도 둘이라는 것은 서글픈 일이오. 하지만 트레빌, 그것도 끝장이 나겠지, 언젠가는 끝장이 나겠지. 그래서 근위대원들이 총사들에게 싸움을 걸었다는 말이지?"

"필시 그렇게 된 것으로 생각합니다만, 소신이 단정 지을 수는 없습니다, 폐하. 폐하께서도 아시다시피, 사건의 진상이란 얼마나 알아내기가 힘든 것입니까, 공정왕 루이 13세라는 칭호를 받고 계시는 폐하처럼 놀라운 직관력을 지니고 계시는 분이 아니고서는……."

"옳은 말이오, 트레빌. 한데 총사들만이 아니고, 어린애가 한 명 있었다지?"

"그렇습니다, 폐하. 그리고 부상자도 한 사람 있었습니다. 부상을 입은 사람과 어린애 하나까지 합한 네 명이 추기경의 근위대 중에서도 가장 무섭다는 다섯 명에게 대항했을 뿐만 아니라 그들 중에서 네 명을 쓰러뜨린 것이옵니다."

"정말 멋진 승리로군!" 왕이 목소리를 높여 말했다. 왕의 얼굴에 희색이 만면했다. "완전한 승리야!"

"그렇습니다, 폐하. 퐁 드 세의 승리만큼 완벽한 승리입니다."

"모두 네 명인데, 하나는 부상자고 또 하나는 어린애라고 했지?"

"겨우 청년이라고 할 수 있을까 말까 한 아이인데, 어찌나 훌륭하던지, 황공하오나 폐하께 천거해 드리고자 합니다."

"그의 이름은?"

"다르타냥이라고 합니다. 소신의 오랜 친구 중 하나이자 돌아가신 선왕 폐하를 모시고 전쟁에 나갔던 사람의 아들입니다."

"그래, 그 젊은이의 실력이 훌륭했다고? 그 이야기를 좀 해주구려, 트레빌. 경도 알다시피, 짐은 싸움 이야기를 좋아하니까."

그러면서 루이 13세는 의기양양하게 콧수염을 쓸어 올리면서 몸을 기댔다.

"조금 전에도 아뢴 바와 같이 다르타냥은 어린애나 마찬가지입니다. 또한 총사대원이 아니므로 평상복을 입고 있었습니다. 그래서 추기경님의 근위대원들도 그가 너무나 어린 데다가 총사대와는 아무 관계도 없는 걸 알고서 공격하기 전에 물러서라고 말했습니다."

"이보게, 트레빌." 왕이 말을 가로막았다. "그렇다면 그들 쪽에서 먼저 공격한 것이로군."

"그렇습니다, 폐하. 의심할 여지가 없습니다. 그들은 다르타냥더러 물러나라고 윽박질렀습니다. 그러나 젊은이는 자신은 마음으로 이미 총사이며, 전적으로 폐하께 속한 사람이니 총사들과 함께 있겠노라고 대답하였사옵니다."

"용감한 젊은이로다!" 왕이 혼잣말처럼 중얼거렸다.

"그러고는 실제로 총사들과 힘을 합하여 싸웠습니다. 폐하께서는 믿음직한 용사 한 사람을 얻으신 것입니다. 바로 그 용사가 쥐사크에게 가한 그 무서운 타격 때문에 추기경님이 그토록 크게 화를 내신 것입니다."

"바로 그 친구가 쥐사크에게 상처를 입혔다고?" 왕의 목소리가 높아졌다. "그 어린애가 말이야! 트레빌, 곧이들리지 않는군."

"황공하오나 사실입니다, 폐하."

"왕국에서도 손꼽히는 검객인 쥐사크를!"

"그렇습니다, 폐하! 일류 검객이 임자를 만난 셈이지요."

"그 젊은이를 만나보고 싶구나, 트레빌. 만나봤으면 해. 그리고 뭘 해줄 수 있는지 생각해 두는 것이 좋겠어."

"언제 알현을 허락해 주시렵니까?"

"내일 정오가 좋겠군, 트레빌."

"혼자만 데리고 올까요?"

"아니야, 네 사람 모두 데리고 와주오. 모두에게 치하를 하고 싶으니까. 충성스런 신하는 얻기 어려운 법이니, 그들의 공에 대해서는 마땅히 보답을 해야지."

"그럼 내일 정오에 찾아와 뵙겠습니다, 폐하."

"아, 잠깐, 트레빌. 뒤쪽 계단으로 오구려, 뒤쪽 계단으로. 추기경이 알아서 좋을 건 없으니까……."

"알겠습니다, 폐하."

"경도 이해하고 있겠지만, 칙령은 어디까지나 칙령이오. 어쨌든 결투는 금지되어 있으니 하는 말이오."

"하오나 폐하, 이번의 충돌은 예사 결투와는 전혀 다른, 단순한 싸움에 불과합니다. 이쪽은 총사 세 명에 다르타냥을 합하여 고작 네 명인 데 반해, 추기경의 근위대원은 다섯 명이었습니다. 이것이 증거 아니겠습니까."

"그건 그렇소." 국왕이 말했다. "어쨌든 트레빌, 뒤쪽 계단으로 오도록 하오."

트레빌은 빙그레 웃었다. 그로서는 어린애같이 온순한 왕이 그에게 승복하게 만든 것만 해도 이미 대견한 일이었다. 그래서 이만하면 충분하다 싶어 공손히 절을 하고는 왕의 허락을 얻어 물러났다.

바로 그날 저녁으로 삼총사는 알현의 영광이 내려졌다는 소식을 듣게 되었다. 그들은 오래전부터 왕을 뵐 기회가 있었기에 그다지 흥분하지 않았지만, 다르타냥은 그렇지가 않았다. 가스코뉴 사람다운 상상에 부풀어 이제야말로 팔자가 피려나 싶었다. 그날 밤에는 황홀한 꿈까지 꾸었다. 그리하여 이튿날 8시가 되기가 무섭게 아토스의 집으로 뛰어갔다.

다르타냥이 당도해 보니, 아토스는 옷을 다 갖춰 입고 막 나가려던 참이었다. 왕을 알현할 시간은 정오였으므로, 그는 포르토스와 아라미스를 뤽상부르의 마구간 바로 옆에 있는 폼(테니스의 전신—옮긴이) 경기장에서 만나 시합을 한판 하러 갈 계획이었다. 아토스는 다르타냥에게도 같이 가자고 권했다. 다르타냥은 이 놀이를 한번도 해본 적이 없었으나, 아직 9시가 될까 말까 한데 정오까지 시간을 어떻게 보내야 좋을지 몰라서 따라가기로 했다.

두 총사가 이미 도착하여 공을 치고 있었다. 무슨 운동이든 능란한 아토스는 다르타냥과 한편이 되어 반대쪽에서 도전했다. 그러나 몸을 움직여 왼손을 쓰려고 하자 아직도 상처 부위가 욱신거려서, 이런 격렬한 운동은 할 수 없다는 것을 깨달았다. 그래서 다르타냥 혼자만 남았다. 그는 아직 서툴러서 규칙대로 시합을 할 수가 없다고 말했다. 그래서 점수를 세지 않고 그저 계속 치기만 하기로 합의했다. 포르토스는 팔 힘이 헤라클레스처럼 셌다. 한번은 그가 친 공이 다르타냥의 얼굴을 간발의 차로 스쳐갔다. 만약 피하지 못하고 얼굴 한복판을 얻어맞기라도 했다면, 부어오른 얼굴로 국왕 앞에 나갈 수는 없으니, 아마 오늘 알현을 포기해야 할지도 모른다고 다르타냥은 생각했다. 그는 가스코뉴 사람답게 이번 알현에 자신의 모든 장래를 걸고 있던 터라, 포르토스와 아라미스에게 공손히 인사하면서 그들과 대등하게 맞설 수 있을 때까지는 치지 않겠노라고 말했다. 그러고는 코트 옆의 관람석으로 돌아가 자리를 잡았다.

그런데 불행하게도 구경꾼들 사이에는 추기경의 근위대원 하나가 있었다. 그는 바로 전날 자기 동료들이 패배한 사실에 그때까지도 흥분하여 기회만 있으면 복수하려고 벼르고 있었다. 그래서 지금이야말로 기회라고 생각하고는 옆에 있는 사람에게 말을 걸었다.

"저 젊은이가 무서워하는 꼴 좀 봐. 놀랄 일도 아니지. 아마 총사 견습생일 거야."

다르타냥은 마치 뱀에게라도 물린 듯이 홱 돌아서서, 방금 건방진 말을 한 근위대원을 뚫어지게 쳐다보았다.

"아무렴 그럴 테지! 노려볼 테면 얼마든지 노려보라고, 젊은 양반." 그가 거만하게 콧수염을 꼬면서 말했다. "사실을 사실대로 말했을 뿐인데 뭐."

"당신이 무슨 말을 했을지 뻔해. 새삼스럽게 설명이 필요 없을 정도야." 다르타냥이 나직한 목소리로 대꾸했다. "자, 날 따라오시오."

"언제 말이야?" 근위대원이 여전히 비웃는 듯한 말투로 물었다.

"지금 당장."

"내가 누군지는 알고 계시겠지?"

"전혀 모르지만 그런 건 상관없소."

"잘못 생각하는 걸 텐데. 내가 누군지 안다면, 아마 그렇게 급히 서두르지는 않을걸."

"이름이 뭐요?"

"분부대로 대답하지. 내 이름은 베르나주요."

"좋소, 베르나주 씨." 다르타냥이 침착하게 말했다. "문 앞에서 기다리겠소."

"그렇다면 따라가 드리지."

"너무 서두를 건 없소. 함께 나가는 걸 들켜서는 안 되니까. 너무 사람들이 많으면 우리 일에 방해만 될 뿐이오."

"좋아." 근위대원이 대답했다. 그러면서 자신의 이름이 이 젊은이에게 아무 효과가 없다는 것을 의아하게 생각했다.

아마 다르타냥만은 예외겠지만, 사실 베르나주라는 이름은 누구나 아는 이름이었다. 국왕과 추기경이 어떠한 칙령으로도 막을 수 없었던 일상적인 난투극에 가장 자주 등장하는 이름 중 하나였기 때문이다.

포르토스와 아라미스는 경기에 열중해 있었다. 아토스는 열심히 구경하고 있었다. 그들은 자신들의 젊은 동료가 나가는 것을 알아차리지 못했다. 젊은이는 조금 전 근위대원에게 말한 대로 출입문 앞에서 걸음을 멈추었다. 그러자 잠시 후에 근위대원도 따라 내려왔다. 다르타냥은 정오에 국왕을 알현하기로 되어 있어서 낭비할 시간이 없었다. 주위를 둘러보았다. 거리에는 오가는 사람이 없었다.

"이거 당신에게는 정말 다행이오." 그가 상대방에게 말했다. "당신의 이름이 베르나주라고 해도 일개 견습 총사를 상대하는 것이니까. 그렇지만 안심하시오. 나는 최선을 다할 테니. 자, 합시다!"

"한데 장소가 그다지 좋지 않은 것 같아." 다르타냥의 도전을 받은 상대방이 말했다. "생 제르맹 수도원 뒤편이나 프레 오 클레르 초원이 좋지 않을까 싶은데."

"지당한 말씀이오." 다르타냥이 대답했다. "그러나 불행히도 내겐 시간이 없소. 정오에는 약속이 있으니까. 그러니, 자, 시작합시다!"

베르나주도 이런 인사말을 두 번이나 되풀이하고 가만있을 사람이 아니었다. 순간 그의 손에서 칼이 번쩍였다. 다르타냥은 덩치만 큰 애송이일 뿐이니 잔뜩 겁을 주어야겠다고 벼르면서 그에게 달려들었다.

그러나 다르타냥은 전날 이미 한 번 견습을 경험한 데다 승리를 맛본 지도 얼마 되지 않았고, 게다가 앞으로 국왕의 총애를 받을 기대로 가슴이 부풀어 있었으므로, 한 걸음도 물러나지 않을 각오였다. 두 사람의 검이 손잡이까지 흔들렸다. 둘 다 서로 상대방을 넘어뜨리려 했다. 다르타냥은 조금도 물러나지 않았다. 오히려 상대방이 한 걸음 후퇴했다. 그 바람에 베르나주의 칼이 조금 밀리는가 싶자 다르타냥이 이 틈을 놓치지 않고 칼끝을 돌려 한 걸음 내디디면서 적의 어깨를 찔렀다. 그러고는 즉시 한 걸음 물러나 칼을 다시 움켜잡았다. 그러나 베르나주는 그까짓 것은 아무것도 아니라고 외치면서 무턱대고 덤벼들다가 도리어 자기가 상대방의 칼에 찔렸다. 그래도 그는 쓰러지지 않았고, 패배를 인정하지도 않았다. 그저 자기 친척이 근무하고 있는 라 트레무유의 저택 쪽으로 물러갈 뿐이었다. 다르타냥은 적에게 입힌 상처가 얼마나 깊은지 전혀 알지 못했기 때문에, 맹렬히 쫓아가서 세 번째로 찔러 아예 죽여버릴까 했는데, 마침 폼 경기장에서 근위대원 두 명이 칼을 빼들고 뛰어나와서 다르타냥에게 달려들었다. 이 두 근위대원은 베르나주가 다르타냥과 주고받는 말을 들었고 그 후에 그가 나가는 모습을 보았는데, 거리의 소음이 경기장까지 들려오자 그제야 눈치를 챘던 것이다. 그러나 이번에는 또 아토스, 포르토스, 아라미스가 뒤따라 나타났다. 그러고는 젊은 동료에게 덤벼드는 두 근위대원을 밀어냈다. 이때 베르나주가 쓰러졌다. 상대방이 넷이나 된다는 것을 안 두 근위대원은 "라 트레무유 씨네 사람들! 좀 나와보시오." 하고 외치기 시작했다. 저택 안에 있던 사람들이 이 고함을 듣고 모조리 뛰어나와서 덤벼들었다. 네 친구들도 "총사들 다 나오시오!" 하고 외치기 시작했다.

이런 고함 소리는 사람들도 금방 알아들었다. 총사들이 추기경 예하의 적이라는 사실은 누구나 다 알고 있었고, 사람들은 그들이 추기경을 미워하는 것에 은근히 찬성하고 있었기 때문이다. 그런 만큼 아라미스가 이름 붙인, 이른바 루주 공작의 직속 부대 이외의 다른 부대 근위대원들은 이런 종류의 싸움이 벌어지면 일반적으로 국왕의 총사들을 편들었다. 데제사르의 부대에 소속된 근위대원 세 명이 지나가다가 그중 두 사람이 와서 거들었고, 나머지 한 사람은 트레빌의 저택으로 뛰어가 "총사들, 모두 나오시오!" 하고 외쳤다. 저택 안에는 여느 때와 같이 무장한 병사들로 가득 차 있었는데, 모두들 동료를 도우려고 뛰어갔다. 커다란 혼전이 벌어졌으나 총사들이 우세했다. 추기경의 근위대원들과 라 트레무유 씨 저택의 하인들이 저택 안으로 달아났다. 그러고는 얼른 문을 잠가 뒤쫓던 총사들을 간신히 막아낼 수 있었다. 부상자가 맨 먼저 저택 안으로 옮겨졌다. 베르나주는 꽤나 중상이었다.

 총사들과 그들 편의 사람들은 극도로 흥분했다. 라 트레무유의 하인들이 총사들에게 덤벼든 무례는 가만둘 수가 없으니 저택에 불을 지르면 어떨까 하고 수군거렸다. 모두들 이 제안에 열광했을 때, 다행히도 종이 울려 11시를 알렸다. 다르타냥과 그의 동료들은 국왕을 알현하기로 한 일이 생각났다. 그들은 이 만한 쾌거에 함께하지 못하게 되는 것을 아쉬워했지만, 이쯤 해서 다른 사람들을 진정시키려 했다. 그들은 대문에 포석(鋪石)을 집어던지는 것으로 만족했다. 문은 끄떡도 하지 않았고 다들 금세 지쳐버리고 말았다. 한편 이 공격을 지휘하던 사람들은 조금 전에 이미 군중 사이에서 빠져나와 트레빌의 저택 쪽으로 가고 있었다. 접전 사실을 이미 알고 있었던 트레빌이 그들을 기다리고 있었다.

 "빨리 루브르 궁으로 가자." 그가 말했다. "조금도 지체해서는 안 돼. 추기경으로부터 무슨 이야기를 들으시기 전에 폐하를 만나 뵙도록 해야 한다. 그리고 이번 일도 어제 사건의 연속이라고 말씀드려야겠어. 그러면 두 사건이 잘 맞아떨어질 거야."

그리하여 트레빌은 네 젊은이를 거느리고 루브르 궁으로 갔다. 그러나 국왕이 생 제르맹 숲으로 사슴 사냥을 나갔다는 전갈에 크게 놀랐다. 트레빌은 재차 물어가며 확인했으나 똑같은 대답이었다. 그의 얼굴이 어두워졌다. 뒤에서는 총사들이 그를 지켜보고 있었다.

"폐하께서는 어제부터 이 사냥 계획이 있으셨나?"

"아닙니다." 시종이 대답했다. "오늘 아침 수렵장(狩獵長)이 오셔서, 어제저녁 폐하를 위해 사슴을 몰아놓았다고 아뢰었습니다. 처음에는 안 가시겠다고 하시더니, 사냥의 재미를 뿌리치지 못하고 식사를 끝내신 뒤에 떠나셨습니다."

"한데 폐하께서는 추기경을 만나셨는가?" 트레빌이 물었다.

"그러신 것 같습니다." 시종이 대답했다. "오늘 아침에 추기경 예하의 마차를 보았는데, 어디 가느냐고 물었더니, 생 제르맹으로 간다고 하더군요."

"우리가 늦었군." 트레빌이 말했다. "나는 오늘 저녁에 폐하를 만나 뵙겠네. 그러나 자네들은 만나 뵙지 않는 것이 좋겠어."

그의 의견은 너무나 당연한 것이었다. 무엇보다도 그는 왕의 성격을 잘 알고 있었다. 그래서 네 젊은이는 감히 거역하려 하지 않았다. 트레빌은 각자 집으로 돌아가 자신의 전갈을 기다리라고 명했다.

트레빌은 자신의 저택으로 돌아가면서, 먼저 항의의 뜻을 전해 상황을 유리하게 만들어야겠다고 생각했다. 그래서 하인 편에 라 트레무유의 저택에 편지를 보내, 추기경의 근위대원을 저택 밖으로 내놓고 당돌하게도 총사들에게 덤벼든 하인들을 처벌하라고 요청했다. 그러나 라 트레무유는 베르나주의 친척이라는 시종에게서 이미 사건의 전말을 전해 들었던 터라, 트레빌이나 총사들 쪽에서는 불평할 것이 없고, 도리어 자기 하인들이 총사들에게 공격을 당했고 저택까지 불탈 뻔했으니 자신이야말로 할 말이 있다는 답신을 보내왔다. 이런 식으로 옥신각신하다가는 서로 자기 의견만 고집할 것이 뻔하니 언제 끝날지도 모르는 일이었다. 그래서 트레빌은 단번에 해결할 수 있는 방법을 생각해 냈다. 라 트레무유를 직접 만나는 것이었다.

그는 곧장 라 트레무유의 저택으로 가서 주인을 만나자고 했다.

두 귀족이 정중하게 인사를 나누었다. 그들 사이에 우정은 없었지만, 적어도 서로에 대해 기본적인 존경심은 품고 있었다. 둘 다 도량이 넓고 명예를 존중하는 사람이었다. 라 트레무유는 청교도였다. 그가 국왕을 알현하는 일은 좀처럼 없었다. 그는 어떠한 당파에도 속해 있지 않았다. 따라서 그는 보통 아무런 편견도 없이 사람들과 교제하는 편이었다. 그러나 이번에 그의 태도는 정중하기는 했지만 여느 때보다 냉담했다.

"우리 둘 다 상대방에게 할 말이 있다고 생각하는 터이니, 차라리 함께 이 사건을 규명하는 것이 어떨까 싶어서 이렇게 제가 직접 찾아뵌 것입니다." 트레빌이 이렇게 말했다.

"좋습니다." 라 트레무유가 응답했다. "하지만 저는 사정을 잘 알고 있습니다. 모든 잘못은 총사들 쪽에 있습니다."

"당신은 매우 공정하시고 사리에 밝으신 분이시니까, 제가 제의하는 것을 받아주시리라고 생각합니다만." 트레빌이 말했다.

"어디 들어봅시다."

"댁의 시종과 친척이라는 베르나주는 좀 어떻습니까?"

"매우 좋지 않습니다. 팔에 입은 상처는 별로 위험할 것이 없습니다만, 의사의 말에 의하면 허파에 입은 상처가 치명적이라고 합니다."

"한데 부상자는 의식이 있습니까?"

"의식은 온전합니다."

"말은 합니까?"

"간신히 하긴 합니다."

"그러면 우리가 그에게 가봅시다. 그리고 아마도 오래지 않아 하느님 앞으로 불려 갈 그가 하느님의 이름으로 진실을 이야기할 것을 맹세토록 합시다. 그가 자신의 입으로 모든 사건에 대해 판결을 내리게 하자는 것입니다. 저는 그의 말을 믿기로 하겠습니다."

라 트레무유는 잠시 생각에 잠겼다. 이보다 더 사리에 맞는 제안도 없으리라는 생각이 들자 이 제안을 수락했다.

두 사람이 함께 부상자가 있는 방으로 내려갔다. 부상자는 고매한 두 사람을 보자 자리에서 일어나려 했다. 그러나 너무 쇠약해진 데다가 일어나려고 용을 쓰다가 기진맥진해 거의 의식을 잃고 다시 쓰러졌다.

라 트레무유가 그에게 다가가서 정신을 들게 하는 방향(芳香)을 들이마시게 했다. 그가 다시 깨어났다. 그러자 트레빌은 행여나 자기가 병자에게 압력을 가했다는 비난을 받고 싶지 않아서 라 트레무유에게 직접 물어보도록 권했다.

트레빌의 예상대로 모든 일이 진행되었다. 베르나주는 생사의 기로에 놓여 있었으므로, 진실을 감추려는 생각이 조금도 없었다. 그는 두 귀족에게 자초지종을 사실대로 이야기했다.

모든 것이 트레빌의 생각대로였다. 그래서 그는 베르나주가 빨리 완쾌하기를 빌어주고는 라 트레무유에게 작별 인사를 하고 저택으로 돌아왔다. 그러고는 곧장 심부름꾼을 보내 네 사람을 저녁 식사에 초대했다.

트레빌이 맞이한 손님들은 아주 훌륭한 친구들인 데다가 모두 반(反)추기경파였다. 그래서 누구나 짐작했듯이 식사 중에 줄곧 화제가 된 것은 추기경 예하의 근위대원들이 당한 두 차례의 패배였다. 그런데 이틀간의 두 사건 모두 다르타냥이 주역이었으므로, 좌중의 칭찬이 모조리 그에게 쏟아졌다. 아토스, 포르토스, 그리고 아라미스도 좋은 친구로서 그에게 아낌없는 찬사를 보냈다. 그들도 이제까지 여러 차례 그런 일을 겪어보았기 때문이다.

트레빌은 6시쯤 루브르 궁에 가야겠다고 말했다. 그러나 폐하로부터 허락된 알현 시간은 지났으므로, 뒤쪽 계단으로 들어가지 않았다. 대신에 네 젊은이와 함께 부속실로 들어가 기다렸다. 국왕은 아직 사냥에서 돌아오지 않았다. 우리의 젊은이들이 신하들의 무리에 섞여 반 시간쯤 기다리고 있노라니까, 문들이 전부 열리고 폐하께서 돌아오신다는 전갈이 왔다.

이에 다르타냥은 뼛속까지 전율을 느꼈다. 자신의 일생을 결정할지도 모를 순간이 바야흐로 다가온 것이다. 그래서 국왕이 들어올 문 쪽을 불안한 마음으로 응시하고 있었다.

루이 13세가 앞장서서 들어왔다. 아직도 먼지투성이의 사냥옷에 커다란 장화를 신고 손에는 채찍을 들고 있었다. 다르타냥은 왕이 분노로 가득 차 있는 것을 첫눈에 알아보았다.

그런 기분이 폐하의 표정에 그대로 드러났다. 그래도 조신들은 왕이 지나갈 통로에 늘어섰다. 궁정의 부속실에서는 설령 노하신 눈에라도 안 보이는 것보다는 보이는 편이 더 낫기 때문이다. 그래서 세 총사들은 서슴지 않고 한 걸음 앞으로 나아갔으나, 다르타냥은 반대로 그들의 뒤에 숨어 있었다. 국왕은 아토스, 포르토스, 그리고 아라미스를 친히 만나보신 적이 있었지만, 지금은 마치 한번도 본 적이 없다는 듯이, 말을 걸기는커녕 거들떠보지도 않고 지나쳐버렸다. 트레빌은 국왕의 눈길이 순간적으로 자기에게 멎자 똑바로 바라보았다. 그러자 도리어 국왕이 눈길을 돌려버렸다. 그런 뒤에 폐하는 혼자 중얼거리면서 거실 안으로 들어가 버렸다.

"일이 잘못됐군." 아토스가 빙그레 웃으며 말했다. "이번에도 우리는 기사 서훈(敍勳)을 받지 못하겠는걸."

"여기에서 십 분만 기다리게." 트레빌이 말했다. "십 분이 지나도 내가 나오지 않으면, 내 집으로 돌아가 있어. 그 이상은 기다려도 소용없을 테니까."

네 젊은이는 십 분, 십오 분, 이십 분을 기다렸다. 그래도 트레빌이 나타나지 않자 그들은 일이 어떻게 되어가는지 몹시 걱정하면서 그냥 나왔다.

트레빌이 당돌하게도 국왕의 접견실로 들어가 보니, 과연 폐하는 몹시 언짢은 기색으로 안락의자에 앉아서 채찍으로 장화를 두드리고 있었다. 그러나 트레빌은 아랑곳하지 않고 태연하게 건강이 어떠시냐면서 문안 인사를 드렸다.

"건강? 좋지 않아." 왕이 대답했다. "의욕이 없어."

실제로 의욕 저하는 루이 13세의 병 가운데 가장 고약한 것이었다. 국왕은 종종 조신 하나를 창가로 끌고 가서 "어때, 짐과 함께 불평을 말해 보지 않겠나." 하고 말하곤 했다.

"무슨 말씀입니까! 폐하께서 의욕이 없으시다니요!" 트레빌이 말했다. "오늘은 사냥이 신통치 않았습니까?"

"아무렴, 시시했지! 정말 모든 것이 신통치 않아. 사냥감이 자취를 남기지 않은 건지, 사냥개의 코가 나쁜 건지 알 수가 없어. 육 년짜리나 되는 큰 사슴을 몰아놓고 여섯 시간이나 쫓아가서, 마침내 다 잡았다 싶어서 생 시몽이 뿔피리를 입에 대고 금세라도 불려는 판이었는데, 아 글쎄, 그놈의 사냥개들이 속아 넘어가 새끼 사슴을 쫓아가지 않았겠어. 이런 판국이니 매사냥을 그만둔 것처럼 기마 사냥도 그만두어야 할까 봐. 아! 트레빌 경, 짐은 참으로 불행한 왕이오! 한 마리밖에 없었던 큰 매도 어제 죽어버렸고."

"폐하께서 절망하실 만도 합니다. 정말 불행한 일이로군요. 하지만 아직도 매와 새매, 그리고 난추니가 많이 남아 있는 것으로 압니다만."

"그런데 그것들을 훈련시킬 사람이 없어. 매를 훈련시킬 사람도 없어졌고, 이젠 개사냥 기술을 알고 있는 사람도 짐밖엔 없어. 짐이 없어지면 다 끝장날 판이오. 그러면 올가미나 덫 따위로 사냥을 하게 되겠지. 짐이 제자를 가르칠 겨를이라도 있다면 좋으련만! 그런데 추기경이 찾아와서 짐을 한시도 쉬게 내버려두지 않으니, 원. 에스파냐가 어떻다느니, 오스트리아가 어떻다느니, 영국이 어떻다느니 하면서 말이야! 옳지! 추기경 이야기가 나왔으니 말이지만, 트레빌, 경에게 불만이 있소."

사실 트레빌은 국왕의 이야기가 이렇게 돌아가기를 기다리고 있었다. 그는 오래전부터 왕의 성격을 익히 파악하고 있었다. 왕의 한탄은 모두 자신의 용기를 북돋는 일종의 자극제이자 서론에 불과하고, 이제부터가 말하고 싶은 본론이라는 것을 그는 간파하고 있었다.

"황송하게도 소신이 무슨 일로 폐하의 기분을 언짢게 해드렸을까요?" 트레빌이 짐짓 매우 놀란 시늉을 하면서 물었다.

"경은 직책을 도대체 어떻게 수행하고 있는 건가?" 왕이 트레빌의 질문에 직접 대답하지 않고 말을 계속했다. "총사들이 사람을 죽이고 한 구역을 온통 휘저어 놓고 파리를 불사르려고 해도 말 한마디 없이 보고만 있으라고 경을 총사대장에 임명해 놓은 줄 아오?" 왕이 계속 말했다. "하기는, 이렇게 경을 질책하는 건 성급한 처사인지도 몰라. 경이 이미 난동자들을 감옥에 집어넣고 처벌이 끝났다고 짐에게 보고하는 것인지도 모르니 말이오."

트레빌은 침착하게 응답했다. "폐하, 오히려 소신은 폐하께서 처벌을 내려주십사 하고 온 것입니다."

"처벌하다니, 누구를?" 왕이 목소리를 높였다.

"모함하는 자들을 말입니다." 트레빌이 말했다.

"아니, 그것 참 이상한 말이로다. 고약한 삼총사 아토스와 포르토스와 아라미스, 그리고 베아른의 청년이 베르나주에게 난폭하게 달려든 게 아니란 말이오? 그래서 그 가엾은 베르나주가 지금 죽어가고 있는 게 아니라고? 뿐만 아니라 라 트레무유 공작의 저택을 습격하여 불사르려고 한 것도 사실이 아니라고 말하는 게요? 그래, 경은 이 사실을 부인하려는 것이오! 공작의 저택은 신교도의 소굴이니까, 전쟁 때라면 그리 대수로운 문제가 아닐지도 모르지만, 오늘날과 같은 평화로운 시기에는 참으로 곤란한 일이오. 어때, 경은 이 모든 사실을 부정하려는 거요?"

"그런 얼토당토않은 이야기를 대관절 누가 폐하께 아뢰었습니까?" 트레빌이 차분하게 물었다.

"그런 이야기를 누가 짐에게 하였느냐고! 그야, 짐이 자고 있을 때에 깨어 있고, 짐이 놀고 있을 때 일을 하고, 이 왕국의 안팎에서, 프랑스는 물론이요 온 유럽의 모든 일을 좌지우지하는 사람, 그 사람이 아니라면 또 누가 있겠소?"

"그러시다면 폐하께서는 아마 하느님을 말씀하고 계시는 것 같사옵니다." 트레빌이 말했다. "왜냐하면 소신의 좁은 소견으로는 폐하를 능가하는 힘을 가지고 있는 존재라면 하느님밖에 없기 때문입니다."

"그렇지 않소. 국가의 기둥이자 짐의 유일한 시종이요 유일한 친구인 추기경을 두고 하는 말이오."

"추기경 예하는 교황 성하(聖下)가 아닙니다, 폐하."

"그게 무슨 뜻인가?"

"절대로 실수를 저지르지 않는 사람은 오직 교황뿐이지 않습니까. 교황의 이러한 절대적인 완벽함이 추기경에게까지 미치지는 않는다는 뜻입니다."

"그러니까 경의 말은, 추기경이 짐을 속이고 있다, 짐을 기만하고 있다는 것인가? 그럼 경은 추기경을 비난하고 있는 게로군. 자, 솔직히 인정해 보시오."

"아니옵니다, 폐하. 그게 아니라 소신은 다만 그분이 착오를 범하고 있다는 것을, 그분이 사정을 잘 모르고 계시다는 것을 아뢰고 있을 따름입니다. 폐하의 총사들에 대해 본래부터 편견을 가지고 있던 터라 그분은 성급하게도, 폐하의 총사들에게 잘못이 있다고 비난하는 것이며, 믿을 만한 확실한 정보를 얻지 못했기 때문에 그러는 것이라고 말씀드리는 것입니다."

"비난은 라 트레무유 공작이 한 거요. 이에 대해서는 뭐라고 답하겠소?"

"폐하, 그는 이 문제에 직접 관계가 있으므로 공정한 증인이 될 수 없다고 답할 수도 있겠습니다만, 그렇게는 말씀드리지 않겠습니다. 소신은 공작이 신의를 중히 여기는 귀족이라는 걸 알고 있으므로, 모든 것을 그의 판단에 맡기겠습니다만, 한 가지 조건이 있습니다, 폐하."

"조건이라니, 무엇이오?"

"폐하께서 공작을 불러다가 몸소 물어봐 주십사 하는 것입니다. 다른 사람들은 들이지 마시고 단 두 분이서만 말씀을 나누시는 것입니다. 폐하께서 그를 만나보시고 나면, 곧장 소신도 다시 돌아와 뵙겠습니다."

"좋소!" 왕이 말했다. "그러면 경도 라 트레무유 공이 하는 말을 믿겠다는 거지?"

"예, 그렇습니다, 폐하."

"공작의 의견이라면 받아들이겠지?"

"물론입니다."

"그럼 그가 배상을 요구하면 승복하겠소?"

"이의 없습니다."

"라 셰네." 왕이 불렀다. "라 셰네 거기 없느냐!"

언제나 문밖에서 대기하고 있는 루이 13세의 심복 시종이 들어왔다.

"라 셰네." 왕이 일렀다. "즉시 라 트레무유 씨를 불러오도록 하여라. 오늘 저녁에 긴히 할 이야기가 있으니."

"폐하께서는 그동안 라 트레무유 씨와 소신 말고는 아무도 만나지 않겠다고 약속해 주시겠습니까?"

"아무도 만나지 않겠다고 맹세하겠소."

"그럼 내일 뵙겠습니다, 폐하."

"좋소, 내일 봅시다."

"몇 시가 좋겠습니까, 폐하?"

"언제고 원하는 때 오시오."

"하지만 너무 일찍 와서 주무시는 걸 깨울까 두렵습니다."

"자는 걸 깨운다고? 짐이 잠을 자기나 하는 줄 아오? 요즈음은 잠도 이루지 못하오. 때때로 꿈이나 꾸는 것이 고작이지. 그러니까 아무리 일러도 상관없으니 원하는 때 오시오. 7시쯤이라도 좋겠어. 하지만 경의 총사들에게 죄가 있다면 조심하는 게 좋을 것이오!"

"소신의 총사들에게 죄가 있다면, 모든 걸 폐하의 처분에 맡기겠습니다. 폐하께서 마음대로 처분해 주십시오. 또 다른 말씀은 없으신지요? 뭐든지 말씀하여 주십시오."

"아니, 이제 됐소. 나를 공정왕 루이라고들 부르는 건 정말 근거가 없지 않아. 자, 그럼, 내일 봅시다."

"그럼 이만 물러가겠습니다."

왕이 아무리 잠을 이루지 못했다 하더라도 트레빌만큼은 아니었다. 그는 바로 그날 저녁에 삼총사와 그 젊은 친구에게 이튿날 아침 6시 반에 자기 집으로 와달라고 기별을 보내놓았다. 그들에게는 어떤 확실한 말도, 어떤 약속도 하지 않았다. 다만 그들과 자신의 운명이 주사위 던지기에 달려 있다는 것만은 숨기지 않았다. 그들을 데리고 나갔다.

뒤쪽 계단 아래에 이르러서는 그들더러 기다리고 있으라고 했다. 왕이 여전히 그들에 대해 화를 내고 계시다면 뵙지 않고 그냥 돌아가면 될 터이고, 만약 알현을 허락하신다면 사람을 시켜 부르기만 하면 되는 것이었다.

트레빌이 국왕의 접견실 옆에 붙어 있는 부속실로 들어갔다. 라 세네가 있었다. 실은 전날 저녁에 사람을 보냈으나 라 트레무유 공작이 집에 없어 만나지 못했고, 집에 돌아왔을 때에는 너무 늦어서 루브르 궁에 나올 수가 없었기 때문에, 조금 전에야 겨우 도착해서 지금 폐하의 접견실에 있다고 알려주었다.

이런 사정은 트레빌에게 매우 반가운 일이었다. 이렇게 되면, 라 트레무유의 진술과 자신의 알현 사이에 다른 사람이 전혀 끼어들 수 없기 때문이다.

과연 십 분쯤 지났을까 했을 때 접견실의 문이 열렸다. 이윽고 라 트레무유 공작이 나오더니, 트레빌에게 다가와 말을 걸었다.

"트레빌 씨, 폐하께서 어제 아침 저의 집에 있었던 사건에 대해 궁금해하셔서 저를 부르셨습니다. 저는 사실대로 아뢰었습니다. 잘못은 우리 집 사람들에게 있었고, 저는 당신에게 사과를 드릴 용의가 있다고 아뢰었지요. 지금 이렇게 만나 뵙게 되었으니, 이 자리에서 사과드립니다. 그리고 앞으로도 변함없이 저를 친구로 여겨주시기 바랍니다."

"아닙니다, 공작님." 트레빌이 말했다. "실은 진작부터 저는 공작님의 신의를 진심으로 신뢰하고 있던 터인지라, 공작님께서 직접 폐하께 오셔서 저를 변호해 주시기를 바랐을 뿐입니다. 저는 오늘 그 믿음이 틀리지 않았다는 것을 알았습니다. 공작님 같은 분이 아직도 프랑스에 계신다는 데에 대해 감사드릴 따름입니다."

"좋아, 아주 좋아!" 열린 문틈으로 두 사람이 서로를 추어올리는 대화를 다 엿듣고 있던 왕이 말했다. "그런데 트레빌, 공작은 스스로 경의 친구라고 말하고 있으니, 경이 공작에게 말 좀 해주오. 짐도 역시 공작의 친구가 되고 싶은데, 공작은 짐을 멀리한다고 말이오. 공을 만난 지가 거의 삼 년이나 되는군. 짐이 사람을 보내 모셔오지 않고서는 만날 수가 없으니 참. 이런 말을 그대로 공작에게 전해 주오. 국왕의 몸으로 이런 말을 직접 할 수는 없으니까."

"감사합니다, 폐하, 감사합니다." 공작이 말했다. "이건 절대로 트레빌 씨를 두고 하는 말은 아닙니다만, 늘 폐하를 가까이 모시는 사람들만이 충성스러운 신하는 아니라는 것을 폐하께서 널리 헤아려주시기 바랍니다."

"허허! 공은 짐의 이야기를 다 들었군요. 그것 참 다행이오." 왕이 문까지 나오면서 말했다. "오! 트레빌, 경의 총사들은 어디에 있소? 짐에게 데려오라고 그저께 일러두었는데 왜 데려오지 않았는가?"

"아래쪽에 있습니다, 폐하. 허락하시면 라 셰네가 불러오도록 조치해 놓았습니다."

"그래, 그래. 어서 오게 하오. 8시가 돼가는군. 9시에도 누가 찾아오기로 약속이 되어 있어. 그럼 공작, 다시 와주오, 잊지 말고. 자, 트레빌, 들어오시오."

공작이 인사를 하고 나갔다. 그가 문을 열었을 때 마침 삼총사와 다르타냥이 라 셰네의 안내를 받아 계단 위에 나타났다.

"어서들 오게, 용사들, 어서 와." 왕이 말했다. "그대들을 좀 꾸짖어야겠어."

총사들이 머리를 조아리면서 다가왔고, 다르타냥이 그들의 뒤를 따랐다.

"원 그럴 수가 있나!" 왕이 말을 계속 이어갔다. "그대들 넷이서 이틀 사이에 추기경의 근위대원 일곱을 해치우다니! 너무 심하지 않은가. 그렇지, 이대로 가다가는 삼 주 후에 추기경이 근위대원을 다시 뽑지 않으면 안 되겠군. 그리고 짐은 칙령을 엄격히 시행하지 않으면 안 될 테지. 어쩌다가 한 사람쯤 그랬다면 짐도 아무 말 안 하겠지만, 이틀 동안에 일곱이라니, 똑같은 말을 계속하는 것 같지만, 그건 너무 심해, 너무 심하단 말이야."

"그러기에 폐하, 보시다시피 이들이 이렇게 회개하고 후회하여 사죄를 드리러 온 것입니다."

"회개하고 후회한다고! 음!" 왕이 말했다. "이들의 엉큼한 얼굴을 보면 그 말이 곧이들리지가 않는걸. 특히 저기, 가스코뉴 청년의 얼굴이 보이는군. 그대, 앞으로 나와보아라."

다르타냥은 이 말이 자기를 두고 한 말임을 깨닫고, 매우 절망스러운 표정으로 다가갔다.

"아니, 청년이라고 하더니, 어린애가 아닌가, 트레빌. 진짜 어린애로군! 그래, 쥐사크에게 그렇게도 거친 타격을 가한 자가 바로 이 애란 말이오?"

"베르나주도 보기 좋게 두 번이나 찔렀습니다."

"정말!"

"그뿐만이 아니옵니다." 아토스가 말했다. "만약 이 사람이 저를 비스카라의 칼끝에서 구해 주지 않았더라면, 저는 지금 이렇게 폐하 앞에 나와서 인사를 드릴 수도 없을 것입니다."

"그렇다면 이 베아른 청년은 정말 귀신인가 보네, 트레빌. 선왕이 계셨다면 입버릇처럼 '제기랄'이라고 하셨겠어! 그만한 솜씨를 부리려면 옷을 여러 벌 구멍 내고 칼을 많이도 부러뜨려야 할 거야. 한데 가스코뉴 사람들은 항상 가난하다고 하지 않았소?"

"아뢰옵기 황송하오나, 폐하, 가스코뉴의 산중에선 아직도 금광이 발견되지 않았습니다. 선왕 폐하를 보좌한 공훈에 대한 보상으로 주님의 기적이 나타날 만도 한데 말씀입니다."

"그렇다면 짐이 왕위에 오른 것도 가스코뉴 사람들 덕택이라는 말이 되지 않겠소, 트레빌? 짐은 선왕의 아들이니까 말이오. 하기야 사실이 그렇지. 라 셰네, 가서 짐의 주머니를 샅샅이 뒤져봐라, 40피스톨은 있을 거다. 찾아서 이리로 가져오너라. 자, 여봐라 젊은이, 이제는 어떻게 된 일인지 정직하게 자초지종을 말해 보아라."

그래서 다르타냥은 전날의 사건을 상세하게 이야기했다. 폐하를 뵐 수 있다는 기쁨으로 잠도 제대로 자지 못하고, 알현 시간보다 세 시간이나 일찍 친구 집에 갔었다는 것, 그리고 친구들과 함께 폼 경기장에 갔었다는 것, 거기서 얼굴에 공이 맞을까 두려워하다가 베르나주로부터 조롱당했다는 것, 그런 조롱을 한 탓에 베르나주는 하마터면 목숨을 잃을 뻔했다는 것, 그리고 라 트레무유는 이 사건과 아무 관계도 없는데 저택이 타버릴 뻔했다는 것 등을 모조리 이야기했다.

"바로 그거야." 왕이 중얼거렸다. "공작이 짐에게 한 이야기도 바로 그러했어. 가련한 추기경이로다! 이틀 동안에 가장 소중하게 여기던 부하를 일곱이나 잃다니. 하지만 그만하면 됐어. 알았느냐, 젊은이들. 이제 그만하면 됐다. 그대들은 페루 가에서 당한 것을 복수한 거야. 아니, 그 이상이지. 이제 다들 만족했을 거야."

"폐하께서 만족하시다면, 저희들도 만족합니다." 트레빌이 말했다.

"아무렴, 짐은 만족하오." 왕이 라 셰네의 손에서 한 줌의 금화를 집어 다르타냥의 손에 쥐어주면서 덧붙였다. "자, 이것이 만족한다는 증거네."

당시에는 오늘날 유행하는 자존심 같은 것이 없었던 모양이다. 귀족이 왕에게 돈을 받는 것은 전혀 수치스러운 일이 아니었다. 그래서 다르타냥은 조금도 서슴지 않고 40피스톨의 돈을 주머니에 넣고는 폐하께 충심으로 감사를 드렸다.

"자, 이제 8시 반이군." 왕이 벽시계를 바라보면서 말했다. "그대들은 이만 물러가도록 하라. 아까도 말했지만, 9시에 만날 사람이 있다. 그대들의 충성에 감사하네. 앞으로도 계속 그대들의 충성심을 믿어도 될까?"

"물론입니다, 폐하!" 네 젊은이들이 한목소리로 외쳤다. "폐하를 위해서라면 저희들의 몸이 산산조각 나도 좋습니다."

"좋아, 좋아. 하지만 몸을 잘 보전하도록 하라. 그게 더 좋은 일이야. 그렇게 하는 것이 더욱더 짐에게 도움이 될 테니까." 네 젊은이가 어전에서 물러가는 동안 왕이 나지막한 목소리로 덧붙였다. "그리고 트레빌, 경의 총사대에는 지금 빈자리가 없을 뿐 아니라, 견습을 마치지 않고는 채용하지 않기로 정해져 있지 않소. 그러니 이 청년을 경의 의제(義弟) 데제사르의 근위대에 넣도록 하오. 아! 정말 눈에 선하군, 트레빌. 추기경이 눈살을 찌푸릴 것을 생각하니 짐은 기쁘기 한량없소. 틀림없이 격분하겠지. 하지만 상관없어, 짐은 정당하니까."

그러고는 트레빌의 손을 쥐어주었다. 이윽고 트레빌은 밖으로 나갔다. 총사들과 합류하기 위해서였다. 다르타냥과 총사들은 국왕에게서 받은 40피스톨을 나누고 있는 중이었다.

추기경은 국왕의 말대로 어찌나 격노했는지 일주일 동안이나 국왕을 찾아오지 않았다. 그럼에도 불구하고 국왕은 최대한 상냥한 표정으로 그를 대했다. 그리고 추기경을 만날 때마다 인정이 넘쳐흐르는 목소리로 물었다.

"아 참, 추기경, 베르나주와 쥐사크는 좀 어떠하오?"

총사들의 세계

다르타냥이 루브르 궁에서 나와 40피스톨 중에서 자기 몫으로 받은 돈을 어떻게 쓸 것인지 친구들에게 상의를 하자 아토스는 '폼 드 팽(시테 가의 고급 술집—옮긴이)'에서 화려한 식사를 하는 것이 좋겠다고 했고, 포르토스는 하인을 하나 두라고 권했으며, 아라미스는 그럴싸한 애인을 만드는 것이 좋지 않겠느냐고 조언했다.

식사는 그날로 당장 실행했고, 하인도 그날 식사 시중을 들었다. 식사는 아토스가 주문해 주었고, 하인은 포르토스가 구해 주었다. 이 하인은 피카르디 출신으로, 그날 투르넬 다리 위에서 강물에 침을 뱉어 물결이 둥그렇게 번져가는 모습을 물끄러미 바라보고 있다가, 위풍당당한 총사 포르토스를 만나 다르타냥의 하인으로 고용되었다.

포르토스는 그러한 모습을 보고 그가 사려 깊고 매사에 심사숙고할 줄 아는 친구라 판단해 버리고는 다른 추천 없이 그냥 데려왔던 것이다. 이 피카르디 사람의 이름은 플랑셰였다. 그는 당당한 풍채의 훌륭한 귀족에게 고용되는 줄로만 알고 들떴었다. 그러나 막상 그의 집에 가보니 이미 무스크통이라는 하인이 있었고, 포르토스로부터 자기 집은 넓지만 하인을 둘이나 둘 수 없으니, 다르타냥의 집에 가서 일해야 한다는 말을 듣고는 적잖이 실망했다. 그렇지만 자신의 주인이 베푼 만찬 자리에서 주인이 주머니에서 한 움큼의 금화를 꺼내 셈을 치르는 것을 보았을 때는, 이제야 자기도 신세가 나아지려나 보다 하고 생각했다. 오히려 크로이소스(리디아의 갑부 왕——옮긴이) 같은 사람에게 고용된 것을 하늘에 감사했다. 그의 이러한 기분은 잔치가 끝나고 남은 음식으로 오랫동안 주렸던 배를 채울 때까지 계속되었다. 그러나 저녁에 주인의 잠자리를 준비하면서 플랑셰의 꿈은 깨지고 말았다. 응접실과 침실로 나누어져 있는 방에는 침대가 하나밖에 없었던 것이다. 플랑셰는 다르타냥의 침대에서 담요 한 장을 빼다가 응접실에 깔고 잠을 잤다. 그 다음부터 다르타냥은 덮을 이불 하나 없이 지내야 했다.

아토스에게도 하인이 한 사람 있었는데, 이름은 그리모였다. 그는 이 하인을 아주 독특한 방법으로 길들였다. 이 훌륭한 귀족은 매우 과묵했다. 물론 아토스를 두고 하는 말이다. 그가 포르토스나 아라미스와 친해진 지 오륙 년이나 되었지만, 그들은 그가 종종 미소를 짓기는 해도 소리 내어 웃는 걸 들어본 적이 한번도 없었다. 그의 말은 간결하고 요령이 있었다. 말하고자 하는 바를 모두 하되, 쓸데없는 말은 하지 않았고 수식이나 과장은 전혀 들을 수 없었다. 자질구레한 우여곡절은 전혀 말하지 않고 그저 사실만 그대로 전달하는 식이었다.

아토스는 이제 막 서른 살에 접어들었다. 체격도 건장하고 성격도 좋았으나 그에게 애인이 있다는 말은 아무도 들어본 적이 없었다. 그는 여자 이야기를 한 적은 한번도 없었다. 사람들이 아토스 앞에서 여자 이야기를 꺼내기도 했지만, 그럴 때면 아토스는 비꼬는 말이나 엉뚱하기까지 한 견해를 가끔 던지는 게 전부였다. 그가 그런 대화를 정말로 즐기지 않는다는 것은 누가 봐도 알 수 있었다. 그는 늘 차분했고 사교적인 것과는 거리가 멀었으며 말이 적었다. 그래서 꼭 늙은이처럼 보였다. 그는 자신의 이러한 취향에 맞게 그저 단순한 몸짓 하나만으로나 입술을 조금 움직이는 것만으로 그리모가 자신의 뜻을 알아차리도록 길들였다. 아주 중대한 경우가 아니라면 여간해서는 하인에게 말하는 법이 없었다.

그리모는 주인의 인품을 대단히 흠모했다. 주인의 재능을 매우 존경하면서도 주인을 두려워했다. 이따금 주인의 뜻을 알아들었다고 생각하고 그 명령을 실행했으나 사실은 정반대로 행동하는 경우가 있었다. 그럴 때면 아토스는 어깨를 들썩이고는 화를 내지도 않고 그리모를 후려갈기곤 했다. 그런 날이면 조금이나마 말도 했다.

포르토스는 이미 본 바와 같이 아토스와는 정반대의 성격이었다. 수다스러울 뿐만 아니라 목청도 컸다. 게다가 사람들이 자신의 말에 귀를 기울이건 말건 상관하지 않았다. 이 점에 관해서는 그를 제대로 평가할 필요가 있다. 상대방이 경청하는지의 여부는 그에게 별로 중요하지 않았다. 그는 이야기하는 재미, 자기 말소리를 자신이 듣는 재미를 위해 지껄였다. 학문에 관한 것 말고는 무슨 얘기든 지껄였다. 그의 말에 의하면 어렸을 때부터 학자들에 대해서는 뿌리 깊은 증오를 품었다는 것이었다. 그는 아토스보다 풍채가 좋지 않았기 때문에 그들이 어울리기 시작했을 때 열등감에 종종 아토스에게 못되게 대하곤 했다. 화려한 옷차림으로 아토스를 능가하려고 애쓰기도 했다. 그러나 아토스는 다만 총사대의 제복과 고개를 뒤로 젖히고 걷는 걸음걸이만으로도 이내 포르토스를 물리치고 자리를 차지해 버렸고, 사치를 좋아하는 포르토스를 앞서곤 했다. 그래서 포르토스는 아토스가 연애 이야기를 전혀 하지 않는다는 점을 눈치 채고, 트레빌의 대기실이며 루브르 궁의 경비대에서 자신의 연애담을 떠들썩하게 이야기하는 것으로 위안을 삼았다. 법복 귀족에서 군인 귀족으로, 법관 부인에서 남작 부인으로 상대를 바꾸었고, 지금은 그에게 무척 호의를 보이고 있는 한 외국의 공작 부인이 가장 큰 관심사였다.

"그 주인에 그 하인"이라는 옛 속담이 있다. 이번에는 아토스의 하인에서 포르토스의 하인으로, 그리모에서 무스크통의 이야기로 넘어가자.

무스크통은 노르망디 사람이었다. 본래는 보니파스라는 평화로운 이름이었는데, 주인이 소리가 한결 잘 울리고 한결 전투적인 이름인 무스크통(원래 무스크통 mousqueton은 병사들이 지니던 단총(短銃)을 가리키는 말이다—옮긴이)으로 바꾸어버렸다. 그는 옷을 입혀주고 잠자리만 제공해 주면 되지만, 그 옷과 잠자리가 호화로워야 한다는 조건으로 포르토스의 하인이 되었다. 그는 하루에 두 시간씩만 자유 시간을 달라고 요청했다. 그러면 자신의 다른 필수품을 장만하는 데 필요한 용돈을 벌 수 있다는 것이었다. 포르토스는 이 요청을 수락했는데, 일이 놀랍도록 잘 진행되었다. 그는 자신이 입던 헌옷과 여벌의 망토로 하인의 윗도리를 몇 개나 만들게 했다. 무스크통에게 제복으로 입히기 위해서였다. 매우 솜씨 좋은 재단사가 헌옷과 망토를 뒤집어서 새 옷처럼 만들어주었다. 이 재단사의 아내는 포르토스의 귀족적인 여성 취향과는 어울리지 않았지만 포르토스와 염문이 있다는 의심을 사고 있었다. 아무튼 이 재단사 덕분에 무스크통은 자신의 주인처럼 매우 멋진 외양을 갖추게 되었다.

아라미스의 성격은 이미 충분히 설명되었고, 앞으로도 그의 친구들과 마찬가지로 여러 가지 기회를 통해 그의 성격을 지켜볼 수 있을 것인데, 그의 하인은 바쟁이라는 사람이었다. 바쟁은 언젠가는 수도사가 되리라는 소망을 품고 있는 주인을 둔 덕분에, 성직자의 하인처럼 늘 검은 옷을 입고 있었다. 베리 출신으로 나이는 서른다섯 살 내지 마흔 살가량이었다. 온순하고 차분한 성격으로 몸집이 오동통했다. 주인에게 일이 없어 한가한 시간에는 신학 서적을 탐독했으며, 종류는 몇 가지 안 되지만 필요할 경우에는 맛 좋은 요리 2인분을 만들기도 했다. 꼭 벙어리, 장님, 귀머거리처럼 처신했다. 불굴의 충성심을 갖추고 있었다.

이제 간략하게나마 주인과 하인의 됨됨이를 살펴보았으니, 그들이 사는 공간으로 넘어가 보자.

아토스는 뤽상부르에서 두어 걸음밖에 떨어져 있지 않은 페루 가에 살고 있었다. 그의 거처에는 작은 방이 두 개 있었고 깔끔한 가구가 딸려 있었다. 집주인은 아직 젊고 아리따운 여자였다. 그 주인은 아토스에게 추파를 던지곤 했지만 물론 성과는 없었다. 이 검소한 거처의 벽에는 옛 유물이 몇 가지 걸려 있었다. 그 유물들에는 아직도 찬란했던 지난날의 흔적이 남아 있었다. 가령 화려한 장식이 박혀 있는 검의 경우에는 프랑수아 1세 시대로 거슬러 올라가는 양식이었다. 보석을 박아 넣은 손잡이만 하더라도 200피스톨의 값어치는 있을 터였다. 그러나 아토스는 아무리 궁할 때라도 이 검을 저당 잡히거나 팔려고 하지 않았다. 이 검은 포르토스에게 오랫동안 선망의 대상이었다. 포르토스는 이 검을 자기 것으로 만들 수만 있다면 무슨 일을 해도 좋다고 생각했다.

어느 날 포르토스가 어떤 공작 부인과 데이트를 하게 되었을 때, 그는 이 검을 아토스에게서 빌려보려고 했다. 아토스는 아무 말도 하지 않고 주머니에 있는 돈을 모조리 꺼내고 보석을 있는 대로 긁어모아 지갑, 금붙이, 황금 사슬 등을 몽땅 포르토스에게 내밀었다. 그러나 검만큼은 떼어줄 수가 없다고 말했다. 이 검 말고도 앙리 3세 시대의 초상화가 한 점 있었다. 이 초상화 속의 귀족은 매우 우아한 옷차림에 생 테스프리 훈장을 달고 있었다. 이 인물은 어딘가 모르게 아토스와 닮은 구석이 있었다. 이는 아토스의 선조가 왕의 기사였던 대귀족이었음을 말해주는 증거였다.

끝으로 화려한 금은 세공이 되어 있는 상자가 하나 있었다. 여기에도 검이나 초상화에 있는 것과 같은 문장(紋章)이 새겨져 있었다. 벽난로의 한복판에 놓여 있었는데, 다른 물건들과는 전혀 어울리지 않았다. 아토스는 이 상자의 열쇠를 항상 몸에 지니고 다녔다. 언제인가 아토스가 포르토스 앞에서 이 상자를 열어 보인 적이 있었는데, 편지와 서류밖에 들어 있는 것이 없었다. 아마도 연애편지와 집안의 서류임이 틀림없었다.

포르토스는 비외 콜롱비에 가에서 살았다. 그의 거처는 겉모양이 매우 호화로웠고 상당히 넓었다. 그는 친구와 함께 자기 집 창문 앞을 지나갈 때마다, 정장을 하고 창가에 서 있는 무스크통을 바라보고 손을 흔들면서 "저기가 내 집이야." 하고 말하곤 했다. 그러나 그가 자기 방에 있는 모습을 본 사람은 아무도 없었고, 누구를 초청한 일도 없었기 때문에 이 호화로운 집에 실제로 얼마나 값비싼 물건들이 있는지는 아무도 상상할 수 없었다.

한편 아라미스는 내실, 식당, 침실이 있는 조그마한 집에 살고 있었다. 침실은 다른 방들과 함께 1층에 있었다. 조그만 정원 쪽으로 창문이 나 있었는데, 정원에는 산뜻한 푸른 초목이 우거져 있어서 이웃집에서는 침실이 들여다보이지 않았다.

다르타냥의 거처가 어떠한지, 그리고 그의 하인 플랑셰가 어떤 인물인지에 대해서는 이미 살펴보았다.

다르타냥은 술책의 재능을 타고난 사람들이 그렇듯이 천성적으로 호기심이 매우 강해서 아토스, 포르토스, 그리고 아라미스의 정체를 알아내려고 온갖 노력을 다했다. 물론 모두 가명으로, 이들은 귀족 신분인 자신들의 본명을 감추고 있었다. 특히 아토스는 여러모로 대귀족다운 구석이 많았다. 그래서 다르타냥은 아토스와 아라미스에 관해 궁금한 것이 있으면 포르토스에게 물어보았고, 포르토스에 관해서 알고 싶은 것이 있으면 아라미스에게 물어보았다.

불행하게도 포르토스조차 자신의 과묵한 친구 아토스에 대해서는 겉으로 보이는 것 말고는 아는 바가 거의 없었다. 사람들은 아토스가 연애 사건으로 매우 불행한 일을 겪었고 무참하게도 배신을 당했기 때문에 인생을 망쳤다고들 수군댔지만, 그가 당한 배신이 구체적으로 어떤 것인지는 아무도 알지 못했다.

포르토스의 본명도 다른 두 친구의 본명과 마찬가지로 오직 트레빌만이 알고 있었다. 이 점을 제외하면 그의 생활은 쉽사리 알 수 있었다. 그는 허영심이 많았고 경망스러웠다. 그래서 누구라도 쉽게 그의 인품을 훤히 꿰뚫어 볼 수 있었다. 다만 그의 자화자찬에 넘어가지 않도록 유의할 필요가 있었다.

아라미스는 아무 비밀도 없는 듯이 보이지만 실은 완전히 베일에 싸인 사나이였다. 다른 사람들에 관해 물어봐도 별로 대답하지 않았고, 자기 자신에 관한 질문은 슬그머니 피해 버렸다. 하루는 다르타냥이 그에게 포르토스에 관해 미주알고주알 캐묻다가 마침내 포르토스와 어느 공작 부인 사이의 염문을 알아냈다. 다르타냥은 내친 김에 아라미스의 연애 사건에 관해서도 물어보았다.

"그런데 당신은 어때요?" 다르타냥이 그에게 말했다. "다른 사람들이 사귀는 남작 부인, 백작 부인, 공작 부인에 관해서는 그렇게 자세히 말하면서 정작 당신 이야기는 하나도 없으니까요."

"그야, 포르토스가 자기 입으로 그렇게 말하니까 나도 말했을 뿐이야." 아라미스가 다르타냥의 말을 가로막았다. "내 앞에서 포르토스가 그런 시시한 이야기들을 지껄여댔단 말이네. 하지만 다르타냥, 내가 그런 이야기들을 딴 데서 들었건 본인한테서 들었건 나보다 더 입이 무거운 사람은 없을 테니까 내 말은 믿어도 돼."

"물론 그렇겠죠." 다르타냥이 말을 이었다. "하지만 당신도 몇몇 귀부인과 꽤 친하게 지내는 듯해서요. 수를 놓은 손수건이 그 증거잖아요. 그 손수건 덕분에 내가 당신을 알게 되었고요."

이번에는 아라미스가 조금도 화를 내지 않고 아주 겸손한 태도로 정답게 대답했다.

"이봐, 다르타냥. 내가 성직자의 길을 가기 위해 온갖 속세의 일을 피하고 있다는 점을 잊지 말아줘. 자네가 본 그 손수건은 내가 받은 것이 아냐. 친구 하나가 우리 집에 놓고 간 것을 그 친구와 그의 애인을 생각해서 내가 간직하고 있었을 뿐이야. 나는 애인도 없고 또 애인을 가지려 하지도 않아. 이 점에서는 분별 있는 아토스를 따르는 셈이지. 아토스 역시 애인 같은 건 없거든."

"하지만 당신은 아직 신부가 아니라 총사인데 뭘 그래요!"

"추기경의 말마따나 임시로 총사가 되었고, 본의 아니게 총사가 되었을 따름이야. 난 마음속으로는 어디까지나 성직자야, 정말이라니까. 아토스와 포르토스 때문에 여기까지 끌려온 거야. 사실은 성직에 임명되려던 참에 어떤 사소한 난관이 생겨서 그만……. 이런 이야기는 자네에게 별로 흥미가 없을 거야. 자네의 귀중한 시간만 빼앗을 테니까."

"아니 천만에, 나에게는 아주 흥미로워요." 다르타냥이 외쳤다. "그리고 지금 할 일도 없는데요."

"그래? 하지만 나는 기도서를 읽어야 해." 아라미스가 대답했다. "에기용 부인한테서 부탁받은 시도 지어야 하고, 그리고 또 슈브뢰즈 부인을 위해 연지를 사러 생 토노레 가에 가야 한다고. 자네는 바쁜 일이 없다 하더라도 보다시피 나는 매우 바쁘단 말야."

그러면서 아라미스는 친구에게 정답게 손을 내밀어 작별 인사를 했다.

다르타냥은 아무리 애써 보아도, 새로운 친구 세 명에 대해 더 이상 알아낼 수가 없었다. 그래서 당분간은 그들의 과거에 대해 사람들이 말하는 바를 믿기로 작정했다. 더 확실하고 자세한 새로운 사실을 기대하면서. 그때까지 그는 아토스를 아킬레우스로, 포르토스를 아이아스로, 그리고 아라미스를 요셉으로 여길 생각이었다.

그건 그렇고, 네 젊은이들의 생활은 즐거웠다. 아토스는 노름을 즐겼으나 늘 잃는 편이었다. 언제나 친구들에게 지갑이 털리는데도, 친구들한테서 한 푼도 빌리는 법이 없었다. 그리고 말로만 돈을 주기로 약속했을 때에도 이튿날 아침 6시만 되면 어김없이 빚쟁이를 깨워 전날의 빚을 갚았다.

포르토스는 성미가 급했다. 노름에서 돈을 따는 날에는 의기양양하게 거드름을 피웠다. 그러나 돈을 잃는 날에는 며칠 동안 자취를 감추어버렸다. 다시 나타날 때에는 얼굴이 창백했고 풀이 죽어 있었지만 주머니에는 돈이 그득했다.

아라미스는 결코 노름을 하지 않았다. 그는 가장 총사답지 못한 총사이자 가장 사교성 없는 친구였다. 늘 일밖에 몰랐다. 식사가 한창일 때, 주흥과 대화가 무르익어 아직도 두세 시간쯤은 더 계속되리라고 누구나 다 생각하고 있는 판에, 아라미스는 시계를 들여다보고 상냥한 미소를 지으면서 일어나 어느 신학자에게 설교를 듣기로 약속했으니 가봐야겠다고 말하고는 자리를 폈다. 또 어떤 때는 논문을 쓰기 위해 집에 돌아가야 하니 제발 방해하지 말아달라고 친구들에게 부탁하기도 했다.

이럴 때면, 아토스는 고상한 얼굴에 잘 어울리는 매력적인 미소를 흘렸고, 포르토스는 아라미스가 고작 시골 사제밖에는 안 될 놈이라고 욕하면서 술잔을 기울였다.

다르타냥의 하인 플랑셰는 마냥 행운을 즐겼다. 그는 하루에 30수씩 받았다. 처음 한 달 동안은 어린 새처럼 즐겁게 보금자리로 돌아왔고, 주인에게도 상냥하게 굴었다. 그러나 포스와외르 가의 집안에 불운의 기운이 감돌기 시작하자, 다시 말해 루이 13세로부터 받은 돈이 거의 바닥이 나자, 불평을 해대기 시작했다. 이 꼴을 보자 아토스는 역겨운 놈이라 생각했고, 포르토스는 버르장머리가 없다고 생각했으며, 아라미스는 가소로운 녀석이라 생각했다. 그래서 아토스는 다르타냥에게 그런 녀석은 쫓아내 버리라고 권했고, 포르토스는 우선 후려갈겨 주는 것이 좋겠다고 말했으며, 아라미스는 주인이라면 마땅히 하인으로부터 인사 외의 어떤 말도 듣지 않아야 한다고 주장했다.

"당신들은 그냥 쉽게 말할 수 있겠죠." 다르타냥이 말했다. "아토스 당신은 그리모에게 말을 하지 않고 그리모가 말을 하지도 못하게 하니까 결코 기분 나쁜 소리를 듣는 일이 없을 것이고, 포르토스 당신은 호화로운 생활을 하고 있으니 하인 무스크통의 눈에 신처럼 보이겠죠. 그리고 아라미스, 당신은 늘 신학 공부만 하고 있으니까 온순하고 신앙심이 두터운 하인 바쟁에게 깊은 존경심을 불러일으키겠지만, 나는 신용도 없고 돈도 없으며 총사도 아니고 근위대원도 아니에요. 그러니 내가 무슨 수로 플랑셰에게 애정이나 두려움이나 존경심을 자아내도록 할 수 있겠어요?"
 "심각한 일이군." 세 친구가 응답했다. "이건 어디까지나 집 안일이야. 하인이나 여자나 마찬가지라고. 당장 자기 뜻대로 길들여놓지 않으면 안 돼. 그러니 곰곰이 생각해 보게."
 다르타냥은 가만히 생각하고는 우선 두들겨 패주기로 마음먹었다. 무슨 일이고 과단성 있게 처리하는 다르타냥인지라 이 결심을 곧 실행에 옮겼다. 그는 플랑셰를 실컷 패준 뒤에 허락 없이는 그만두지 못한다고 일렀다. "왜냐하면 나는 장래가 유망한 사람이기 때문이다." 그리고 이렇게 덧붙였다. "맹세컨대 우리에게도 좋은 시절이 올 것이다. 그러니 내 곁에 머물러 있으면 네 신세도 나아질 수 있다. 나는 주인으로서 너를 아끼는 까닭에 네 소원대로 그냥 내보내서 모처럼 너에게 찾아올 행운을 놓쳐버리게 할 수 없다."
 총사들은 이러한 처사를 보고 다르타냥의 수완에 매우 감탄했다. 플랑셰도 감복하여 다시는 나가겠다는 말을 하지 않았다.
 네 젊은이의 생활은 비슷비슷했다. 다르타냥은 시골에서 올라와 완전히 새로운 환경에 뛰어든 셈이었지만 이내 친구들의 생활에 물들어 버렸다.
 겨울에는 8시에, 여름에는 6시에 일어났다. 그러고는 트레빌의 저택으로 가서 지령을 받고 해야 할 임무를 파악했다. 다르타냥은 총사가 아니었으나 놀랄 만큼 꼬박꼬박 성실하게 근무했다. 세 친구 중의 한 사람이 근무에 나서면 그도 늘 같이 따라갔으므로 언제나 근무 중인 셈이었다. 그래서 총사대에서는 모두가 그를 알았고, 누구나 그를 좋은 친구로 여겼다. 트레빌은 첫눈에 그를 인정해 주었고 진심으로 애정을 기울였다. 그래서 기회가 있을 때마다 그를 국왕께 천거하기를 잊지 않았다.

삼총사도 이 젊은 동료를 매우 좋아했다. 서로의 우정은 말할 나위도 없거니와, 그 밖에 결투니 용무니 놀이니 하여 하루에도 서너 번씩은 만나야 했기 때문에 이들 네 사람은 끊임없이 그림자처럼 붙어 다녔다. 뤽상부르에서 생 쉴피스 광장으로, 혹은 비외 콜롱비에 가에서 뤽상부르로 서로 찾아다니는 이 젊은 이들은 언제나 사람들의 눈에 띄었다.

그러는 동안 트레빌의 약속이 진척되어 갔다. 어느 날 국왕은 데제사르에게 다르타냥을 그가 지휘하는 근위대의 일원으로 받아들이도록 명령했다. 다르타냥은 한숨을 쉬면서 근위대원의 제복을 입었다. 근위대원의 제복을 총사의 제복과 바꾸어 입을 수만 있다면 무슨 짓을 해도 좋겠다고 생각했다. 트레빌은 다르타냥에게 이 년의 견습 기간을 마친 뒤에는 소원대로 해주겠다, 뿐만 아니라 국왕을 위해 큰일을 한다거나 무슨 공훈을 세울 기회가 생기면 견습 기간을 마치기 전에라도 총사로 뽑아주겠다고 약속했다. 다르타냥은 그런 약속을 믿고 물러가 이튿날부터 근위대원으로 근무를 시작했다.

그러자 이번에는 다르타냥이 근무할 때 아토스, 포르토스, 그리고 아라미스가 따라와서 다르타냥과 함께 근무를 했다. 그리하여 데제사르의 근위대는 다르타냥을 대원으로 받아들인 날, 한 사람이 아니라 네 사람의 대원을 얻은 셈이 되었다.

궁중의 음모

　이 세상의 모든 것처럼 루이 13세가 내린 40피스톨의 돈도 결국 바닥이 나버렸다. 그 후에 네 친구들은 곤경에 빠졌다. 처음 한동안은 아토스가 자기 돈으로 나머지 세 사람을 먹여 살렸다. 다음에는 포르토스가 나섰는데, 그는 전에도 그랬던 것처럼 잠시 잠적을 하더니 네 사람이 거의 보름 동안 쓸 수 있는 생활비를 조달해 왔다. 끝으로 아라미스의 차례가 왔다. 그도 기꺼이 책임을 완수했다. 그의 말에 따르면 신학 책을 팔아서 몇 피스톨을 손에 넣을 수 있었다는 것이다.
　이번에도 여느 때처럼 그들은 트레빌의 도움을 받기로 했다. 트레빌은 봉급에서 얼마간 가불을 해주었다. 그러나 세 총사는 이미 꽤 많은 빚을 지고 있었고, 다르타냥은 아직 빚은 없었지만 이번에 가불받은 돈으로는 네 사람의 생활을 오래 감당할 수 없었다.

마침내 그들은 이대로 가다가는 머지않아 완전히 거덜 나버리겠다는 걸 알게 되자 마지막으로 10피스톨쯤 긁어모았다. 이 돈으로 포르토스가 노름을 했다. 그러나 불행하게도 운이 따라주지 않아 돈을 따기는커녕 25피스톨이나 되는 빚까지 지고 말았다.

그러자 이제는 곤궁을 넘어 궁핍 상태로 빠져들었다. 굶주리다 못해 하인들을 이끌고 강둑 거리나 경비대로 쏘다니면서 다른 친구들 집에 가서 밥을 얻어먹을 지경이었다. 아라미스의 말에 따르면, 풍족할 때 여기저기 식사 대접을 해놓으면 어려울 때 조금은 거둬들이게 되어 있었다.

아토스는 네 번이나 저녁 식사에 초대되었는데, 그때마다 친구들과 하인을 데리고 갔다. 포르토스도 여섯 번이나 친구들을 데리고 가서 먹었다. 아라미스는 여덟 번이었다. 이미 알아차렸겠지만, 이 사나이는 말수는 적고 일은 많이 하는 사람이었다.

다르타냥의 경우는 수도 파리에 아직 아는 사람이 하나도 없었으므로, 고작 동향 사제의 집에서 초콜릿을 끓여 만든 간단한 점심 한 끼와 기병대 기수의 집에서 저녁 한 끼밖에 얻어내지 못했다. 그가 동향 사제의 집에 한 무리를 거느리고 갔을 때에는 사제의 두 달치 식량이 거덜났다. 기병대 기수의 집에서는 진수성찬을 대접받았지만, 플랑셰의 말마따나 아무리 많이 먹어봤자 한 끼니밖에는 해결되지 않는 법이다.

그래서 다르타냥은 아토스, 포르토스, 그리고 아라미스가 여러 차례 성찬을 마련해 준 반면 자기는 친구들에게 한 끼니 반밖에 식사를 제공하지 못한 것에 대해 무척 미안하게 생각했다.

한 끼니 반이라고 하는 것은 사제 댁에서 얻어먹은 점심은 절반의 식사밖에 되지 않았기 때문이다. 그는 자기가 이 무리를 한 달 동안 먹여 살렸다는 사실은 까마득히 잊고서 자기가 친구들에게 폐를 끼치고 있다고만 믿을 정도로 성실한 구석이 있는 청년이었다. 이렇게 골똘히 생각에 잠기자 머리가 활발하게 돌아가기 시작했다. 젊고 씩씩하며 대담한 네 사나이가 이렇게 뭉쳐 있는데 건들거리며 돌아다니거나 검술이나 배우고 엉터리 같은 재담을 부리는 것만이 능사가 아니라 다른 목표가 있어야겠다고 생각했다.

실제로 서로 지갑은 물론 목숨까지도 바치고 있는 네 사나이, 언제나 서로 돕고 결코 물러날 줄 모르며 함께 약속한 일이면 혼자서든 함께서든 기어이 해내고야 마는 네 사나이, 때로는 사방을 위협하고 때로는 한 점으로 집결하는 네 개의 팔——이 같은 네 사나이가 뭉쳐 있는 이상, 그들이 달성하려는 목표라면 아무리 요원하고 장애가 많다 할지라도 은밀하게나 공공연하게, 갱도를 통해서건 참호를 통해서건, 계략으로건 완력으로건 반드시 성취되게 마련이었다. 다르타냥이 이상하게 생각한 단 한 가지 문제는 친구들 중의 누구도 이런 생각을 하지 않았다는 점이다.

그는 네 사람의 공동 목표가 무엇이 될 수 있을지 궁리했다. 네 배가 된 하나의 힘이 나아갈 길을 찾아내려고 진지하게 머리를 짜냈다. 이러한 힘이라면, 아르키메데스가 찾던 지렛대처럼 지구라도 들어올릴 수 있다는 것을 믿어 의심치 않았다. 그때 문을 가만가만 두드리는 소리가 들렸다. 다르타냥이 플랑셰를 깨워 문을 열어보라고 일렀다.

궁중의 음모 **145**

'다르타냥이 플랑셰를 깨웠다.'고 해서, 이때가 밤중이거나 아직 날이 밝기 전은 아니었다. 오후 4시가 막 지났을 때였다. 두 시간 전에 플랑셰가 와서는 밥을 먹게 해달라고 하자 주인은 "잠을 잘 때는 배고픈 줄 모른다."는 속담을 들어 대답하였다. 그래서 플랑셰는 잠을 자면서 허기를 잊고 있었다.

상인 같은 차림에 순박한 얼굴을 한 사나이가 들어왔다. 플랑셰는 디저트인 셈 치고 두 사람의 이야기를 듣고 싶었다. 그러나 순박한 얼굴의 상인이 다르타냥에게 중대한 비밀 이야기이니 단 둘이 있었으면 좋겠다고 말했다.

다르타냥은 플랑셰를 내보낸 다음 손님에게 앉으라고 권했다.

한동안 두 사나이는 상대방의 마음속을 알아내기라도 하려는 듯이 말없이 서로 바라보기만 했다. 이윽고 다르타냥이 그럼 무슨 이야기인지 들어보자는 신호로 고개를 까딱했다.

"다르타냥 씨는 대단히 용감한 젊은이라고들 하더군요." 상인이 말했다. "이러한 평판이 결코 헛된 소문이 아니라는 것을 알고 비밀을 하나 털어놓고 싶어서 왔습니다."

"이야기하시오, 어서." 다르타냥이 말했다. 그는 직감적으로 좋은 일일 것 같다는 예감이 들었다.

상인이 잠시 뜸을 들이다가 다시 말을 이었다.

"제 아내가 왕비 마마의 저택에서 의상 시중을 들고 있는데, 머리도 나쁘지 않고 용모도 못생긴 편이 아닙니다. 저하고 결혼한 지가 삼 년 가까이 됩니다. 지참금은 거의 없었습니다만, 왕비 마마의 망토 받드는 시중을 드는 라 포르트 씨가 대부(代父)로서 아내를 돌봐주고 있어서······."

"그런데?" 다르타냥이 물었다.

"그런데 말입니다." 상인이 말을 이었다. "제 아내가 작업실에서 나오다가 납치당했습니다."

"누구한테 납치당했나요?"

"확실히는 모릅니다만, 의심할 만한 사람은 있습니다."

"그래, 당신이 의심하고 있는 사람은 누구요?"

"오래전부터 아내의 뒤를 밟아온 사나이가 있는데요……."

"저런!"

"하지만 제 생각에는……." 상인이 말을 계속했다. "그 사람이 제 아내를 미행한 이유가 연애 사건이라기보다는 정치 문제 때문인 듯합니다."

"연애 사건이 아니라 정치 문제란 말이죠." 다르타냥이 깊은 생각에 잠긴 표정으로 되풀이했다. "그래, 무엇을 의심하는 것입니까?"

"제 생각을 말씀드려야 할지 어떨지……."

"아니, 이봐요, 지금 내가 당신에게 무엇을 요구하고 있는 건 아니지 않소. 당신이 날 찾아온 것이지. 내게 비밀을 하나 털어놓고 싶다고 말한 것은 당신 아니오. 그러니 좋을 대로 하시오. 물러가실 테면 아직도 늦지 않았소."

"아니올시다, 아니올시다, 그런 건 아닙니다. 당신은 성실한 젊은이인 것 같으니까 당신을 믿겠습니다. 그러니까 제가 생각하기에 아내가 잡혀간 이유는 아내의 연애 때문이 아니라 아내보다도 훨씬 높으신 어떤 귀부인의 연애 때문인 듯합니다."

"하하하! 그렇다면 부아 트라시 부인의 연애가 원인일까?" 이 상인에게 궁중의 사정에 밝은 체하고 싶었던 다르타냥은 이렇게 떠벌렸다.

"더 높으신 분입니다, 더 높으신 분이에요."
"에기용 부인인가?"
"훨씬 더 높으신 분입니다."
"슈브뢰즈 부인인가?"
"더 높으신, 훨씬 더 높으신 분입니다!"
"그렇다면 바로……." 다르타냥이 입을 다물어버렸다.
"예, 바로 그렇습니다." 상인이 들릴락 말락 한 낮은 목소리로 잔뜩 겁을 먹고 대답했다.
"그러면 상대방은?"
"그야 물론 공작……."
"그 공작?"
"예, 그렇습니다!" 상인이 더욱더 소리를 낮추어 대답했다.
"그런데 당신이 어떻게 그런 걸 알고 있소?"
"어떻게 아느냐구요?"
"그래, 당신이 어떻게 아느냔 말이오? 틀림없이 믿을 수 있는 이야기가 아니라면 그만두시오. 그렇지 않다면…… 알겠죠?"
"아내한테서 들었습니다, 아내한테서 직접 말입니다."
"글쎄요, 부인은 또 누구한테서?"
"라 포르트 씨한테서 들었답니다. 아까도 말씀드린 바와 같이, 라 포르트 씨는 아내의 대부로서 왕비 마마의 심복이니까요. 라 포르트 씨가 제 아내를 왕비 마마의 측근에 두었지요. 왕비 마마께서는 가엾게도 국왕 폐하로부터 버림받으시고 추기경님으로부터는 늘 염탐을 당하시는 등 모든 이들에게서 배신을 당하고 계시니까, 누구라도 속내 이야기를 털어놓을 만한 상대가 한 사람 있었으면 하셨던 거지요."

"아하! 그렇다면 이해가 되는군요." 다르타냥이 말했다.

"그런데 아내가 나흘 전 집에 왔었습니다. 애당초 일주일에 두 번씩은 저를 만나러 온다는 조건으로 들어갔으니까요. 말씀드리기 부끄럽습니다만, 아내는 저를 매우 사랑하고 있습니다. 아내가 집에 돌아와서는 저에게 왕비 마마께서 요즈음 큰 근심에 빠져 계신다고 털어놓았습니다."

"정말인가요?"

"그렇습니다. 추기경님이 왕비 마마를 전보다도 더 심하게 괴롭힐 뿐만 아니라 벌을 주려고 하는 모양입니다. 사라반다(17세기 프랑스에서 유행했던 선정적인 에스파냐 춤—옮긴이) 사건으로 왕비 마마를 용서하시지 않는 것 같습니다. 사라반다 이야기는 알고 계시겠죠?"

"암, 알고말고요!" 다르타냥은 아무것도 모르면서도 잘 아는 체했다.

"그래서 지금은 미워한다기보다 복수하려고 드는 모양입니다."

"정말로요?"

"그래서 왕비 마마의 생각으로는……."

"그래, 왕비 마마는 어떻게 생각하시는 거요?"

"누군가가 왕비 마마의 이름을 도용하여 버킹엄 공작에게 편지를 써보냈다고 생각하십니다."

"왕비 마마의 이름으로?"

"그렇습니다. 공작을 파리에 오게 하려고 말입니다. 그리고 일단 파리에 오는 날에는 어떻게든 함정에 빠뜨리려는 거지요."

"저런! 하지만 부인이 그 일에 무슨 관계가 있다는 거요?"

"제 아내가 왕비 마마에게 충성을 다하고 있다는 것은 누구나 다 알고 있습니다. 그래서 왕비 마마로부터 멀리 떼어놓거나, 아니면 위협해서 왕비 마마의 비밀을 캐내거나, 유혹하여 밀정으로 부리려는 거겠지요."

"그럴듯한 얘기군요." 다르타냥이 말했다. "그런데 부인을 납치한 사나이가 누군지 알고 있소?"

"아까도 말씀드린 바와 같이 짐작은 갑니다만……."

"그 사람의 이름은?"

"이름은 모릅니다. 다만 제가 알고 있는 사실은 추기경의 심복이라는 것뿐입니다."

"하지만 얼굴은 보았겠군요?"

"예, 언젠가 아내가 그를 가리키더군요."

"알아볼 만한 특징은 없소?"

"물론 있죠! 키가 후리후리한 귀족인데, 머리카락이 검고 살갗이 구릿빛이며 눈매가 날카롭습니다. 이가 새하얗고 관자놀이에 흉터가 하나 있습니다."

"관자놀이에 흉터가 있어!" 다르타냥이 외쳤다. "그리고 이가 희고 눈매가 날카롭다고! 살갗이 그을고 머리털이 검은 데다 키가 후리후리하다고! 그렇다면 바로 묑에서 만난 내 원수다!"

"당신의 원수였다고요?"

"그래요, 하지만 이 일과는 아무런 상관이 없소. 아니, 그렇지 않아, 그렇다면 도리어 문제가 아주 간단해지는 셈이지. 만약에 당신이 말한 사나이와 나의 원수가 같은 사람이라면, 한꺼번에 두 가지 복수를 할 수 있는 거지. 한데 그를 어디에서 만날 수 있겠소?"

"그건 저도 모릅니다."

"어디 사는지 전혀 모르겠소?"

"전혀 모릅니다. 어느 날 제가 아내를 루브르 궁까지 바래다 주었는데, 아내가 막 궁으로 들어가려고 할 때 그가 궁에서 나왔었죠. 그때 아내가 저 사람이라고 해서 그를 보게 된 것입니다."

"저런 저런!" 다르타냥이 중얼거렸다. "모든 것이 정말 막연하군. 그래, 부인이 납치됐다는 건 누구한테서 들었소?"

"라 포르트 씨한테서요."

"자세한 이야기를 해주던가요?"

"그분도 자세한 것은 모르던데요."

"다른 데에서도 무슨 정보를 얻지 못했나요?"

"사실은 듣기는 들었는데……."

"그게 뭐요?"

"하지만 그것까지 말씀드리는 건 경솔한 짓이 아닌가 싶어서……."

"아니, 또 그러시는군. 똑똑히 알아두시오, 여기까지 왔으니 이제 돌이키기엔 너무 늦었어요."

"그러니까 결코 물러서지는 않을 겁니다!" 상인은 스스로 용기를 내려고 애쓰면서 외쳤다. "이 보나시외의 명예를 걸고 드리는 말씀입니다."

"당신 이름이 보나시외요?" 다르타냥이 상대방의 말을 끊었다.

"예, 보나시외가 저의 성입니다."

궁중의 음모 151

"그래서 당신은 보나시외의 명예를 걸고라고 했군요. 이야기 도중에 미안합니다만, 그 성을 어디서 들어본 적이 있는 것 같기도 한데."

"그러실 겁니다. 제가 당신 집의 주인이니까요."

"아하!" 다르타냥이 반쯤 일어나 고개를 수그리면서 말했다. "당신이 바로 내 집주인이시군요?"

"예, 그렇습니다. 당신이 저희 집에 오신 지가 석 달이 되었는데, 아마도 여러 가지로 바쁘셨기 때문에 잊으셨을 테죠. 실은 방세를 아직 안 치르셨습니다만, 저는 한번도 귀찮게 졸라본 적이 없습니다. 그러니 제 마음을 알아주시리라고 생각합니다만."

"아무렴요!" 다르타냥이 말했다. "그러한 마음씨에 대해서는 대단히 감사하게 생각하고 있습니다. 그리고 아까도 말했지만 뭐든지 도움을 드릴 수만 있다면……."

"예, 잘 알겠습니다. 알겠어요. 아까부터 말씀드리려 했습니다만, 이 보나시외의 명예를 걸고 당신을 믿겠습니다."

"그럼 끝까지 이야기를 해보시오."

상인이 주머니에서 종이 한 장을 꺼내어 다르타냥에게 내밀었다.

"편지로군!" 젊은이가 말했다.

"오늘 아침에 받은 겁니다."

다르타냥이 쪽지를 폈다. 해가 지기 시작할 무렵이었으므로 창가로 갔다. 상인도 그를 따라갔다.

"부인을 찾지 마라." 다르타냥이 읽어 내려갔다. "필요 없게 되면 보내줄 것이다. 만약에 조금이라도 찾으려는 기색이 보이면 당신은 끝이다."

"확실하군." 다르타냥이 말을 이었다. "그렇지만 이건 결국 협박에 불과하오."

"그렇습니다. 하지만 그 협박이 저는 무섭습니다. 저는 검객이 아닙니다. 바스티유 감옥이 두렵기도 하고요."

"음!" 다르타냥이 신음 소리를 냈다. "나도 바스티유 감옥은 좋아하지 않소. 칼을 휘두르는 정도로 일이 끝난다면 또 몰라도."

"하지만 이번 일에서 저는 당신만 믿고 있었는데요."

"그래요?"

"당신이 늘 건장한 총사들과 어울려 다니는 걸 보았고, 총사들은 트레빌 씨의 부하이니 추기경님의 적이라는 것도 알고 있습니다. 당신과 당신 친구분들이라면 기꺼이 왕비 마마의 편을 들어 추기경님에게 골탕을 먹이리라고 생각했습니다."

"그야 물론이오."

"게다가 석 달치 방세를 한번도 독촉하지 않았으니까……."

"예, 그랬죠. 이미 알아들었소. 아주 너그러운 처사입니다."

"게다가 당신이 언제까지 여기에 살지 모르지만 차후에도 방세는 일절 받지 않을 생각이고……."

"아주 좋습니다."

"그리고 그럴 리야 없겠지만, 만약에 형편이 곤란하시다면, 지금이라도 50피스톨쯤은 드릴 요량입니다만."

"음, 정말 훌륭한 말씀이오. 당신은 무척 부자로군요, 보나시외 씨?"

"그저 넉넉하게 살아가는 정도죠. 잡화상 장사로, 그리고 특히 유명한 항해자 장 모케의 최근 항해에 투자한 덕분에 연수입 2,000~3,000에퀴쯤 벌어들이고 있지요. 그러니 좋으시다면……
아니, 저건!" 상인이 소리를 질렀다.

"아니, 왜 그러시오?" 다르타냥이 물었다.

"저기 보이는 사람 말이오."

"어디요?"

"거리에, 창 맞은편에, 저 집 문간에, 망토를 걸친 사나이가 보이지 않나요?"

"바로 그놈이오!" 다르타냥과 상인이 동시에 소리쳤다. 둘이서 한꺼번에 그가 자신이 찾던 적임을 알아본 것이다.

"아! 이번에야말로 놓치지 않겠어!" 다르타냥이 칼을 집어들고 뛰어가면서 외쳤다. "이번에는 도망치지 못할걸."

그러면서 칼을 빼들고 밖으로 뛰어나갔다.

때마침 찾아오던 아토스와 포르토스를 계단에서 만났으나 두 사람이 사이를 벌리자 그 틈으로 다르타냥이 쏜살처럼 빠져나갔다.

"아니, 다르타냥, 어딜 그렇게 뛰어가는 거야?" 두 총사가 일시에 외쳤다.

"묑에서 만난 사나이야!" 다르타냥이 대답하고는 그냥 사라져버렸다.

이름도 모르는 사나이에 얽힌 사건과 이 사나이가 무언가 매우 중요한 용건을 부탁하던 아름다운 여자에 관한 이야기를 다르타냥은 친구들에게 여러 번 이야기했었다.

아토스는 다르타냥이 싸움판에서 편지를 잃어버렸을 거라고 생각했었다. 아토스의 말에 의하면, 다르타냥이 미지의 사나이에 관해 말한 용모를 고려컨대 귀족임이 분명한데, 귀족은 편지를 훔치는 비열한 행위를 하지 않는다는 것이었다.

포르토스는 그 모든 것이 귀부인과 기사의 데이트에 불과한 것인데 다르타냥과 그의 노란 말이 나타나 방해가 되었다고 보았다.

아라미스는 그런 일이란 워낙 알 수 없는 일이니 깊이 생각하지 않는 편이 차라리 낫다고 말했다.

그래서 아토스와 포르토스는 다르타냥이 방금 한 말을 듣고 곧장 사정을 알아차렸다. 그리고 그 사나이를 붙잡건 놓치건 결국 다르타냥이 집으로 돌아올 것이라고 생각하고는 그대로 발걸음을 옮겼다.

그들이 다르타냥의 방에 들어와 보니, 방은 텅 비어 있었다. 집주인은 지금까지 이야기를 나누면서 자연스레 다르타냥의 성격을 알게 되었고, 보아하니 젊은이와 그 미지의 사나이가 만나면 한바탕 소동이 벌어질 것이 틀림없다고 생각하고는 조심하는 것이 좋겠다 싶어 달아나버렸다.

다르타냥이 두각을 나타내다

 아토스와 포르토스의 예상대로, 반 시간쯤 지난 뒤에 다르타냥이 돌아왔다. 이번에도 미지의 사나이를 놓쳐버렸다. 그는 마치 마술처럼 사라져버렸다. 다르타냥은 손에 칼을 든 채 근처 거리를 샅샅이 뒤져보았으나, 비슷한 사람도 발견하지 못했다. 그래서 마침내는, 처음부터 그렇게 했더라면 좋았을지도 모르지만, 미지의 사나이가 기대고 섰던 문을 두드렸다. 그러나 열 두어 번이나 연거푸 문을 두드려보아도 아무런 대답이 없었다. 문 두드리는 시끄러운 소리를 듣고 이웃 사람들이 자기 집 문 앞에 나오거나 창밖으로 얼굴을 내밀었다. 그들 말에 따르면 이 집은 문이고 창이고 모두 닫혀 있을 뿐만 아니라 여섯 달 전부터 아무도 살지 않는다는 것이었다.
 다르타냥이 거리를 뛰어다니고 문을 두드리는 사이에 아라미스도 다르타냥의 집에 도착했다. 다르타냥이 집에 돌아와 보니 세 친구가 모두 한자리에 모여 있었다.

"어떻게 됐어?" 다르타냥이 이마에 땀을 흘리면서 잔뜩 화난 얼굴로 들어오는 것을 보고 삼총사가 이구동성으로 물었다.

"그게 말이죠, 참 어이가 없네요." 다르타냥이 칼을 침대 위에 내던지면서 외쳤다. "정말 귀신같은 놈이야. 또 유령이나 도깨비처럼 사라져버렸어요."

"자네는 유령이 있다고 생각하나?" 아토스가 포르토스에게 물었다.

"나는 내 눈으로 본 것밖엔 안 믿어. 유령은 한번도 본 적이 없으니까, 그런 건 없다고 생각해."

"성서에서는 유령을 믿으라고 말하고 있어." 아라미스가 말했다. "사무엘의 망령이 사울 앞에 나타났었지. 유령의 출현은 어떤 전조야. 그걸 의심한다면 유감천만인데, 포르토스."

"사람이건 귀신이건, 육신이건 망령이건, 환영이건 현실이건, 저한테 그 사나이는 저주받을 놈일 뿐이에요. 그 녀석이 달아나버려서 좋은 일거리가 사라져버렸으니까. 100피스톨, 아니 어쩌면 더 큰 돈벌이가 될 만했는데."

"그게 무슨 말이야?" 포르토스와 아라미스가 동시에 물었다.

아토스는 여전히 침묵을 지키면서 그저 눈으로만 다르타냥에게 물을 뿐이었다.

"플랑셰!" 때마침 방긋이 열린 문틈으로 이야기를 좀 엿들어 볼까 하고 얼굴을 내민 하인에게 다르타냥이 말했다. "집주인 보나시외 씨에게 가서 보장시 포도주 여섯 병만 올려 보내라고 해라. 포도주는 보장시 것이 좋아."

"아니, 자네 집주인하고 외상이 통하나?" 포르토스가 물었다.

"그렇게 됐습니다." 다르타냥이 말했다. "오늘부터죠. 하지만 안심하세요. 만약에 술이 나쁘면 다른 걸 보내달라고 할 테니까."

"이용은 하되 남용은 하지 말지어다." 아라미스가 점잖게 말했다.

"늘 말했지만, 다르타냥은 우리들 넷 중에서 제일 머리가 좋아." 아토스가 말했다. 이 말에 다르타냥은 고개를 끄덕여 답례했다. 그러나 아토스는 그렇게만 말하고는 이내 평소처럼 입을 닫아버렸다.

"그런데 도대체 무슨 일이야?" 포르토스가 물었다.

"그래, 어디 무슨 사연인지 들어보자고." 아라미스도 말했다. "물론 여자의 명예에 관계되는 이야기라면 문제는 다르지만 말야. 그렇다면 이야기하지 않는 편이 좋겠지."

"안심하세요." 다르타냥이 대답했다. "이 이야기로는 누구의 명예도 훼손되지 않을 테니까요."

이렇게 말하고 나서 그는 친구들에게 집주인과 대화한 내용을 자세히 이야기했다. 그리고 집주인의 아내를 납치해 간 사나이가 프랑 뫼니에 여관에서 자신이 싸웠던 사나이와 같은 사람이라고 설명했다.

"그거 나쁘지 않은 일인데." 아토스가 미식가답게 술을 맛보더니 맛이 좋다는 듯 고개를 끄덕끄덕하면서 말했다. "갸륵한 집주인으로부터 50~60피스톨쯤은 끌어낼 수 있겠군. 하지만 그까짓 50~60피스톨의 돈에 우리 네 사람의 목숨을 걸 만한 가치가 있는지 없는지가 문제야."

"하지만 한 여자가 납치당했다고요." 다르타냥이 외쳤다. "이 점을 고려해야 하지 않겠습니까. 아마 지금 이 시간에도 협박을 당하고 있을지 몰라요. 어쩌면 고문을 당하고 있을 수도 있고 말입니다. 더구나 자기 주인을 성심껏 섬긴다는 이유로 그런 꼴을 당한 거 아닙니까."

"조심하라고, 다르타냥." 아라미스가 말했다. "아무렴, 조심해야지. 내가 보기에 자네는 보나시외 부인의 운명 때문에 좀 지나치게 흥분하고 있는 것 같아. 여자라는 건 우리 남자들을 파멸시키기 위해 태어났어. 우리 남자들의 불행은 모두 여자들 때문이야."

아토스가 아라미스의 이러한 단언을 듣고 눈살을 찌푸리며 입술을 깨물었다.

"제가 걱정하고 있는 건 보나시외 부인이 아니라 실은 왕비 마마예요." 다르타냥이 외쳤다. "왕비께서는 국왕님께 버림받고 추기경한테서는 구박당하고 계신 데다가, 자기편 사람들의 모가지가 차례로 떨어지는 것을 지켜보고 있는 신세 아니십니까?"

"어째서 왕비께선 우리가 그토록 증오하고 있는 에스파냐 사람들과 영국 사람들을 좋아하시는지 몰라?"

"우선 에스파냐는 왕비의 고국이니까 그렇지요." 다르타냥이 대답했다. "같은 고국의 아들딸인 에스파냐 사람들을 좋아하시는 건 당연해요. 둘째로, 영국 사람들을 좋아하신다고 탓하지만, 내가 듣기에는 영국 사람들을 다 좋아하시는 것이 아니라, 어떤 한 사람만 좋아하시는 거라던데요."

"사실 말이지, 그 영국인은 왕비께서 좋아하실 만도 해." 아토스가 말했다. "난 그렇게 풍채가 좋은 사람을 본 적이 없어."

"게다가 옷 잘 입기로는 천하 제일이야." 포르토스가 맞장구쳤다. "그 영국 사람이 루브르 궁에서 진주를 뿌리던 날, 나도 거기에 있었는데 그때 주운 진주 두 개를 각각 10피스톨씩 받고 팔았다고. 아라미스, 넌 그 영국인을 알고 있니?"

"알고말고. 아미앵의 정원에서 그 사람을 체포한 사람들 중에 나도 있었어. 왕비의 시종 퓌탕주 씨에게 인도되어 거기에 갔었지. 나는 그 무렵 신학생이었는데, 그를 체포하다니 국왕이 너무 가혹한 것 아닌가 생각했어."

"버킹엄 공작이 지금 어디에 있는지 내가 지금 알기만 한다면, 무슨 일이 있더라도 당장에 그의 손을 잡고 왕비 마마 곁으로 데려다주련만." 다르타냥이 말했다. "추기경의 노여움을 산다고 해도 상관없어. 왜냐하면 우리들의 진짜 적, 유일한 적, 영원한 적은 바로 추기경이니까 말이야. 추기경에게 따끔하게 골탕을 먹여줄 수만 있다면 기꺼이 목숨이라도 바치겠어."

"그래서, 다르타냥." 아토스가 말했다. "자네 집주인인 잡화상이 자네에게 말하던가? 버킹엄 공작을 가짜 편지로 꾀어왔을 것이라고 왕비께서 믿고 계신다고?"

"혹시 그러지 않았나 걱정하고 계시다는 거야."

"가만있자……." 아라미스가 말했다.

"뭔데?" 포르토스가 물었다.

"이야기를 계속해 봐. 나도 생각나는 것이 있을 것 같아."

"이제는 나도 확신이 섰어." 다르타냥이 말했다. "왕비 마마의 시녀가 납치당한 것은 지금 우리가 하는 이야기와 관련이 있어. 버킹엄 공작이 파리에 온다는 사실과 아마 관련이 있을 거야."

"이 가스코뉴 청년은 여간 머리가 좋지 않단 말이야." 포르토스가 감탄조로 말했다.

"나는 이 친구의 이야기를 듣는 것이 좋더라. 말투가 재미나거든." 아토스가 거들었다.

"다들 내 얘기 들어봐." 아라미스가 다시 입을 열었다.

"그래, 아라미스의 이야기를 들어보자." 세 친구가 말했다.

"어제 난 어느 신학 박사의 댁에 들렀어. 연구 때문에 종종 만나 뵙고 상의를 드리는 분인데……."

아토스가 빙그레 웃었다.

"그분은 외딴 곳에 살고 계셔." 아라미스가 말을 이었다. "그런 곳을 좋아하시기도 하고 직업상 그럴 필요가 있는 거지. 그런데 마침 내가 그의 집에서 나오려고 할 때……."

여기에서 아라미스가 말을 끊었다.

"그래서?" 이야기를 듣고 있던 사람들이 물었다. "그의 집에서 나오려고 할 때 어쨌단 말이야?"

아라미스는 마치 한참 거짓말을 하다가 뜻밖의 장애로 말이 막힌 사람처럼, 무척 망설이는 듯했다. 그러나 세 친구들이 자신을 뚫어지게 바라보면서 잔뜩 귀를 기울이고 있는지라, 이제 와서 물러날 수도 없었다.

"박사에게는 조카딸이 있어." 아라미스가 계속했다.

"아, 그래! 조카딸이 있구나!" 포르토스가 말했다.

"존경할 만한 훌륭한 아가씨야." 아라미스가 말했다.

이 말에 세 친구들이 깔깔 웃기 시작했다.

"아니, 왜 웃어? 너희들이 그렇게 웃고 내 말을 믿지 않는다면 이야기를 그만두겠어." 아라미스가 말했다.

"회교도처럼 굳게 믿겠네. 그리고 관처럼 입도 다물지." 아토스가 말했다.

"그럼 계속하지." 아라미스가 다시 말을 이었다. "조카딸이 종종 아저씨 댁을 찾아오는데, 마침 어제 와 있더라고. 우연히 나와 마주치게 된 거야. 그래서 내가 사륜마차까지 배웅해 주었어."

"음, 호화로운 마차를 가지고 있군, 박사의 조카딸이?" 포르토스가 이야기 중간에 끼어들었다. 하고 싶은 말은 참지 못하는 것이 포르토스의 결점 중 하나였다. "멋진 교제로군."

"포르토스!" 아라미스가 말했다. "이미 여러 차례 말해 두었지만, 자네는 입이 너무 가볍단 말이야. 그러니까 여자들이 자네를 좋아하지 않는 거야."

"자, 모두들 아라미스에게 주목하자고." 사건의 진상을 어렴풋이나마 짐작하고 있었던 다르타냥이 외쳤다. "이건 중대한 일이야. 농담은 그만두자고. 자, 아라미스, 이야기를 계속해 줘."

"그때 갑자기, 키가 후리후리하고 머리카락이 갈색인 귀족 같은 사나이가…… 옳지, 자네가 말한 그런 사나이야, 다르타냥."

"아마 같은 사람일지도 몰라요." 다르타냥이 말을 받았다.

"그럴지도 모르지." 아라미스가 계속했다. "그가 열 걸음쯤 뒤에 대여섯 명의 부하를 거느리고 나에게 다가오더니, 아주 정중한 말씨로, '공작님' 하고 말하더니 내가 부축하고 있는 여자에게, '그리고 부인께서도' 하고 말하더라고……."

"박사의 조카딸에게 말이지?"

"글쎄 잠자코 있으란 말야, 포르토스!" 아토스가 말했다. "자네는 왜 자꾸 그러나!"

"'자, 이 마차에 오르십시오. 아무 말씀 마시고 조용히.' 이렇게 말이야."

"버킹엄 공작으로 착각한 거군요!" 다르타냥이 외쳤다.

"그런 것 같아." 아라미스도 맞장구쳤다.

"그러면 여자는?" 포르토스가 물었다.

"왕비 마마로 안 거지!" 다르타냥이 말했다.

"맞았어." 아라미스가 대답했다.

"이 가스코뉴 친구는 정말 귀신인걸!" 아토스가 외쳤다. "조금도 빈틈이 없단 말이야."

"사실 아라미스는 공작과 닮은 구석이 있지." 포르토스가 말했다. "키도 같고 풍채도 비슷하잖아. 그렇지만 총사의 제복을 입고 있었을 텐데……."

"커다란 망토를 걸치고 있었어." 아라미스가 말했다.

"저런, 7월인데도!" 포르토스가 말했다. "박사는 네가 사람들의 눈에 띄는 게 두려운 모양이지?"

"밀정이 체격을 잘못 알았으리라는 건 나도 이해하겠어." 아토스가 말했다. "하지만 얼굴은……."

"커다란 모자를 쓰고 있었어." 아라미스가 말했다.

"원 세상에!" 포르토스가 외쳤다. "신학 공부를 하는데 뭘 그리 조심해야 하는 거지!"

"자, 다들, 농담으로 시간을 낭비하지 맙시다." 다르타냥이 말했다. "제각기 흩어져서 상인의 아내를 찾도록 하지요. 그 여자가 이 사건의 열쇠이니까."

"그렇게 신분이 낮은 여자가!" 포르토스가 경멸하듯 입술을 내밀었다.

"왕비의 심복 시종 라 포르트 씨가 그 여자의 대부니까요. 아까 내가 말하지 않았어요? 뿐만 아니라 왕비 마마께서 이번에 그렇게 낮은 신분의 여자에 기대려 하시는 것은 분명 무슨 계산이 있어서일 겁니다. 신분이 높은 사람은 금방 눈에 띌 테고, 추기경은 워낙 눈이 밝은 사람이잖아요."

"그러면 우선 상인과 흥정을 해봐." 포르토스가 말했다. "좋은 값으로 말야."

"그럴 필요 없어요." 다르타냥이 말했다. "상인이 보수를 주지 않더라도 다른 쪽에서 충분히 얻어낼 수 있을 테니까요."

그때 계단에서 요란스럽게 뛰어오는 발소리가 들렸다. 이윽고 문이 벌컥 열리더니 가련한 상인이 방 안으로 뛰어들었다.

"아이고, 여러 나리님들!" 그가 소리를 질렀다. "제발 저를 살려주세요! 사람 좀 살려줘요. 네 사람이 저를 잡으러 왔어요. 제발 좀 살려주세요!"

포르토스와 아라미스가 일어섰다.

"잠깐 기다리세요." 다르타냥이 그들에게 이미 반쯤 뺀 칼을 칼집에 도로 넣으라는 신호를 하면서 외쳤다. "지금은 용기가 아니라 신중한 자세가 필요해요."

"그러나 우리가 이대로……." 포르토스가 외쳤다.

"다르타냥이 하는 대로 내버려둬." 아토스가 말했다. "다시 한 번 말해 두지만, 그는 우리들 중에서 제일 영리하단 말이야.

그러니까 나는 그의 말에 따를 생각이야. 자, 다르타냥, 너 좋을 대로 해봐."

그때 경관 네 명이 바로 옆방의 문 앞에 나타났다. 그들은 총사 네 명이 칼을 옆에 차고 서 있는 것을 보고는 더 들어오기를 망설였다.

"자, 다들 어서 들어오시오." 다르타냥이 외쳤다. "여긴 내 방입니다. 우리는 모두 국왕과 추기경님의 충실한 종복입니다."

"그렇다면 여러분은 우리가 명령을 집행하는 걸 반대하지 않겠지요!" 대장인 듯한 사나이가 말했다.

"물론이오. 그리고 필요하다면 거들어드리겠소."

"도대체 무슨 말을 하고 있는 거야?" 포르토스가 더듬거리며 말했다.

"이런 바보 같으니, 잠자코 좀 있게!" 아토스가 말했다.

"그렇게 약속을 하셔놓고……." 가련한 상인이 모기만 한 목소리로 말했다.

"자유로운 몸이 아니고선 당신을 구해 줄 수 없어." 다르타냥도 들릴락 말락 한 매우 낮은 목소리로 얼른 대답했다. "당신을 지켜주는 것같이 보이면 우리까지 잡히고 만단 말이오."

"그야 그렇겠지만, 그래도……."

"자, 어서 오시오." 다르타냥이 큰 소리로 말했다. "나는 이 사람을 지켜줄 이유가 전혀 없소. 오늘 처음으로 만난 사람이고, 더구나 본인 말을 들어보면 아시겠지만, 내게 방세를 독촉하러 왔거든요. 안 그래, 보나시외 씨? 대답하시오!"

"사실 그렇습니다." 상인이 외쳤다. "하지만 당신은 저에게……."

다르타냥이 두각을 나타내다

"나나 내 친구들에 관해선, 특히 왕비에 관해선 아무 말도 하지 마라. 만약에 그렇지 않는다면 당신도 살아남지 못할 것이고 모두가 파멸일 테니까. 자, 여러분, 이 사람을 데리고 가시오!"

그리고 다르타냥은 어리둥절해하는 상인을 경관들 쪽으로 밀어버리면서 그에게 말했다.

"당신은 악당이야. 나에게 돈을 요구하다니, 총사인 나에게 말야! 자, 여러분, 이자를 감옥에 집어넣어 버려요. 그리고 되도록이면 오래오래 가둬두시오. 그동안엔 나도 돈이 마련되겠지."

근위대원들은 백 번 사죄하고 상인을 붙잡아 데리고 갔다.

그들이 층계를 내려갈 때 다르타냥이 대장의 어깨를 치면서 말했다.

"어떻소, 우리 서로 축배나 한잔 하지 않겠소?"

그러면서 그는 조금 전에 보나시외 씨가 선사한 보장시 포도주를 두 잔 따랐다.

"이거 참말로 영광입니다." 대장이 말했다. "고맙게 받겠습니다."

"자 그럼, 건배를! 그런데 성함이……?"

"부아르나르라고 합니다."

"부아르나르 씨를 위해!"

"나도 당신에게 건배하고 싶습니다. 성함이 어떻게 되시는지?"

"다르타냥입니다."

"자, 다르타냥 씨를 위해!"

"그보다는 먼저 국왕 폐하와 추기경 예하의 건강을 위해 건

배합시다."

 만약 술이 싸구려였다면 대장도 다르타냥의 성의를 의심했을지 모르지만, 워낙 고급술을 대접받고는 철석같이 안심했다.

 대장이 부하들의 뒤를 쫓아 돌아가고 나자 네 친구들만이 남았다. 포르토스가 말했다.

 "대관절 그따위 비열한 짓이 어딨어? 제기랄! 총사가 네 명이나 있으면서 그래, 살려달라고 하는 불쌍한 사나이를 잡아가게 내버려둔단 말이야! 귀족 체면에 그까짓 경관 나부랭이와 건배를 다 하고!"

 "이봐, 포르토스." 아라미스가 말했다. "아까도 아토스가 너더러 바보라고 했지만, 정말 그렇구나! 다르타냥, 너는 위대한 인물이다. 네가 트레빌 씨의 자리에 앉게 되는 날이 오면, 네 힘으로 부디 나를 수도원장 자리에 앉혀다오."

 "난 정말 뭐가 뭔지 모르겠어." 포르토스가 말했다. "자네들은 다르타냥이 잘했다고 생각하나?"

 "암, 잘했고말고." 아토스가 말했다. "그렇게 생각할 뿐만 아니라 칭찬해 주어야겠어."

 "자, 그러면." 다르타냥이 자신의 행위를 포르토스에게 변명하려고 하지도 않고 말했다. "이제 우리 넷은 하나를 위한 모두, 모두를 위한 하나. 이것이 우리의 모토입니다. 알겠죠?"

 "하지만……." 포르토스가 말했다.

 "손을 잡고 맹세하자." 아토스와 아라미스가 동시에 외쳤다.

 포르토스는 작은 목소리로 투덜거리면서도 다른 친구들처럼 손을 뻗었다. 이 자세로 네 친구는 다르타냥이 말한 모토를 입을 모아 되풀이했다.

"하나를 위한 모두, 모두를 위한 하나."

"됐어요. 이제 각자 집으로 돌아가세요." 다르타냥이 마치 여태까지 줄곧 지휘해 온 사람처럼 말했다.

"그리고 조심해야 해요. 이제부터 우리는 추기경과 직접 맞붙어 싸우는 것이니까."

17세기의 쥐덫

쥐덫은 현대의 발명품이 아니다. 사회가 형성되고 경찰 제도가 만들어지고부터, 경찰이 쥐덫을 발명한 것이다.

독자도 예루살렘 가의 은어에 아직 익숙하지 않을 것이고, 필자도 글을 쓰기 시작한 지가 십오 년이나 되었지만 쥐덫이란 낱말을 이런 뜻으로 사용하기는 이번이 처음이므로, 이 쥐덫이 무엇인지 여기에서 설명하기로 하겠다.

어떤 집에서 범죄의 혐의가 있는 사람을 체포했을 때, 이 사실을 비밀로 해두고 너덧 명의 경관을 그 집에 잠복시켜 두었다가 누군가 찾아오는 사람이 있으면 그를 집 안에 가두거나 체포한다. 이런 식으로 이틀이나 사흘쯤 지나면, 이 집에 드나들던 사람들이 거의 다 잡혀버린다.

이것이 바로 쥐덫이다.

그러니까 보나시외의 집은 쥐덫이었고, 거기에 나타난 사람은 누구나 추기경의 부하들에게 붙잡혀 심문을 받았다. 물론 다르타냥이 살고 있는 2층에는 통로가 따로 나 있었으므로, 그의 집을 방문하는 사람들은 조사를 받지 않았다.

뿐만 아니라 거기에 드나드는 사람은 삼총사밖에 없었다. 그들은 제각기 나름대로 조사를 시작했으나 아무것도 찾아내지 못했다. 심지어 아토스는 트레빌에게 물어보기까지 했다. 이 훌륭한 총사는 평소에 워낙 말이 없는 사람인지라 총사대장도 매우 놀라지 않을 수 없었다. 그러나 트레빌도 아는 바가 없었다. 다만 가장 최근에 추기경, 국왕, 그리고 왕비를 만났을 때, 추기경은 매우 걱정스러운 표정이었고 왕도 무슨 근심이 있는 듯했으며 왕비는 잠을 못 잤는지 울었는지 눈이 빨개져 있었던 것이 생각났다. 그러나 왕비는 결혼한 뒤로 편히 잔 적이 없으며 눈물로 세월을 보낸다는 소문이 있었으니 별로 이상하게 생각하지 않았다.

어쨌든 트레빌은 아토스에게 국왕은 물론, 왕비 마마를 특히 잘 섬기라고 일렀고, 다른 총사들에게도 그 뜻을 전해 달라고 당부했다.

한편 다르타냥은 자기 집에서 한 발짝도 나가지 않았다. 그는 자신의 방을 감시소로 만들어놓고 있었다. 이 집에 왔다가 붙잡히는 사람들이 창문을 통해 보였다. 게다가 마룻바닥의 널빤지를 들어올려 구멍을 파놓았기 때문에, 아래층과의 사이에 있는 것이라곤 판자 한 장이 전부라, 거기서 벌어지는 심문의 내용이 훤히 들렸다.

잡힌 사람은 샅샅이 몸을 수색당했다. 그러고 나서 심문을 받기 시작했는데, 심문의 내용은 거의 이런 식이었다.

"보나시외 부인이 남편이나 다른 사람에게 전하라고 당신에게 무엇을 부탁하지 않았는가?"

"보나시외 씨가 아내나 다른 사람에게 전하라고 당신에게 무엇을 부탁하지 않았는가?"

"이들 부부가 당신에게 무언가를 부탁하지 않았는가?"

다르타냥은 만약에 그들이 뭔가를 알고 있다면 저렇게 묻지는 않을 것이라고 생각했다. '지금 그들은 무엇을 캐내려는 것일까? 버킹엄 공작이 파리에 와 있는지, 그리고 왕비를 이미 만났는지, 또는 앞으로 만나기로 약속했는지 따위일까?'

다르타냥은 이런 생각에 골몰했다. 자신이 엿들은 내용에 따르면 그럴 개연성이 없지만은 않았다.

그동안에도 쥐덫은 계속해서 작동했다. 다르타냥의 감시도 계속되었다.

불쌍한 보나시외가 체포된 지 이튿날 저녁, 아토스가 트레빌의 댁에 가려고 다르타냥의 방에서 나가고, 9시가 되어 플랑셰가 그제야 막 잠자리 준비를 시작했을 때, 거리 쪽으로 난 현관문을 두드리는 소리가 들렸다. 이내 현관문이 열리더니 다시 닫혀버렸다. 누군가 쥐덫에 걸려든 것이다.

다르타냥은 마루 널빤지를 벗겨놓은 곳으로 달려가 엎드린 자세로 엿들었다.

얼마 지나지 않아 고함 소리가 들리더니 다시 신음 소리로 바뀌었다. 누군가가 입을 틀어막으려는 듯했다. 심문 정도가 아니었다.

'저런! 여자 같은데.' 다르타냥이 생각했다. '몸을 뒤지니까

반항하고 있구나. 완력을 쓰는 모양인데. 지독한 놈들이군!'
다르타냥은 신중한 사람이었지만, 아래층에서 무슨 일이 일어나고 있는지 뻔히 아는 마당에 뛰어들고 싶은 마음을 억누르기가 여간 힘들지 않았다.
"글쎄 난 이 집 안주인이라니까요. 보나시외의 아내란 말예요. 왕비 마마를 모시고 있는 사람이라고요!" 가련한 여인이 외쳐댔다.
'보나시외 부인이라니!' 다르타냥이 속으로 쾌재를 불렀다. '그렇게 다들 찾고 있던 사람이 이렇게 나타나다니 이게 웬 떡이냐!'
"우리는 바로 당신을 기다리고 있었어." 심문자들이 대답했다.
여인의 목소리가 더욱더 자지러졌다. 몸부림치는 소리가 마룻바닥을 울렸다. 여인은 안간힘을 다하여 네 명의 남자들에게 저항하고 있었다.
"용서해 주세요, 제발 용서……." 이제는 여인의 목소리가 토막토막 끊겨서 들리지도 않았다.
"입을 틀어막고 끌고 가려는 것 같군." 다르타냥이 나직이 외치면서 용수철처럼 펄쩍 뛰어올랐다. "내 칼! 됐다, 여기 있구나. 이보라 플랑셰!"
"왜 그러십니까, 나리?"
"뛰어가서 아토스, 포르토스, 그리고 아라미스를 데려와. 한 사람 정도는 틀림없이 집에 있겠지. 어쩌면 셋 다 돌아와 있을지도 몰라. 무기를 들고 달려오라고 전해. 아 참! 아토스는 트레빌 씨 댁에 가 있다."
"한데 나리는 어딜 가십니까?"

"난 창으로 뛰어내리겠다." 다르타냥이 외쳤다. "잠시도 지체할 수 없다. 너는 널빤지를 원래대로 해놓고 마루를 정리한 다음 문으로 나가라. 그리고 내가 일러준 곳으로 쏜살같이 뛰어가거라."

"아이고! 나리, 그건 자살하려는 거나 다름없습니다." 플랑셰가 울먹였다.

"아무 말 마라, 바보 같으니!" 다르타냥이 말했다. 그러고는 창틀 가장자리를 잡고 2층에서 뛰어내렸다. 다행히 2층이라 해도 그리 높지 않았으므로 생채기 하나 나지 않았다.

재빨리 일어난 뒤에 곧장 문을 두드리며 중얼거렸다.

"이번엔 내가 쥐덫에 걸려드는 셈이군. 이런 쥐를 상대하는 고양이는 큰코다칠걸."

젊은이가 주먹으로 문을 세차게 두드리자 집 안이 조용해졌다. 이윽고 발소리가 다가오더니 문이 열렸다. 다르타냥은 칼을 빼들고 보나시외의 방으로 뛰어들어갔다. 그러자 문이 저절로 닫혀버렸다. 아마 용수철이 달려 있는 모양이다.

그때, 아직도 보나시외의 집에 살고 있는 사람들과 바로 이웃집 사람들에게는 고함 소리와 발 구르는 소리, 칼이 부딪치는 소리, 가구가 부서지는 소리 등이 들렸다. 잠시 후, 요란스런 소리에 놀라 웬일인가 싶어 창밖으로 얼굴을 내민 사람들은 현관문이 다시 열리더니 검은 옷을 입은 사나이 네 명이 놀란 까마귀들처럼 날아가듯 달아나는 모습을 보았다. 그들 뒤로 바닥이며 탁자 구석에는 그들의 찢어진 옷과 망토 조각이 마치 빠진 깃털처럼 떨어져 있었다.

사실 다르타냥은 그다지 힘을 들이지 않고도 그들을 해치웠다. 네 명의 경관 중에서 무기를 지닌 사람은 한 사람뿐이었고, 그도 형식적으로 저항했을 따름이었다. 물론 다른 세 명도 의자며 책상이며 사기 그릇 따위로 젊은이를 후려치려고 했지만, 다르타냥의 긴 칼에 두서너 군데 상처를 입자 그만 겁을 집어먹었다. 불과 십 분 만에 그들은 싸움에 져서 달아났고 다르타냥은 혼란을 평정했다.

당시 파리에서는 폭동과 싸움이 끊이질 않았다. 혹시나 해서 창을 열어보았던 이웃집 사람들은 그런 상황에 익숙해져서인지, 검은 옷을 입은 네 사나이가 달아나는 것을 보자 별일 아니라는 듯이 이내 다시 창을 닫아버렸다. 이로써 일단 사건이 마무리되었다는 것을 직감했기 때문이다.

뿐만 아니라 이미 밤도 깊어, 오늘날과 마찬가지로 당시에도 뤽상부르 구역 사람들은 다들 일찍 잠들었다.

보나시외 부인과 단 둘이 남게 된 다르타냥은 그 여자 쪽으로 돌아섰다. 그 여자는 가엾게도 안락의자 위에 나둥그러진 채 거의 까무러쳐 있었다. 다르타냥은 재빠르게 여인을 살펴보았다.

스물대여섯 살쯤 되었을까, 머리카락은 갈색이고 눈이 파란 아리따운 여자였다. 코는 약간 들창코였으나 퍽 아름다운 편이었고, 피부색은 새하얀 데다가 발그레한 빛이 감돌고 있었다. 그러나 이 여자를 귀부인과 혼동하게 하는 구석은 그뿐이었다. 손은 하얗지만 섬세하지 못했고, 발도 귀부인의 발 같지 않았다. 그러나 다행히 다르타냥은 아직 그렇게 세밀한 구석까지 주의를 기울일 만큼 눈이 높지는 않았다.

다르타냥이 보나시외 부인의 모습을 살펴보다가, 지금 말한 것처럼 발에 눈길을 던지고 보니, 땅바닥에 근사한 리넨 손수건이 떨어져 있는 것을 발견했다. 그는 여느 때의 버릇처럼 그것을 주워 가만히 살펴보았다. 일전에 하마터면 아라미스와 목숨을 걸고 싸울 뻔했던 문제의 손수건과 똑같은 문장(紋章)이 이 손수건의 한쪽 구석에 새겨져 있었다.

그때부터 다르타냥은 문장이 들어 있는 손수건이라면 경계하게 되었다. 그래서 이번에는 아무 말 않고 주운 손수건을 보나시외 부인의 주머니 속에 넣어주었다.

그때 보나시외 부인이 정신을 차렸다. 그 여자는 눈을 뜨고 두려운 듯이 주위를 둘러보았다. 곧 방 안에 아무도 없고 다만 자기를 구해 준 사람과 둘이서만 있다는 것을 깨달았다. 그러자 곧 생긋 웃으면서 손을 내밀었다. 보나시외 부인의 웃는 얼굴은 세상에서 가장 아름다운 것이었다.

"아! 신사 양반!" 그 여자가 말했다. "당신이 저를 살려주셨군요. 참으로 감사해요."

"아닙니다. 부인." 다르타냥이 말했다. "마땅히 해야 할 일을 했을 따름입니다. 조금도 감사하실 건 없습니다."

"아니에요, 아니에요. 이 은혜는 평생 잊지 않겠어요. 그런데 대관절 그 사람들은 저를 어떻게 할 작정이었을까요? 처음엔 도둑인 줄 알았어요. 그리고 남편은 왜 집에 없는지 모르겠어요?"

"도둑은 아니지만 무척 위험한 작자들입니다. 추기경의 부하들이거든요. 그리고 댁의 주인 보나시외 씨가 없는 이유는 어제 붙잡혀서 바스티유 감옥으로 끌려갔기 때문입니다."

"우리 집 양반이 바스티유에!" 보나시외 부인이 외쳤다. "아이고! 이걸 어떡해! 도대체 그이가 뭘 잘못했다고? 아아, 가엾어라! 아무 죄도 없는 사람인데!"

이렇게 외치면서도 아직 놀라움이 완전히 가시지 않은 젊은 여인의 얼굴에 어떤 미소 같은 것이 퍼뜩 떠올랐다.

"주인 양반이 뭘 했느냐고요?" 다르타냥이 말했다. "부인과 같은 분을 아내로 둔 행복과 불행을 동시에 가졌다는 것이 주인 양반의 유일한 죄라고 생각합니다."

"그럼 당신은 혹시……."

"알고 있지요, 부인이 납치당했다는 걸."

"누구에게 납치당했던 건지, 저를 납치한 사람을 아시나요? 아신다면 말씀해 주세요."

"나이는 마흔이나 마흔다섯쯤 되고, 머리카락은 검은색이며, 피부가 햇볕에 그을렸고, 왼쪽 관자놀이에는 흉터가 있는 남자죠."

"맞아요, 맞아. 그러면 이름은요?"

"이름이오? 그건 나도 모릅니다."

"그리고 우리 집 양반은 제가 납치당했다는 걸 알고 있었나요?"

"납치한 사람이 써 보낸 편지로 알게 되었지요."

"그럼 그이는 사건을 짐작하고 있나요?" 보나시외 부인이 당황하는 기색으로 물었다.

"정치적인 이유 때문이라고 생각하는 듯했습니다."

"처음에는 설마 했지만, 지금은 저도 그렇다고 생각해요. 그렇다면 보나시외 씨는 조금도 저를 의심하진 않겠군요?"

"천만의 말씀입니다, 부인. 주인 양반은 당신이 정숙하다는 걸, 그리고 무엇보다도 당신이 남편을 사랑한다는 걸 무척 자랑스럽게 여기고 있던걸요."

그때 다시 한 번 희미한 미소가 이 젊은 미인의 발그레한 입술을 스쳐갔다.

"그런데 어떻게 도망쳐 나왔습니까?" 다르타냥이 다시 말을 이었다.

"잠깐 혼자 있는 틈을 탔지요. 오늘 아침에야 납치당한 이유를 알게 되었기 때문에, 침대 시트를 이용해서 창으로 내려왔지요. 그러고는 그이가 여기에 있으리라고만 생각하고 달려온 거예요."

"주인 양반에게 지켜달라고 하시려고?"

"아니에요. 가엾게도 우리 집 양반은 저를 지켜줄 만한 힘이 없는걸요. 하지만 다른 도움은 줄 수 있을 테니까 그걸 부탁하려고 했지요."

"무슨 일인데요?"

"그건 다른 사람의 비밀이기 때문에 말씀드릴 수가 없어요."

"그건 그렇고, 실례지만 내가 한 가지 주의할 점을 말씀해 드리겠소." 다르타냥이 말했다. "여기는 숨을 만한 곳이 못 됩니다. 조금 전에 쫓겨난 사람들이 곧 지원병을 데리고 돌아올 겁니다. 여기에서 다시 발견되는 날에는 끝장입니다. 나도 물론 친구 셋에게 소식을 알려놓았지만, 그 친구들이 집에 있을지는 알 수 없거든요!"

"정말 옳은 말씀이에요." 보나시외 부인이 놀라면서 외쳤다. "달아나요. 어서 도망쳐요."

그 여자가 다르타냥의 팔을 끼고 힘차게 끌었다.

"하지만 어디로 달아나지요? 어디로 도망치죠?" 다르타냥이 말했다.

"우선 이 집을 떠나고 봐요. 다음 일은 나중에 생각하기로 하고요."

두 젊은 남녀는 문도 열어놓은 채 급히 포스와외르 가를 지나, 포세 무슈 르 프랭스 가로 접어들었다. 그러고는 생 쉴피스 광장에 이르러서야 비로소 걸음을 멈추었다.

"자, 이제 어떡하죠?" 다르타냥이 물었다. "어디로 모셔다 드릴까요?"

"사실 어떻게 해야 좋을지 저도 모르겠어요." 보나시외 부인이 말했다. "애당초 저는 우리 집 양반을 시켜 라 포르트 씨에게 알릴 생각이었어요. 라 포르트 씨라면 최근 사흘 동안 루브르 궁에서 일어난 일을 잘 알고 계실 테니까, 제가 궁중에 들어가도 위험할지 어떨지 알려줄 수 있을 거라고 생각했거든요."

"그렇다면 나라도 라 포르트 씨에게 가서 알릴 수 있어요." 다르타냥이 말했다.

"그야 그렇겠죠. 하지만 한 가지 문제가 있어요. 우리 집 양반은 루브르 궁에 알려져 있는 사람이니까 들여보내 주겠지만, 당신은 아무도 모르니까 통과시키지 않을 거예요."

"그까짓 거야!" 다르타냥이 말했다. "루브르 궁의 어느 문이건 당신에게 친절한 문지기가 있을 테니까, 암호만 사용하면 그 문지기가……"

보나시외 부인이 젊은이를 뚫어지게 바라보았다.

"암호를 가르쳐드리면 사용하신 뒤에 바로 잊어주시겠어요?" 그 여자가 말했다.

"맹세합니다, 가문의 이름을 걸고!" 다르타냥이 말했다. 진실성을 조금도 의심할 여지가 없는 말투였다.

"그럼 당신을 믿겠어요. 마음이 착해 보이니까요. 그리고 일을 성심껏 처리해 주시면 당신에게도 좋은 일이 있을 거예요."

"국왕을 위하는 일이고 왕비 마마가 기뻐하실 일이라면, 무슨 일이든 성의를 다하겠습니다." 다르타냥이 말했다. "그러니까 나를 친구로 여기고 맡겨주시오."

"하지만 그동안 저는 어디에 있죠?"

"라 포르트 씨가 데리러 올 수 있을 만한 집이 있을까요?"

"없어요. 저는 아무도 믿고 싶지 않아요."

"가만있어 봐요." 다르타냥이 말했다. "여기에서 아토스의 집이 가깝지! 그래, 맞아."

"아토스가 누구죠?"

"제 친구입니다."

"하지만 친구 분이 집에 계시다가 저를 보시면 어떡하지요?"

"집에 없어요. 그리고 당신이 방으로 들어간 뒤에는 내가 열쇠를 가져갈 테니까요."

"하지만 그분이 돌아오시면 어떻게 해요?"

"돌아오지 않을 겁니다. 그리고 내가 여자를 데리고 와서 방 안에 있으라 했다고 일러두겠어요."

"하지만 그러다가는 저에 대해 고약한 소문이 나지 않을까요?"

"무슨 상관입니까! 아무도 당신을 모르는데. 뿐만 아니라 지금 우리는 이것저것 따질 처지가 아닙니다!"

"그럼 친구분 댁으로 가죠. 어딘가요?"

"페루 가, 바로 이 근처입니다."

"그럼 어서 가요."

두 사람은 다시 달리기 시작했다. 다르타냥의 짐작대로 아토스는 집에 없었다. 이 집 사람들은 다르타냥이 아토스의 친구라는 걸 알고 있었으므로, 여느 때처럼 다르타냥에게 열쇠를 내주었다. 다르타냥은 열쇠를 받아들고 층계를 올라가, 보나시외 부인을 집 안으로 들여보냈다.

"자, 편히 계십시오." 그가 말했다. "안에서 자물쇠를 채우고, 이렇게 세 번 두드리는 소리를 듣기 전에는, 아무에게도 문을 열어주지 마세요. 자, 이렇게 말입니다." 그가 처음 두 번은 연속적으로 꽤 강하게, 마지막 한 번은 조금 더 시간을 두고 약하게 두드렸다.

"알았어요." 보나시외 부인이 말했다. "그럼 이제 제가 말씀드리겠어요."

"네."

"루브르 궁에서 레셀 가 쪽으로 난 작은 문으로 가세요. 거기서 제르맹이란 사람을 찾으세요."

"알겠습니다. 그 다음엔?"

"그가 당신에게 무슨 일이냐고 물으면 '투르, 브뤼셀'이라고 두 마디로 대답하세요. 그러면 그는 뭐든지 당신 말대로 할 겁니다."

"그래, 그에게 뭐라고 말해야 합니까?"

"왕비 마마의 시종 라 포르트 씨를 불러오라고 하세요."

"음, 라 포르트 씨가 오면?"

"그분을 저에게 보내주세요."

"좋습니다. 하지만 당신을 어디서, 어떻게 다시 만날 수 있을까요?"

"저를 꼭 다시 만나고 싶으신가요?"

"물론입니다."

"그렇다면 그 일은 저에게 맡겨주세요. 안심하셔도 좋습니다."

"당신 말만 믿겠습니다."

"믿어주세요."

다르타냥은 보나시외 부인에게 인사를 하면서 이 아리따운 여인을 연모하는 듯한 눈으로 바라보았다. 그러고 나서 층계를 내려갔다. 등 뒤에서는 자물쇠를 단단히 채우는 소리가 들렸다. 그는 순식간에 루브르 궁으로 뛰어갔다. 레셸 가 쪽의 작은 문으로 들어갈 때 시계는 10시를 알렸다. 이제까지의 모든 사건이 불과 반시간 동안 일어났던 것이다.

모든 일은 보나시외 부인이 말한 대로였다. 정해진 암호를 말하자 제르맹은 고개를 끄덕였다. 십 분쯤 지나 라 포르트 씨가 경비실로 왔다. 다르타냥은 간단히 사정을 설명하고 보나시외 부인이 있는 곳을 가르쳐주었다. 라 포르트는 정확한 주소와 번지를 두 번이나 확인하고 나서 뛰어나갔다. 그러나 열 걸음도 채 못 가서 돌아와 다르타냥에게 말했다.

"젊은이, 한 가지 조언을 하고 싶네."

"뭡니까?"

"이번 일로 혹시 자네에게 곤란한 일이 생길지도 모른다네."

"그럴까요?"

"아무렴, 그렇고말고. 그래서 말인데 당신 친구 중에 늦은 시계를 가지고 있는 사람이 없을까?"

"그래서요?"

"그 친구에게 가서, 자네가 9시 반쯤 그 집에 있었다는 걸 증언해 줄 수 있게 하면 된다네. 법정에서는 이것을 알리바이라고 하지."

다르타냥은 신중한 조언이라고 생각했다. 그래서 쏜살같이 트레빌의 저택으로 달려갔다. 그러나 여러 사람이 있는 객실로 들어가지 않고 직접 트레빌의 거실로 들어가게 해달라고 청했다. 다르타냥은 이 저택에 자주 드나드는 단골손님들 가운데 한 사람이었으므로, 아무 문제 없이 허락을 받았다. 그리고 하인은 트레빌에게 다르타냥이 무슨 중요한 일로 개인적인 면담을 청한다고 알렸다. 오 분 후에 트레빌이 나와 다르타냥에게 대관절 무슨 일로 이렇게 밤늦게 찾아왔는지 물었다.

"죄송합니다, 대장님." 다르타냥이 말했다. 그가 혼자 있는 시간을 이용하여 벌써 벽시계를 45분 늦추어놓은 뒤였다. "아직 9시 25분밖에 안 되었기에 찾아와 뵈어도 괜찮다고 생각했습니다."

"9시 25분이라." 트레빌이 벽시계를 바라보면서 외쳤다. "그럴 리가 없는데!"

"보십시오, 대장님." 다르타냥이 말했다. "사실이 그렇지 않습니까?"

"그렇군!" 트레빌이 말했다. "난 더 늦은 줄 알았지. 한데 무슨 일이지?"

그러자 다르타냥은 트레빌에게 왕비에 관해 자세한 이야기를 했다. 그는 왕비 마마에 대해 자기가 염려하는 문제를 털어놓았다. 그리고 버킹엄 공작에 대한 추기경의 음모에 관해 자기가 들은 것을 이야기했다. 트레빌은 그가 이야기하는 모습이 침착하고 태연스러운 데다 앞서도 말한 바와 같이 추기경, 국왕, 그리고 왕비 사이에 무슨 일이 있다는 것을 어느 정도 눈치 채고 있었던 터라, 그의 이야기를 쉽사리 믿을 수 있었다.

  10시가 울리자 다르타냥이 물러나왔다. 트레빌은 정보를 알려주어 고맙다고, 차후에도 국왕과 왕비를 잘 섬기라고 당부하고는 객실로 돌아갔다. 다르타냥은 계단을 내려온 뒤에 지팡이를 놓고 온 것이 생각났다. 그래서 급히 도로 올라갔다. 거실로 다시 들어가서는 이튿날 벽시계가 틀렸다는 것을 아무도 알아보지 못하도록 시계 바늘을 다시 제대로 돌려놓았다. 이제 자신의 알리바이를 증명해 줄 증인이 생긴 것에 안심하면서 층계를 내려와 이내 거리로 나왔다.

얽혀 들어가는 음모

 다르타냥은 트레빌을 찾아가고 나서 집으로 곧장 돌아가는 대신 깊은 생각에 잠겨 길을 돌고 돌았다.
 그렇게 정처 없이 돌아다니면서 밤하늘의 별을 우러러보았다. 때로는 한숨을 지었고 또 때로는 빙그레 웃기도 했다. 그는 무엇을 생각하고 있었을까?
 바로 보나시외 부인을 생각하고 있었다. 견습 총사에게 이 젊은 여자는 거의 이상적인 연인이었다. 아름답고 신비스러운 데다가 궁중의 비밀까지 꿰뚫고 있는 까닭에, 그 여자의 아리따운 얼굴에서는 어딘지 모를 위엄이 풍겨 나왔다. 게다가 마음씨도 차갑지 않을 것 같았다. 따뜻한 마음씨는 사랑에 서툰 사람에게 저항할 수 없는 매력인 법이다. 뿐만 아니라 다르타냥은 몸을 뒤지고 난폭하게 굴려던 악당들의 손에서 그 여자를 구해 주었다. 이 작지 않은 도움 덕에 그들 사이에 쉽사리 애정으로 변할 수 있는 감사의 마음이 생겨났다.

다르타냥은 벌써부터 공상의 날개를 펼쳤다. 황금 사슬이나 다이아몬드와 함께 데이트 약속의 편지를 가져오는 심부름꾼을 눈에 그려보았다. 앞에서도 말했듯이 당시에는 젊은 기사가 국왕으로부터 금품을 받는 것이 수치스러운 일이 아니었다. 마찬가지로 도덕 관념이 희박했던 당시에는 사랑하는 연인으로부터 금품을 받는 것도 파렴치한 일이 아니었다. 여자들은 언제나 사내들에게 값비싸고 오래가는 기념품을 보냈다. 마치 깨지기 쉬운 애정을 견고한 선물로 지키려는 듯했다.

당시에는 사람들이 여자의 힘을 빌려 출세하는 것을 조금도 부끄럽게 여기지 않았다. 미모밖에 없는 여자들은 미모를 내주었다. 그래서 "가장 아름다운 아가씨는 자기가 가진 것밖에 주지 않는다."라는 속담이 생겼는지도 모른다. 돈 많은 여자들은 아름다움 외에도 자기의 돈을 주기도 했다. 기사도가 꽃피던 당시의 사내로서, 사랑하는 여자가 지갑에 돈을 조금 넣어 안장에 달아주지 않았다면, 공을 세우기는커녕 박차조차 살 수 없는 사람들이 적지 않을 것이다.

다르타냥은 돈이 한 푼도 없었다. 시골뜨기의 망설임은 살짝 불기만 해도 떨어지고 마는 꽃잎이나 복숭아의 솜털 같아서, 삼총사 친구들의 얄궂은 충고 덕분에 싹 사라져버렸다. 다르타냥은 당시의 기이한 풍습대로, 파리에서 있으면서도 전투 중인 것처럼, 플랑드르 지방에 있는 것처럼 생각했다. 플랑드르에서는 싸움의 상대가 에스파냐 사람이었고, 파리에서는 여자였다. 도처에 싸워야 할 적이 있었고, 책임져야 할 부담이 있었다.

그러나 그때의 다르타냥은 분명 더 고매하고 초연한 감정에 이끌려 행동했을 것이다. 상인은 젊은이에게 자신이 부자라고 말했지만, 젊은이는 보나시외가 저렇게 멍청하므로 돈을 쥐고 있는 사람은 그 부인임에 틀림없다고 충분히 짐작할 수 있었다. 그러나 이 모든 것도 다르타냥이 보나시외 부인을 보았을 때 느낀 감정에는 아무런 영향도 끼치지 않았다. 물질적인 욕심과 그 여자를 보고 싹튼 연정 사이에는 거의 아무런 관계도 없었다. 이렇게 말할 수 있는 이유는 아름답고 우아하며 재주 있는 젊은 여인이 심지어 부유하기도 하다는 생각을 하면 연정이 사그라들기는커녕 도리어 커지기 때문이다.

유복한 생활에는 아름다움과 잘 어울리는 귀족적인 품성과 변덕이 있게 마련이다. 하얀 고급 스타킹, 비단옷, 레이스 달린 스카프, 예쁜 신발, 머리에 맨 고운 리본이 못생긴 여자를 아름답게 만들지는 않지만 어여쁜 여자를 한결 더 아름답게 보이게는 한다. 그러나 그 무엇보다 중요한 것은 손이다. 특히 여자들의 경우 거친 일을 많이 하지 않는 손이 아름다운 법이다.

잘 알다시피, 다르타냥은 백만장자가 아니었다. 언젠가는 그렇게 되기를 바라고 있었지만, 아주 먼 훗날의 얘기라고 생각하고 있었다. 부자가 되기 전에 사랑하는 여자에게 행복을 느끼게 해줄 그 자질구레한 선물들을 사줄 수 없다면 얼마나 절망적일까! 여자는 부유한데 연인인 남자가 부유하지 않을 때에는, 여자 스스로 필요한 것을 마련한다. 그리고 여자는 보통 남편의 돈으로 즐거움을 누리지만, 남편에게 감사하는 경우는 드물다.

다르타냥은 누구보다도 다정한 연인이 되리라 다짐했지만, 그렇다고 해서 친구에게 불성실하겠다는 것은 아니었다. 상인의 아내와 나눌 사랑을 머릿속에 그리면서도 친구들을 잊지 않았다. 아리따운 보나시외 부인을 생 드니의 들판이나 생 제르맹의 장터로 아토스, 포르토스, 그리고 아라미스와 함께 데리고 가서 산책을 같이하는 거야. 그들에게 자신이 사랑하는 여자를 자랑해야지. 그런데 오래 걷고 나면 시장기를 느끼게 마련이라 다르타냥은 조금 전부터 배가 고팠다. 식사를 하면서 한쪽으로는 친구의 손을 잡고 다른 한쪽으로는 애인의 발을 건드리면 조촐한 저녁 식사라도 행복할 거야. 마지막으로 친구들이 위급할 때나 곤경에 빠졌을 때에는 당장 달려가서 구해 주어야지.

그런데 다르타냥이 구해 주겠다고 약속해 놓고도 모른다고 잡아떼면서 경관들의 손에 넘겨준 보나시외는? 다르타냥은 그에 대한 생각을 조금도 하지 않았다고, 설령 그를 생각했다 하더라도 그가 지금 어디에 있건 잘 있겠지라고 생각했음을 고백하지 않을 수 없다. 사랑이란 모든 감정 중에서 가장 이기적인 것이다.

그렇지만 독자들이여, 안심하시라. 다르타냥이 자신에게 세놓은 집주인을 잊고 있거나 또는 어디로 연행되어 갔는지 모른다는 핑계로 잊어버린 척하고 있어도, 우리는 그를 잊지 않고 있으며 그가 어디에 있는지도 알고 있다. 그러나 당분간은 사랑에 빠진 가스코뉴 청년처럼 그를 내버려두자. 그에 관해서는 나중에 다시 이야기할 것이다.

다르타냥은 앞날의 연애를 꿈꾸면서, 밤과 이야기하고 별에게 미소를 던지면서, 당시에 셰르슈 미디 또는 샤스 미디라 불리던 거리를 걸어 올라가고 있었다. 그러다가 아라미스의 집 근처까지 이르자 그를 찾아봐야겠다는 생각이 들었다. 쥐덫으로

얽혀 들어가는 음모 **187**

즉시 와달라고 플랑셰를 보낸 이유를 좀 자세히 설명하고 싶었다. 플랑셰가 갔을 때 그가 집에 있었다면 틀림없이 포스와외르가로 달려왔을 터인데, 거기에는 아마 다른 두 친구밖에 없었을 테니, 그들 모두 뭐가 뭔지 영문을 모를 터였다. 그렇게 번거롭게 만든 이상 설명하지 않을 수 없다고 다르타냥은 큰 소리로 말했다.

그러고 나서 지금이야말로 어여쁜 보나시외 부인에 관해 이야기할 좋은 기회라고 생각했다. 그의 가슴은 아니더라도 그의 머리는 이미 보나시외 부인으로 가득 차 있었다. 첫사랑에 신중하라는 충고는 무리한 노릇이다. 첫사랑에는 그토록 커다란 기쁨이 따르게 마련이니 이 기쁨을 실컷 즐겨야 한다. 그러지 않으면 숨이 막혀버릴 것이다.

두 시간 전부터 파리 시내가 어두워지기 시작했다. 점차 인적도 끊어졌다. 생 제르맹 교외의 큰 시계들이 일제히 11시를 알렸다. 푸근한 날씨였다. 다르타냥은 오늘날 아시스 가가 있는 구역의 골목을 걸어가고 있었다. 저녁 이슬과 밤 바람을 맞아 식은 정원의 향기를 들이마셨다. 보지라르 가에서 불어오는 바람을 타고 다르타냥이 걸어가는 골목까지 실려온 향기였다. 멀리 들판의 외딴 술집에서는 술꾼들의 노랫소리가 창문 너머로 은은히 새어나오고 있었다. 다르타냥은 그 골목의 끝에 이르러 왼쪽으로 방향을 틀었다. 아라미스가 살고 있는 집은 카세트 가와 세르방도니 가 사이에 있었다.

카세트 가를 막 지나자 벌써 친구 집의 현관문이 보였다. 아라미스의 집은 울창하게 우거진 무화과나무와 참으아리 들에 파묻혀 있었다. 바로 그때 세르방도니 가에서 나오는 사람의 그림자 같은 것이 다르타냥의 눈에 띄었다. 몸을 망토로 감싸고 있었다. 다르타냥은 처음에 남자인 줄 알았으나 그러기엔 체격이 작았다. 거동도 망설이는 듯했고 걸음걸이도 조심스러웠다. 그래서 이내 여자임을 알아차릴 수 있었다. 게다가 그 여자는 자기가 찾는 집을 확실히 모르는 듯했다. 위치를 확인하기 위해 눈을 들어 건물을 살폈으며, 걸음을 멈추었다가 되돌아가서는 다시 오곤 했다. 다르타냥은 호기심이 일었다.

'무슨 일인지 내가 가서 도와주면 어떨까!' 그가 생각했다. '몸가짐을 보니 젊은 여자 같은데. 예쁜 여자일지도 몰라. 오, 그래! 하지만 여자가 이런 야심한 시간에 거리를 쏘다니다니, 애인을 만나러 가는 것이 틀림없어. 쳇! 만약에 애인과 만나는 걸 훼방 놓는 거라면 오히려 원망만 들을 거야.'

젊은 여인은 여전히 집과 창문을 살피면서 걸어오고 있었다. 그러나 시간이 걸리거나 하기 어려운 일은 아니었다. 이 근처에는 저택이 세 채밖에 없었고, 거리에서는 창문이 둘밖에 보이지 않았다. 그중 하나는 아라미스의 집과 나란히 서 있는 저택의 창이었고, 다른 하나는 아라미스의 집 창문이었다.

"분명해." 다르타냥이 중얼거렸다. 그의 머리에 신학자의 조카딸 생각이 떠올랐다. "분명해. 이렇게 늦은 시간에 아가씨가 그 친구의 집을 찾는다니 이상한 일이야. 그러나 확실히 그런 느낌이 드는군. 좋아, 아라미스, 이번에야말로 진상을 밝혀내고 말겠어."

다르타냥은 거리의 가장 어두운 곳인 담이 움푹 들어간 안쪽에 놓인 돌의자 옆에 몸을 숨기고는 가능한 한 움츠렸다.

젊은 여인은 계속 걸어오고 있었다. 가볍고 사뿐사뿐한 걸음걸이였다. 잔기침 소리가 한 차례 들려왔다. 무척 싱그러운 소리였다. 다르타냥은 기침 소리가 신호라고 생각했다.

그 사이에, 누군가가 똑같은 소리로 응답해 준 것을 듣고 확신이 섰는지, 아니면 아무런 도움 없이도 목적지에 이르렀다는 것을 스스로 확신했는지, 그 여자는 단호한 걸음걸이로 아라미스 방의 덧문으로 다가가서 손가락을 구부려 똑같은 간격으로 세 번 두드렸다.

"확실히 아라미스의 집이다." 다르타냥이 중얼거렸다. "위선자 양반 같으니! 신학 공부를 한다더니 나한테 들켰군!"

여자가 덧문을 세 번 두드리자마자 안쪽의 창문이 열리면서 덧문의 유리를 통해 불빛이 새어나왔다.

"아, 그랬구나!" 문이 아니라 창에서 엿듣던 사람이 말했다. "아! 방문을 기다리고 있었구나. 자, 그럼 이제 덧문이 열리면서 부인이 창을 넘어 들어가겠지. 아주 좋아!"

그런데 다르타냥의 예측과는 달리 덧문은 여전히 닫혀 있었다. 이 사실에 그는 매우 놀랐다. 게다가 잠깐 비쳤던 불빛도 사라지고 모든 것이 다시 어둠 속에 묻혀버렸다.

다르타냥은 이런 상태가 오래 지속되지는 않으리라고 생각했다. 그래서 눈과 귀에 온 정신을 집중하여 계속 지켜보았다.

그의 생각은 틀리지 않았다. 잠시 후 안에서 유리를 두 번 두드리는 소리가 들려왔다. 거리의 젊은 여인이 한 번 두드려 응답했다. 덧문이 방긋 열렸다. 다르타냥이 얼마나 이 광경을 열심히 지켜보고, 귀를 기울였을지는 짐작할 만하다.

불행하게도 등불이 다른 방으로 옮겨졌다. 그러나 젊은이의 눈은 어둠에 익숙해져 있었다. 게다가 사람들의 증언에 따르면 가스코뉴 사람들은 고양이처럼 밤에도 눈이 밝다고 한다.

다르타냥은 젊은 여인이 주머니에서 어떤 하얀 물건을 꺼내 얼른 펼치는 모습을 보았다. 손수건인 모양이었다. 여인은 펼친 물건의 한쪽 구석을 상대방에게 보였다.

이에 다르타냥은 보나시외 부인의 발아래 떨어져 있었던 손수건이 생각났고, 또 아라미스의 발아래 떨어져 있었던 손수건을 떠올렸다.

도대체 저 손수건은 무엇을 뜻하는 것일까?

다르타냥이 있는 곳에서는 아라미스의 얼굴이 보이지 않았다. 그를 아라미스라고 말하는 것은 자기 친구가 창문의 안쪽에서 창밖의 여자와 이야기하고 있다는 사실을 다르타냥이 전혀 의심하지 않았기 때문이다. 젊은이다운 호기심에 빠져 신중함을 잃어버린 것이다. 다르타냥은 두 인물이 손수건을 보는 데 몰두하고 있는 틈을 타서, 숨어 있던 곳에서 나왔다. 그러고는 발소리를 죽여 번개처럼 날쌔게 벽 모퉁이로 뛰어가 몸을 꼭 붙였다. 거기라면 아라미스의 방을 완벽하게 들여다볼 수 있었다.

순간 다르타냥은 놀라서 하마터면 비명을 내지를 뻔했다. 밤의 방문객과 이야기하고 있는 사람은 아라미스가 아니라 어떤 여자였다. 그러나 옷 모양만 알아볼 수 있을 뿐, 얼굴까지 식별할 수는 없었다.

그때 안쪽의 여자가 주머니에서 다른 손수건 하나를 꺼냈다. 그러고는 바깥쪽에 있던 사람이 보여준 손수건과 교환했다. 그러고 나서 두 여자는 몇 마디 말을 주고받았다. 그러더니 이윽고 덧문이 도로 닫혔다. 창밖에 있던 여자는 그제야 돌아섰고, 망토를 눈 위까지 내리면서 다르타냥으로부터 네댓 걸음 떨어진 곳을 지나갔다. 그러나 망토로 얼굴을 가리려는 조심성도 이미 소용없었다. 다르타냥이 보나시외 부인을 알아본 뒤였기 때문이다.

보나시외 부인이라니! 그 여자가 주머니에서 손수건을 꺼냈을 때 벌써 보나시외 부인이 아닐까 하는 의심이 들긴 했었다. 그러나 자기를 루브르 궁으로 데려가도록 라 포르트에게 전해 달라고 심부름 보냈던 보나시외 부인이 밤 11시 반에 또다시 납치당할 위험을 무릅쓰고 혼자 파리의 거리를 쏘다니다니, 도대체 무슨 일일까?

분명히 아주 중요한 볼일이 있었던 것이 틀림없다. 스물다섯 살의 여자에게 중요한 볼일이란 무엇인가? 사랑이다.

그러나 이러한 위험을 무릅쓰는 것은 자신을 위해서였을까, 아니면 애인을 위해서였을까? 이렇게 젊은이는 마음속으로 자문했다. 질투의 악마가 그의 마음을 찢어놓았다. 그녀가 진짜 자신의 애인이라도 되는 양 마음이 괴로워 견딜 수가 없었다.

그런데 보나시외 부인이 어디로 가는지 확인할 수 있는 아주 간단한 방법이 있었다. 바로 미행이었다. 그녀의 뒤를 몰래 따라가는 것은 너무나도 간단한 일이었고, 다르타냥은 본능적으로 그렇게 했다.

그러나 보나시외 부인은 받침대에서 조각상이 떨어져나오듯 벽에서 튀어나온 젊은이를 보고, 그리고 뒤에서 따라오는 발소리를 듣고서 나지막이 비명을 지르면서 달아났다.

다르타냥이 쫓아갔다. 망토 때문에 마음대로 몸을 놀리지 못하는 여자를 따라잡는 일은 어렵지 않았다. 따라서 그녀가 거리를 3분의 1도 채 가기 전에 따라잡을 수 있었다. 안타깝게도 여자는 기진해 있었다. 피로 때문이 아니라 두려움 때문이었다. 다르타냥이 그녀의 어깨에 손을 얹었다. 여자는 털썩 무릎을 꿇었다. 그러고는 고통스런 목소리로 고함을 질렀다.

"죽일 테면 죽이세요. 하지만 아무것도 알아내지 못할 거예요."

다르타냥은 여인을 안아서 일으켰다. 그러나 축 늘어진 여자의 몸이 금방이라도 기절할 것 같은 생각이 들자 서둘러 헌신의 맹세로 안심을 시켰다. 그러나 보나시외 부인에게는 아무런 소용이 없었다. 악의로 그 같은 맹세를 할 수도 있기 때문이다. 그러나 목소리는 달랐다. 젊은 여인이 그의 목소리를 알아보는 듯했다. 그녀가 눈을 뜨고 그렇게도 두려워하던 사나이를 바라보았다. 다르타냥임을 알아보자 기쁨의 함성을 질렀다.

"어머나! 당신이군요, 당신이에요!" 그 여자가 말했다. "이렇게 고마울 수가!"

"그래요, 바로 납니다." 다르타냥이 말했다. "하느님이 당신을 지켜주라고 나를 보내신 겁니다."

"그럼 제 뒤를 따라오신 것도 그 때문이었나요?" 젊은 여자가 애교로 가득한 미소를 지으면서 물었다. 빈정거리는 듯한 말투가 다시 나타났다. 이제까지 적인 줄로만 알았던 상대방이 같은 편이라는 것을 알게 되자 모든 공포가 싹 가셔버렸던 것이다.

"아닙니다." 다르타냥이 말했다. "사실대로 말하자면 그렇지가 않습니다. 우연히 당신을 만난 것입니다. 어떤 여자가 내 친구 집의 창을 두드리는 걸 보고……."

"당신의 친구 집이라고요?" 보나시외 부인이 그의 말을 가로막았다.

"물론이죠. 아라미스는 내 가장 친한 친구 중의 한 사람이거든요."

"아라미스라고요? 그게 누구죠?"

"아니! 아라미스를 모른단 말이오?"

"그런 이름은 생전 처음 들어봐요."

"그럼 그 집에 가신 것도 처음인가요?"

"물론이죠."

"그럼 그 집에 젊은 남자가 살고 있다는 것도 모르셨나요?"

"예."

"총사가 살고 있다는 것도?"

"전혀 몰랐어요."

"그럼 당신은 남자를 찾아간 게 아니었군요?"

"말도 안 돼요. 게다가 당신도 보셨겠지만, 저와 이야기한 상대는 여자였어요."

"그건 그렇소. 하지만 그 여자는 아라미스의 친구일 겁니다."

"그런 건 몰라요."

"그 여자가 그 집에 묵고 있으니 말입니다."

"저와는 아무 관계도 없어요."

"그럼 그 여자는 누굽니까?"

"어머나! 그건 제가 말씀드릴 수 있는 비밀이 아니에요."

"보나시외 부인, 당신은 매력적인 여자요. 하지만 정말 알 수 없는 여자이기도 하군요……."

"그게 저에게 해가 되나요?"

"아닙니다. 오히려 당신을 사랑스럽게 만듭니다."

"그럼 팔짱을 껴도 되겠죠?"

"기꺼이요. 자, 이제?"
"이제 저를 데리고 가주세요."
"어디로?"
"제가 가는 곳으로요."
"어디죠?"
"곧 아시게 돼요. 문 앞까지 데려다 주셔야 할 테니까요."
"거기서 기다리고 있어야 하나요?"
"그럴 필요는 없어요."
"그럼 당신은 혼자 돌아가나요?"
"그럴지도 모르고 안 그럴지도 몰라요."
"그럼 그때 당신을 수행할 사람은 남자입니까, 여자입니까?"
"아직 모르겠어요."
"나는 알 수 있겠네요."
"어떻게요?"
"당신이 나올 때까지 기다리고 있을 테니까요."
"그럴 거면 이만 헤어져요."
"왜죠?"
"당신 같은 분은 필요 없어요."
"하지만 조금 전에는 같이 가달라고……."
"점잖은 귀족의 도움이라면 몰라도, 염탐꾼의 감시 따위는 필요 없어요."
"말씀이 지나치시군요!"
"그럼 몰래 따라다니는 사람은 뭐라고 하나요?"
"무례한 사람이죠."
"그런 말로는 너무 약해요."

"좋아요. 이제 알았어요. 당신 원하는 대로 해드리지요."
"왜 진작 그러시지 않았어요?"
"뉘우쳐도 안 됩니까?"
"정말 뉘우치고 계시나요?"
"그건 나도 모르겠습니다. 다만 당신이 가는 데까지 같이 가게 해주신다면, 뭐든지 원하시는 대로 하겠다고 약속하겠습니다."
"그런 뒤에는 제게서 떠나주시겠지요?"
"예."
"제가 나올 때 엿보시지 않고?"
"그럼요, 안 그러겠습니다."
"맹세해 주시겠어요?"
"가문의 이름을 걸고 맹세합니다!"
"그럼 제 팔을 끼고, 자, 가요."

다르타냥이 보나시외 부인에게 팔을 내밀었다. 그 여자는 반쯤 웃고 반쯤 떨면서 그의 팔에 매달렸다. 두 사람은 라 아르프 가의 끝까지 갔다. 거기에 이르자 젊은 여인은 보지라르 가에서 그랬던 것처럼 헤매는 듯했다. 그렇지만 어떤 표지로 문 하나를 알아보았다. 그리고 그 문으로 다가갔다.

"자, 신사 양반." 그 여자가 말했다. "여기예요, 여기에서 볼 일이 있어요. 동행해 주셔서 참으로 고마워요. 혼자라면 무슨 변을 당했을지도 모르는데, 덕분에 무사히 왔어요. 하지만 약속을 지켜주실 때가 됐어요. 저는 목적지에 다 왔으니까요."

"돌아가실 때 아무 걱정 없겠습니까?"
"도둑만 아니라면 두려워할 게 뭐가 있겠어요."

"도둑은 아무렇지도 않으세요?"

"저한테서 뭐 빼앗아갈 거라도 있나요? 몸에 돈 한 푼 없는데."

"문장이 수놓아진 아름다운 손수건을 잊고 계시는 모양인데요."

"어떤 손수건 말인가요?"

"당신 발아래 떨어져 있길래 내가 주워서 당신 주머니 속에 넣어드린 손수건 말입니다."

"잠자코 계세요, 제발 잠자코 계세요!" 젊은 여인이 외쳤다. "저를 망신 주려고 그러세요?"

"그것 보세요. 단 한마디의 말로도 그렇게 떠는 걸 보니, 그 말을 남이 들으면 망신당한다고 말하는 걸 보니, 아직도 당신에게는 위험이 있는 겁니다. 자, 부인!" 다르타냥이 그녀의 손을 잡고 타는 듯한 눈길로 바라보면서 외쳤다. "자, 더 용기를 내서 나에게 털어놓으세요. 내 눈을 보고도 내 마음속에 있는 성의와 호의를 느끼지 못하나요?"

"그야 알고말고요." 보나시외 부인이 대답했다. "그러니까 제 비밀은 물으신다면 말씀드리겠어요. 하지만 남의 비밀은 그렇게 할 수 없어요."

"좋아요." 다르타냥이 말했다. "그렇다면 내가 알아내겠소. 그 비밀은 당신의 생명에 영향을 미칠 수 있으므로, 내 비밀도 되는 셈이오."

"제발 그러지 마세요." 젊은 여인이 정색을 하고 외쳤다. 그 소리에 다르타냥은 자기도 모르게 몸을 떨었다. "제발 제 문제에 참견하지 마세요. 제가 하는 일을 거들려고 하지 마세요. 당신이 제게 호의를 느끼고 저를 도와주셨으니까 이렇게 부탁드리는 거예요. 그 은혜는 평생 잊지 않겠어요. 제발 제 말을 믿어 주세요. 이제는 제 일에 관여하지 마세요. 당신에게 저는 이제 없는 거나 다름없어요. 저를 만난 적도 없다고 생각해 주세요."

"아라미스도 나와 마찬가지로 그래야 합니까, 부인?" 다르타냥이 말했다. 울컥 하는 기분 때문에 말투가 격해졌다.

"벌써 몇 번씩이나 그 사람 이름을 들먹이십니다만, 아까도 말했듯이 저는 그런 사람을 모른다니까요."

"그 사람 집의 덧문을 두드렸으면서도 그 사람을 모른다니요. 아니, 내가 그렇게도 바보인 줄 아시오?"

"제 입을 열게 하려고 그런 이야기를 지어내시고, 있지도 않은 사람을 꾸며내시는 게 아닌가요?"

"지어내는 것도, 꾸며대는 것도 아니오. 나는 사실을 사실대로 말하고 있을 뿐이오."

"그 집에 당신 친구가 살고 있다는 말씀인가요?"

"같은 말을 벌써 세 번이나 되풀이하는데, 그 집에는 내 친구가 살고 있고, 그의 이름은 아라미스란 말이오."

"모든 것은 나중에 밝혀지겠지요." 그녀가 중얼거렸다. "더 이상 아무 말씀도 하지 마세요."

"당신이 내 마음을 들여다볼 수 있다면 좋겠소." 다르타냥이 말했다. "그러면 내 호기심을 알고서 나를 가엾게 여길 텐데. 사랑을 읽어내고 내 호기심을 당장에 만족시켜 줄 수 있을 텐데. 당신을 사랑하는 사람들에 대해 두려워할 게 무엇이 있겠소."

"너무도 빨리 사랑 이야기를 하는군요!" 젊은 여인이 고개를 흔들면서 말했다.

"사랑이, 그것도 첫사랑이 빨리도 나를 찾아온 셈이로군요. 저는 이제 스무 살입니다."

젊은 여인이 그를 슬쩍 쳐다보았다.

"이것 봐요, 나는 벌써 단서를 손에 넣었어요." 다르타냥이 말했다. "석 달 전에 나는 손수건 때문에 아라미스와 결투할 뻔했어요. 그 손수건은 당신이 아라미스의 집에 있던 여자에게 보여준 것과 똑같은 거요. 확실히 똑같은 문장이 수놓아져 있었어요."

"신사 양반, 그런 얘기는 이제 지긋지긋해요." 젊은 여인이 말했다.

"하지만 당신은 그토록 신중한 사람이니, 잘 생각해 보세요. 만약 그 손수건을 가지고 있다가 붙잡혀서 그것을 압수당하기라도 한다면 위험에 처하지 않겠소?"

"왜요? 'C. B.'라는 머릿글자는 제 이름 콩스탕스 보나시외를 상징할 뿐인데 뭐가 걱정이죠?"

"카미유 드 부아 트라시일지도 모르죠."

"입 다물어요, 제발 입 좀 다물어요! 아! 제가 위험해진다고요. 아무리 말해도 그만두지를 않으시니까, 그렇다면 당신도 위험해진다는 걸 알아두세요!"

"내가!"

"그래요. 저를 안다는 것만으로도 당신에게 감옥의 위험이, 생명의 위험이 닥칠 수 있단 말예요."

"그렇다면 더더욱 당신 곁에서 떠나지 않겠소."

"제발 부탁입니다." 젊은 여인이 두 손을 잡고 애원했다. "제발, 군인의 명예를 지켜, 귀족의 예절에 따라 제게서 떠나주세요. 봐요, 벌써 밤 12시잖아요. 저를 기다리는 사람이 있단 말예요."

"좋소." 젊은이가 고개를 숙이며 말했다. "그렇게까지 말씀하시니 거절할 수가 없네요. 안심하세요. 그만 가겠습니다."

"그럼 제 뒤를 밟거나 엿보시진 않겠죠?"

"바로 집으로 돌아가겠소."

"아! 저는 당신이 성실한 청년이라는 걸 잘 알고 있었어요!" 보나시외 부인이 외쳤다. 그러고는 한쪽 손을 그에게 내밀었다. 다른 쪽 손으로는 문 두드리는 고리쇠를 잡았다. 문은 마치 벽에 박혀 있는 듯 견고했다.

다르타냥이 여자의 손을 잡고 손등에 뜨겁게 입을 맞추었다.

"아! 차라리 당신을 만나지 않았더라면 좋았을 것을!" 다르타냥이 애절하면서도 거칠게 외쳤다. 여자들은 얌전을 떠는 말투보다 이런 말투를 더 좋아하는 수가 많다. 마음속을 드러내 보이면서 감정이 이성을 눌렀다는 것을 보여주기 때문이다.

"아니죠! 그렇게 말하는 게 아니죠!" 아직까지도 놓지 않은 다르타냥의 손을 꼭 쥐면서 어루만지는 듯한 목소리로 보나시외 부인이 말했다. "오늘 엇갈린 일도 내일이면 제대로 돌아오는 수가 있는 거예요. 언젠가 제가 자유로운 몸이 되는 날에 당신의 호기심을 만족시켜 드리지 못하리라는 법은 없지 않겠어요?"

"그럼 내 사랑에 대해서도 똑같은 약속을 해주시겠습니까?" 다르타냥이 기쁨에 가슴이 벅차는 듯한 목소리로 외쳤다.

"어머나! 그것만은 약속해 드릴 수가 없네요. 그건 당신이 제게 주실 감정에 좌우될 테니까요."

"그럼 오늘은……."

"오늘은 정말 고마울 따름이에요."

"아! 당신은 너무나도 매력적인 여자요." 다르타냥이 아쉬운 듯 말했다. "당신은 내 사랑을 이용하신 겁니다."

"그렇지 않아요. 당신의 관대한 마음을 이용하고 있을 뿐이에요. 하지만 신세는 꼭 갚고야 마는 사람들도 있다는 걸 잊지 마세요."

"아! 당신은 누구보다도 나를 행복하게 해주는군요. 오늘 저녁 일을 잊지 마시오. 이 약속을 잊지 마시오."

"안심하세요. 적절한 때와 장소를 가려 모든 것을 기억할 테니까요. 자, 그럼 이만 가보세요, 제발 부탁입니다! 어서 가세요. 자정에 만나기로 했는데 벌써 늦어버렸어요."

"오 분 늦었군요."

"그래요. 하지만 어떤 경우에는 오 분이 오백 년처럼 느껴지기도 하죠."

"사랑할 때 그렇죠."

"그래요, 제가 연인을 만나지 않는다고 누가 그래요?"

"그럼 당신을 기다리고 있는 사람은 남자로군요? 남자라니!" 다르타냥이 외쳤다.

"이러다간 또 말다툼이 벌어지겠네요." 보나시외 부인이 가볍게 웃는 얼굴로 말했다. 그러나 초조한 빛을 감출 수는 없었다.

"아니, 아니, 가겠어요, 떠나겠어요. 당신 말을 믿겠어요. 내 성의를 다하겠어요. 설령 나의 성의가 바보짓이 된다 하더라도. 자 그럼 헤어집시다. 안녕히!"

그는 잡고 있던 손을 마치 상대방이 뿌리치기라도 한 것처럼 마지못해 놓고는 멀리 뛰어갔다. 한편 보나시외 부인은 아까 덧문을 두드릴 때처럼 천천히 고르게 세 번 문을 두드렸다. 다르타냥이 길 모퉁이까지 달려가서 돌아보았다. 문이 열렸다가 다시 닫혔다. 어여쁜 그녀는 안으로 사라졌다.

다르타냥은 계속 걸었다. 보나시외 부인의 동정을 엿보지 않겠다고 약속했기 때문이다. 그녀가 어디로 끌려가거나 어떤 사람의 손에 걸려 생명의 위협을 받게 되든 어쨌든, 다르타냥은 약속대로 집에 돌아갈 생각이었다. 오 분 후에는 포스와외르 가로 들어섰다.

"내 친구 아토스는 무슨 영문인지 모를 거야." 그가 혼자 중얼거렸다. "나를 기다리다 잠이 들어버렸거나, 집에 돌아갔겠지. 집에 돌아갔으면 그사이에 어떤 여자가 왔었다는 얘기를 들었을 거야. 아토스의 방에 여자가!" 다르타냥이 혼잣말을 계속했다. "어쨌든 아라미스의 방에도 확실히 여자가 있었어. 이 모든 것이 너무 이상하군. 일이 어떻게 끝날지 무척 궁금하구나."

"좋지 않습니다, 나리." 그 목소리는 플랑셰였다. 다르타냥은 뭔가 골똘히 생각하고 있는 사람처럼 큰 소리로 혼잣말을 하면서, 어느새 자기 방으로 올라가는 계단이 나 있는 골목길로 접어들고 있었다.

"뭐라고? 좋지 않다고? 그게 무슨 말이야, 바보 같으니?" 다르타냥이 물었다. "대관절 무슨 일이냐?"

"모두 곤란하게 됐습니다."

"뭐가?"

"우선 아토스 씨가 잡혀갔어요."

"잡혀가! 아토스가 잡혀가! 왜?"

"그분이 나리 방에 계시니까, 그분이 나리인 줄로 안 거지요."

"그래, 누구에게 잡혀갔지?"

"근위대가 와서 그만…… 나리와 싸우다가 쫓겨간 검은 옷의 사람들이 근위대를 불러온 거죠."

"아토스는 왜 자기 이름을 대지 않았지? 왜 자기는 이 사건과 아무 관계도 없다고 말하지 않았지?"

"그러시질 않더라고요. 도리어 저에게 '지금 잡혀서는 안 되는 사람은 네 주인이지 내가 아니야. 그는 모든 걸 알고 있지만 나는 아무것도 모르거든. 그를 잡아갔다고 알게 해두잔 말이야. 그러면 그가 시간을 좀 벌 수 있을 테니까. 내가 누구인지는 사흘 후쯤 밝히겠다. 그러면 내보내줄 것이 틀림없다.' 이렇게 말씀하셨어요."

"잘 했군, 아토스! 역시 사려가 깊군." 다르타냥이 중얼거렸다. "정말 아토스답구나! 그래, 그들이 무슨 짓을 했나?"

"어딘지 모르지만 네 사람이 그분을 끌고 갔어요. 바스티유가 아니면 레베크 요새겠죠. 두 사람은 남아서 검은 옷 입은 사람들과 함께 집안을 샅샅이 뒤지더니 서류를 모조리 가져가 버렸어요. 그러는 동안 두 사람은 현관문을 지켰어요. 그러고 나서 모든 일이 끝나자, 집 안을 엉망진창인 채로 내버려두고 가버렸어요."

"그런데 포르토스와 아라미스는?"

"그분들은 못 만났어요. 여기 오시지도 않았고요."

"하지만 언젠가는 올 게 아닌가? 내가 기다리고 있다는 말은 전했을 테니까."

"그렇겠죠."

"그러니까 너는 이 자리를 떠나지 마라. 그들이 오거든, 내게 벌어진 일을 말해 드리고, '폼 드 팽'에서 나를 기다리라고 전해 다오. 여기는 위험할 거다. 이 집을 감시하고 있을지도 모르니까. 나는 트레빌 씨 댁으로 달려가서 모든 것을 보고드리고, 거기로 가서 그들을 만나도록 할 테니까."

"잘 알겠습니다." 플랑셰가 말했다.

"너는 여기 머물러 있어. 무서워해서는 안 돼!" 다르타냥이 나가다 말고 하인을 격려했다.

"안심하십시오, 나리." 플랑셰가 말했다. "나리는 아직도 저를 잘 모르시겠지만, 저는 일을 한번 시작하면 과감하게 움직입니다. 시작하느냐 안 하느냐가 문제일 뿐이죠. 게다가 저는 피카르디 출신 아닙니까?"

"그럼 됐어." 다르타냥이 말했다. "죽는 한이 있더라도 네 자리를 떠나서는 안 돼."

"예, 알겠습니다. 나리께 충성을 다하고 있다는 걸 보여드리기 위해서는 무슨 일이고 다 할 것입니다."

'좋아.' 다르타냥이 마음속으로 생각했다. '내가 이 녀석에게 사용한 방법은 확실히 효과가 있군. 기회 있을 때마다 써먹어야겠는걸.'

다르타냥은 그날 하루 종일 돌아다닌 탓에 이미 좀 지치기는 했으나, 매우 빠른 걸음으로 콜롱비에 가를 향해 갔다.

트레빌은 집에 없었다. 그의 부대가 루브르 궁에서 근무하고 있었으므로, 대장도 대원들과 함께 거기에 있었다.

아무래도 트레빌이 있는 데까지 가지 않으면 안 되었다. 대장에게 사건의 내용을 알릴 필요가 있었다. 다르타냥은 루브르 궁에 들어가 보려고 마음먹었다. 데제사르의 근위대 제복이 출입증 역할을 해줄 것이 틀림없었다.

그래서 그는 프티 조귀스탱 가로 내려가 퐁 뇌프를 건너려고 강둑으로 올라갔다. 잠시 나룻배로 건너갈까 하는 생각도 들었지만, 나루터까지 가서 무심코 주머니에 손을 넣어보고는 뱃삯이 없다는 것을 알게 되었다.

그가 게네고 가의 고개까지 갔을 때, 도핀 가에서 두 사람의 모습이 불쑥 나타나는 것을 보고 깜짝 놀랐다.

한 사람은 남자였고 또 한 사람은 여자였다.

여자의 모습은 보나시외 부인과 비슷했고, 남자는 아라미스라고 착각할 만큼 닮았다.

게다가 여자의 검은 망토가 보지라르 가의 덧문과 라 아르프 가의 대문 앞에서 본 망토, 아직도 다르타냥의 눈에 선한 보나시외 부인의 망토와 똑같았다.

더군다나 남자는 총사의 제복을 입고 있었다.

여인은 두건을 내려뜨리고 있었고, 남자는 손수건을 얼굴에 대고 있었다. 둘 다 그토록 조심하는 걸 보면 얼굴을 감추고 싶은 듯했다.

그들이 다리를 건너기 시작했다. 루브르 궁으로 가고 있는 다르타냥과 같은 길로 접어든 것이다. 다르타냥이 그 뒤를 밟기 시작했다.

다르타냥은 스무 걸음도 채 가기 전에, 여자는 보나시외 부인이고 남자는 아라미스임이 분명하다는 확신이 들었다.

바로 그 순간 그는 질투에서 비롯된 온갖 의심이 꿈틀거리는 것을 느꼈다.

그는 이중으로 배신을 당한 셈이었다. 친구에게 배신당했을 뿐만 아니라, 사랑하게 된 여자로부터 배신당한 것이다. 부인은 아라미스란 사람을 전혀 모른다고 맹세했는데, 맹세를 한 지 십오 분도 지나지 않아 바로 그 아라미스의 팔에 매달려 있었다.

다르타냥은 보나시외의 이 아리따운 아내를 알게 된 지 불과 세 시간밖에 안 되었으며, 검은 옷의 사나이들이 그 여자를 납치하려 했을 때 그 여자를 구해 주면서 그녀가 다소의 은혜를 입은 것은 사실이지만, 그렇다고 해서 그 여자가 자기에게 무슨 약속 같은 것을 하지는 않았다는 것도 생각나지 않았다. 오히려 사랑하는 사람으로부터 모욕을 당했다고, 우롱을 당했다고 생각했다. 피가 솟아오르며 분노가 치밀었다. 그는 모든 것을 밝혀내리라 결심했다.

두 젊은 남녀는 누가 뒤따라오고 있다는 것을 알아차리고는 걸음을 재촉했다. 다르타냥은 뛰어가서 그들을 앞지른 뒤에 다시 그들 쪽으로 되돌아왔다. 마침 그들이 사마리텐 동상 앞에 도달했다. 그 일대가 가로등 불빛으로 환했다.

다르타냥이 그들을 가로막았다. 그들도 걸음을 멈추었다.

"무슨 일이오?" 총사가 한 걸음 물러나면서 물었다. 다르타냥은 그의 낯선 목소리에 자신의 추측이 틀렸음을 깨달았다.

"아라미스가 아니군!" 그가 외쳤다.

"아니오, 아라미스가 아니오. 놀라는 걸 보니 사람을 잘못 본 모양이군요. 용서해 드리겠소."

"당신이 나를 용서한다고요!" 다르타냥이 외쳤다.

"그렇소." 미지의 사나이가 대답했다. "그러니 물러서시오. 나에게 용무가 있는 건 아닐 테니."

"옳은 말씀이오." 다르타냥이 말했다. "당신에게는 용무가 없지만, 이 부인에게는 있소이다."

"이 부인에게! 이분은 당신이 모르는 사람이오." 미지의 사나이가 말했다.

"잘 모르시는 말씀, 나는 알고 있소."

"어머나!" 보나시외 부인이 힐난하는 말투로 소리쳤다. "어머나! 당신은 군인으로서, 귀족으로서 약속하셨잖아요. 믿어도 좋다고 생각했는데."

"나도 당신의 약속을……." 다르타냥이 당황하여 말을 더듬었다.

"내 팔을 잡으시오." 미지의 사나이가 말했다. "어서 갑시다."

다르타냥은 이 뜻밖의 일로 하도 어이가 없어 어리둥절한 표정으로 총사와 보나시외 부인 앞에서 팔짱을 낀 채 멍청하게 서 있었다.

총사가 두어 걸음 걸어나와 다르타냥을 밀어냈다. 다르타냥이 깡충 뛰어 뒤로 물러나면서 칼을 뺐다.

미지의 사나이도 동시에 번개처럼 재빠르게 칼을 뺐다.

"제발 그만두세요, 각하!" 보나시외 부인이 두 사람 사이에 뛰어들어 양쪽 칼을 두 손으로 덥석 쥐면서 외쳤다.

"각하?" 다르타냥이 불현듯 무슨 생각이 떠올라 되뇌어 보았다. "각하라면! 미안합니다만, 혹시……."

"버킹엄 공작이세요." 보나시외 부인이 작은 소리로 말했다.

"이제 우리 모두의 운명이 당신에게 달렸군요."

"각하, 그리고 부인, 죄송합니다. 백배 사죄드립니다. 하지만 각하, 저는 이분을 사랑하고 있기 때문에, 그래서 질투가 난 것입니다. 각하께서도 사랑한다는 것이 어떤 것인지 아시겠지요. 용서해 주십시오. 그리고 각하를 위해 이 몸을 바치려면 어떻게 해야 좋을지 말씀해 주십시오."

"당신은 훌륭한 청년이오." 버킹엄 공작이 다르타냥에게 손을 내밀면서 말했다. 젊은이가 공손하게 그의 손을 잡았다. "나를 도와주겠다고 하니 그렇게 하시오. 루브르 궁까지 멀찌감치 떨어져서 우리 뒤를 따라오시오. 그리고 우리를 엿보는 자가 있으면 죽여버리시오!"

다르타냥은 칼을 내리고 보나시외 부인과 공작의 뒤에서 스무 걸음쯤 떨어져 따라갔다. 찰스 1세의 늠름한 멋쟁이 대신의 명령을 충실히 이행할 각오로 그 뒤를 쫓았다.

다행히도 다르타냥이 자신의 충성을 공작에게 보일 기회는 오지 않았다. 젊은 여인과 멋진 총사는 아무 일 없이 레셸 쪽문을 지나 루브르 궁으로 들어갔다.

한편 다르타냥은 곧장 '폼 드 팽'으로 갔다. 포르토스와 아라미스가 그를 기다리고 있었다.

그러나 그는 그들에게 폐를 끼친 데 대해 별다른 설명을 하지 않았다. 다만 잠시 그들이 거들어주었으면 싶은 일이 있었는데, 결국 혼자 끝내버렸다고만 말했다.

그럼 이제 이야기가 어떻게 전개될지 궁금하니, 세 친구들은 각각 집으로 돌려보내고, 루브르 궁에 숨어든 버킹엄 공작과 그의 안내자를 따라가 보자.

버킹엄 공작, 조지 빌리어스

 보나시외 부인과 공작은 어렵지 않게 루브르 궁으로 들어갔다. 보나시외 부인은 왕비의 시녀로 알려져 있었고, 공작은 앞서 말한 바와 같이 그날 저녁에 근무하는 트레빌 총사대의 제복을 입고 있었다. 게다가 제르맹은 왕비 편 사람이었다. 만약에 무슨 일이 일어나더라도 보나시외 부인이 왕비의 애인을 루브르 궁으로 끌어들였다는 죄를 뒤집어쓰면 그만이다. 보나시외 부인도 죄를 뒤집어쓸 생각이었다. 물론 자신의 평판이야 땅에 떨어지겠지만, 하찮은 상인 마누라의 평판 따위가 이 세상에서 무슨 가치가 있겠는가?

 공작과 젊은 여인이 궁궐 안으로 들어서서는 벽을 따라 스물다섯 걸음쯤 나아갔다. 그런 뒤에 보나시외 부인이 낮에는 열려 있지만 밤에는 보통 닫혀 있는 조그만 뒷문을 밀었다. 뒷문이

스르르 열리자 둘이 그 문으로 들어갔다. 안은 캄캄했다. 그러나 루브르 궁의 이 구역은 시녀들이 드나드는 곳이라 보나시외 부인은 구석구석을 샅샅이 알고 있었다. 그녀는 문들을 꼬박꼬박 다시 닫아두었다. 그러고는 공작의 손을 잡고 더듬거리면서 서너 걸음 걸어갔다. 다른 손으로는 난간을 잡았다. 발로 층계를 더듬으며 계단을 올라가기 시작했다. 공작이 짐작하기에 두 층쯤 올라온 것 같았다. 그때 그녀는 오른쪽으로 돌더니 긴 복도를 따라갔다. 그리고 다시 한 층 내려간 다음 몇 걸음 더 걸어갔다. 자물쇠 구멍에 열쇠를 꽂고 문을 열었다. 램프만 하나 켜져 있는 방으로 공작을 안내하고는 "여기 계세요, 공작님. 곧 나오실 테니까요." 하고 말했다. 그런 다음에 다시 나가 열쇠로 문을 잠갔다. 공작은 말 그대로 갇힌 셈이었다.

그렇지만 버킹엄 공작은 홀로 있다 해도 전혀 두렵지 않았다고 말해야 할 것이다. 그의 성격에서 두드러진 특징이 바로 모험과 로맨스를 추구하는 것이었다. 그는 용감하고 대담하며 적극적인지라, 이런 일에 목숨을 거는 것이 처음은 아니었다. 그는 안느 왕비의 편지라고만 믿고 파리에 왔다가, 그것이 함정이었음을 알았다. 그래도 영국으로 돌아가지 않았다. 도리어 자신이 처한 상황을 역으로 이용하여, 만나보지 않고는 떠나지 않겠다고 왕비에게 청을 드렸다. 왕비는 처음에는 딱 잘라 거절했다. 그러나 공작이 격분한 나머지 무슨 분별 없는 짓이라도 저지를까 봐 걱정스러웠다. 결국 왕비는 그를 만나보고 당장 떠나도록 당부하리라 결심했다. 그런데 왕비가 이렇게 결심한 바로 그날 저녁, 공작을 찾아가서 루브르 궁으로 안내해 올 책임을 맡은 보나시외 부인이 납치를 당했다. 부인이 어떻게 되었는지 이틀 동안 전혀 알 수 없었으므로, 모든 일이 한동안 중지되었다. 그러나 그녀가 자유로운 몸이 되어 라 포르트와 다시 연락이 닿자, 일이 다시 추진되기 시작했다. 여자가 납치당하지 않았더라면 사흘 전에 실행되었을 위험한 계획이 이제야 완수된 셈이었다.

혼자 남은 버킹엄은 거울 쪽으로 다가갔다. 총사의 제복이 그에게 썩 잘 어울렸다.

당시 서른다섯 살이던 그는 프랑스와 영국을 통틀어 가장 미남인 귀족이자 가장 우아한 기사로 알려져 있었는데, 헛된 평판이 아니었다. 두 국왕의 총애를 받는 버킹엄 공작 조지 빌리어스는 막대한 부를 소유하고, 막강한 권력으로 왕국을 좌지우지했다. 그의 삶은 수세기에 걸쳐 후세 사람들이 감탄할 만큼 근사했다.

자신감에 넘치는 그는 다른 사람들이 휘두르는 권력도 자기에게는 미치지 못한다고 확신하고 있었다. 그래서 목표를 한번 정하면 그것이 아무리 높아도, 다른 사람이라면 엄두조차 못 낼 일도 거침없이 추진했다. 이런 식으로 그는 아름답고 자존심 강한 안느 왕비에게 몇 번이고 접근하여 유혹하더니 마침내는 자기를 사랑하게 만들고야 말았다.

그 조지 빌리어스가 지금 거울 앞에 서 있다. 거울 앞에서 모자에 눌린 아름다운 금발 머리를 가다듬고 콧수염을 쓸어올렸다. 그토록 오랫동안 갈망해 온 시간이 온 것이 기쁘고 즐겁고 자랑스러워 가슴이 벅차올랐다. 그는 거울 속의 자신에게 자랑과 희망이 넘치는 미소를 던졌다.

그때였다. 휘장에 가려져 있던 문이 열리더니 한 여자가 나타났다. 버킹엄은 거울을 통해 여자가 들어오는 모습을 보고는 나지막이 비명을 질렀다. 왕비였던 것이다!

당시 안느 왕비는 스물여섯, 아니면 스물일곱 살로 한창 아름다울 때였다. 그녀의 자태는 그야말로 여왕이나 여신과 같았다. 에메랄드처럼 반짝이는 눈은 더할 나위 없이 아름다웠고, 상냥함과 위엄이 동시에 넘쳐흐르고 있었다.

입은 조그맣고 입술은 장밋빛이었으며, 오스트리아 왕가의 자손답게 아랫입술이 윗입술보다 약간 더 도톰했다. 이 입술로 방긋이 웃을 때에는 한없이 우아했지만, 경멸할 때에는 그지없이 거만해 보였다.

그녀의 부드럽고 매끈한 살결은 곧잘 사람들의 입에 오르내렸고, 손과 팔은 기막히게 아름다워서 당시의 시인들이라면 누구나 비길 데 없는 아름다움이라고 노래하곤 했다.

끝으로 머리카락은 어릴 때는 금발이었다가 지금은 밤색으로 변해 있었다. 파우더를 듬뿍 뿌린 곱슬곱슬한 머리카락이 얼굴을 아름답게 감싸고 있었다. 얼굴빛이 조금만 덜 발그레했다면 아무리 엄격한 비평가일지라도 탓할 것이 없었을 것이고, 코가 조금만 더 가늘었으면 아무리 까다로운 조각가일지라도 더 바랄 것이 없었을 것이다.

버킹엄은 한동안 눈이 부셨다. 무도회에서든 연회석에서든 경기장에서든, 안느 왕비가 이렇게 아름다워 보인 적은 한번도 없었다. 왕비는 흰 새틴의 수수한 드레스를 입고 있었다. 뒤에는 에스파냐 시녀들 중에서 임금의 질투와 리슐리외의 박해에도 쫓겨나지 않은 단 한 명의 시녀인 도냐 에스테파니아를 거느리고 있었다.

안느 왕비가 두어 걸음 걸어나왔다. 버킹엄은 얼른 무릎을 꿇고, 왕비가 말릴 사이도 없이 왕비의 옷자락에 입을 맞추었다.

"공작, 편지를 써 보낸 것이 내가 아니라는 건 이미 알고 계시죠."

"예, 알고말고요, 왕비 마마." 공작이 외쳤다. "제가 어리석었습니다. 눈송이가 뜨거워지고 대리석이 달구어진다고 해도 믿을 만큼 어리석었습니다. 하지만 할 수 없지요. 사랑할 때는 쉽사리 사랑을 믿게 마련입니다. 게다가 이번 여행이 아주 헛되지는 않았습니다. 이렇게 만나 뵙게 되었으니까요."

"그래요." 안느가 대답했다. "하지만 내가 왜, 어떻게 해서 당신을 만나는지도 아시겠죠, 공작님. 당신을 가엾게 여겨 만나는 것입니다. 내가 겪는 고통에는 아랑곳하지 않고 끝내 파리를 떠나지 않겠다고 고집을 부리시면서 당신의 생명과 내 명예를 모두 위태롭게 하셨기 때문입니다. 깊은 바다와 두 나라의 반목, 신성한 맹세 등 모든 것이 우리를 갈라놓고 있다는 것을 말씀드리려고 만나는 것입니다. 이토록 많은 것을 거역한다면 신을 모독하는 일이 될 것입니다. 간단히 말해 우리가 다시 만나서는 안 된다는 것을 말씀드리려고 당신을 만나는 것입니다."

"말씀하세요, 말씀하십시오, 왕비 마마." 버킹엄이 말했다. "부드러운 음성이 가혹한 말씀을 감싸주는군요! 하오나, 하느님을 모독하는 일이라 하시지만, 하느님이 맺어주신 두 사람의 마음을 떼어놓는 것이야말로 하느님을 모독하는 일이 아니겠습니까?"

"공작!" 왕비가 외쳤다. "당신을 사랑한다고 말한 적이 없다는 것을 잊으셨나 보군요."

"하오나 저를 사랑하지 않는다고 말씀하신 적도 없습니다. 이제 와서 그런 말씀을 하시다니, 너무 잔인하십니다. 아무리 시간이 흘러도, 아무리 만나 뵙지 못하고 있어도, 아무리 절망에 빠져도 결코 꺼지지 않는 이러한 사랑, 저의 사랑과 같은 사랑이 어디에 또 있겠습니까? 더구나 이 사랑은 바닥에 떨어진 리본 하나, 살짝 보내는 시선, 불쑥 튀어나온 한마디 말만으로도 만족되는 사랑입니다. 삼 년 전에 처음 뵌 순간부터 지금까지 저는 이렇게 사랑해 오고 있습니다. 처음으로 뵈었을 때 어떤 옷차림을 하고 계셨는지 말씀드려 볼까요? 그때 달고 계셨던 액세서리를 하나하나 열거해 볼까요? 지금도 제 눈에는 그때 모습이 선합니다. 에스파냐 풍의 방석 위에 앉아 계셨었죠. 금과 은으로 수놓은 초록빛 새틴 드레스를 입고, 그 아름다운 팔 위로 늘어진 소매에는 커다란 다이아몬드가 달려 있었습니다. 목에는 꼭 붙는 주름 장식깃을 달고, 머리에는 옷과 같은 색의 조그만 모자를 쓰고 계셨지요. 모자에는 왜가리의 깃털이 붙어 있었습니다. 아! 이것 보세요, 이렇게 눈을 감으니 그때의 왕비님 모습이 선하게 떠오릅니다. 그리고 이제 이렇게 눈을 뜨니 지금의 왕비님 모습이, 전보다도 백 배는 더 아름답습니다!"

"정말 터무니없는 말이로군요!" 안느 왕비가 중얼거렸다. 자신의 자태를 그렇게도 또렷하게 마음속에 간직하고 있는 공작에게 역정을 낼 용기는 없었다. "그런 추억에 매달려 쓸데없는 정열을 기르다니 얼마나 어리석은 짓인가요!"

"그럼 도대체 저더러 무엇으로 살아가라는 것입니까? 저에겐 추억밖에 없습니다. 그것만이 저의 행복, 저의 보물, 저의 희망입니다. 왕비님을 뵐 때마다 저는 보석 상자 속에 다이아몬드를 하나씩 담아 갑니다. 이번 다이아몬드는 네 번째로 떨어뜨려 주셨기에 제가 네 번째로 주워 담는 보석입니다. 삼 년 동안에 네 번밖에 뵙지 못한 것입니다. 첫 번째의 만남은 방금 말씀드린 바와 같고, 두 번째는 슈브뢰즈 부인 댁에서, 그리고 세 번째는 아미앵의 정원에서였습니다."

"공작, 그날 저녁의 이야기는 하지 마세요." 왕비가 얼굴을 붉히면서 말했다.

"오! 아닙니다, 왕비님. 이야기해야 합니다. 그날 저녁의 일을 이야기해야 합니다. 제 생애에서 가장 행복하고 빛나는 저녁이었으니까요. 그 아름다운 밤의 일이 생각나십니까? 공기는 그렇게도 달콤하고 향기로웠지요! 푸르른 하늘에는 별들이 총총히 반짝이고 있었고요. 아! 왕비님, 그때는 잠시만이라도 단 둘이 있을 수가 있었지요. 그때는 왕비님께서도 저에게 모든 것을, 생활의 외로움과 마음의 슬픔까지 털어놓으려 하셨습니다. 저의 팔에, 바로 이 팔에 기대고 계셨지요. 제가 왕비님께 머리를 기울이니, 아름다운 머리카락이 저의 얼굴을 스치는데, 그렇게 왕비님의 머리카락이 스칠 때마다, 저는 머리에서 발끝까지 떨렸습니다. 오! 여왕, 여왕이여! 오! 그런 순간에 담긴 천상의 행복, 천국의 기쁨을 아마 모르실 것입니다. 자, 저의 재산도 운명도 명예도, 그리고 저의 여생도 모두 다 그런 순간을 위해, 그런 하룻밤을 위해 있는 것입니다! 왜냐하면 그날 밤, 진정 그날 밤, 부인은 저를 사랑하셨기 때문입니다."

"공작, 있을 수 있는 일이에요. 그래요, 그곳의 분위기, 그 아름다운 저녁의 매력, 당신의 시선에서 느껴지는 매혹, 요컨대 때때로 여자를 파멸로 몰아가는 그런 조건들이 그 숙명적인 저녁나절에 내 주위에 모여 있었으니까요. 하지만 당신도 보셨겠지만, 약해져 가는 여자로서의 나를 왕비로서의 내가 구해 냈어요. 당신이 처음으로 용기를 내어 하신 말을 들었을 때, 나도 대담하게 대답해야 했을 그때, 나는 사람을 불렀지요."

"예 그렇습니다, 그건 사실입니다. 다른 사람의 사랑이라면 그런 시련에 굴복해 버렸을 것입니다. 그러나 저의 사랑은 그로 인해 더욱더 열렬하고 더욱더 불멸하게 되었을 따름입니다. 당신은 파리로 돌아가면 저를 피할 수 있다고 생각하셨습니다. 저의 주군이 보물을 감시하라는 분부를 내리셨으니 제가 차마 떠나지 못할 것이라고 생각하셨습니다. 아! 이 세상의 온갖 보물이, 땅 위의 왕들이 저에게 무슨 상관이 있겠습니까! 일주일 후에 저는 돌아왔습니다, 부인. 그때 당신은 저에게 한마디 말씀도 건네지 않으셨습니다. 저는 당신을 잠깐 뵙기 위해 주군의 총애도, 목숨도 아랑곳하지 않고 돌아왔었는데 말입니다. 하지만 저는 당신의 손끝도 만지지 않았습니다. 그토록 순종하고 그토록 뉘우치고 있는 저를 당신이 용서해 주셨던 것입니다."

"그랬죠. 하지만, 공작, 당신도 잘 아시다시피, 나에게는 아무것도 아니었던 그 일이 중상거리가 되어버렸어요. 국왕 폐하는 추기경의 부추김을 받아 노발대발하셨지요. 덕택에 베르네 부인은 쫓겨났고, 퓌탕주는 귀양을 갔으며, 슈브뢰즈 부인은 신임을 잃게 되었어요. 그리고 당신이 대사로 프랑스에 들어오려 했을 때 공작도 기억하시겠지만, 폐하 스스로가 반대하셨던 거예요."

"그렇습니다. 그러나 프랑스는 그렇게 거부한 대가를 전쟁으로 치르게 될 것입니다. 저는 더 이상 당신을 뵐 수 없습니다,

부인. 하지만 날마다 당신에게 저의 소식을 전하고 싶습니다. 제가 레 섬 원정과 라 로셸의 신교도와의 동맹을 왜 계획하고 있다고 생각하십니까? 바로 당신을 만나 뵙는 기쁨 때문입니다. 물론 무력으로 파리까지 쳐들어 오지는 못할 것입니다. 하지만 이 전쟁은 평화 조약을 맺게 될 것이고, 그러면 담판자가 필요할 것이니, 그때 제가 담판자로 나설 것입니다. 그렇게 되면 누구라도 저를 거부할 수 없겠지요. 그래서 저는 파리로 돌아와 당신을 다시 뵙고 한때나마 행복을 되찾을 것입니다. 물론 저의 행복을 위해 수천 명의 생명이 희생되겠지요. 하지만 당신을 다시 뵐 수만 있다면, 수천 명의 목숨도 저에게는 중요하지 않습니다. 아마 미친 짓일지도 모르죠. 분별없는 짓일 것입니다. 하지만 한 여자에게 이보다 더 눈이 먼 연인이 있을까요? 어떤 여왕이 이보다 더 충실한 하인을 거느렸을까요?"

"공작, 당신은 자기를 변호하려고 더 큰 비난을 받을 만한 일들을 내세우시는군요. 당신이 나에게 보여주시려는 사랑의 증거는 가히 죄악이라 할 만한 것들이에요."

"당신이 저를 사랑하지 않기 때문입니다, 부인. 만약 저를 사랑하신다면 그렇게 생각하지 않으실 것입니다. 만약 저를 사랑하신다면, 아! 만약에 저를 사랑하신다면, 저는 너무나도 행복하여 미쳐버릴 겁니다. 아! 슈브뢰즈 부인만 하더라도, 아까 말씀하셨던 슈브뢰즈 부인만 하더라도 당신만큼 매정하지 않았습니다. 그분은 자기를 연모한 홀랜드 백작의 사랑에 응해 주셨잖습니까."

"슈브뢰즈 부인은 왕비가 아니었거든요." 안느 왕비가 그토록 진지한 사랑의 표현에 자기도 모르게 사로잡혀 중얼거렸다.

"그러니까, 만약 당신께서 왕비가 아니시라면 저를 사랑하실 것이라는 말이죠? 말씀해 보세요, 부인. 만약 그렇다면 저를 사랑하실 것이라는 말이죠? 그렇다면, 저에게 매정한 이유가 단지 왕비라는 신분 때문이라고 생각해도 좋겠지요? 만약 당신께서 슈브뢰즈 부인이었더라면 이 가련한 버킹엄도 희망을 품을 수 있었을 것이라고 생각해도 좋겠지요? 아! 다정한 말씀에 감사드립니다. 오! 나의 아름다운 여왕이여! 정말로 감사합니다."

"어머나! 공작님, 잘못 알아들으셨어요. 오해하신 거예요. 그런 뜻이 아니었는데……."

"아무 말씀 마십시오! 가만히 계세요!" 공작이 말했다. "제가 행복하다고 착각에 빠졌다 해도, 이런 행복을 매정하게 빼앗아 가진 마십시오. 당신이 말씀하셨듯이, 저는 함정에 끌려들었습니다. 어쩌면 목숨을 잃을지도 모릅니다. 요즈음은 이상하게도 곧 죽을 것만 같은 예감이 듭니다." 공작이 서글퍼 보이면서도 매력적인 미소를 지었다.

"오! 맙소사! 어찌 그런 말씀을!" 안느 왕비가 질겁을 하며 외쳤다. 어조로 보아, 겉으로 표현하는 것 이상으로 공작을 생각하고 있다는 것을 분명히 알 수 있었다.

"당신을 놀라게 하려고 그런 말을 입에 올린 것은 결코 아닙니다. 부인, 아닙니다. 제가 말씀드린 것은 당치도 않은 일입니다. 저도 그런 꿈에 사로잡혀 있지는 않습니다. 믿어주세요. 그러나 조금 전에 하신 그 말씀, 당신이 저에게 주신 거나 진배없는 그 희망은 모든 것을, 심지어는 저의 생명까지도 보상해 주고 남을 것입니다."

"공작, 실은 나도……." 안느 왕비가 말했다. "좋지 않은 예감이 들어요. 자주 꿈을 꾸어요. 한번은 당신이 상처를 입고 피투성이가 되어 누워 있는 꿈을 꾸었어요."

"그 꿈에서 제가 왼쪽 옆구리에 칼을 맞지 않았나요?" 버킹엄이 끼어들었다.

"네, 맞아요. 그래요, 왼쪽 옆구리를 칼에 찔린 꿈이었어요. 하지만 내가 그런 꿈을 꾸었다는 것을 누가 당신에게 전해 줄 수 있었을까요? 나는 하느님 외에 누구에게도 이야기한 적이 없는데…… 그것도 기도를 드릴 때만요."

"저에겐 그 정도로 충분합니다. 당신께선 저를 사랑하시고 계시니까요. 왕비님, 그것으로 충분합니다."

"내가 당신을 사랑하고 있다고요, 내가?"

"그렇습니다, 당신께서 저를 사랑하시는 게 아니라면 하느님이 어찌 똑같은 꿈을 당신도 꾸도록 하셨겠습니까? 우리 두 사람이 마음으로 통하지 않다면, 그렇게 똑같은 예감이 들 리가 있겠습니까? 오, 여왕이여, 당신께선 저를 사랑하고 계십니다. 제가 죽으면 저를 위해 눈물을 흘려주시겠지요, 네?"

"오! 어쩜 그런 말씀을!" 안느 왕비가 외쳤다. "너무 지나친 말씀이에요. 감당하기 어렵군요. 자, 공작, 제발, 그만 떠나세요, 물러나세요. 당신을 사랑하고 있는지 아닌지 모르겠어요. 다만 내가 결코 서약을 저버리지 않으리라는 것은 분명해요. 그러니 제발 나를 가엾게 여겨 그만 떠나주세요. 아! 만약 당신이 프랑스에서 칼을 맞으신다면, 만약 프랑스에서 죽임을 당하신다면, 그리고 나에 대한 사랑 때문에 돌아가시게 되었다고 생각하게 된다면, 나는 결코 마음이 편치 않을 것이고, 그 때문에 미쳐버릴 거예요. 그러니 그만 떠나주세요, 제발. 간청합니다, 떠나주세요."

"아, 당신은 어쩌면 이다지도 아름다우신지! 아, 저는 얼마나 당신을 사랑하는지!" 버킹엄이 말했다.

"떠나세요! 제발 부탁입니다. 돌아가시고 나중에 다시 오세요. 대사가 되어 다시 오세요. 공사가 되어 다시 오세요. 당신을 지켜줄 호위를 거느리고, 당신을 수행할 시종들을 거느리고 다시 오세요. 그때는 당신의 생명을 염려할 필요도 없을 것이고, 행복한 마음으로 당신을 다시 만나볼 수도 있을 것입니다."

"오! 진정으로 하시는 말씀인가요?"

"그래요, 진정으로……."

"그러시다면 너그러우신 마음의 증거를 하나, 결코 꿈이 아니었다는 것을 저에게 회상시켜 줄 물건을 하나 주십시오. 당신이 몸에 차고 계시고 저도 몸에 지닐 수 있는 것을 무엇이건, 반지나 목걸이나 체인 같은 것을 말입니다."

"당신의 부탁을 들어드리면 떠나실 건가요?"

"예."

"당장에?"

"예."

"프랑스를 떠나 영국으로 돌아가시겠어요?"

"예, 맹세합니다!"

"그럼 잠깐 기다리세요, 기다려요."

안느 왕비가 자신의 방으로 들어갔다. 오래지 않아 자기 이름의 머릿글자가 금으로 박혀 있는 조그마한 장미목 상자를 들고 나왔다.

"자, 받으세요." 왕비가 말했다. "이것을 나에 대한 추억으로 간직하세요."

버킹엄이 상자를 받았다. 그러고는 두 번째로 무릎을 꿇었다.

"떠나겠다고 약속하셨지요?" 왕비가 말했다.

"약속을 지키겠습니다. 손을 주십시오, 당신의 손을, 당신의 손을, 왕비님. 그러면 떠나겠습니다."

안느 왕비가 눈을 감고는 한쪽 손을 내밀었다. 다른 쪽 손으로는 에스테파니아에게 기댔다. 금방이라도 쓰러져버릴 것 같은 느낌이 들었기 때문이다.

버킹엄이 그 아름다운 손 위에 정열적으로 입을 맞추고는 다시 일어났다.

"만약 제가 죽지 않는다면, 여섯 달 안에 다시 찾아뵙겠습니다, 왕비님." 그가 말했다. "비록 전 세계를 뒤엎는 한이 있더라도 말입니다."

그러고는 약속대로 방에서 달려나갔다.

복도에서 보나시외 부인이 그를 기다리고 있었다. 그녀는 다행히도 들어올 때처럼 조심스럽게, 그를 루브르 궁 밖으로 데려다 줄 수 있었다.

상인 보나시외

 곤경에 빠져 있는데도 여태까지 별 관심을 기울이지 않은 사람이 하나 있다. 바로 그 보나시외는 기사도와 풍류가 꽃피던 시대에 정치와 사랑이 얽힌 음모에 말려든 순교자라 할 만했다.
 경관들은 그를 체포해서 곧장 바스티유로 끌고 갔다. 그는 총을 든 일련의 병사들 앞을 지나가면서 오들오들 떨었다. 거기서 다시 반지하 회랑으로 끌려가 간수들로부터 세상에서 가장 지독한 욕설을 들으며 가장 잔인한 취급을 받았다. 간수들은 그가 귀족이 아니라는 것을 알고는 그가 무슨 농민 반란자라도 되는 양 거칠게 다루었다.
 약 반 시간이 지나자 한 서기가 와서 고문을 끝냈다. 그렇지만 취조실로 데려가라는 명령이 내려지자 보나시외는 계속 불안하였다. 보통 심문은 죄수의 감방에서 이루어졌지만 보나시외에게는 그 정도 대접도 허락하지 않았다.

두 명의 간수가 그를 끌고 마당을 가로질러 가더니 보초 세 명이 서 있는 복도로 들어갔다. 그리고 문을 하나 열고 천장이 낮은 방으로 그를 밀어 넣었다. 취조실에는 탁자와 의자가 하나씩 있을 뿐이었다. 그리고 취조관 한 사람이 의자에 앉아 탁자 위에서 무언가를 쓰고 있었다.

두 간수는 죄수를 책상 앞에 끌어다 놓고는 취조관의 신호에 따라 목소리가 들리지 않는 곳으로 물러났다.

그때까지 서류 위로 몸을 숙이고 있던 취조관이 고개를 들었다. 취조할 죄수가 누구인지 보려는 것이었다. 그는 코가 뾰족하고 누런 광대뼈가 툭 불거져 나온 얼굴이었다. 눈은 작았지만 꿰뚫어 보는 듯 날카로웠다. 마치 담비나 여우 같은 인상이었다. 간들간들한 긴 목 위에 붙은 머리가 펑퍼짐한 검은 법복 위로 균형을 잡으려 애쓰는 모습이 마치 자라가 껍데기 위로 머리를 내미는 듯했다. 그는 보나시외에게 우선 성명과 나이, 신분, 그리고 주소를 물었다.

피고는 이름이 자크 미셸 보나시외이고 나이는 쉰한 살이며 전직은 상인으로 포스와외르 가 11번지에 산다고 대답했다.

그러자 취조관이 심문을 잠시 중단했다. 그러고는 미천한 평민이 공적인 일에 말려들었다 생기는 위험에 관해 일장 연설을 늘어놓았다.

그러고는 추기경에 대한 설명까지 덧붙였다. 과거의 어떤 재상보다도 뛰어나고 미래의 모든 재상에게 모범이 될 추기경 예하의 권세와 공적을 쉴 새 없이 떠들어대었다. 그에게 거역하는 자는 어떤 사람이건 용서할 수 없다는 이야기를 하느라 연설은 더욱더 복잡해졌다.

일장 연설의 제2부를 마치고 나서 그는 매 같은 눈으로 가련한 보나시외를 쏘아보면서, 상황의 심각성을 깊이 숙고해 보라고 권했다.

보나시외는 이미 생각을 끝마친 상태였다. 그는 라 포르트가 그의 대녀(代女)를 자기와 결혼시키려고 생각하던 순간과 라 포르트의 대녀가 왕비의 의상 담당 시녀로 채용되던 순간을 몹시 저주하고 있었다.

보나시외 영감은 근본적으로 비열한 구두쇠 근성에 극심한 이기심이 섞여 있는 데다가 극도의 비겁함까지 양념으로 곁들여져 있었다. 젊은 아내가 그의 마음에 불러일으킨 애정은 그에게 부차적인 것이었기에 우리가 방금 나열한 그의 근원적인 성품 앞에서 산산이 무너져 내렸다. 실제로 보나시외는 방금 들은 얘기를 곱씹고 있었다.

"그러나 취조관 나리." 그가 어눌하게 말했다. "우리들을 다스리시는 탁월한 추기경 예하의 공적을 소인은 누구보다 더 잘 알고 있으며, 누구보다 더 높이 예찬하고 있습니다. 믿어주십시오."

"정말인가?" 취조관이 미심쩍은 듯이 물었다. "정말 그렇다면, 어쩌다 이 바스티유에 잡혀 왔는가?"

"어떻게 해서 여기에 왔는지, 아니 그보다도 왜 여기에 왔는지는 소인도 도무지 알 수가 없습니다." 보나시외가 대답했다. "소인도 영문을 모르니까요. 하지만 추기경님의 뜻을 거역했기 때문이 아니라는 것만은 확실합니다. 혹시 소인이 모르는 사이에 잘못했는지는 몰라도 말입니다."

"그러나 이렇게 대역죄의 혐의를 받고 있는 것으로 보아, 당신이 무슨 죄를 범한 것만은 틀림없단 말이야."

"대역죄라고요!" 보나시외가 깜짝 놀라 외쳤다. "대역죄라니요! 칼뱅파 신교도들을 증오하고 에스파냐인들을 싫어하는 하찮은 상인이 어떻게 대역죄의 혐의를 받을 수 있겠습니까? 잘 생각해 보십시오, 나리. 이건 그야말로 있을 수 없는 일입니다."

"그런데, 보나시외 씨!" 취조관이 조그마한 눈으로 마치 마음의 밑바닥까지 꿰뚫어 볼 수 있다는 듯이 쏘아보면서 말했다. "아내가 있지?"

"예." 상인은 이제 죽었구나 싶어 와들와들 떨면서 대답했다. "정확히 말하자면, 있었습죠."

"뭐? 있었다고! 그런데 지금은 없단 말이야? 어떻게 된 건가?"

"누군가가 납치해 갔습니다."

"납치했어?" 취조관이 말을 이었다. "아, 그래!"

'아, 그래!'라는 말에 보나시외는 일이 더욱더 꼬여가는 것을 느꼈다.

"누군가가 납치해 갔다고!" 취조관이 다시 말을 이었다. "그래, 누가 납치해 갔는지 알고 있나?"

"알 것 같습니다."

"그게 누구지?"

"확실한 건 모르겠습니다, 나리. 그저 짐작만 할 뿐입니다."

"누구라고 생각하나? 자, 솔직하게 대답해 봐."

보나시외는 더할 나위 없이 당황했다. 아무것도 모른다고 할까, 아니면 모조리 말해 버릴까? 아무것도 모른다고 잡아떼면 교활해서 털어놓지 않는다고 생각할지도 모른다. 다 말해 버리면 선의만은 알아줄 것이다. 그래서 그는 다 말해 버리기로 마음먹었다.

"소인이 의심하고 있는 사람은 키가 크고 머리카락이 갈색이며 풍채가 좋은 남자입니다. 어느 모로 보나 귀족처럼 보였습니다. 소인이 여편네를 집에 데려가려고 루브르 궁의 쪽문 앞에서 기다리고 있을 때, 그가 여러 번 저희들의 뒤를 밟은 것 같은 생각이 듭니다."

취조관이 약간 불안한 듯했다.

"그래, 그의 이름은?" 취조관이 말했다.

"이름은 전혀 모릅니다. 하지만 만나기만 하면 천 명 가운데서라도 당장 알아볼 수 있을 겁니다."

취조관의 표정이 어두워졌다.

"천 명 가운데서라도 알아볼 수 있다는 말이지?" 그가 말을 계속했다.

"다시 말하자면……." 보나시외가 말했다. 아차 잘못했구나 싶었던 것이다. "그게 무슨 말이냐 하면……."

"알아볼 수 있다고 대답했잖아." 취조관이 말했다. "좋아. 오늘은 이만 하면 됐어. 취조를 더 진행하기 전에, 아내를 납치해 간 사람을 당신이 알고 있다는 걸 우선 보고해야겠다."

"하지만 소인은 그 사람을 알고 있다고 말씀드린 건 아닙니다!" 보나시외가 절망스러운 외침을 내질렀다. "소인의 말씀은 그게 아니라……."

"이자를 데려가!" 위원이 두 간수에게 말했다.

"어디로 끌고 갈까요?" 서기가 물었다.

"지하 감방으로."

"어느 감방으로 데려갈까요?"

"아! 이런, 아무 데나 상관없어, 문만 잘 걸어 잠그면 돼." 취조관이 대답했다. 아무래도 좋다는 그의 태도에 보나시외는 가련하게도 몸이 오싹해졌다.

'아, 야단났다!' 그가 속으로 생각했다. '내게 불행이 닥쳐온 게 틀림없어. 분명 마누라가 무슨 무서운 죄를 저지른 거야. 그래서 내가 공범이라고 생각하고, 함께 벌을 주려는 거야. 마누라가 자백하면서 내게도 다 말했다고 한 모양이지. 여자란 참 약한 동물이야! 지하 감방이라, 아무 데나 상관없다고! 그래! 하룻밤은 이내 지나간다. 그리고 내일이 되면, 능지처참이나 교수형이다! 오, 하느님! 하느님! 저를 불쌍히 여겨주소서!'

두 경관은 보나시외 영감의 걱정 따위는 조금도 신경 쓰지 않았다. 그런 한탄은 귀에 못이 박이도록 들어왔기 때문이다. 그들은 죄수의 팔을 잡아 끌고 갔다. 그동안 취조관은 급히 편지를 쓰고, 서기는 옆에서 기다리고 있었다.

보나시외는 한잠도 자지 못했다. 지하 감방이 너무 불편해서가 아니라 너무나도 걱정이 되었기 때문이다. 그는 걸상에 앉은 채로 무슨 자그마한 소리가 나도 몸을 바르르 떨면서 밤을 지새웠다. 아침 햇살이 방에 들어왔을 때, 그에게는 그 햇살이 죽음의 빛깔을 띤 것처럼만 보였다.

갑자기 감방의 빗장이 벗겨지는 소리가 났다. 보나시외는 펄쩍 뛰어 일어났다. 교수대로 끌고 갈 사람이 오는구나 싶었다. 그런데 기다리던 사형 집행인 말고 전날의 취조관과 서기 두 사람만 보였다. 그는 너무나도 기뻐서 하마터면 그들의 목을 얼싸 안을 뻔했다.

"당신 사건은 어제 저녁부터 아주 복잡해졌어." 취조관이 말했다. "그러니 제일 좋은 방법은 모든 걸 사실대로 말해 버리는 거야. 추기경의 노여움을 풀기 위해서는 회개하는 길밖에 없으니까 말이야."

"뭐든지 다 말씀드리겠습니다." 보나시외가 외쳤다. "적어도 제가 알고 있는 모든 것을 말입니다. 어서 물어봐 주십시오."

"우선, 당신의 아내는 지금 어디 있지?"

"진작 말씀드린 대로, 납치당했습니다."

"그건 알고 있어. 그러나 어제 오후 5시에 당신의 도움으로 달아나서 없어졌어."

"여편네가 달아났다고요!" 보나시외가 외쳤다. "이런 딱한 사람 같으니! 하지만 저의 여편네가 달아났다 하더라도 그건 소인의 탓이 아닙니다. 맹세합니다."

"그렇다면 당신은 그날 낮에 이웃에 사는 다르타냥이라는 사람 집에는 뭐 하러 갔었나? 그와 오랫동안 뭔가 의논을 했을 텐데."

"예, 그렇습니다, 나리, 그렇습니다, 그건 사실입니다. 정말 소인이 잘못했습니다. 소인은 다르타냥 씨 집에 갔습니다."

"그래, 찾아간 목적은?"

"여편네 찾는 걸 도와달라고 부탁하러 갔었죠. 소인은 여편네를 찾아올 권리가 있다고 생각했지요. 하지만 소인이 잘못 생각한 것 같군요. 제발 용서해 주십시오."

"그래서 다르타냥이라는 자가 뭐라고 대답했지?"

"도와주겠다고 약속했습니다. 그렇지만 그에게 속아 넘어갔다는 걸 소인은 곧 알게 됐습니다."

"사법 경찰을 현혹시키려고 하는가! 다르타냥이라는 자는 당신과 약속을 했어. 그러고는 당신의 아내를 체포한 경관들을 따돌리고는 그 여자를 어딘가에 숨겨버렸어."

"다르타냥 씨가 저의 아내를 납치하다니 그럴 수가! 도대체 그게 무슨 말씀인가요?"

"다행히 다르타냥이라는 자는 우리 손아귀에 들어 있어. 이제부터 당신과 대질을 시켜보겠어."

"아! 제발 그렇게 해주십시오." 보나시외가 외쳤다. "안면이 있는 사람을 만난다고 해서 난처할 것은 없으니까요."

"다르타냥을 들여보내!" 위원이 두 간수에게 명령했다.

두 간수가 데려온 것은 아토스였다.

"다르타냥 씨." 취조관이 아토스를 향해 말했다. "당신과 이 사람 사이에 있었던 일을 진술하시오."

"아니!" 보나시외가 외쳤다. "저분은 다르타냥 씨가 아닙니다!"

"뭐야? 다르타냥 씨가 아니라고?" 취조관이 외쳤다.

"절대로 아닙니다." 보나시외가 대답했다.

"그럼 저 사람의 이름은 뭐야?"

"말씀드릴 수가 없습니다. 소인은 모르는 분이니까요."

"뭐라고! 모르는 분이라고?"

"그렇습니다."

"한번도 만나본 적이 없는가?"

"만나본 적은 있어도 이름은 모릅니다."

"당신 이름은?" 취조관이 물었다.

"아토스요." 총사가 대답했다.

"아니, 사람 이름이 아니잖아, 산 이름이지!" 취조관이 외쳤다. 그는 불쌍하게도 흥분에 넋이 빠진 듯했다.

"내 이름이오." 아토스가 태연하게 대답했다.

"하지만 당신 이름이 다르타냥이라고 말하지 않았소?"

"내가?"

"그렇소, 당신이."

"나는 누군가 '당신이 다르타냥이지?' 하고 물으니까, '그렇게 생각하는가?' 하고 대답했을 뿐이오. 나를 잡은 경관들이 틀림없다고들 외쳤기 때문에, 굳이 반대하고 싶지 않았던 거요. 게다가 내가 잘못 생각할 수도 있고."

"당신은 지엄한 국법을 모독하고 있소."

"천만에." 아토스가 태연하게 말했다.

"당신은 다르타냥이 맞아."

"거봐요, 당신은 또 그렇게 말하고 있질 않소."

"나리, 소인이 한 말씀 드리겠습니다!" 이번에는 보나시외가 소리를 질렀다. "의심하실 건 조금도 없습니다. 다르타냥 씨는 소인의 집에 세 든 분이기 때문에, 집세는 치르지 않았지만, 그래서 되려 그분을 잘 알고 있습니다. 다르타냥 씨는 겨우 열아홉이나 스무 살쯤 된 젊은이인데, 이분은 적어도 서른 살은 되어 보입니다. 그리고 다르타냥 씨는 데제사르 씨의 근위대에서 근무하시는데, 이분은 트레빌 씨의 총사대에 계십니다. 제복을 보십시오, 나리. 저 제복을."

"그렇군." 취조관이 중얼거렸다. "정말 그렇군."

이때 감방 문이 확 열렸다. 바스티유의 간수 한 사람에게 인도되어 심부름꾼 하나가 들어와서는 위원에게 편지 한 통을 건네주었다.

"아! 고약한 여자로군!" 취조관이 고함을 질렀다.

"뭐라고요? 무슨 말씀이죠? 누구 말씀입니까? 소인의 여편네 이야기는 아니겠죠!"

"아냐, 당신 아내 이야기야. 이제 당신 사건은 참 잘 진행되는걸!"

"아니, 저 좀 보십시오, 나리." 보나시외가 흥분하여 외쳤다. "소인이 감옥에 들어와 있는 사이에 여편네가 한 일 때문에 어떻게 소인의 문제가 더 나빠질 수 있는지 제발 말씀 좀 해주십시오!"

"당신들이 꾸민 극악무도한 계획을 당신 아내가 계속 실행하고 있기 때문이지."

"천부당만부당한 말씀입니다, 나리. 여편네가 한 일을 소인은 전혀 모릅니다. 여편네가 한 일은 소인과는 아무런 관계가 없습니다. 그리고 그 여자가 어리석은 짓을 했다면 소인은 그 여자를 버리고 배척하고 저주하겠습니다."

"아니, 이봐요!" 아토스가 위원에게 말했다. "내가 이제 여기 있을 필요가 없다면, 어디로든 보내주시오. 이 보나시외란 사람하고는 따분해서 못 있겠소."

"이자들을 감방으로 도로 데려가!" 취조관이 아토스와 보나시외를 같이 가리키면서 말했다. "그리고 더욱 엄중하게 감시해."

"그렇지만 다르타냥이란 사람에게 볼일이 있는 거라면, 어떻게 내가 그 사람을 대신할 수 있는지 알 수 없는데." 아토스가 여전히 침착하게 말했다.

"내 말대로 빨리 해!" 위원이 외쳤다. "독방에 집어넣어! 알겠나!"

아토스는 어깨를 들썩이면서, 보나시외는 호랑이 가슴이라도 찢어질 정도로 한탄하면서 간수들을 뒤따라갔다.

보나시외는 지난밤처럼 지하 감방으로 끌려갔다. 그는 자신의 말마따나 군인이 아니므로, 정말 상인답게 하루 종일 울기만 했다.

저녁 9시쯤 되었을까, 그가 막 잠자리에 들려고 할 때, 복도에서 발소리가 들렸다. 발소리가 그의 감방으로 점점 가까워지더니 문이 열리고 간수들이 나타났다.

"따라와!" 간수들 뒤에 따라온 한 기병 하사관이 말했다.

"따라오라고요!" 보나시외가 외쳤다. "이렇게 밤늦게! 대관절 어디로 가는 겁니까?"

"당신을 데려오라는 명령을 내린 곳으로."

"도대체 그게 어디죠?"

"당신은 그 정도만 알면 돼."

"아이고! 하느님 맙소사!" 가련한 보나시외가 중얼거렸다. "이번엔 정말 죽었구나!"

그러면서 기계적으로, 저항도 하지 않고 간수들을 따라갔다.

그는 들어왔을 때와 똑같이 복도를 지나 첫 번째 마당을 건넌 뒤에 두 번째 본채를 거쳐 정문으로 나왔다. 거기에 마차 한 대가 대기하고 있었다. 기마 근위병 네 명이 둘러싸고 있었다. 그를 마차에 태운 뒤 기병 하사관이 그의 옆에 올라 앉았다. 승

강구가 잠기자 꼭 움직이는 감방에 갇힌 꼴이 되었다.
 마차가 영구차처럼 천천히 움직이기 시작했다. 쇠창살을 통해 보나시외의 눈에 보이는 것은 집들과 도로뿐이었다. 그러나 보나시외는 진짜 파리 토박이답게 푯말이나 간판 또는 가로등만 보고도 어느 거리를 지나가는지 쉽게 알아보았다. 마차가 바스티유의 사형수들을 처형하는 장소인 생 폴에 당도한 순간, 그는 까무러칠 뻔하고 두 번이나 성호를 그었다. 마차가 틀림없이 거기에 멈출 것이라고 생각했다. 그러나 마차는 멈추지 않았다.
 조금 더 가서 그는 또다시 질겁했다. 마차가 정치범을 매장하는 생 장 묘지 옆을 지나가고 있었기 때문이다. 단 하나 그를 조금 안심시킨 것은 대개의 경우 그곳에 매장하기 전에 목을 베곤 하는데, 그의 목은 아직도 붙어 있다는 점이었다. 마차가 라 그레브 쪽으로 접어들자 시청의 뾰족한 지붕이 보였다. 또다시 마차가 아치형 통로로 들어갔다. 그는 이제 만사가 다 글렀구나 싶어서, 기병 하사관에게 고해(告解)를 하려고 했다. 그러나 거절당하자 애처롭게 소리를 질러댔다. 이에 기병 하사관은 계속 그렇게 시끄럽게 굴면 재갈을 물리겠다고 을러댔다.
 보나시외는 이 위협을 받고 조금 마음이 놓였다. 만약 라 그레브에서 처형할 예정이라면, 형장에 거의 다 온 마당에 재갈을 물릴 일은 없기 때문이었다. 마차는 정말로 운명의 장소에 멈추지 않고 그대로 지나갔다. 이제 앞으로 남아 있는 걱정거리는 크루아 뒤 트라와르뿐인데, 마차가 바로 그곳으로 향한 길로 접어들었다.
 이번에야말로 의심할 여지가 없었다. 그곳은 신분이 낮은 죄인을 처형하는 곳이었다. 생 폴이나 그레브 광장에서 처형을 당한다는 것은 보나시외의 분에 넘치는 생각이었다. '나의 마차 여행, 내 운명의 종착역은 바로 이 크루아 뒤 트라와르로구나!' 끔찍한 십자가는 아직 보이지 않았다. 그러나 당장이라도 그것이 눈앞에 나타날 것만 같았다. 거기에서 스무 걸음밖에 떨어지지 않은 곳에 이르렀을 때, 사람들 소리가 들리더니 마차가 멈추었다. 연달아 마음에 커다란 충격을 받아온 보나시외는 가엾게도 이제는 더 견딜 수가 없었다. 위독한 환자의 마지막 숨소리로 착각할 만큼 가냘픈 한숨을 내쉬다가 정신을 잃고 말았다.

뭥의 사나이

 군중이 그렇게 모여 있었던 것은 곧 목이 잘릴 사람을 기다리기 위해서가 아니라 이미 목이 잘린 사람을 구경하기 위해서였다.
 잠깐 멈추었던 마차는 다시 움직이기 시작했다. 군중 사이를 계속 지나갔다. 생 토노레 가를 가로지르고 봉 장팡 가를 돌았다. 그러고는 어느 나지막한 대문 앞에 멈추었다.
 문이 열렸다. 두 명의 위병이 나왔다. 기병 하사관이 보나시외를 부축해서 내렸다. 위병들이 보나시외를 인도받아 작은 골목으로 떠밀어 계단을 오르게 한 다음, 부속실로 들이밀었다.
 그는 거의 혼수 상태에서 움직였다.
 걸음걸이가 꼭 몽유병자 같았다. 그의 눈에는 마치 짙은 안개 속에 갇힌 듯 모든 것이 그저 어렴풋할 뿐이었다. 귀에는 무슨 소리가 들려오기는 하는데, 무슨 뜻인지 알아들을 수가 없었다. 이때라면 그가 저항하려고 몸부림치지도 않았을 테고, 동정을 구하려고 소리를 지르지도 않았을 테니, 조용히 그를 처형해 버릴 수도 있었을 것이다.

그는 위병들이 끌어다 놓은 곳에 그대로 있었다. 긴 의자 위에 앉아 벽에 등을 기대고 팔은 늘어뜨린 채였다.

그런 와중에도 주위를 둘러보았다. 무서워할 만한 것은 하나도 없었다. 실제로 위험이 닥쳐온 것 같지도 않았다. 긴 의자는 폭신폭신했고, 벽은 아름다운 코르도바 산(産) 가죽으로 둘러쳐져 있었다. 창문에는 금고리로 고정시킨 커다란 붉은 능직 휘장이 드리워져 있었다. 그는 지나치게 두려워했다는 것을 차츰 깨닫고 고개를 좌우로, 위아래로 움직여보기 시작했다.

그렇게 몸을 움직여도 막는 사람이 아무도 없었다. 그러자 보나시외는 어느 정도 용기를 되찾았다. 한쪽 다리를 끌어당겨 보았다. 이어서 또 한쪽 다리를 끌어당겨 보았다. 마침내 두 손을 짚고 의자에서 몸을 일으켜보았다. 제대로 설 수 있었다.

그때 늠름한 장교 한 사람이 문을 열고 옆방에 있는 사람과 몇 마디를 주고받더니, 이윽고 죄수를 돌아보았다.

"당신이 보나시외라는 사람이오?" 그가 물었다.

"예, 그렇습니다. 장교 나리." 보나시외가 죽을상이 되어 더듬거렸다.

"들어오시오." 장교가 말했다.

그러고는 잡화상이 지나갈 수 있도록 옆으로 비켜섰다. 보나시외는 누군가가 자기를 기다리고 있는 듯한 그 방으로 잠자코 들어갔다.

넓은 서재였다. 벽면에는 공격과 방어에 쓰이는 여러 가지 무기가 걸려 있었다. 창문들이 모두 닫혀 있어서 갑갑한 데다가, 이제 겨우 9월 말밖에 안 되었는데도 벌써 벽난로에 불이 피워져 있었다. 서재 한가운데에는 네모난 책상이 하나 놓여 있었다. 책상 한쪽에는 책과 서류가 그득 쌓여 있었고, 책상의 가운데 부분에는 라 로셸 시의 커다란 지도가 펼쳐져 있었다.

벽난로 앞에는 중키의 한 사내가 오만하고 준엄한 얼굴로 서 있었다. 눈이 날카로웠고 이마가 훤칠했으며 팔자 모양의 콧수염 아래 뾰족한 턱수염이 나 있어서 마른 얼굴이 더 갸름해 보였다. 아직 서른예닐곱 살밖에 안 되어 보였는데도, 머리털과 위아래 수염이 희끗희끗했다. 몸에 칼은 지니고 있지 않았지만 아무리 보아도 군인임에 분명했다. 물소 가죽 장화에 아직도 먼지가 약간 묻어 있는 것으로 보아, 그날도 말을 탄 모양이었다.

이 사람이 바로 아르망 장 뒤플레시, 즉 리슐리외 추기경이었다. 오늘날 사람들에게 알려져 있는 모습과는 전혀 달랐다. 노인처럼 늙어빠지고 순교자처럼 고통스러울 뿐만 아니라, 몸은 야위고 목소리는 가물가물하며 마치 무덤에 묻힌 듯 안락의자에 푹 파묻혀 정신력으로 목숨을 이어가면서 머릿속으로는 끊임없이 유럽 전체와 싸움을 하고 있는 그런 모습이 아니었다. 오히려 몸은 약해졌으나 세상에서 드물게 보이는 정신력을 갖춘 비범한 인물의 모습, 그의 공작령 만토바에서 느베르 공작을 지원하고 님, 카스트르, 위제스를 탈환한 뒤 이제는 바야흐로 레 섬에서 영국군을 내쫓고 라 로셸에 대한 포위 공격을 준비하고 있는 능란하고 대담한 기사의 모습이었다.

그러므로 얼핏 보아서는 추기경을 나타내는 징표가 전혀 없었으므로, 그의 얼굴을 모르는 사람이라면 자기 앞에 있는 사람이 누구인지 짐작하기란 불가능한 일이었다.

가련한 보나시외는 문 앞에 가만히 서 있었다. 그동안 추기경이 보나시외를 응시하고 있었다. 그의 시선은 마치 과거의 밑바닥까지도 꿰뚫어 보는 것 같았다.

"보나시외란 자인가?" 그가 잠시 침묵을 지키다가 물었다.

"예, 그렇습니다, 각하." 장교가 대답했다.

"좋아, 저 서류를 나에게 갖다주고 나가 보게."

장교는 책상 위에서 서류를 갖다주고 머리가 땅에 닿게 절을 하고는 나갔다.

보나시외는 그 서류가 바스티유에서 꾸며진 자신의 심문 조서임을 알 수 있었다. 벽난로 옆의 사나이는 때때로 서류에서 고개를 들고는, 마치 단도로 찌르는 듯한 시선으로 가엾은 보나시외의 마음을 밑바닥까지 꿰뚫어 보곤 했다.

추기경은 십 분쯤 읽어보고 십 초쯤 살펴본 뒤에 결론을 내렸다.

"이자는 음모에 가담하지 않았어." 그가 혼자 중얼거렸다. "하지만, 어디 좀 떠볼까."

"당신은 대역죄로 고발되었네." 추기경이 천천히 말했다.

"그런 말을 들었습니다, 각하." 보나시외는 아까 장교가 쓰던 칭호를 그대로 따라하면서 큰 소리로 말했다. "그러하오나 소인은 맹세코 아무것도 모릅니다."

추기경이 웃음을 억지로 참았다.

"당신은 당신 부인과 슈브뢰즈 부인, 그리고 버킹엄 공작과 더불어 음모를 꾸민 거야."

"사실, 아내가 그런 분들의 이름을 말하기는 했습니다만……." 보나시외가 대답했다.

"언제 그런 말을 하던가?"

"리슐리외 추기경은 버킹엄 공작을 파리로 끌어들여 왕비 마마와 함께 망신을 시키려 한다고 말했는데요."

"그런 말을 했단 말이지?" 추기경이 격하게 외쳤다.

"그러하옵니다, 각하. 하지만 소인은 아내에게 '그런 말을 하면 못써. 추기경님은 그런 짓을 하실 분이 아니다…….'라고 말해 주었습죠."

"입 조심해라! 바보 같은 놈이로군." 추기경이 말했다.

"여편네도 소인에게 그렇게 말했습니다, 각하."

"당신 부인을 납치해 간 사람을 알고 있는가?"

"모릅니다, 각하."

"하지만 의심이 가는 사람은 있겠지?"

"예, 있습니다. 하지만 그런 의심이 위원 나리의 비위를 거스른 모양이었습니다. 그래서 지금은 그런 의심을 씻어버렸습니다."

"당신 부인은 달아났는데, 그건 알고 있었나?"

"몰랐는데, 감옥에 들어간 뒤에야 역시 그 친절하신 위원 나리의 입을 통해서 알게 되었습니다."

추기경이 다시 한 번 웃음을 참았다.

"그러면 당신 부인이 달아난 뒤에 어떻게 되었는지는 모르고 있겠군?"

"전혀 모릅니다, 각하. 하오나 틀림없이 루브르 궁으로 돌아갔을 겁니다."

"새벽 1시까지는 돌아와 있지 않았네."

"아! 하느님 맙소사! 그럼 아내는 어떻게 되었을까요?"

"곧 알게 되겠지. 안심하게. 추기경에게는 그 무엇도 숨길 수 없으니까. 추기경은 다 알고 있거든."

"그렇다면 각하께서는 소인의 아내가 어떻게 됐는지 추기경님이 말씀해 주시리라고 생각하십니까?"

"아마 그럴 거야. 하지만 우선 당신 부인과 슈브뢰즈 부인의 관계에 관해 알고 있는 걸 하나도 숨김없이 고백하지 않으면 안 돼."

"하오나 소인은 아무것도 모릅니다. 얼굴을 본 적도 없습니다."

"부인을 마중하러 루브르 궁에 갔을 때, 부인은 늘 곧장 집으로 돌아오던가?"

"그런 일은 거의 없습니다. 포목점에 볼일이 있다고 하여, 소인도 같이 가주곤 했습니다."

"포목점은 몇 집이나 있었는가?"

"두 집입니다."

"장소는?"

"하나는 보지라르 가에 있고, 또 하나는 라 아르프 가에 있습니다."

"당신도 부인과 함께 들어갔었나?"

"그런 일은 한번도 없었습니다. 언제나 문밖에서 기다렸습니다."

"부인이 무슨 핑계를 대면서 혼자서만 들어갔었나?"

"아무 핑계도 대지 않았습니다. 그저 기다리라고만 해서 기다리곤 했습니다."

"당신은 공처가로군, 친애하는 보나시외 씨." 추기경이 말했다.

'친애하는 보나시외 씨라고 불러주시다니!' 상인이 마음속으로 말했다. '아이쿠! 일이 잘되어 가는데!'

"그 집들의 문을 알아보겠는가?"

"예."

"번지도 알고 있나?"

"예."

"몇 번지인가?"

"보지라르 가 25번지, 그리고 라 아르프 가 75번지입니다."

"좋아." 추기경이 말했다.

그렇게 말하고는 은방울을 집어서 흔들었다. 장교가 다시 들어왔다.

"어서 로슈포르를 불러와라." 그가 작은 소리로 말했다. "돌아와 있으면 바로 오라고 해라."

"백작은 여기 와 계십니다." 장교가 말했다. "추기경 예하를 꼭 뵙고 싶다고 합니다!"

"추기경 예하라니!" 보나시외가 중얼거렸다. 그는 추기경님을 부를 때 이 칭호를 붙인다는 것을 알고 있었다. "……추기경 예하라!"

"그럼 들어오라고 해, 어서 들어오라고 해!" 리슐리외가 급한 어조로 말했다.

"추기경 예하라니!" 보나시외는 눈이 휘둥그레져서 중얼거리고 있었다.

장교가 나간 지 채 오 초도 안 되어 문이 열리더니 새로운 인물이 들어왔다.

"저 사람이다!" 보나시외가 외쳤다.

"저 사람이 누구란 말이냐?" 추기경이 물었다.

"저 사람이 제 여편네를 납치해 갔습니다."

추기경이 또다시 방울을 흔들었다. 장교가 다시 나타났다.

"이자를 두 위병에게 넘겨주고, 내가 다시 부를 때까지 대기하게 해."

"아닙니다, 각하! 저분이 아닙니다!" 보나시외가 외쳤다. "소인이 착각을 했습니다. 저분과는 전혀 다른 사람입니다. 저분은 그런 나쁜 사람이 아닙니다."

"이 바보를 데려가!" 추기경이 말했다.

장교가 보나시외를 붙들어, 두 위병이 기다리고 있는 부속실로 끌고 갔다.

방금 들어온 새로운 인물은 보나시외가 나가는 것을 초조한 표정으로 지켜보고 있다가, 문이 닫히자마자 얼른 추기경 옆으로 다가왔다.

"그들이 만났습니다." 그가 말했다.

"누가?" 추기경이 물었다.

"그 두 사람 말입니다."

"왕비와 공작 말인가?" 리슐리외가 외쳤다.

"예."

"어디서?"

"루브르 궁에서요."

"확실한가?"

"확실합니다."

"누구한테서 들었나?"

"라누아 부인한테 들었습니다. 아시다시피 부인은 추기경님 편이니까요."

"왜 좀 더 일찍 알려주지 않았을까?"

"단순히 우연인지 의심 때문인지는 모르겠사오나, 왕비는 쉬르지 부인을 자기 방에서 재우고, 이튿날도 하루 종일 곁을 떠나지 못하게 하셨답니다."

"알았어. 우리가 졌군. 어떻게든 만회하도록 하자."

"저도 힘껏 도와드릴 테니, 안심하십시오."

"그래 그들이 만난 과정은?"

"밤 12시 반에 왕비는 시녀들과 함께 계셨는데……."

"어디서?"

"침실에서요……."

"음, 그래."

"그때 내의(內衣) 담당 시녀 편에 전해진 손수건 한 장이 왕비에게 건네졌답니다……."

"그래서?"

"그러자 곧 왕비가 몹시 감동하신 듯한 눈빛을 보이면서 화장을 하셨는데, 얼굴은 파랗게 질려 있었답니다."

"그래서? 그래서?"

"그러시더니 자리에서 일어나, 떨리는 음성으로 '여러분, 십분만 기다려요, 곧 돌아올 테니.' 하시고는 침소의 문을 열고 나가셨답니다."

"왜 라누아 부인은 그때 곧장 자네에게 와서 알리지 않았을까?"

"아직 확실한 걸 몰랐던 거지요. 뿐만 아니라 왕비는 '여러분 기다려요.' 라고 말씀하셨기 때문에, 감히 왕비의 분부를 어길 수도 없었답니다."

"그래, 왕비는 얼마 동안이나 나가 계셨나?"

"사십오 분간입니다."

"아무도 따라가지 않았었나?"

"도냐 에스테파니아만 따라갔었답니다."

"그런 뒤에 돌아오셨단 말이지?"

"예. 그러나 왕비의 이름 머릿글자가 박혀 있는 작은 장미나무 상자를 집어 들고는 곧 다시 나가셨답니다."

"그 후 돌아오셨을 때 그 작은 상자를 도로 가지고 오셨다던가?"

"아닙니다."

"라누아 부인은 작은 상자에 무엇이 들어 있는지 알고 있던가?"

"예, 폐하께서 왕비에게 주신 다이아몬드 장식끈입니다."

"그래, 작은 상자 없이 돌아오셨다 그 말이지?"

"예."

"라누아 부인은 왕비가 그것을 버킹엄에게 주셨을 것이라고 생각한다는 거지?"

"틀림없다고 생각하고 있습니다."

"그건 어째서지?"

"다음날 라누아 부인이 왕비의 의상 담당 시녀 자격으로 그 작은 상자를 찾아보았으나 눈에 띄지 않아 걱정하는 시늉을 하다가 마침내 왕비에게 물어보았답니다."

"그랬더니, 왕비는……."

"왕비는 얼굴을 붉히면서, 망가진 매듭이 하나 있어 세공인에게 고치러 보냈다고 대답하셨답니다."

"그런 사실이 있는지 어떤지 세공인에게 확인해 봐야겠군."

"이미 가봤습니다."

"그랬더니 뭐라던가?"

"세공인은 그런 말을 들어본 적도 없답니다."

"좋아, 좋아! 로슈포르. 아직은 가망이 있네. 어쩌면…… 오히려 모든 것이 잘될지도 몰라!"

"사실 저는 늘 믿고 있지만, 예하의 타고난 재능이……."

"부하의 어리석은 행동을 보충하고도 남음이 있을 것이라 그런 말인가?"

"바로 그렇습니다. 제가 여쭈려는 말씀을 예하께서 다 하셨습니다."

"그런데 슈브뢰즈 부인과 버킹엄 공작이 지금 어디에 숨어 있는지 알고 있나?"

"모릅니다. 그 점에 관해서는 부하들도 제게 확실히 보고하지 못하고 있습니다."

"나는 알고 있네."

"예하께서요?"

"암, 적어도 짐작은 하고 있지. 한 사람은 보지라르 가 25번지에, 다른 한 사람은 라 아르프 가 75번지에 숨어 있어."

"둘 다 체포하도록 할까요, 예하?"

"벌써 늦었을 거야. 떠나버렸을 걸세."

"상관없습니다. 그건 확인할 수 있습니다."

"그럼 내 근위대원 열 명을 거느리고 가서 그 두 집을 뒤져보게."

"지금 당장 가보겠습니다, 예하."

로슈포르는 이렇게 말하고는 방에서 뛰어나갔다.

추기경은 혼자 있으면서 잠시 생각하다가 세 번째로 방울을 흔들었다.

장교가 다시 나타났다.

"아까 그 죄수를 들여보내게." 추기경이 말했다.

보나시외가 다시 끌려 들어왔다. 장교는 추기경의 신호를 받고 물러갔다.

"당신은 나를 속였어." 추기경이 준엄하게 말했다.

"소인이 각하를 속이다니요!" 보나시외가 외쳤다.

"당신 부인은 보지라르 가와 라 아르프 가에 갔을 때 포목점에 간 것이 아니야."

"그럼 대관절 어딜 갔던 걸까요?"

"슈브뢰즈 공작 부인과 버킹엄 공작한테 갔던 거야."

"맞습니다." 보나시외가 모든 기억을 떠올리면서 말했다. "그래요, 각하의 말씀이 옳습니다. 소인은 여러 번 아내에게 포목상이 이런 간판도 없는 집에 살고 있다니 이상하다고 말한 적이 있습니다만, 그때마다 아내는 깔깔 웃기만 했습니다." 보나시외가 추기경의 발아래 무릎을 꿇고서 말을 계속했다. "아! 나리가 바로 추기경님이시군요. 모든 사람들이 숭배하고 있는 천재이신, 위대하신 추기경님이시군요."

보나시외 같은 미천한 사람의 입에서 나온 하찮은 찬사이기는 했으나, 그래도 역시 추기경은 흡족한 기분이 들었다. 그러자 곧 무슨 새로운 생각이라도 떠오른 듯이, 입술에 미소를 머금고는 보나시외에게 손을 내밀면서 말했다.

"자, 친구, 일어나오. 당신은 정직한 사람이네."

"추기경님이 소인의 손을 만져주시다니! 소인이 이 위대하신 분의 손을 만지다니!" 보나시외가 외쳤다. "이 위대하신 분이 소인을 친구라고 불러주시다니!"

"암 그렇고말고, 친구!" 추기경이 인자한 어조로 말했다. 그는 이런 말투를 이따금 쓰곤 했는데, 그를 잘 모르는 사람에게만 통하는 말투였다. "자네는 부당한 혐의를 받고 왔어. 그래서 배상을 해줘야 되겠네. 자! 이 주머니를 받게나. 100피스톨이 들어 있어. 그리고 나를 용서해 주게나."

"용서하라니요, 예하!" 보나시외가 말했다. 그리고 이 선물이 혹시 장난이 아닌가 싶어 주머니를 받기를 망설였다. "소인을 체포하시건, 고문을 하시건, 또는 교수형에 처하시건, 모두 다 예하의 자유이십니다. 예하는 통치자이시니, 소인은 조금도 할 말이 없습니다. 그런데 예하를 용서하라 하시다니! 천부당만부당이십니다!"

"자, 보나시외 씨, 자네가 아량을 가지고 그렇게 말하는 건 나도 알겠네. 고마우이. 그럼, 자, 이 주머니를 받게. 그리고 너무 언짢게 생각하지 않고 돌아가 주겠지?"

"기쁜 마음으로 돌아가겠습니다, 예하."

"그럼 잘 가오, 아니 그보다 또 만나자고 해야지. 또 만나보고 싶으니까 말이야."

"예하께서 원하신다면 언제라도 좋습니다. 언제든지 하명하여 주십시오."

"아무렴, 종종 그렇게 하고말고. 자네와 나눈 대화가 무척 유쾌했거든."

"감사합니다, 예하!"

"자, 그럼 또 보세, 보나시외."

추기경이 손짓을 했다. 보나시외는 머리가 땅에 닿도록 절을 하고는 뒷걸음질로 방에서 나갔다. 부속실에 들어서자 감격한 나머지 힘껏 소리를 질렀다. "예하 만세! 추기경 예하 만세! 위대하신 추기경 만세!" 하고 외치는 소리가 추기경에게까지 들렸다. 추기경은 보나시외의 이 요란한 감격의 표시를 빙그레 웃으면서 듣고 있었다. 이윽고 그의 외침이 사라져갔다.

"됐어." 그가 말했다. "이제부터 나를 위해 목숨을 내놓을 사람이 또 하나 생겼군."

그러고는 앞서 말한 것처럼 책상 위에 펼쳐 있는 라 로셸의 지도를 주의 깊게 살피기 시작하더니 거기에 연필로 줄을 그었다. 이 줄을 따라 열여덟 달 후에 이 포위된 도시의 항만을 봉쇄하는 유명한 축대가 세워질 것이었다.

이렇게 그가 전략을 숙고하고 있을 때, 문이 열렸다. 로슈포르가 다시 들어왔다.

"어찌 됐나?" 추기경이 자리에서 일어나 다급하게 물었다. 이런 태도로 미루어 그가 백작에게 명령한 일을 얼마나 중요하게 생각하고 있는지 알 수 있었다.

"유감스럽게 됐습니다, 예하." 백작이 말했다. "예하께서 지목하신 집에는 확실히 스물일고여덟 살의 여자 한 사람과 서른 다섯에서 마흔 살가량의 남자 한 사람이 각각 네댓새 동안 머물러 있다가, 여자는 엊저녁에 떠났고 남자는 오늘 아침 떠났답니다."

"바로 그들이다!" 추기경이 외치면서 괘종시계를 보았다. "지금 쫓아가 봤자 너무 늦었어." 그가 말을 이었다. "공작 부인은 투르에, 공작은 불로뉴에 도착해 있어. 우리가 쫓아가야 할 곳은 런던이야."

"어떻게 하면 좋을지 예하께서 지시를 내려주십시오."

"이제까지 있었던 일은 한마디도 입 밖에 내지 말아야 해. 왕비가 마음 놓고 있도록 내버려두는 거야. 우리가 비밀을 알고 있다는 걸 모르게 하고, 우리가 무슨 딴 음모 사건을 수사하고 있는 줄로만 알고 있게 하는 거야. 그리고 국새(國璽) 관리관 세기에를 불러주게."

"그런데 그자는 어떻게 하셨습니까?"

"누구 말인가?" 추기경이 되물었다.

"보나시외란 자 말입니다."

"할 수 있는 데까진 해놓았어. 제 여편네의 염탐꾼으로 만들어 놓았지."

로슈포르 백작은 위대한 지배자의 권위를 인정할 줄 아는 사람답게 깍듯이 절을 하고는 물러났다.

혼자 있게 된 추기경은 다시 앉아서 편지 한 통을 쓰고 도장으로 봉한 뒤에 방울을 흔들었다. 장교가 네 번째로 들어왔다.

"비트레유를 불러주게." 그가 말했다. "그에게 여행 떠날 채비를 하고 오라고 이르게."

잠시 후에 부름을 받은 사나이가 장화를 신고 박차를 달고서 그의 앞에 나타났다.

"비트레유, 급히 런던으로 떠나게." 추기경이 말했다. "도중에 잠시도 쉬어선 안 돼. 이 편지를 밀레디에게 전달하게. 200피스톨의 어음이네. 출납관에게 가서 현금으로 바꾸게. 일을 잘 마치고 엿새 후에 돌아오면 그만큼의 상금을 다시 주겠네."

사자(使者)가 한마디 말도 없이 절을 하고는, 편지와 200피스톨의 어음을 들고 나갔다.

편지의 사연은 다음과 같았다.

밀레디에게,

버킹엄 공작이 참석할 첫 번째 무도회에 나갈 것. 공작의 윗도리에 열두 개의 다이아몬드 장식끈이 달려 있을 것인즉, 그에게 접근하여 그중에 두 개를 잘라서 올 것.

그 다이아몬드 장식끈을 입수하는 즉시 연락할 것.

법복 귀족과 군인 귀족

　이러한 사건들이 일어난 지 이틀째 되는 날, 다르타냥과 포르토스는 아토스가 전혀 보이지 않아서 트레빌에게 아토스의 행방불명을 보고했다.
　한편 아라미스는 닷새간의 휴가를 얻었다. 그는 집안 문제로 루앙에 가 있다고들 했다.
　트레빌은 병사들의 아버지나 마찬가지였다. 아무리 하찮고 이름 없는 병사라 하더라도 일단 총사대의 제복을 입기만 하면, 친형제라도 베풀지 못할 도움과 후원을 받을 수 있었다.
　따라서 그는 즉각 형사 대리관을 찾아갔다. 크루아 루주 지서를 지휘하는 사법 관리가 불려 왔다. 일련의 정보들을 종합한 결과, 아토스가 지금 레베크 요새에 갇혀 있음을 알게 되었다.
　아토스는 이미 보았듯이 보나시외가 받은 모든 시련을 고스

란히 받았다.

두 포로의 대질 장면은 이미 목격한 바 있다. 아토스는 다르타냥이 추적을 받으면 필요한 시간을 얻지 못하게 될까 봐 여태까지는 아무 말도 하지 않고 있다가 보나시외와 대면했을 때에야 비로소 자기는 다르타냥이 아니라 아토스임을 밝혔다.

그는 또한 보나시외도 보나시외 부인도 모르며, 그중 누구하고도 이야기해 본 적이 없다고 말했다. 친구인 다르타냥을 찾아간 것은 저녁 10시경이었고, 그때까지는 트레빌 씨 댁에서 저녁 식사를 하면서 머물러 있었는데, 이 점에 관해서는 증인을 스무 명이라도 내세울 수 있다면서 유명한 귀족들의 이름을 여럿 열거했다. 그중에는 라 트레무유 공작의 이름도 끼어 있었다.

두 번째 위원도 이 총사의 진술이 매우 간결하고 확고한 것을 보고 눈이 휘둥그레졌다. 법률가들이 무관들에게 벼르고 있던 앙갚음을 그도 하고 싶었을 터이지만, 트레빌이나 라 트레무유 공작의 이름을 듣고는 섣불리 그럴 수도 없었다.

아토스도 역시 추기경에게 보내졌으나, 공교롭게도 추기경은 국왕을 만나기 위해 루브르 궁에 가고 없었다.

바로 이때 트레빌도 국왕이 있는 곳으로 왔다. 그는 형사 대리관을 찾아갔고 레베크 요새에도 들렀지만 결국 아토스를 찾아내지 못했다.

트레빌은 총사대장의 자격으로 언제든지 국왕을 알현할 수 있었다.

누구나 알다시피 국왕은 왕비에 대해 심한 반감을 품고 있었고, 추기경은 이를 교묘하게 부추겼다. 추기경은 음모에 관한 한 남자들보다 여자들을 훨씬 더 의심했다. 이 반감의 주요한 원인들 가운데 하나는 무엇보다도 슈브뢰즈 부인에 대한 왕비 안느의 우정이었다. 국왕에게는 에스파냐와의 전쟁이나 영국과의 분규 또는 재정난보다 이 두 여자가 더 걱정거리였다. 국왕이 보기에는, 그리고 확신하건대 슈브뢰즈 부인은 왕비의 정치적인 음모를 도와주고 있을 뿐만 아니라, 왕비의 연애 사건까지 거들어주고 있었다. 국왕에게는 후자가 훨씬 더 골치 아픈 문제였다.

그래서 국왕은 슈브뢰즈 부인이 투르로 추방되어 그곳에 틀어박혀 있는 줄로만 알고 있었는데 파리에 와서 닷새 동안이나 머물러 있으면서 경찰의 눈을 피했다는 말을 추기경한테서 듣자, 크게 역정을 냈다. 국왕은 본디 변덕스러웠고 지조가 없었다. 그런데도 '공정왕 루이'라거나 '정결왕(貞潔王) 루이'라는 칭호로 불리기를 바라고 있었다. 후세 사람들은 이를 쉽게 이해할 수 없을 것이다. 역사는 결코 추론에 의해서가 아니라 사실에 의해서만 설명될 뿐이기 때문이다.

게다가 슈브뢰즈 부인은 파리에 잠시 머물렀을 뿐만 아니라, 당시에 비밀 통신이라 불리는 접속 방법을 사용하여 왕비와 연락을 취했고, 자신이 이 음모의 단서를 포착했다고 추기경은 단언했다. 또 온갖 증거를 갖추어 현행법으로 왕비의 밀사를 체포했는데, 그 자리에 총사 한 사람이 나타나, 국왕의 이름으로 공정하게 수사를 진행하고 있는 정직한 사법 관리들에게 칼을 들고 달려들어 공무 집행을 방해했다고 보고했다. 그 보고를 들은 루이 13세는 더 이상 참을 수 없었다. 그는 얼굴이 새파래지고 이루 말할 수 없이 격분하여, 왕비의 거처로 발걸음을 옮겼다. 이 군주는 분노가 폭발하면 말할 수 없이 잔인한 사람이 되어버렸다.

그렇지만 이제까지 추기경은 버킹엄 공작에 관해 한마디도 언급하지 않았다.

트레빌이 들어온 것은 바로 그때였다. 그는 냉정하고 예의 바르게 처신했으며 나무랄 데 없는 몸가짐을 갖추었다.

트레빌은 추기경이 와 있는 데다가 왕의 안색이 변해 있는 것으로 미루어 방금 전에 일어난 일을 짐작할 수 있었다. 그러자 마치 불레셋 사람들 앞에 선 삼손처럼 용솟음치는 힘을 느꼈다.

루이 13세가 벌써 문고리를 잡고 있었다. 트레빌이 들어오는 소리에 왕이 돌아보았다.

"마침 잘 왔소, 트레빌 경." 왕이 말했다. 왕은 어느 정도 감정이 격앙되면 자신을 숨기지 못했다. "경의 총사들에 관해 난처한 보고를 들었던 참이오."

"소신도 폐하의 법관들에 관해 난처한 이야기를 여쭙고자 합니다." 트레빌이 침착하게 말했다.

"말하시오." 왕이 거만스러운 태도로 말했다.

"감히 폐하께 알려드리고자 합니다." 트레빌이 변함없는 어조로 말을 이었다. "형사 대리관, 사법 위원들, 그리고 치안 담당관들은 매우 존경할 만한 사람들이긴 하지만 아무래도 군인에게는 못되게 구는 듯합니다. 그들의 일당이 소신에게는 밝히기를 꺼리는 명령에 따라 소신의 총사, 더 정확히 말하자면 폐하의 총사 한 사람을 어느 집에서 체포하여 대로로 끌고 나가 레베크 요새에 구금해 버렸습니다. 그 총사는 품행을 탓할 구석도 없고 평판도 매우 좋은 인물로서, 폐하께서 알현의 영광을 베푸신 적도 있는 아토스입니다."

"아토스라." 왕이 무의식적으로 되뇌었다. "그래, 확실히 들어본 이름이군."

"폐하께서 기억을 더듬어보시길 바라옵니다." 트레빌이 말했다. "폐하께서도 알고 계시는 지난번의 불미스런 사건에서 불행하게도 카위자크 씨에게 중상을 입힌 그 총사입니다. 그런데 예하." 트레빌이 추기경을 향해 말했다. "카위자크 씨는 이제 완쾌되었는지요?"

"걱정해 줘서 고맙소!" 추기경이 분한 마음에 입술을 깨물면서 말했다.

"그러니까 아토스가 친구 집에 찾아갔는데, 마침 그 친구가 집에 없었습니다." 트레빌이 계속했다. "그가 찾아간 친구는 베아른 출신의 귀족으로서, 폐하의 근위대인 데제사르 씨의 대원입니다. 그래서 아토스는 친구 집에서 책이라도 읽으면서 기다리려고 책을 막 집어 들려는 순간에, 한 무리의 경관과 병사가 몰려와서 그 집을 포위했고 여기저기 문을 부수면서 침입했습니다……."

그때 추기경이 왕에게 '조금 전에 말씀드린 사건 때문입니다.' 라는 뜻의 신호를 보냈다.

"짐은 다 알고 있노라." 왕이 대답했다. "그 모든 것은 짐을 위해서 한 일이오."

"그렇다면, 죄도 없는 저의 총사 한 사람을 체포하여, 마치 흉악범처럼 연행한 것도, 그리고 폐하를 위해 열 번이나 피를 흘렸고, 장래에도 그럴 각오를 하고 있는 충성스런 사람을 무지한 평민들 속으로 끌고 다닌 것도 역시 폐하를 위해서 한 일이군요." 트레빌이 말했다.

"설마!" 왕이 동요된 표정으로 말했다. "일이 그렇게 되었었나?"

"트레빌 씨가 말하지 않은 내용이 있습니다." 추기경이 냉정하기 짝이 없는 목소리로 맞받아쳤다. "그 죄도 없는 충성스런 총사가 그보다 한 시간 전에, 매우 중대한 사건의 예심(豫審)을 위해 소신이 파견한 네 명의 사법 위원을 칼로 쳤습니다. 이 사실은 말하지 않았습니다."

"예하께서 어디 한번 증명해 보십시오." 트레빌이 가스코뉴 사람답게 솔직하고, 군인답게 거친 말투로 외쳤다. "언젠가는 폐하께 말씀드릴 생각이었습니다만, 아토스는 지체 높은 귀족으로, 그 체포 사건이 있기 한 시간 전에는 소신의 집에서 저녁 식사를 했고, 그러고 나서 마침 와 있던 라 트레무유 공작, 그리고 살뤼스 백작과 함께 객실에서 한담을 나누고 있었으니까요."

왕이 추기경을 바라보았다.

추기경이 국왕의 무언의 질문에 대해 딱 잘라 대답했다. "조서가 증명해 줍니다. 폭행을 당한 관리들이 작성한 것인데, 폐하께도 보여드리고자 합니다."

"법관들이 작성한 조서가 무관의 명예로운 증언과 동등한 가치를 갖는다는 말씀입니까?" 트레빌이 용감하게 대꾸했다.

"자, 자, 트레빌, 진정하게나." 왕이 말했다.

"폐하께서 소신의 총사에 의심을 품으신다면, 추기경님 측과 마찬가지로 소신 측에서도 조사를 하고 싶습니다." 트레빌이 말했다.

"사법권이 추락한 바로 그 집에는 총사의 친구 베아른 사람이 살고 있을 텐데." 추기경이 태연하게 말을 계속했다.

"예하께서는 다르타냥에 관해 말씀하시고자 하는군요?"

"당신이 돌봐주고 있다는 청년 말이오, 트레빌."

"예, 예하. 맞습니다."

"이렇게는 생각하지 않나요, 그 청년이 꾀어서……."

"아토스를, 자기보다 나이가 두 배나 많은 아토스를 꾀었단 말씀인가요?" 트레빌이 추기경의 말을 가로막았다. "천만의 말씀입니다, 예하. 게다가 다르타냥은 그날 저녁을 저희 집에서 보냈습니다."

"아니, 저런!" 추기경이 말했다. "그렇다면 그날 저녁엔 모두 당신 집에 있었군?"

"예하께서는 소신의 말을 의심하십니까?" 트레빌이 말했다. 그의 얼굴은 분노로 빨갛게 달아올랐다.

"아니오, 절대로 그런 건 아니오!" 추기경이 말했다. "그렇지만 그 청년이 경의 집에 있었던 것은 몇 시였나?"

"아! 그 점이라면 분명히 말씀드릴 수 있습니다. 그 청년이 들어왔을 때 벽시계는 9시 반을 가리키고 있었습니다. 더 늦은 줄 알았기 때문에 똑똑히 기억하고 있지요."

"그렇다면 집에서 나간 것은 몇 시였지요?"

"10시 반이었습니다. 그 사건이 일어난 지 한 시간 후인 셈이죠."

추기경은 트레빌의 진실성만은 조금도 의심하지 않았기 때문에 상황이 불리해지고 있다고 느꼈다. "그렇지만, 아토스가 포스와외르 가의 집에서 체포된 것만은 확실하지 않소?"

"친구 집을 방문하는 것도 금지되어 있습니까? 소신의 총사대원이 데제사르 씨의 근위대원과 친하게 지내는 것도 금지되어 있습니까?"

"그건 그 집이 혐의를 받고 있기 때문이오, 트레빌." 왕이 말했다. "경은 그런 사실을 모르고 있었던 모양이지?"

"그렇습니다, 폐하, 사실 모르고 있었습니다. 어쨌든 그 집이야 아무리 혐의를 받고 있어도 상관없습니다만, 다르타냥이 살고 있는 방에 대한 혐의만은 인정할 수 없습니다. 그 청년 스스로도 말하고 있듯이, 그 사람만큼 폐하께 충성을 다하고 있고 추기경님을 깊이 존경하고 있는 사람은 아무도 없다는 것을 소신이 보증할 수 있습니다."

"언젠가 카름 데쇼 수도원 근처에서 있었던 그 불행한 사건에서 쥐사크에게 상처를 입힌 것이 다르타냥이란 청년 아니오?" 왕이 추기경을 바라보면서 묻자 추기경은 억울한 기억을 되살리면서 얼굴이 새빨개졌다.

"그 이튿날에는 또 베르나주에게 상처를 입혔지요. 맞습니다, 폐하, 바로 그렇습니다. 폐하께서는 기억력이 좋으십니다."

"자, 그럼 어떻게 할까?" 왕이 말했다.

"폐하께서 알아서 하실 일입니다." 추기경이 말했다. "소신으로서는 유죄를 주장합니다."

"소신은 유죄를 인정할 수 없습니다." 트레빌이 말했다. "그러나 폐하께는 재판관들이 있으니 그들에게 판정하도록 하셨으면 좋겠습니다."

"옳은 말이오." 왕이 말했다. "사건을 재판에 넘깁시다. 재판관들이 할 일이니 그들이 판정할 거요."

"지금은 매우 불행한 시대여서, 아무리 성실하게 살려고 노력해도 굶주림을 면치 못하고, 아무리 고결한 인사도 치욕과 박해를 면치 못하고 있다는 점이 마음에 걸립니다." 트레빌이 말을 이었다. "그런 만큼 만약 치안 사건에서 군대가 가혹한 취급을 당한다면, 군에서는 틀림없이 불만을 품게 될 것입니다."

경솔한 말이었다. 그러나 트레빌은 의도적으로 그렇게 한 것이었다. 그는 은근히 폭발이 일어나기를 바라고 있었다. 폭발이 일어나면 갱도(坑道)에 불이 붙고, 그 불로 모든 것이 환하게 밝혀지기 때문이다.

"치안 사건!" 왕이 트레빌의 말꼬리를 잡아 외쳤다. "치안 사건이라니! 치안 사건에 관해 경이 뭘 안단 말이오? 경은 공연한 일로 짐을 귀찮게 하지 말고 총사대 일이나 잘 하시오. 경의 말을 들으니, 불행히도 총사 한 명을 체포하는 일로 프랑스 전체가 위태로워지는 듯하오. 총사 하나 때문에 이게 다 무슨 법석이야! 한 명이 아니라 열 명이든, 백 명이든 체포하겠어, 아니 총사대 전체라도 상관없어! 그러니 이러쿵저러쿵 하지 마시오."

"폐하께서 의심을 하시는 그 순간, 총사들은 유죄나 다름없습니다." 트레빌이 말했다. "그러므로, 폐하, 소신도 언제나 이 칼을 돌려드릴 각오가 되어 있습니다. 추기경님은 소신의 총사들을 고발하신 뒤에 결국 틀림없이 소신마저 고발하시고 말 테니까요. 그러니 이미 체포된 아토스, 그리고 오래지 않아 체포될지 모를 다르타냥과 함께 소신도 자진해서 죄수가 되는 편이 차라리 나을까 합니다."

"가스코뉴인의 고집일랑은 제발 그만두시게." 왕이 말했다.

"폐하." 트레빌이 조금도 언성을 낮추지 않고 대답했다. "소신의 총사를 돌려주시거나, 아니면 재판을 받도록 명령해 주십시오."

"재판을 받게 될 것이오." 추기경이 말했다.

"좋습니다. 그럴 경우에는 소생이 변호에 나설 수 있도록 폐하께서 허락해 주시기 바랍니다."

왕은 일이 커질 것을 우려했다.

"추기경 쪽에서 별다른 이의가 없으시다면……." 왕이 말했다.

추기경은 국왕의 생각을 미리 눈치 채고서 선수를 쳤다.

"황공하오나, 폐하께서 소신이 무슨 편견을 가지고 판단하는 것처럼 아신다면, 소신은 자리에서 물러나겠습니다." 그가 말했다.

"경은 그 사건이 일어났을 때 아토스가 경의 집에 있었다는 것을, 그리고 아토스가 그 사건에 관여하지 않았다는 것을 맹세할 수 있는가? 선왕 폐하의 명예를 걸고 말일세." 왕이 말했다.

"소신이 이 세상에서 누구보다도 흠모하고 경배하는 선왕 폐하와 폐하의 명예를 걸고 맹세합니다!"

"폐하, 깊이 생각하십시오." 추기경이 말했다. "만약 지금 죄수를 석방한다면 진상을 밝혀낼 수 없게 될 것입니다."

"법관들이 원한다면 언제든지 심문에 응할 수 있도록 아토스를 대기시켜 놓겠습니다." 트레빌이 말했다. "그는 도망칠 사람이 아닙니다, 추기경 예하. 안심하십시오. 소신이 책임지겠습니다."

"그렇지, 도망치지야 않을 거요." 왕이 말했다. "트레빌의 말대로 언제든지 불러낼 수 있을 거요." 국왕이 목소리를 낮추어, 추기경의 눈치라도 살피는 듯 덧붙였다. "게다가 그들을 안심시켜 두는 것이 좋아, 정책상 말이야."

루이 13세가 정책이라는 말을 입에 올리자, 리슐리외가 빙그레 웃었다.

"명령을 내리십시오, 폐하." 그가 말했다. "폐하께서는 사면의 권한을 가지고 계시니까요."

"사면은 죄인에게만 적용되는 용어입니다." 트레빌이 말했다. 그는 상대를 꼼짝 못하게 하고 싶었다. "그리고 소신의 총사는 결백합니다. 그러므로 폐하께서 내리실 것은 사면이 아니라 정의입니다."

"지금 레베크 요새에 있다고 했소?" 왕이 물었다.

"그렇습니다, 폐하. 그것도 중죄인으로 지하 감옥의 독방에 갇혀 있습니다."

"저런! 거 참 안됐군!" 왕이 중얼거렸다. "어떻게 하면 좋다지?"

"석방 명령에 서명해 주시면 됩니다." 추기경이 말했다. "소신도 폐하와 마찬가지로 트레빌 씨의 보증만 있다면 충분하다고 생각합니다."

트레빌이 공손하게 절을 했다. 그는 몹시 기뻤지만, 두려움도 없지는 않았다. 그는 추기경이 이렇게 갑자기 물러서기보다는 오히려 완강하게 나오기를 바랐다.

국왕이 석방 명령에 서명하자 트레빌은 지체하지 않고 석방 명령서를 받아 들었다.

그가 막 나가려고 할 때 추기경이 그에게 다정한 미소를 던졌다. 그리고 국왕에게 말했다.

"폐하의 총사대는 대장과 대원들 사이에 두터운 신뢰가 깃들어 있군요, 폐하. 그래야 근무도 잘할 수 있고 다른 사람들에게도 권위가 서겠지요."

'추기경은 끊임없이 나를 못살게 굴겠지.' 트레빌이 속으로 생각했다. '저런 사람하고는 끝내 결판을 낼 수 없어. 어쨌거나 서두르자. 왕의 마음이 또 변할지도 모르니까. 그리고 일단 석방한 사람을 바스티유나 레베크 요새에 다시 집어넣는 것은 감금한 채로 놔두는 것보다 더 어려운 일이지.'

트레빌은 의기양양하게 레베크 요새로 가서 여전히 태연자약한 총사를 인도받았다.

그리고 다르타냥을 다시 만나자마자 이렇게 말했다.

"자네, 이번에 멋지게 모면했어. 이건 자네가 쥐사크를 물리친 상일세. 베르나주를 물리친 대가는 아직 남아 있네. 하지만 너무 기대하지는 말게."

그런데 트레빌이 추기경을 경계한 것도, 아직은 모든 것이 끝나지 않았다고 생각한 것도 일리가 있었다. 총사대장이 나가고 문이 닫히자마자, 추기경은 국왕에게 이렇게 말했다.

"이제 폐하와 저 단 둘만 남았으니 진지한 이야기를 나누시죠, 폐하. 사실은 버킹엄 공작이 닷새 전부터 파리에 와 있다가 오늘 아침에야 떠났습니다."

국새 담당관 세기에가 예전에 그랬듯이
또다시 종을 울렸다

이 몇 마디 말이 루이 13세에게 어떤 영향을 끼쳤을지 상상하기란 불가능하다. 그는 순식간에 얼굴이 붉으락푸르락해졌다. 그리고 추기경은 추락한 자신의 권위를 단번에 되찾았다는 사실을 즉시 알아차렸다.

"버킹엄 공작이 파리에!" 왕이 외쳤다. "도대체 왜 왔을까?"

"아마 우리의 적인 칼뱅파 신교도들과 에스파냐 사람들과 음모를 꾸미러 왔겠지요."

"아냐, 분명히 그럴 리 없어! 슈브뢰즈 부인, 롱그빌 부인, 그리고 콩데 씨 일족과 공모하여 짐의 명예를 해치려고 왔을 거야!"

"아니, 폐하, 어찌 그런 생각을 하십니까! 왕비 마마는 너무나도 슬기로우시고 무엇보다도 폐하를 더없이 사랑하고 계시는

데 그럴 리 있겠습니까."

"여자는 약한 존재요, 추기경." 왕이 말했다. "왕비가 나를 깊이 사랑한다고 하지만, 그 사랑이 어떤 것인지에 대해서는 짐도 아는 바가 있소."

"그래도 역시 소신은 버킹엄 공작이 전적으로 정치적인 목적을 위해 파리에 왔다고 생각합니다." 추기경이 말했다.

"나도 그가 다른 일 때문에 왔다고 확신하오, 추기경. 그러나 만약 왕비가 떳떳하지 못하다면, 가만두지 않을 것이오!"

"사실 그 같은 배신은 생각만 해도 혐오스럽습니다." 추기경이 말했다. "그런데 폐하의 말씀을 들으니 소신도 생각나는 것이 있습니다. 다름이 아니오라 폐하의 분부로 여러 번 심문을 한 바 있었던 라누아 부인이 오늘 아침 소신에게 말한 것을 들어보면, 왕비 마마께서 간밤에 아주 늦게까지 주무시지 않았고, 오늘 아침엔 슬피 우셨으며, 하루 종일 뭔가 쓰고 계셨다 합니다."

"바로 그거야." 왕이 말했다. "아마 그에게 편지를 썼을 거야. 추기경, 왕비가 쓴 것을 꼭 손에 넣어야겠소."

"하지만 그걸 어떻게 빼내겠습니까, 폐하? 그러한 일은 소신은 물론 폐하께서도 하실 수 없을 듯합니다."

"당크르 원수 부인에게는 어떻게 했소?" 노여움이 최고조에 달한 왕이 외쳤다. "옷장을 뒤지고 마침내는 몸까지 뒤지지 않았던가!"

"당크르 부인이야 한낱 원수의 부인일 뿐이었습니다. 피렌체 출신의 요부에 불과했지요. 하지만 폐하의 존엄한 배우자이신 왕비 마마는 프랑스의 여왕이시고 세계에서 가장 위대한 왕녀

중의 한 분이십니다."

"그러니 더욱 죄가 크오, 추기경. 자신의 높은 지위를 잊었으니만큼 더 무거운 책임을 져야 하오. 게다가 나는 오래전부터 그 사소한 술책들, 정치와 연애 사건들을 모조리 끝장내려고 결심했소. 왕비는 또한 측근에 라 포르트라는 자를 두고……."

"솔직히 말씀드리자면, 그가 이 모든 사건의 주동 인물이라고 생각됩니다." 추기경이 말했다.

"그럼 추기경도 짐과 마찬가지로 왕비가 나를 속이고 있다고 생각하는가?" 왕이 말했다.

"거듭 말씀드립니다만, 소신은 왕비 마마께서 폐하의 권력에 대항할 음모를 꾸미고 있다고 생각합니다. 하지만 왕비께서 폐하의 명예를 훼손할 음모를 꾸미고 있다고 말씀드리지는 않았습니다."

"나는 양쪽 다라고 말하는 거요. 왕비는 짐을 사랑하지 않는다, 게다가 딴 사내를 사랑한다 그 말이오. 비열한 버킹엄 공작을 사랑하고 있다는 말이오! 그가 파리에 있는 동안 왜 그를 체포하지 않았소?"

"공작을 체포하라고요! 찰스 1세의 재상을 체포하라고요! 당치도 않은 말씀을 하십니다, 폐하! 무슨 큰일이 나라고요! 물론 소신은 아직까지도 그럴 리 없으리라 생각하고 있습니다만, 폐하의 의심에 만약 무슨 근거라도 있다면, 더더욱 무서운 소동이 벌어질 것입니다! 다시는 회복할 수 없을 추문이 퍼질 것입니다!"

"그러나 그가 건달처럼, 도둑놈처럼 얼쩡거리고 있으니, 그를 반드시……."

루이 13세가 스스로 말을 끊었다. 자신이 하려던 말이 스스로 생각하기에도 무서웠던 것이다. 한편 리슐리외는 목을 길게 빼고 그 말을 기다리고 있었으나, 그만 왕의 입술 위에서 멈춰버리고 말았던 것이다.

"그를 반드시 어떻게 해야 한단 말씀입니까?"

"아니오, 아무것도 아니오." 왕이 말했다. "그런데 파리에 있는 동안 그의 동정을 놓치지는 않았는가?"

"아닙니다."

"어디에서 머물렀지?"

"라 아르프 가 75번지였습니다."

"거기가 어딘가?"

"뤽상부르 근처입니다."

"왕비와 그가 만나지 않았다고 확신하오?"

"왕비 마마께서는 결코 의무를 저버리실 분이 아니라고 믿습니다, 폐하."

"그러나 그들은 서로 연락을 주고받았어. 왕비가 하루 종일 뭘 쓰고 있었다 했지. 그건 그에게 보낼 편지였을 거야. 추기경, 어떻게든 그 편지를 손에 넣어야겠는데!"

"하지만 폐하……."

"추기경, 어떤 대가를 치르더라도 그 편지를 입수하고 싶소."

"그렇지만 폐하께서 지키셔야 할 것이……."

"추기경마저도 짐을 배반하는 것인가? 그렇게 사사건건 짐의 뜻을 어기다니, 그대도 역시 에스파냐 사람들, 영국 사람들, 슈브뢰즈 부인, 그리고 왕비와 한통속인가?"

"폐하." 추기경이 한숨을 지으면서 대답했다. "소신이 이런 의심을 받으리라고는 꿈에도 생각지 못했습니다."

"추기경, 짐의 말을 듣지 않았소. 짐은 그 편지를 입수하고 싶단 말이오."

"한 가지 방법밖에 없을 것입니다."

"무슨 방법?"

"국새 담당관 세기에에게 그 임무를 맡기시는 것입니다. 그런 일은 전적으로 그의 소관 사항이니까요."

"지금 당장 불러주오!"

"소신의 집에 와 있을 것입니다. 들러달라고 기별을 해놓았고, 오면 기다리게 하라고 일러놓았습니다."

"당장 불러오게나!"

"폐하의 분부대로 거행하겠습니다. 그러하오나……."

"또 뭐요?"

"그러하오나 왕비 마마께서는 아마 받아들이지 않으실 겁니다."

"짐의 명령을?"

"그렇습니다. 폐하께서 내리신 명이라는 걸 모르신다면 말입니다."

"그렇다면 의심하지 않도록 짐이 몸소 가서 알려주겠소."

"폐하, 소신은 불화가 일어나지 않도록 최선을 다했음을 부디 잊지 말아주시기 바랍니다."

"알고 있소. 재상이 왕비에 대해 매우 관대한 건, 아니 어쩌면 지나치리만큼 관대하다는 건 짐도 알고 있소. 그 점에 관해서는 나중에 다시 이야기하도록 합시다."

"언제든지 폐하께서 원하실 때 이야기하도록 하겠습니다. 하지만 소신은 폐하와 왕비 마마 내외분 사이에 화목이 깃들기를 간절히 바랄 뿐 아니라 두 분의 화합을 위해서라면 이 한 몸이라도 바치는 것을 언제나 행복과 자랑으로 여기고 있습니다."

"고맙소, 추기경, 고맙소. 그건 그렇고 우선 국새 담당관을 불러오도록 하시오. 그동안 짐은 왕비에게 갔다 올 테니."

루이 13세가 샛문을 열고 왕비의 방으로 통하는 복도로 들어섰다.

왕비는 기토 부인, 사블레 부인, 몽바종 부인, 그리고 게메네 부인에 둘러싸여 있었다. 한쪽 구석에는 마드리드에서 데려온 에스파냐 시녀 도냐 에스테파니아가 있었다. 게메네 부인이 책을 읽고 있었는데, 모두들 열심히 귀를 기울였으나, 왕비만은 예외였다. 사실 책을 읽게 시킨 사람은 왕비였다. 왕비가 게메네 부인에게 책을 읽도록 시킨 것은 그동안 혼자 조용히 생각에 잠기기 위해서였다.

왕비의 생각은 눈부신 사랑의 추억으로 아롱져 있었다. 그래도 역시 서글픔을 씻을 길은 없었다. 왕비는 남편인 국왕의 신뢰를 잃었을 뿐 아니라 추기경의 증오에 시달리고 있었다. 왕비는 시어머니인 왕태후의 선례(先例)를 익히 목격했기 때문에, 추기경의 연정을 거절해 왔다. 추기경은 그것을 용서할 수 없었던 것이다. 당시의 기록을 믿는다면, 왕태후 마리 드 메디시스는 처음부터 추기경에게 애정을 허락했음에도 불구하고 평생 그의 증오에 고통을 받았다. 안느 왕비는 추기경의 그러한 애정을 늘 거절했다. 그런 까닭에 안느 왕비의 가장 충성스런 하인들, 가장 친근한 심복들, 가장 총애하는 신하들이 서서히 몰락해 갔다. 남에게 화를 끼치는 불길한 힘을 갖고 태어났다는 사람처럼, 왕비가 가까이하는 사람은 누구나 불행해졌다. 왕비가 베푸는 호의는 박해를 불러오는 불길한 신호였다. 슈브뢰즈 부인과 베르넬 부인은 추방되었고, 라 포르트까지도 언제 체포당할지 모른다는 걱정을 왕비에게 숨기지 않고 있는 형편이었다.

이렇게 왕비가 암담한 생각에 깊이 잠겨 있을 때 방문이 열리면서 왕이 들어왔다.

책을 읽던 부인이 즉시 낭독을 멈추었다. 부인들이 모두 자리에서 일어섰다. 방 안은 쥐 죽은 듯이 고요했다.

임금은 한마디 인사도 하지 않았다. 그저 왕비 앞으로 다가오더니 걸음을 멈추었다.

"부인, 국새 담당관이 찾아올 것이오." 왕이 여느 때와는 다른 목소리로 말했다. "어떤 용건을 전하러 올 터인데, 짐이 분부한 것이니 그리 아시오."

끊임없이 이혼과 추방, 그리고 심지어는 재판의 협박까지 받아온 불행한 왕비는 발그레한 볼 아래로 눈에 띄게 창백한 기운을 나타냈다. 그리고 이렇게 묻지 않을 수 없었다.

"무엇 때문에 방문하는 거죠? 국새 담당관이 저에게 무슨 말을 한단 말씀이십니까? 폐하께서 몸소 말씀해 주실 수는 없는지요?"

왕은 대답도 하지 않고 돌아섰다. 이와 거의 동시에 위병대장 기토가 국새 담당관의 도착을 알렸다.

국새 담당관이 나타났을 때, 왕은 이미 다른 쪽 문으로 나가 버리고 없었다.

국새 담당관은 반쯤 미소를 짓고 반쯤 얼굴을 붉히면서 들어왔다. 이 인물은 아마도 후에 다시 등장할 테니, 여기서 소개해

두는 것도 나쁘지 않을 것이다.

이 국새 담당관은 별난 사람이었다. 예전에 추기경의 시종이었던 노트르담 수도회원 데 로셰르 마슬이 매우 충실한 사람이라며 추기경 예하에게 천거했던 사람이다. 추기경은 그의 말을 믿었고, 그를 국새 담당관으로 임명한 것이 아주 잘한 일이라고 생각했다.

이 사람에 관해서는 몇 가지 이야기들이 사람들의 입에 오르내렸다. 특히 다음과 같은 이야기는 널리 퍼져 있었다.

그는 한마디로 파란만장한 젊은 시절을 보냈다. 그러다 나이가 좀 들자 적어도 얼마 동안만이라도 청년 시절의 터무니없는 행동을 속죄하기 위해 수도원에 들어갔다.

그러나 이 한심한 속죄자는 신성한 장소에 들어가면서 재빨리 문을 닫지 못했던 모양인지, 피하려던 정념이 따라 들어와버렸다. 수도원에서도 그는 정념 때문에 쉴 새 없이 번민했다. 마침내 이런 번민을 수도원장에게 털어놓았다. 수도원장은 유혹의 악마를 쫓기 위해 그에게 정념의 번민이 찾아들 때마다 힘껏 종을 치라고 권했다. 종소리가 들리면, 그가 유혹에 사로잡혀 있다는 것을 다른 사람들도 알게 될 테니, 수도원의 모든 수도승들이 그를 위해 기도를 올릴 것이라는 말이었다.

그는 훌륭한 조언이라고 생각했다. 그래서 수도승들이 올리는 기도의 힘으로 악령을 쫓기로 했다. 그러나 악마는 일단 진을 치면 쉽사리 떨어지지 않는 법이다. 마귀 쫓기에 힘을 쓰면 쓸수록 악마의 유혹은 더욱 강해졌다. 그래서 종은 밤낮으로 정신없이 울려대면서 속죄자를 고통스럽게 하는 극심한 욕망을 알려주었다.

결국 수도승들은 잠시도 휴식을 취할 수 없게 되어버렸다. 낮에는 예배당으로 통하는 계단을 오르내리기만 했고, 저녁 기도와 아침 기도 이외에도, 밤마다 스무 번이나 침대에서 뛰어내려 방바닥에 엎드리지 않을 수 없었다.

결국 악마가 포기하고 떠나버렸는지, 아니면 수도승들이 지쳐버렸는지 아무도 알지 못한다. 아무튼 석 달 후에 이 속죄자는 다시 속세에 나타났다. 악마에 들린 사람이라는 평판이 그를 따라다녔다.

그는 수도원에서 나와 법조계에 투신했다. 삼촌의 뒤를 이어 고등법원 수석 판사가 된 그는 추기경의 진영에 가담했다. 이는 그가 여간 영리하지 않다는 증거였다. 그 후 국새 담당관이 되어, 왕태후에 대한 추기경의 증오와 안느 왕비에 대한 추기경의 복수에 열성을 다했다. 샬레 사건에서는 판사들을 선동했고, 프랑스의 수렵 대장 라프마스의 여러 가지 시도를 지원해 주었다. 그리하여 추기경의 전폭적인 신임을 얻게 된 그는 이번에 마침내 이 야릇한 임무를 맡게 되었고, 이를 수행하기 위해 이렇게 왕비의 방에 나타난 것이다.

그가 들어갔을 때 왕비는 아직도 서 있었다. 그러나 그가 들어오는 모습을 보자 이내 안락의자에 다시 앉았다. 부인들에게도 모두 의자에 앉도록 손짓을 했다. 그러고는 준엄한 어조로 물었다.

"무슨 일이오? 무슨 목적으로 여기에 나타난 것이오?"

"국왕 폐하의 이름으로, 그리고 제가 왕비 마마께 바치는 충심을 담아, 황공하옵게도 왕비 마마의 서류를 조사하러 왔습니다."

"뭐라고! 내 서류를 조사한다고? 내 서류를! 이 무슨 무엄한 짓인가!"

"제발 용서하여 주십시오. 소신은 폐하의 심부름꾼에 불과합니다. 이렇게 소신이 온 것에 대해서는 방금 폐하께서 몸소 해명하셨지 않습니까?"

"그럼 뒤져보시오. 내가 죄인이라도 되는 모양이군. 에스테파니아, 내 탁자와 책상의 열쇠를 내주어라."

국새 담당관이 격식에 맞춰 가구 속을 조사해 보았다. 그러나 그로서도 왕비가 그날 쓴 중요한 편지를 가구 속에 넣어둘 리가 만무하다는 것을 잘 알고 있었다.

국새 담당관은 책상 서랍을 수십 번이나 열었다 닫았다 하고서는 마침내, 물론 그가 좀 망설이지 않은 건 아니었으나, 어쨌든 마침내 왕비의 몸을 뒤지지 않을 수 없었다. 따라서 국새 담당관은 안느 왕비에게 다가가, 매우 난처한 듯한 어조로 말했다.

"자, 이제 중요한 조사만 남아 있습니다."

"어떤 조사요?" 왕비가 물었다. 왕비는 국새 담당관의 이 말이 무슨 뜻인지 이해하지 못했다. 더 정확히 말하자면 이해하고 싶지 않았다.

"폐하께서는 오늘 왕비 마마께서 편지 한 통을 쓰셨다는 것을 알고 계십니다. 또한 그 편지가 아직 발송되지 않았다는 것도 알고 계십니다. 그 편지가 왕비 마마의 탁자 속에도 책상 속에도 보이지 않습니다만, 그래도 어딘가에는 있을 것입니다."

"왕비인 나에게 감히 손을 대겠다는 건가?" 안느 왕비는 자리에서 벌떡 일어나 국새 담당관을 노려보면서 말했다.

"저는 폐하의 충실한 신하입니다. 폐하께서 명하시는 것은 무엇이든 집행할 것입니다."

"그렇군요." 안느 왕비가 말했다. "추기경의 염탐꾼들이 제법 잘 해냈군요. 나는 오늘 편지를 한 통 썼소. 그리고 아직 보내지 않았소. 바로 여기 있소."

왕비가 아름다운 손을 가슴에 댔다.

"그럼 편지를 이리 주십시오, 마마." 국새 담당관이 말했다.

"폐하 말고는 누구에게도 줄 수 없소." 왕비가 말했다.

"만약 폐하께서 몸소 그것을 건네받고 싶으셨다면, 폐하께서 직접 왕비 마마께 달라고 하셨을 것입니다. 그러나 거듭 말씀드립니다만, 폐하께서는 소신에게 그 편지를 받아오도록 분부하셨습니다. 그러하오니 만약에 편지를 주시지 않는다면……."

"그럼 어쩔 셈이오?"

"아무튼 받아내는 것이 소신의 임무입니다."

"아니, 무슨 뜻이오?"

"소신이 받은 명령은 아무리 심각한 결과를 초래할지라도 수행해야 합니다. 왕비 마마의 옥체를 조사해서라도 수상한 서류를 찾아오라는 허락을 받았습니다."

"망측하구나!" 왕비가 외쳤다.

"그러하오니 순순히 응해 주시기 바랍니다, 마마."

"그런 행위는 파렴치한 폭행이오. 알고 있소?"

"폐하의 명이옵니다. 용서하여 주십시오."

"안 돼, 그럴 순 없어. 그런 일을 당하느니 차라리 죽어버리겠소." 왕비가 외쳤다. 왕비의 몸속에서 에스파냐인과 오스트리아인의 피가 맹렬히 끓어올랐다.

국새 담당관은 왕비에게 깍듯이 절을 했다. 그러나 맡은 직책을 수행하는 데에서는 한 발짝도 물러서지 않겠다는 결심을 뚜렷이 내보였다. 마치 취조실의 형리와도 같은 자세로 안느 왕비에게 다가섰다. 그 순간 왕비의 눈에서는 분노의 눈물이 솟구쳤다.

이미 말했듯이, 왕비는 이만저만 미인이 아니었다.

그러므로 이런 임무는 미묘한 것일 수 있었다. 왕은 버킹엄에 대한 질투 때문에 다른 사람을 경계하는 것은 아예 생각지도 못했던 것이다.

국새 담당관 세기에는 그때 아마 예의 그 종의 줄을 눈으로 찾았을 것이다. 그러나 줄이 보이지 않았으므로, 유혹을 피할 수 없는 것으로 받아들였다. 그리고 조금 전에 왕비가 편지가 있다고 자백한 가슴으로 손을 뻗쳤다.

안느 왕비는 금방이라도 죽을 것처럼 새파래진 얼굴로 한 걸음 뒤로 물러섰다. 그러고는 쓰러지지 않으려고 뒤에 있는 탁자에 왼손을 짚었고 오른손으로는 가슴에서 편지를 꺼내어 국새 담당관에게 내밀었다.

"자, 여기 있소, 편지." 왕비가 떨리는 목소리로 토막토막 외쳤다. "받아요, 그리고 어서 나가요, 가증스러운 꼴 더 이상 보고 싶지 않소."

국새 담당관 쪽에서도 쉽게 이해할 수 있는 흥분으로 몸이 떨렸다. 그는 얼른 편지를 받아들고는 코가 땅에 닿도록 절을 하고는 물러났다.

문이 다시 닫히자마자, 왕비는 시녀들의 품 안으로 까무러치다시피 쓰러졌다.

국새 담당관은 한 글자도 읽지 않고 왕에게 편지를 갖다 바쳤다. 왕은 떨리는 손으로 편지를 받아들었다. 봉투에서 수취인의 이름을 찾았으나 보이지 않자 얼굴이 새파랗게 질렸다. 천천히 봉투를 뜯었다. 첫머리를 읽어보았다. 에스파냐 국왕에게 보내는 편지였다. 급히 읽어나갔다.

편지는 추기경에 대한 공격 일색이었다. 왕비가 자신의 아우와 오스트리아 황제에게 추기경의 파면을 요구하라고 권유하는 내용이었다. 리슐리외가 끊임없이 오스트리아 왕가의 쇠망(衰亡)을 꾀하고 있는 만큼, 리슐리외의 정책에 격분하고 있다는 구실로 프랑스에 선전 포고를 하는 척하여, 프랑스 왕에게 강화 조건으로 추기경의 파면을 요구하라는 것이었다. 그러나 사랑에 관한 이야기는 일언반구도 없었다.

무척 기분이 좋아진 왕은 추기경이 아직 궁중에 있는지 알아보았다. 추기경이 서재에서 폐하의 명령을 기다리고 있다는 보고가 올라왔다.

왕은 곧장 추기경에게 갔다.

"자, 추기경." 왕이 말했다. "그대의 말이 옳았소. 짐의 생각이 틀렸어. 온통 정치에만 관련된 음모였소. 이 편지에서 사랑은 전혀 문제되고 있지 않소. 자, 보시오. 대신 그대가 문제에 연루되어 있소."

추기경이 편지를 받아들고 주의 깊게 읽었다. 끝까지 읽고는 다시 한 번 읽었다.

"이것 보십시오, 폐하." 그가 말했다. "보시다시피 소신의 적들이 이렇게까지 나오고 있습니다. 폐하께서 소신을 파면하시지 않으면 두 나라에서 전쟁을 불사하겠다고 위협하는 판입니다. 소신이 폐하의 입장이라면, 사실 이토록 강력한 요청에 굴복하고 말 것입니다. 그리고 소신으로서도 이제 그만 나랏일에서 물러날 수 있다면 정말 기쁘겠습니다."

"그게 무슨 말이오, 공작?"

"소신은 이러한 끊임없는 싸움과, 끝날 줄 모르는 사건들 때문에 건강이 나빠져가고 있습니다. 아무리 생각해 보아도 소신은 라 로셸 공격이라는 중차대한 임무를 견뎌낼 수 없을 듯합니다. 이 일에는 저보다 오히려 콩데 씨나 바송피에르 씨, 아니면 전쟁을 수행할 힘이 있는 다른 용감한 인사를 임명하시는 편이 낫지 않을까 합니다. 저는 본래 성직자의 몸으로서 계속 본분에서 벗어나 능력에도 어울리지 않는 일에 종사하고 있습니다. 소신 같은 사람을 쓰시지 않는 것이 국내적으로는 폐하를 더욱 행복하게 할 것이고, 대외적으로는 폐하의 위신을 더욱 높이는 길이라는 것을 저는 굳게 믿고 있습니다."

"이해하오, 공작." 왕이 말했다. "걱정하지 마시오. 이 편지에 이름이 올라 있는 사람들은 응분의 처벌을 받을 것이오. 물론 여기에는 왕비도 포함될 것이오."

"폐하, 그게 무슨 말씀입니까? 저는 다만 왕비 마마께서 소신에게 조금이라도 불만을 품지 않으시도록 하느님께 빌 뿐입니다! 폐하께서도 인정하고 계시다시피, 소신은 폐하의 비위를 거슬러가면서까지도 항상 왕비 마마를 진심으로 옹호해 드리고 있습니다. 그럼에도 불구하고 왕비 마마께서는 항상 소신을 적으로 여기고 계시는 터입니다. 만약 왕비 마마께서 폐하의 명예를 훼손하셨다면 이야기는 다릅니다. 그럴 경우라면 소신이 누구보다도 먼저 '용서하실 것 없습니다, 폐하. 죄인에게 용서를 베풀지 마십시오.'라고 말씀드릴 것입니다. 그러나 다행히도 그렇지 않습니다. 폐하께서는 지금 또다시 증거를 입수하시지 않았습니까?"

"사실 그렇소, 추기경." 왕이 말했다. "언제나 그렇듯이 그대가 옳았소. 그래도 짐은 왕비에 대해 화가 풀리지 않소."

"오히려 폐하께서 왕비 마마의 화를 돋우지 않으셨습니까? 사실, 왕비 마마께서 진정으로 폐하를 원망하신다 하더라도 소신은 이해할 것입니다. 왜냐하면 폐하께서는 왕비 마마께 너무 가혹하게 대하셨기 때문입니다!"

"짐의 적과 그대의 적에 대해서는 언제나 그렇게 대할 생각이오. 그들이 아무리 높은 지위에 있건, 짐이 어떤 위험을 무릅쓰더라도 엄하게 대할 것이오."

"왕비 마마로 말씀드리자면 소신에게는 적이겠지만 폐하께는 적이 아니십니다. 도리어 성실하고 온순하시며 조금도 탓할 데가 없는 왕비이십니다. 그러하오니 소신이 가운데서 두 분 사이를 중재하게 해주십시오."

"그러하다면 왕비가 머리를 숙이도록, 왕비가 먼저 짐에게 돌아오도록 하시오!"

"그렇지 않습니다. 폐하께서 먼저 모범을 보이셔야 합니다. 폐하께서 먼저 잘못하신 겁니다. 왜냐하면 왕비 마마를 의심하셨으니까요."

"짐이 먼저 왕비에게 돌아가야 한다고?" 왕이 말했다. "천만에!"

"폐하, 제발 그렇게 하여주십시오."

"게다가 어떻게 짐이 먼저 왕비에게 돌아간단 말이오?"

"왕비 마마의 환심을 사실 수 있는 일을 해주셨으면 합니다."

"어떤 일을?"

"무도회를 베풀어주십시오. 왕비 마마께서 무도를 좋아하신다는 것은 폐하께서도 잘 알고 계십니다. 폐하께서 그와 같은 마음을 보이신다면, 왕비 마마의 원망도 틀림없이 풀어질 것입니다."

"하지만 추기경, 짐이 사교적인 오락을 전혀 즐기지 않는다는 건 그대도 잘 알고 있을 텐데."

"폐하께서 오락을 싫어하신다는 걸 왕비 마마께서도 아시기 때문에 그만큼 더 폐하께 감사하실 것입니다. 더군다나 왕비 마마로서는 그 아름다운 다이아몬드 장식끈을 달 수 있는 기회도 되지 않겠습니까. 폐하께서 일전에 그것을 왕비 마마의 생일 선물로 선사하셨는데 아직 달아보실 기회가 없었으니까요."

"생각해 봅시다, 추기경, 좀 두고 봅시다." 왕이 말했다. 왕은 왕비의 죄가 자기로서는 별로 걱정이 안 되는 일인 데다 자신이 매우 두려워하던 문제에 관해 왕비가 무고하다는 것을 확인했기 때문에, 속으로 무척 기뻐하고 있었고 이미 왕비와 화해할 생각이었다. "나중에 생각해 봅시다. 그나저나 추기경은 정말 너무나도 관대하군."

"폐하," 추기경이 말했다. "준엄함은 대신들에게 맡겨두십시오. 관대함은 군주의 덕이오니, 폐하께서는 관용을 베푸시는 것이 좋습니다. 그러시면 반드시 평안해지실 것입니다."

그때 벽시계가 11시를 쳤다. 이에 추기경은 왕에게 깊이 머리를 숙여 절을 하고 그만 물러가겠노라 허락을 구하면서, 한 번 더 왕비와 화해할 것을 간청했다.

한편 안느 왕비는 편지를 몰수당한 뒤 무슨 꾸지람이 내리지나 않을까 노심초사하고 있었다. 그런데 이튿날 왕이 화해의 움직임을 내보이자 적잖이 놀랐다. 처음에는 왕비도 반감을 보였다. 여자로서의 자존심과 왕비로서의 위신이 모두 무참하게 짓밟혔기 때문에, 단번에 마음이 돌아서기는 어려웠다. 그러나 주위 시녀들의 조언을 듣고는 마침내 다 잊어버리는 듯했다. 왕은 왕비의 이런 변화를 재빨리 포착하여 지체 없이 축제를 열어주겠다고 말했다.

가련한 안느 왕비에게 축제는 너무나 드문 일이었다. 그래서 축제 개최의 의사를 통고받자 마음속은 몰라도 적어도 얼굴에서는, 추기경의 짐작대로 원망하는 기색이 싹 가셨다. 왕비는 왕에게 축제를 언제 열겠느냐고 물었으나, 왕은 추기경과 의논해야 한다고 답했다.

실제로 왕은 추기경에게 축제를 언제나 열면 좋겠느냐고 날마다 물었다. 그럴 때마다 추기경은 어떻게든 핑계를 대면서 날짜 정하기를 미루었다.

이렇게 열흘이 지나갔다.

이러저러한 사건이 벌어진 지 여드레째 되는 날, 추기경은 런던의 소인이 찍혀 있는 편지 한 통을 받았다. 편지의 내용은 몇 줄에 불과했다.

　그것을 입수했습니다. 현재 돈이 부족하여 런던을 떠날 수 없습니다. 500피스톨만 보내주십시오. 돈이 도착하면 네댓새 후에 파리에 도착할 것입니다.

추기경이 이 편지를 받은 날도 왕은 그 질문을 되풀이했다.

리슐리외는 손을 꼽아 보면서 낮은 목소리로 혼자 중얼거렸다.

"돈을 받은 후 네댓새면 도착한다고 했겠다. 돈이 전해지는 데 네댓새, 그 여자가 파리로 돌아오는 데 네댓새, 모두 열흘이 걸리는 셈이군. 게다가 해상의 역풍(逆風) 같은 뜻하지 않은 일이 생길지도 모르고 또 여자라는 약점도 있고 하니, 열이틀 후로 잡아두자."

"자, 추기경." 왕이 말했다. "계산을 마쳤소?"

"예, 폐하. 오늘이 9월 20일입니다. 시의 행정관들에게 10월 3일에 축제를 열도록 하겠습니다. 이런 식으로 축제를 열면 폐하의 고민이 훌륭하게 해결될 것입니다. 폐하께서 왕비 마마를 기쁘게 해주려 한다는 인상을 주지 않을 테니까요."

그리고 나서 추기경이 덧붙였다.

"그런데 폐하, 다이아몬드 장식끈이 왕비 마마에게 얼마나 잘 어울리는지 보고 싶으시다는 말씀을 축제 전날 왕비 마마께 잊지 말고 하시기 바랍니다."

보나시외 부부

추기경이 왕에게 다이아몬드 장식끈을 언급한 것은 이번이 두 번째였다. 그래서 루이 13세는 그가 왜 이렇게 강조할까 의아스러웠다. 이 권고에 무슨 이유가 있으리라고 생각했다.

추기경이 장악하고 있는 경찰은 아직 현대의 경찰 제도처럼 완전하지는 못했지만, 그래도 썩 훌륭한 편이었다. 그래서 추기경은 왕의 부부 사이에서 일어나는 일을 왕보다도 더 잘 알고 있었기 때문에 왕이 무안한 꼴을 당한 것도 여러 번이었다. 그러므로 왕은 안느 왕비와 이야기를 해서 다이아몬드 장식끈에 얽힌 비밀이 무엇인지 알아내고 싶었다. 그것을 손에 쥐고 추기경에게 응수할 수 있다면, 추기경이 그 비밀을 알든 모르든, 그 앞에서 위신을 크게 높일 수 있으리라 생각했다.

왕은 이런 생각으로 왕비를 만나러 갔다. 여느 때와 다름없이 왕비 측근의 사람들에게 자꾸만 으름장을 놓으면서 왕비에게 다가갔다. 안느 왕비가 고개를 숙였다. 저러다가 끝나겠지 생각하며 대꾸도 하지 않고 왕의 격한 언동을 가만히 내버려두었다. 그러나 루이 13세는 왕비의 다소곳한 반응을 기대한 것이 아니었다. 시비를 걸어 뭔가 비밀을 알아내고 싶었다. 추기경에게 무슨 속셈이 있다고, 이제까지도 곧잘 그랬듯이 이번에도 깜짝 놀랄 만한 어떤 일을 꾸미고 있다고 확신했기 때문이다. 왕비에게 끈덕지게 비난을 퍼붓던 왕은 마침내 그 목적을 달성했다.

왕비가 참다 못해 외쳤다. 이렇게 비난을 받는 영문을 알 수 없었기 때문이다. "하지만 폐하께서는 저에게 속마음을 숨기고 계세요. 대체 제가 뭘 잘못했다고 그러시는 거죠? 도대체 제가 무슨 죄를 저질렀단 말씀인가요? 제가 동생에게 쓴 그까짓 편지 한 장 때문에 그렇게 나무라시는 건 아니라고 생각하는데요."

왕은 이렇게 직접적인 역습을 당하고 보니 뭐라고 대답해야 좋을지 몰랐다. 그러자 축제 전날에 말하려던 것을 바로 지금 하는 게 좋겠다는 생각이 떠올랐다.

"부인." 왕이 위엄 있게 말했다. "머지않아 시청에서 무도회가 열릴 것이오. 우리의 성실한 행정관들에게 영광이 되도록 부인은 예복 차림으로 참석해 주기 바라오. 그리고 생일 선물로 짐이 선사한 다이아몬드 장식끈을 꼭 달도록 하오. 이것이 나의 대답이오."

끔찍한 대답이었다. 안느 왕비는 루이 13세가 모든 것을 알고 있으면서 일주일 가까이나 모른 체하고 있던 것은 그의 성격 탓이기도 하지만, 그보다는 추기경이 그렇게 권했을 것이 틀림없다고 생각했다. 왕비는 새파랗게 얼굴이 질렸다. 탁자를 짚는 아름다운 손은 마치 양초처럼 창백해졌다. 왕비는 겁에 질린 눈으로 왕을 바라볼 뿐 한마디 대답도 하지 못했다.

"알아들었소, 부인?" 왕이 말했다. 그는 왕비가 무척 당혹스러워 하는 모습에 고소를 참을 수 없었다. 그러나 그 이유는 여전히 짐작할 수 없었다. "알겠소?"

"예, 알겠습니다." 왕비가 더듬거렸다.

"무도회에 참석하겠지?"

"예."

"그 장식끈을 달고?"

"예."

왕비의 얼굴이 더없이 창백해졌다. 왕은 왕비의 창백한 얼굴을 만족스럽다는 듯이 바라보았다. 그의 나쁜 성격인 차가운 잔혹성이 발휘된 것이었다.

"그럼, 그렇게 합시다." 왕이 말했다. "이제 할 말은 다 한 셈이군."

"그런데 무도회는 언제 열리죠?" 안느 왕비가 물었다.

루이 13세는 본능적으로 이 질문에 대답해서는 안 된다고 느꼈다. 질문을 하는 왕비의 목소리가 거의 죽어가는 것만 같았기 때문이다.

"곧 열릴 예정인데……." 왕이 말했다. "날짜는 잘 생각이 안 나는군. 추기경에게 물어보겠소."

"그렇다면 이 축제를 폐하께 건의드린 사람은 추기경이군요?"

"그렇소." 왕이 놀라 대답했다. "그런데 그건 왜 묻지?"

"그 장식끈을 달고 나오게 하라고 폐하께 여쭌 것도 그럼 추기경이겠군요?"

"말하자면, 부인……."

"틀림없어요, 추기경이 틀림없어요!"

"그거야 그가 말했으면 어떻고, 내가 말했으면 어떻소. 그렇게 권한 것이 무슨 죄라도 되는 것인가?"

"아닙니다, 폐하."

"그러면 나와주겠소?"

"예."

"좋아." 왕이 물러가면서 말했다. "됐어, 그렇게 알고 있겠소."

왕비는 허리를 낮추어 절을 했다. 예절을 지키려 했기 때문이 아니라 무릎에 힘이 빠져버렸기 때문이다.

왕은 기쁜 마음으로 방에서 나갔다.

"아! 큰일 났구나." 왕비가 중얼거렸다. "일을 그르쳤어. 추기경이 모든 것을 다 알고 있어. 그가 폐하를 부추기고 있는 거야. 폐하는 아직 아무것도 모르고 계시지만, 머지않아 다 아시게 되겠지. 난 끝났어! 세상에, 이걸 어떡한다지!"

왕비는 의자 위로 쓰러지더니 바르르 떨리는 손에 얼굴을 파묻고 기도를 드렸다.

사실 왕비는 딱한 처지였다. 버킹엄은 이미 런던에 돌아가 있었고, 슈브뢰즈 부인은 투르에 있었다. 왕비는 어느 때보다도 더 삼엄한 감시를 받고 있었다. 누구라고 딱 꼬집어 말할 수는 없었지만, 왠지 시녀들 중 하나가 자기를 배신했다는 느낌이 들었다. 라 포르트는 루브르 궁을 떠날 수 없었다. 이 세상에 믿을 만한 사람이 하나도 없었다.

왕비는 닥쳐오는 불행 앞에 홀로 버려진 듯한 외로움으로 느끼기 시작했다.

"소인이 왕비 마마를 조금이라도 도울 수 없겠습니까?" 별안간 동정에 넘치는 다정스런 목소리가 들려왔다.

왕비가 얼른 돌아보았다. 목소리의 어조로 보아 그 주인공은 의심할 여지 없이 자신에게 우호적인 사람임이 분명했다.

과연 왕비의 거실로 통하는 문 앞에 나타난 사람은 아리따운 보나시외 부인이었다. 왕이 들어왔을 때는 옆방에서 의복과 내의를 정돈하고 있었던지라 나가지도 못하고 왕과 왕비가 나누는 대화를 모두 들었다.

왕비는 뜻하지 않게 비참한 모습을 남의 눈에 들켰기 때문에 얼떨결에 고함을 꽥 질렀다. 너무나 심란했던 나머지 처음에는 라 포르트의 추천으로 시중을 드는 젊은 여인이라는 것을 알아보지 못했던 것이다.

"마마, 조금도 두려워하지 마십시오." 젊은 여인이 두 손을 마주 잡고 덩달아 눈물을 흘리면서 말했다. "저는 몸도 마음도 마마께 바치고 있어요. 아무리 마마로부터 멀리 떨어져 있고 아무리 보잘것없는 위치에 있다 할지라도, 마마를 고통에서 구할 수단을 찾아냈다고 생각합니다."

"이럴 수가! 난 누구라고, 너로구나!" 왕비가 외쳤다. "어디 봐, 자, 나를 똑바로 바라봐. 나는 지금 사방에서 배신을 당하고 있어. 너를 믿을 수 있을까?"

"마마!" 젊은 여인이 무릎을 꿇으면서 외쳤다. "마마를 위해서라면 저는 진정 언제라도 목숨을 버릴 각오를 하고 있습니다!"

그녀의 부르짖음은 마음속 밑바닥에서부터 솟아나오는 소리였다. 그리고 처음의 목소리와 다름이 없었다. 오해할 여지가 없었다.

"그렇습니다, 여기에는 배신자가 많습니다." 보나시외 부인이 말을 이었다. "하오나 맹세코 저는 어느 누구 못지않게 마마께 충성을 다 바치고 있다고 장담할 수 있습니다. 폐하께서 말씀하신 그 장식끈은 마마께서 버킹엄 공작님께 드린 것이 아닌가요? 공작님이 옆구리에 끼고 계셨던 작은 장미목 상자 속에 들어 있었지요? 소녀가 잘못 알고 있나요? 그렇지 않나요?"

"오! 맙소사! 맙소사! 이걸 어쩌면 좋담!" 왕비가 중얼거렸다. 두려움 때문에 이가 덜덜 떨리고 있었다.

"어떻게 해서든지 그 장식끈을 찾아와야죠."

"그야 물론이지. 그러지 않으면 안 돼!" 왕비가 외쳤다. "하지만 어떻게 하지? 어떻게 그럴 수 있을까?"

"공작님께 누군가를 보내야지요."

"하지만 누구를? 누구를 보낸단 말이냐? 내가 누구를 믿을 수 있을까?"

"저를 믿어주세요, 마마. 저에게 그 일을 맡겨주세요. 꼭 심부름꾼을 찾아내겠습니다!"

"하지만 편지를 가져가지 않으면 안 될 거야!"

"정말 그렇군요! 왕비님의 편지가 없어서는 안 되겠어요. 왕비님께서 직접 한마디를 쓰시고 도장만 찍으시면 돼요."

"하지만 발각이 나는 날엔 나는 벌을 받아. 이혼은 물론이거니와 추방까지 당하고 말 거야!"

"물론 적에게 잡히면 그렇게 되겠지요! 왕비님의 편지는 공작님에게만 전달되도록 해야 합니다."

"이걸 어쩐담! 그렇다면 내 생명도 명예도 송두리째 너의 손에 맡기는 셈인데!"

"그렇습니다, 그럴 수밖에 없어요. 하지만 모두 무사히 지켜 드리겠습니다!"

"하지만 어떻게 할 생각인지, 그것만이라도 말해 보아라."

"제 남편이 사나흘 전에 석방이 됐습니다. 아직 만나볼 겨를이 없었지만, 그는 이 세상에 특별히 미워하는 사람도 없고 좋아하는 사람도 없는 정직한 호인입니다. 제가 바라는 일이면 무슨 짓이든 할 사람이니까, 제가 시키는 대로 사연도 모르고 마마의 편지라는 것도 모른 채 가지고 가서 주소대로 전해 줄 것입니다."

왕비는 감격하여 젊은 여인의 두 손을 덥석 잡더니 마치 마음속을 읽어보기라도 하려는 듯이 얼굴을 바라보았다. 아름다운 눈 속에 호의 아닌 다른 것은 아무것도 없다는 것을 알아보고는 정답게 입을 맞추었다.

"그럼 그렇게 하여라." 왕비가 외쳤다. "어쩌면 네가 내 생명을, 내 명예를 구해 줄지도 몰라!"

"과분하신 말씀입니다. 마마를 도와드릴 수만 있다면 얼마나 기쁘겠습니까. 하지만 제가 마마를 구해 드린다는 건 당치도 않은 말씀이세요. 마마께서는 그저 더러운 배신자들의 희생자일 뿐이시니까요."

"아무렴! 그렇지, 너의 말이 옳다."

"그럼 어서 편지를 주십시오, 마마. 빨리 서둘러야 할 것입니다."

왕비는 잉크와 종이와 펜이 놓인 조그만 탁자 쪽으로 달려가 편지를 두어 줄 쓴 뒤 도장으로 봉하고는 보나시외 부인에게 건네주었다.

"이제 생각이 났는데, 꼭 필요한 것이 있어." 왕비가 말했다. "그걸 잊고 있었네."

"무엇입니까?"

"돈 말이야."

보나시외 부인이 얼굴을 붉혔다.

"참 그렇군요." 그 여자가 말했다. "솔직히 말씀드리자면, 저의 남편은……."

"돈이 없다는 말이지."

"아닙니다. 돈은 많은데, 지독한 구두쇠예요. 이것이 그의 결점이지요. 하지만 마마께선 아무 걱정 마십시오. 어떻게든지 마련해 볼 테니까요."

"사실 나도 돈이 없어." 하고 왕비가 말했다. 모트빌 부인의 회고록을 읽은 사람이라면 이 대답을 이상하게 생각하지 않을 것이다. "하지만 잠깐 기다려봐."

안느 왕비가 보석 상자 쪽으로 달려갔다.

"자, 이 반지를 받아, 값비싼 물건이라고 하더라. 내 동생인 에스파냐 국왕이 준 거야. 내 것이니까 내가 마음대로 처분할 수 있어. 이 반지를 가져다 돈으로 바꾸어, 너의 남편을 보내도록 해라."

"한 시간 후에 분부대로 거행하겠습니다."

"주소를 봐. 이게 보낼 곳이야." 왕비가 들릴락 말락 한 낮은 목소리로 덧붙였다. "런던의 버킹엄 공작 앞으로."

"공작님 본인께 분명히 전달될 것입니다."

"기특한 아이로구나!" 안느 왕비가 외쳤다.

보나시외 부인은 왕비의 손에 입을 맞추더니 편지를 품 안에 감추고는 새처럼 사뿐히 사라졌다.

그로부터 십 분 후에 집에 돌아왔다. 왕비에게 말한 바와 같이, 석방된 남편을 아직 만나보지 못했기 때문에 추기경에 대한 남편의 생각이 달라진 것을 모르고 있었다. 보나시외는 추기경의 돈과 달콤한 말에 흔들리기 시작한 데다 그 후 로슈포르 백작이 두세 번이나 찾아와 꽤 친해지는 바람에, 완전히 생각을 달리 하게 되었다. 로슈포르는 무슨 나쁜 의도로 아내를 납치한 것이 아니라 오직 정치적인 배려에서 그랬을 뿐이라는 말을 그에게 쉽사리 믿게 할 수 있었다.

그녀가 돌아와 보니, 보나시외는 혼자 집에 있으면서 방 안을 정리하느라고 진땀을 빼고 있었다. 지나간 뒤에 자취를 남기지 않는 것으로 솔로몬 왕이 든 세 가지 중에 사법은 포함되어 있지 않듯이, 그 사건이 일어난 뒤 가구는 거의 다 부서지고 장롱은 거의 텅텅 비어 있었다. 하녀는 주인이 체포되었을 때 줄행랑을 놓아버렸다. 가엾게도 어찌나 겁을 먹었는지, 파리에서 고향인 부르고뉴까지 줄곧 걸어갔을 정도였다.

보나시외는 석방되어 집에 돌아오자마자 아내에게 무사히 돌아온 것을 알렸다. 그래서 아내는 우선 기쁘다는 말을 전했으며, 지금은 일 때문에 바쁘니 틈나는 대로 곧장 돌아와 만나겠노라고 대답해 두었다.

석방된 남편을 처음으로 만난 것은 닷새나 지난 뒤였다. 여느 때 같으면 보나시외 영감에게는 따분하기만 했을 시간이었다. 그러나 이번에는 추기경을 찾아가기도 하고 로슈포르가 찾아오기도 했기 때문에, 생각할 거리가 듬뿍 있었다. 누구나 그렇듯이 이 궁리 저 궁리 할 때 시간이 빨리 지나가는 법이다.

더군다나 보나시외의 생각은 모두 장밋빛이었다. 로슈포르가 그를 친구라고 불러주었고, 추기경이 보나시외에게 큰 관심을 갖고 있다고 늘 말했기 때문이다. 이 상인은 자신이 이미 출세의 길에 들어섰다고 생각했다.

한편 보나시외 부인에게도 고민이 있었다. 그러나 야심과는 전혀 관계 없는 일이라고 말해야 한다. 그녀의 생각은 자신에게 홀딱 빠진 듯한 그 용감한 미남자에게로, 자신도 모르는 사이에 끊임없이 향하곤 했다. 열여덟 살 때 보나시외와 결혼한 이래, 주위에 남자라고는 남편의 친구들이 전부였다. 그들 중에는 이 젊은 여인에게 어떤 연정을 불러일으킬 만큼 멋진 사람이 없었다. 그래서 보나시외 부인은 지저분한 유혹에 끌린 적이 없었다. 그러나 다르타냥은 귀족이었다. 특히 이 시대에는 귀족이라는 칭호가 평민에게 대단한 영향을 미쳤다. 게다가 그는 근위대 제복을 입고 있었다. 근위대원은 총사대원 다음으로 여자들에게 인기가 있었다. 했던 말을 또 하는 셈이겠지만, 다르타냥은 아름답고 대담한 젊은이였다. 여자를 사랑하고 여자로부터 몹시 사랑받고 싶어하는 남자로서 사랑을 말하곤 했다. 이만하면 스물세 살의 여자를 유혹하고도 남을 텐데, 보나시외 부인은 바로 그 행복한 나이였다.

따라서 두 부부는 일주일 이상이나 만나지 못했고, 더구나 그 일주일 동안 그들 사이에 심각한 사건들이 일어났음에도 불구하고, 서로 딴생각을 하면서 만났다. 그래도 보나시외는 기쁨을 감추지 못하고 양팔을 벌려 아내를 맞았다. 보나시외 부인은 그에게 볼을 내준 다음 대뜸 입을 열었다.

"이야기 좀 해요."

"뭔데?" 보나시외가 놀라서 말했다.

"아주 중요한 일이 있어요."

"사실은 나도 꽤 심각하게 물어볼 것이 있어. 당신이 납치당했을 때 상황을 좀 설명해 주지 않겠어?"

"지금은 그런 이야기를 할 때가 아니에요." 보나시외 부인이 말했다.

"그럼 무슨 일인데? 내가 잡혀간 일 말이야?"

"그 이야기는 이미 그날 들었어요. 그러나 당신은 아무 죄도 저지르지 않았고 무슨 음모의 공모자도 아니었는 데다, 당신 자신에게나 남에게 화를 끼칠 만한 일을 알고 있을 리도 만무해서 저는 별로 걱정하지 않았어요."

"당신은 참 편할 대로만 말하는군!" 보나시외는 아내의 무심한 태도에 기분이 상했다. "내가 온종일 꼬박 바스티유의 토굴 감방 속에 갇혀 있었다는 거 알아?"

"하루쯤은 이내 지나가 버려요. 당신이 잡혀갔던 이야기는 그쯤 해두고, 어째서 제가 돌아왔는지나 이야기할게요."

"뭐라고? 어째서 돌아왔는지라고! 그럼 일주일이나 헤어져 있던 남편을 보고 싶어서 돌아온 게 아니란 말이야?" 보나시외가 화를 벌컥 내며 말했다.

"그게 첫 번째 이유이긴 해요. 그렇지만 다른 일이 있어요."

"이야기해 봐!"

"아주 중요한 일이라 어쩌면 우리의 장래가 모두 달려 있을

지도 몰라요."

"요전에 당신과 헤어지고 난 뒤 우리의 운명은 이미 달라져 버렸어. 몇 달 안으로 우리를 부러워하는 사람이 많아진다 해도 조금도 이상한 일은 아닐걸."

"그래요, 지금부터 제가 당신에게 시키는 일을 해주신다면 더욱더 그렇게 될 거예요."

"나한테 말이야?"

"그래요, 당신한테요. 훌륭하고 신성한 일인 데다가 돈벌이도 톡톡히 되는 일이거든요."

보나시외 부인은 돈 이야기가 바로 남편이 약한 부분이라는 것을 잘 알고 있었다. 그러나 아무리 하찮은 상인일지라도 리슐리외 추기경과 십 분이라도 대화를 나누고 나면 이미 전과는 다른 사람이 되게 마련이다.

"돈벌이도 톡톡히 된다고?" 보나시외가 입술을 삐죽 내밀면서 말했다.

"그래요, 톡톡히."

"대충 얼마쯤?"

"한 1,000피스톨쯤은 될 거예요."

"그러니까 당신이 나에게 부탁하겠다는 그 일은 아주 중대한 건가 보군?"

"그래요."

"어떤 일을 해야 하는데?"

"지금 당장 출발해야 해요. 제가 서류를 드릴 테니까, 무슨 일이 있더라도 직접 본인에게 건네줘야 해요."

"그래, 어디로 떠나는 거야?"

"런던이오."

"내가 런던엘 간다고? 농담하지 마! 난 런던 같은 데는 볼일이 없어."

"하지만 당신이 가줬으면 하는 사람이 있어요."

"누구야? 똑똑히 말해 두지만, 난 이제 아무것도 모르는 체일을 하지는 않을 테야. 내가 하는 일이 무슨 일인지뿐만 아니라 누구를 위해 하는 일인지도 알아야겠다 이거야."

"어떤 저명한 분이 당신을 보내는 거예요. 그리고 또 다른 저명한 분이 당신을 기다리고 있고요. 수고의 대가는 당신이 생각하는 것보다도 더 많을 거예요. 내가 지금 약속할 수 있는 것은 이것뿐이에요."

"음모로군, 언제나 음모야! 미안하지만 이젠 속아 넘어가지 않겠어. 추기경님이 똑똑히 가르쳐주셨거든."

"추기경이!" 보나시외 부인이 외쳤다. "당신, 추기경을 만나보았나요?"

"나를 부르셨어." 보나시외는 호기롭게 대답했다.

"그래서 추기경을 찾아갔군요, 경솔하게도."

"사실은 내 마음대로 가고 안 가고 할 수가 없었어. 근위대원 둘에게 연행되어 갔었으니까. 솔직히 말해 그때는 추기경님의 사람됨을 모르고 있었으니까, 가지 않아도 된다면 얼마나 좋을까 생각했지."

"그럼 단단히 욕을 봤겠군요. 잔뜩 협박을 당했어요?"

"추기경님은 내게 손을 내밀면서, 친구라고 불러주셨어. 친구라고 말이야! 알겠어? 나는 위대하신 추기경님과 친구가 된 거란 말이야!"

"위대한 추기경이라고요!"

"설마 그렇게 불러서는 안 된다고 생각하는 건가?"

"그런 건 아니에요. 그렇지만 대신의 호의 따위는 언제 어떻게 변할지 모르는 것인데, 한낱 대신 따위에 붙는다는 건 어리석은 일이라고 생각해요. 그런 분보다 훨씬 더 높은 분의 권력, 한 사람의 변덕이나 어떤 사건의 결과 같은 것에 좌우되지 않는 권력이라는 것이 있는 거예요. 마땅히 그런 권력의 편에 서야 하지 않겠어요?"

"미안한 말이지만, 나는 내가 섬기는 이 위대한 분의 권력 이외에 다른 권력이 있다고 생각하지 않아."

"당신은 추기경을 섬기고 있나요?"

"그야 물론이지. 여보, 그러니까 추기경님의 종복으로서 말하지만, 당신이 나라의 안전을 뒤흔드는 계획에 가담한다거나, 우리 프랑스가 아닌 에스파냐의 마음을 지닌 여자의 음모에 끼는 것은 용서할 수 없어. 다행히 위대하신 추기경님이 계셔서 끊임없이 지켜보고, 다른 이의 마음속을 밑바닥까지 꿰뚫어 보시니까 망정이지……."

보나시외는 로슈포르 백작에게서 들은 말을 한마디도 바꾸지 않고 그대로 되풀이하고 있었다. 그러나 그의 아내는 가엾게도 남편에게 모든 기대를 걸고 왕비에게 큰소리를 친 터라, 앞으로 닥쳐올 위험과 무력하기만 한 자신의 처지에 몸을 떨었다. 그러나 남편의 약점, 특히 그의 탐욕스러움을 잘 알고 있는 그녀는 아직도 마지막 희망을 버리지 않았다.

"어머나! 당신은 추기경 편에 붙어 있군요." 그 여자가 외쳤다. "세상에! 자기 아내를 학대하고 자기 나라 왕비를 욕보이려는 사람에게 붙다니!"

"개인의 이해란 만인의 이익 앞에서는 아무것도 아닌 거야. 나는 나라를 구하려는 사람들의 편에 서 있어." 보나시외가 큰 소리쳤다. 실은 이것도 로슈포르 백작이 한 말이었다. 보나시외가 머릿속에 기억해 두었다가 이번 기회에 써먹은 것이다.

"나라라고 했는데, 어떤 나라인지 알아요?" 보나시외 부인이 어깨를 들썩이며 말했다. "그냥 정직한 평민으로 만족하고 사세요. 그리고 가장 이로운 편에 붙으시라고요."

"허허! 이걸 보라고." 보나시외는 쩔렁거리는 소리가 나도록 불룩한 자루를 두드리면서 말했다. "이건 어떻게 생각하지, 잘난 척하기 좋아하는 부인?"

"그 돈 어디서 났어요?"

"짐작이 안 가는 모양이군."

"추기경한테서?"

"추기경님과 내 친구 로슈포르 백작이 주신 거야."

"로슈포르 백작! 바로 나를 납치한 사람인데!"

"그랬을 수도 있지."

"그런데 그런 사람한테서 돈을 받아요?"

"납치 사건은 단지 정치적인 일이었다고 당신이 말하지 않았어?"

"그야 그렇지만, 내가 모시고 있는 주인님을 배반하게 하려고 납치했던 거였어요. 나를 고문하기도 했고요. 나의 존엄하신 여주인의 명예는 물론, 어쩌면 목숨까지도 위태롭게 할 수 있을 만한 일을 자백하게 만들려고 했단 말예요."

"여보, 그런데 당신의 여주인이란 사람은 바로 그 반역적인 에스파냐 여자가 아니냔 말이야. 그러니 추기경님이 잘하고 계신 거야."

"여보!" 젊은 여자가 말했다. "진작부터 알고 있었지만, 당신은 비겁하고 욕심이 많을 뿐만 아니라 어리석은 사람이에요. 하지만 이렇게까지 파렴치한 사람인 줄은 미처 몰랐어요!"

"여보, 마누라." 여태껏 아내가 화내는 모습을 한번도 본 적이 없던 보나시외는 아내의 노여움 앞에 움찔 뒤로 물러나면서 말했다. "그게 다 무슨 말이오?"

"당신 참 불쌍한 인간이라고요!" 보나시외 부인은 남편을 쥐고 흔들 만한 여지가 다시 생겼음을 눈치 채고 몰아붙였다. "그러고 보니 당신은 책략을 꾸미고 있군요! 그것도 추기경파의 책략을! 쳇! 당신은 돈 때문에 몸도 마음도 악마에게 팔아버렸어요."

"악마가 아니라 추기경님에게지."

"마찬가지지 뭐예요!" 젊은 여자가 외쳤다. "리슐리외가 바로 악마니까요."

"입 닥치지 못해! 누가 들으면 어쩌려고 그래?"

"그럼요, 당신이 옳아요. 비겁한 당신 얘기를 누가 듣는다면 난 부끄러워 죽을 거예요."

"이봐, 도대체 나보고 어떻게 하라는 거야?"

"아까 말했잖아요? 지금 당장 출발해서 내가 당신에게 당부한 임무를 성실하게 수행해 달라는 거예요. 그런다면 다 잊고 용서해 드릴게요. 그리고……" 아내가 남편에게 손을 내밀었다. "제 마음도 다시 당신 것이에요."

보나시외는 본디 겁도 많고 욕심도 많은 사람이었다. 그렇지만 아내를 사랑하고 있었으므로 마음이 얼마간 누그러졌다. 나이 쉰을 바라보는 남자라면 누구라도 스물세 살의 젊은 아내에게 오래 원망을 품고 있을 수 없는 법이다. 그가 망설이고 있는 모습을 보고 보나시외 부인이 말했다.

"그럼 결정한 거죠?"

"하지만, 여보, 당신이 하는 말도 좀 생각해 봐. 런던이 파리에서 얼마나 머냔 말이야. 멀어도 이만저만 먼 게 아니야. 게다가 당신이 시키는 일은 분명 위험할 텐데."

"잘 피하면 되잖아요!"

"여보, 마누라." 상인이 말했다. "아무래도 거절해야겠어. 난 이제 음모라는 게 무서워졌어. 바스티유란 곳은 얼마나 끔찍하던지! 바스티유라면 생각만 해도 온몸에 소름이 끼쳐. 난 고문까지 받았다고. 고문이 어떤지 알아? 다리 사이에 몽둥이를 끼워 넣고 뼈가 바스러질 때까지 잡아 비트는 거야. 싫어, 난 절대로 안 갈 테야. 그런데 왜 당신이 직접 가지 않는 거야? 사실 지금까지 내가 당신을 잘못 알고 있었던 것 같아. 당신은 남자야. 그것도 보통 억센 사내가 아니라고!"

"내가 사내라면, 당신은 계집이죠. 어리석고 겁 많은 불쌍한 계집 말이에요. 그래, 무섭단 말이죠! 좋아요, 지금 당장 출발하지 않는다면, 왕비 마마의 명령으로 당신을 체포해서 그렇게도 무서워하는 바스티유에 집어넣어 버리겠어요."

보나시외는 깊이 생각해 보았다. 추기경의 노여움과 왕비의 노여움을 머릿속으로 곰곰이 저울질해 보았으나 추기경의 노여움 쪽이 훨씬 무거웠다.

"왕비의 명령으로 날 체포하시게." 그가 말했다. "그러면 나는 추기경 예하께 하소연하지 뭐."

이번에는 보나시외 부인이 너무 많은 이야기를 지껄인 것에 더럭 겁이 났다. 그녀는 겁먹은 바보 같은 표정으로 굳은 결심을 한 듯한 남편의 얼굴을 잠시 두려운 마음으로 뚫어지게 바라보았다.

"그럼 좋아요!" 그녀가 재빨리 말했다. "결국 당신이 옳은 건지도 몰라요. 정치는 여자보다 남자가 더 잘 알겠지요. 더구나 추기경과 직접 이야기를 해봤다니 여러 말 할 것도 없겠어요. 하지만 당신 너무해요." 그 여자가 덧붙였다. "남편이란 양반이, 나를 사랑하고 있다고 철석같이 믿었던 남편이 이렇게 매정하게 나오다니, 내 부탁 같은 건 조금도 신경 쓰지 않다니, 정말 너무해요."

"당신의 변덕이라는 것이 너무나도 엄청난 결과를 초래할지도 모르기 때문이야." 보나시외가 의기양양하게 말했다. "그러니 내가 경계심을 안 가질 수가 있겠어?"

"그래요, 단념하겠어요." 젊은 여인이 한숨을 쉬면서 말했다. "좋아요, 이제 그 이야기는 그만둡시다."

"런던에 가서 내가 해야 할 일이 뭐였어? 그것 좀 말해 주지 않겠어?" 보나시외가 말했다. 아내의 비밀을 알아내 보라던 로슈포르의 말이 좀 늦기는 했지만 머리에 떠올랐던 것이다.

"알아도 소용없어요." 젊은 여인은 본능적인 예감으로 뒷걸음질치면서 말했다. "여자들이 갖고 싶어하는 물건을 좀 사려고 했던 거예요. 사례금을 톡톡히 받을 수 있었을 텐데……."

그러나 젊은 여인이 변명을 하면 할수록, 보나시외는 더욱더 아내가 이야기하려고 하지 않는 것으로 보아 무척 중대한 비밀이 있을 것이라고 추측했다. 그래서 그는 당장에 로슈포르 백작에게 달려가 왕비가 런던에 심부름꾼을 보내려 한다는 사실을 알려주려고 마음먹었다.

"미안하지만 좀 나가봐야겠어, 마누라." 그가 말했다. "사실은 당신이 이렇게 올 걸 모르고 친구랑 만나기로 약속했어. 오래 걸리지는 않을 거야. 잠깐만 기다려주면, 밤도 깊었는데 친구와 헤어지는 대로 돌아와서 루브르 궁까지 바래다줄게."

"괜찮아요." 보나시외 부인이 대답했다. "혼자 가겠어요. 당신은 나를 지켜줄 만큼 용감하지 않으니까."

"그럼 당신 좋을 대로 해." 보나시외가 말했다. "금방 다시 만날 수 있겠지?"

"그렇겠죠. 다음 주쯤 해서 틈나는 대로 돌아와 집안 정리를 할까 해요. 틀림없이 어지럽혀져 있을 테니까."

"좋아. 그럼 기다릴게. 날 원망하는 건 아니겠지?"

"전혀요! 조금도 원망하지 않아요."

"그럼 곧 다시 봅시다."

"예, 그래요."

보나시외는 아내의 손에 키스를 하고 얼른 나가버렸다.

'설마 했는데, 세상에⋯⋯.' 보나시외 부인이 혼자 생각했다. 남편이 현관문을 닫고 나가버리자 혼자 남게 되었다. "저런 바보가 추기경 편에 붙다니 정말 가관이네! 그나저나 왕비님께 큰소리를 쳤는데 이 일을 어쩐다. 가련한 마마께 약속을 해버렸으니, 아! 어찌해야 좋단 말이냐! 마마께선 나를 시끌시끌한 궁중의 악당들, 염탐꾼 노릇이나 하는 모리배쯤이라고 생각하실 것이 뻔한데⋯⋯. 아! 보나시외! 원래부터도 당신을 별로 사랑하지 않았지만, 이제는 사랑하지 않는 정도가 아니야. 난 당신을 증오해! 언젠가 반드시 복수하고 말 거야!"

여자가 혼자서 이런 넋두리를 늘어놓고 있을 때, 천장을 똑똑 두드리는 소리가 났다. 그 여자가 고개를 들어 올려다보자 천장 널빤지를 통해 어떤 목소리가 들려왔다.

"보나시외 부인, 골목길 쪽으로 난 작은 문을 열어주시오. 지금 곧 당신에게 내려가겠소."

연인과 남편

"아! 부인." 젊은 여인이 현관문을 열어주자 다르타냥이 안으로 들어오면서 말했다. "실례의 말씀이지만, 무척이나 한심한 남편을 두셨군요."

"저희가 나누는 대화를 들으셨나요?" 보나시외 부인이 걱정스런 눈으로 다르타냥을 바라보면서 황급히 물었다.

"모두 들었습니다."

"맙소사! 어떻게 그런 일이?"

"저만 알고 있는 방법이 있습니다. 요전에 당신이 추기경의 근위대원들과 말다툼하는 걸 들은 것도 역시 같은 방법이었지요."

"저희 대화에서 어떤 얘기를 들으셨나요?"

"여러 가지입니다. 우선, 다행히도 당신 남편이 어리석은 바보라는 것이죠. 다음으로는 당신이 어쩔 줄을 몰라 하신다는 것인데, 이것도 나에겐 퍽 기쁜 일이고요. 내가 당신을 위해 힘이 되어줄 기회이기 때문입니다. 나는 당신을 위해서라면 불 속에라도 뛰어들 수 있습니다. 이건 하느님만이 알고 계십니다. 끝으로, 왕비께서 용감하고 영리하며 충성스런 사나이가 있다면 그를 런던으로 보내고 싶어하신다는 것입니다. 당신에게 필요한 세 가지 조건 중에 적어도 두 가지는 내게도 있다고 생각하고, 이렇게 당신 앞에 나타난 것입니다."

보나시외 부인은 대답하지 않았다. 그러나 가슴은 기쁨으로 두근거렸고, 은근한 희망으로 눈이 반짝였다.

"그 임무를 당신에게 맡긴다면 무엇을 보증으로 내세우시겠어요?"

"당신에 대한 나의 사랑입니다. 자, 말씀해 주세요. 명령을 내리세요. 어떻게 하면 되는 겁니까?"

"이걸 어쩌나! 이걸 어떻게 해!" 젊은 여인이 중얼거렸다. "당신에게 이런 비밀 얘기를 해도 좋을지 모르겠어요. 당신은 아직도 어린애나 다름없는데!"

"그렇다면, 나를 보증해 줄 사람이 필요하신 거군요."

"솔직히 말해서 그렇게 해주신다면 무척 안심이 되겠어요."

"아토스를 아십니까?"

"몰라요."

"포르토스는?"

"몰라요."

"아라미스는?"

"몰라요. 다 어떤 분들이신데요?"

"국왕의 총사들입니다. 총사대장인 트레빌 씨는 아십니까?"

"예, 그분이라면 알고 있어요. 개인적으로 안면이 있는 건 아니지만, 용감하고 충성심이 대단한 분이라고 사람들이 왕비 마마에 말씀드리는 것을 여러 번 들었어요."

"설마 그분께서 당신을 배반하고 추기경의 편을 들리라곤 생각하지 않으시겠죠?"

"그야 물론이죠."

"그렇다면 그분에게 당신의 비밀을 털어놓고, 아무리 중대하고 소중하며 또 무서운 비밀이라 할지라도, 나에게 말해도 괜찮을지 물어봐 주세요."

"하지만 제게 관련된 비밀이 아니기 때문에, 그렇게 아무에게나 얘기할 수가 없어요."

"보나시외 씨한테는 말하려고 하지 않았습니까." 다르타냥이 원망스러운 듯이 말했다.

"그야 나무 구멍이나 비둘기 날개 혹은 개의 목걸이에 편지를 매어두는 거나 같은 기분에서였지요."

"그렇지만 내가 당신을 사랑하고 있다는 건 당신도 잘 아실 텐데요."

"그렇게 말씀하시지만……."

"난 정직한 사람입니다!"

"저도 그렇게 생각하고 있어요."

"용기도 있고요."

"저도 잘 알고 있어요."

"그렇다면 나를 한번 시험해 보시오."

보나시외 부인이 마지막 결단을 내리지 못하고 젊은이의 얼굴을 물끄러미 바라보았다. 그의 눈은 열의에 불타올랐고, 목소리에는 굳은 신념이 가득 차 있었다. 그를 믿어도 좋을 성싶었다. 더군다나 지금 그녀는 모두 잃느냐 모두 얻느냐 하는 절체절명의 상황에 처해 있었다. 너무 신중하게 구는 것도 너무 믿는 것이나 마찬가지로 왕비에게 위태로운 일이었다. 그리고 솔직히 말해 이 젊은 보호자에게 야릇한 감정을 느끼고 있는 게 사실이었다. 그녀는 그래서 이야기하기로 결심했다.

"그렇다면, 말하겠어요." 여자가 입을 열었다. "당신이 그토록 굳게 맹세하고 장담하시니 어쩔 수 없군요. 하지만 우리 얘기를 듣고 계시는 하느님 앞에서 맹세하건대, 만약 당신이 저를 배신하신다면, 설령 저의 적들이 저를 용서한다 하더라도, 저는 당신 탓이라고 원망하면서 제 손으로 목숨을 끊겠어요."

"나도 하느님 앞에 맹세하겠습니다." 다르타냥이 말했다. "만약 당신의 명령을 수행하다가 잡히기라도 한다면 누구에게 화를 끼칠 만한 말이나 행동을 하기 전에 차라리 죽어버리겠습니다."

그리하여 젊은 여인은 우연히 사마리텐 조각상 앞에서 이미 그에게 조금 알려졌던 무서운 비밀을 그에게 털어놓았다. 이로써 그들은 서로 사랑을 고백한 셈이 되었다.

다르타냥은 기쁨과 사랑으로 얼굴을 반짝였다. 비밀도 알게 되고 사랑하는 여자까지 얻다니! 그녀가 보여준 신뢰와 애정 덕에 그는 천군만마를 얻은 것만 같았다.

"떠나겠습니다." 그가 말했다. "지금 당장 떠나겠습니다."

"아니! 떠나신다고요!" 보나시외 부인이 외쳤다. "근위대는, 대장님은 어떻게 하시고요?"

"참, 당신 때문에 깜빡 잊고 있었군요. 사랑하는 콩스탕스! 그래, 옳은 말이오. 휴가를 내야겠군."

"또 다른 장애가 생겼군요." 보나시외 부인이 괴로운 듯이 중얼거렸다.

"뭐 그거야 큰 문제가 아니오." 다르타냥이 잠시 생각하고 나서 외쳤다. "내가 해결할 테니 걱정하지 마시오."

"어떻게 해결하시겠어요?"

"지금 바로 트레빌 씨를 만나러 가겠습니다. 그래서 그분의 의형제인 데제사르 씨에게 휴가를 내주도록 부탁해 달라고 하겠어요."

"그건 그렇고, 한 가지 더 있는데요."

"그게 뭐죠?" 다르타냥이 보나시외 부인이 계속 망설이는 것을 보고 물었다.

"아마 돈이 없으시겠지요?"

"아마라는 말은 사족이지요." 다르타냥이 빙그레 웃으면서 말했다.

"그러면 이걸……." 보나시외 부인이 옷장을 열고, 반 시간 전에 남편이 그토록 사랑스럽다는 듯이 쓰다듬던 돈자루를 꺼내면서 말했다. "이 돈자루를 가져가세요."

"추기경의 돈이군요!" 다르타냥이 껄껄 웃으면서 소리쳤다. 다들 알다시피 마룻바닥의 널빤지를 떼어놓았기 때문에, 다르타냥은 상인 부부가 하는 얘기를 한마디도 빼놓지 않고 다 들었던 것이다.

"맞아요, 추기경의 돈이에요." 보나시외 부인이 대답했다. "이렇게 되고 보니 추기경의 돈도 꽤 고맙지 뭐예요!"

"정말 그렇군요!" 다르타냥이 외쳤다. "추기경 예하의 돈으로 왕비 마마를 구한다니, 이중으로 재미난 일이겠군!"

"당신은 참 소탈하고 멋진 분이시군요." 보나시외 부인이 말했다. "왕비 마마께선 결코 은혜를 저버릴 분이 아니세요."

"나는 벌써 충분히 보답을 받은 셈입니다!" 다르타냥이 외쳤다. "당신을 사랑하고 있고, 게다가 이런 말을 할 수 있도록 허락받았으니 이것만으로도 벌써 감히 바라지도 못했을 큰 행복입니다."

"가만!" 보나시외 부인이 몸을 떨면서 말했다.

"왜 그러세요?"

"누군가 길에서 얘기하는 소리가 들려요."

"저 목소리는……."

"제 남편이에요. 예, 틀림없어요!"

다르타냥이 문으로 달려가 빗장을 걸었다.

"내가 나갈 때까진 못 들어오게 하세요." 그가 말했다. "내가 나가고 나면 열어줘요."

"하지만 저도 나가봐야 해요. 그리고 이 돈이 없어진 것을 어떻게 변명하겠어요?"

"옳은 말이오. 우리 둘 다 나가야겠군요."

"나가다니요, 어떻게 나간다죠? 금방 들킬 텐데."

"그럼 내 방으로 같이 올라가야겠소."

"아!" 보나시외 부인이 외쳤다. "그런 말씀을 하시니 무서워 죽겠어요."

보나시외 부인이 눈물을 글썽거리면서 그렇게 말했다. 다르타냥은 여인의 눈물을 보자 마음이 흔들리고 감동을 받아 그녀의 무릎 위로 몸을 던졌다.

"내 방에서라면 신전에 있는 거나 마찬가지로 안전합니다. 귀족의 명예를 걸고 맹세합니다." 그가 말했다.

"그럼 빨리 가요." 그 여자가 말했다. "당신을 믿겠어요, 다르타냥 씨."

다르타냥이 조심스럽게 빗장을 벗겼다. 두 사람은 그림자처럼 살그머니 골목 쪽의 문으로 빠져나간 다음, 조용히 계단을 올라가 다르타냥의 방으로 들어갔다.

젊은이는 방에 들어서자마자, 더 안전하도록 문 앞에 여러 가지 물건을 쌓았다. 둘이서 창가로 다가가 겉창 틈새로 내다보니, 보나시외가 망토를 걸친 한 사나이와 이야기하고 있었다.

망토 입은 사나이를 본 다르타냥이 펄쩍 뛰더니 칼을 절반쯤 빼들고 문 쪽으로 달려갔다.

바로 뫼의 사나이였다.

"어쩌려고 그러세요?" 보나시외 부인이 외쳤다. "만약 당신이 뛰쳐나가면 우린 끝장이에요."

"하지만 나는 저놈을 죽여버리기로 맹세했소!" 다르타냥이 말했다.

"이제 당신의 생명은 당신 개인의 것이 아닙니다. 왕비 마마의 이름으로 저는 당신에게 여행이 아닌 어떠한 위험에도 몸을 던지는 것을 금합니다."

"아니, 당신의 이름으로는 아무것도 명령하지 않습니까?"

"저의 이름으로도요." 보나시외 부인이 매우 감동한 목소리로 말했다. "저의 이름으로도 부탁드릴게요. 그런데 저것 봐요, 제 얘기를 하고 있는 것 같아요."

다르타냥이 다시 창가로 다가가서 귀를 기울였다.

보나시외는 문이 열렸으나 집 안에 아무도 없는 것을 확인하고 망토의 사나이에게 되돌아갔다.

"여편네가 가버렸습니다." 그가 말했다. "루브르 궁으로 돌아간 모양입니다."

"확실해?" 미지의 사나이가 말했다. "당신 부인은 당신이 왜 외출한 건지 눈치 채지 못했겠지?"

"그럼요, 틀림없습니다." 보나시외가 자신 있게 대답했다. "여편네는 생각이 짧거든요."

"근위대 청년은 집에 있을까?"

"없는 것 같습니다. 저렇게 겉창이 닫혀 있고, 창틈으로 전혀 불빛이 새어 나오지 않으니까요."

"그래도 확인해 볼 필요가 있어."

"어떻게 확인하죠?"

"가서 문을 두드려보면 되지."

"그의 하인한테 가서 물어보겠습니다."

"그렇게 해봐."

보나시외가 집 안으로 다시 들어가서는, 조금 전에 두 사람이 달아났던 문을 지나 다르타냥의 방 앞 층계참까지 올라가 문을 두드렸다.

아무도 대답하지 않았다. 그날 저녁 플랑셰는 포르토스가 허세를 부릴 자리가 있다면서 데려가는 바람에 집에 없었다. 한편 다르타냥은 인기척을 내지 않으려고 숨죽이고 있었다.

보나시외가 문을 두드렸을 때 두 젊은 남녀의 심장은 터져버릴 것만 같았다.

"아무도 없습니다." 보나시외가 골목으로 다시 내려가서 미지의 사나이에게 말했다.

"아무튼 당신 집으로 들어가자고. 문간에 서 있는 것보다는 그러는 편이 더 안전할 테니까."

"어머나! 이걸 어떡해!" 보나시외 부인이 중얼거렸다. "이젠 말소리가 들리지 않겠어요."

"천만에!" 다르타냥이 말했다. "오히려 더 잘 들릴 겁니다."

다르타냥이 마룻바닥의 널빤지를 서너 장 들어올렸다. 그렇게 하고 나자 그의 방은 마치 시라쿠사의 디오니시우스가 만든 도청실 같았다. 그는 방바닥에 양탄자를 깔고 그 위에 무릎을 꿇고 앉아서 구석 쪽으로 몸을 구부리면서, 보나시외 부인에게도 그렇게 하라고 손짓했다.

"확실히 아무도 없나?" 미지의 사나이가 말했다.

"틀림없습니다." 보나시외가 말했다.

"그래, 부인은?"

"루브르 궁에 돌아간 것 같습니다."

"당신 말고 다른 이에게는 얘기하지 않았겠지?"

"확실합니다."

"그게 중요해, 알겠소?"

"그러니까 소인이 알려드린 정보가…… 가치가 있는 거죠?"

"솔직히 말해서, 아주 엄청난 가치가 있소."

"그렇다면 추기경님께서 기뻐하시겠죠?"

"틀림없소."

"아, 위대하신 추기경님!"

"당신과 얘기할 때 부인이 누군가의 이름을 입 밖에 내지 않은 게 확실하지?"

"이름은 못 들은 것 같습니다만."

"슈브뢰즈 부인이나 버킹엄 공작, 그리고 베르네 부인의 이름도 말하지 않았겠지?"

"그렇습니다. 여편네는 다만 어느 저명한 분의 명을 받들어 소인이 런던에 가주었으면 한다고 말했을 뿐입니다."

"배신자!" 보나시외 부인이 중얼거렸다.

"조용히!" 다르타냥이 그녀의 손을 잡으며 말했다. 그녀는 저도 모르게 어느새 그에게 손을 맡겨놓고 있었다.

"그나저나……." 망토의 사나이가 말을 이었다. "당신은 바보로군. 심부름을 맡는 척했더라면 더 좋았을 것을. 그랬으면 지금쯤 우리 손에 편지가 있을 텐데. 위험에 빠진 나라도 구했을 것이고, 당신은 당신대로……."

"소인 말씀인가요?"

"아무렴, 당신 말이오! 당신은 추기경으로부터 귀족 증서를 받았을 것이고……."

"그런 말씀을 하시던가요?"

"그럼, 당신에게 그런 놀라운 상을 주시려는 걸 나는 알고 있어."

"염려 마십시오." 보나시외가 말했다. "여편네는 소인에게 홀딱 빠져 있는 데다 아직 늦지 않았으니까요."

"멍청이 같으니!" 보나시외 부인이 중얼거렸다.

"쉿!" 다르타냥이 더욱 세게 여자의 손을 쥐면서 말했다.

"아직 늦지 않았다니?" 망토의 사나이가 말했다.

"루브르 궁으로 가서 여편네를 불러낸 다음, 생각을 바꾸었다면서 얘기를 다시 붙여볼 생각입니다. 그렇게 편지를 손에 넣으면 추기경님께 달려가겠습니다."

"좋아! 빨리 가보게나. 난 결과를 알아보러 곧 돌아올 테니까."

그 사나이가 밖으로 나갔다.

"비열한 인간!" 보나시외 부인이 한 번 더 남편에게 욕을 했다.

"조용히!" 또다시 다르타냥이 말했다. 이번에는 더욱 힘차게 여자의 손을 쥐었다.

그때 무시무시한 괴성이 들려왔다. 다르타냥과 보나시외 부인은 깊은 생각에 잠겨 있다가 퍼뜩 정신을 차렸다. 그녀의 남편이 울부짖고 있었다. 돈자루가 없어진 것을 알고는 "도둑이야! 도둑이야!" 하고 외치고 있었다.

"이런 맙소사!" 보나시외 부인이 외쳤다. "저러다간 동네 사람들을 죄다 불러들이겠어요."

보나시외가 한참 동안이나 고함을 질렀으나, 포스와외르 거리의 주민들은 그의 고함소리를 워낙 자주 들어온 데다 얼마 전부터 이 상인의 집에 대해 나쁜 소문이 돌고 있었으므로, 모여드는 사람이 하나도 없었다. 그러자 그는 계속 고함을 지르면서 밖으로 나갔다. 그의 목소리가 바크 가 쪽으로 차츰 멀어져갔다.

"남편이 밖으로 나갔어요. 이젠 당신이 떠날 차례예요." 보나시외 부인이 말했다. "용기를 내세요. 그렇지만 무엇보다도 신중하셔야 합니다. 왕비 마마를 위하는 일이라는 걸 잊지 마시고요."

"왕비께, 그리고 당신에게 이 한 몸 바치겠소!" 다르타냥이 외쳤다. "안심하시오, 아름다운 콩스탕스. 왕비의 감사를 받을 수 있도록 일을 훌륭하게 처리하고 돌아오리다. 하지만 그렇게 돌아오면 당신의 사랑도 받을 수 있을까요?"

젊은 여인은 말없이 볼만 빨갛게 물들였다. 붉어진 볼이 바로 대답이었다. 잠시 후 다르타냥이 밖으로 나갔다. 그 역시 커다란 검은 망토를 둘러 입었는데 망토 자락 한쪽은 칼집 때문에 걷어올려져 있었다.

보나시외 부인은 그의 뒷모습을 끊임없이 눈으로 쫓고 있었다. 사랑의 눈길이었다. 여자가 사랑을 느끼고 있는 남자에게 보내는 눈길이었다. 그러나 이윽고 그의 모습이 길모퉁이로 사라지자 그녀는 무릎을 꿇고 두 손을 마주 잡고 외쳤다.

"오! 하느님이시여! 왕비 마마를 지켜주시옵소서! 저를 지켜주시옵소서!"

작전 계획

　다르타냥은 곧장 트레빌의 저택으로 갔다. 몇 분만 지나면 추기경은 그의 부하인 듯한 미지의 사나이로부터 정보를 들을 것이니 잠시도 지체할 수 없다고 생각했는데, 그의 생각이 옳았다.
　젊은이의 가슴은 기쁨으로 넘쳐흘렀다. 부와 명예, 이 두 가지를 한꺼번에 얻을 수 있는 기회가 그에게 찾아왔기 때문이다. 더구나 용기를 북돋기라도 하려는 듯, 사랑하는 여자까지도 다가왔다. 그러므로 첫출발부터 겹친 이러한 우연은 그가 하느님에게도 감히 바라기 어려울 만큼 커다란 행운이었다.
　트레빌은 자주 찾아오는 귀족들과 함께 접견실에 있었다. 다르타냥도 이 집에 자주 드나드는 손님으로 알려져 있었으므로, 곧장 서재로 들어가 중대한 일로 뵙기를 청한다는 전갈을 보낼 수 있었다.

다르타냥이 대략 오 분쯤 기다렸을 때 트레빌이 들어왔다. 첫눈에 그의 얼굴에 기쁨이 넘쳐흐르는 모습을 알아본 대장은 확실히 무슨 새로운 일이 생긴 것이 틀림없다고 생각했다.

여기로 오는 도중에 다르타냥은 트레빌에게 모든 것을 털어놓고 이야기해 버릴 것인지, 아니면 비밀을 요하는 일이니 행동의 자유를 허락해 달라고 요청할 것인지 마음속으로 따져보았다. 그러나 트레빌이라는 인물은 그에게는 언제나 완전무결한 사람일 뿐만 아니라, 국왕 내외분에게 진심으로 충성을 다하고 있으며, 또한 추기경에게는 마음속 깊은 증오심을 품고 있는 터이므로, 젊은이는 그에게 모조리 털어놓기로 마음먹었다.

"나에게 할 말이 있다면서?" 트레빌이 물었다.

"예, 그렇습니다." 다르타냥이 말했다. "바쁘신데 죄송합니다만, 얼마나 중대한 일인지 알게 되신다면 용서해 주시리라고 생각합니다."

"어디 말해 보게, 들어볼 테니."

"다름이 아니라," 다르타냥이 목소리를 낮추어서 말했다. "왕비 마마의 명예, 아니 생명까지도 관련된 일일지 모릅니다."

"아니, 그게 무슨 말인가?" 트레빌이 주위에 아무도 없는지 둘러보고 나서 다시 다르타냥 쪽으로 눈을 돌려 물었다.

"사실은 우연히 어떤 비밀을 알게 되었는데……."

"그 비밀은 목숨을 걸고서라도 지키도록 하게."

"그러나 대장님께는 말씀드려야겠습니다. 왕비 마마로부터 받은 사명을 수행하려면, 대장님의 도움 없이는 안 되니까요."

"그 비밀이란 자네 개인의 것인가?"

"아닙니다, 왕비 마마의 비밀입니다."

"왕비 마마로부터 나에게 얘기해도 좋다는 허락을 받았나?"

"아닙니다. 오히려 반드시 비밀을 지키라는 분부를 내리셨습니다."

"그렇다면 왜 나에게 누설하려고 하는가?"

"방금 말씀드렸듯이, 대장님의 도움 없이는 아무 일도 할 수가 없고, 제가 지금부터 부탁드리려는 일도 대장님께서 그 목적을 모르신다면 혹시 허락해 주지 않으실까 싶어서……."

"그 비밀은 지키도록 하게. 그리고 무엇을 원하는지 말만 하게."

"제가 바라는 것은 데제사르 씨에게 말씀하셔서 저에게 이 주일의 휴가를 얻어주십사 하는 것입니다."

"언제부터?"

"바로 오늘 밤부터입니다."

"파리를 떠나는가?"

"사자(使者)의 명을 받고 떠납니다."

"어디로 가는지 말해 줄 수 있을까?"

"런던입니다."

"자네가 목적을 이루지 못하기를 바라는 사람은 누구인가?"

"아마 추기경은 무슨 수를 쓰더라도 저의 일을 방해하려고 하실 겁니다."

"그런데도 자네 혼자 떠나겠다는 거야?"

"혼자 떠나겠습니다."

"그렇다면 봉디 숲을 넘지 못할 걸세. 트레빌의 이름을 걸고 장담하지."

"왜 그렇습니까?"

"도중에 죽임을 당하고 말 거야."

"임무를 위해서라면 죽어도 좋습니다."

"하지만 죽어버리면 임무를 다하지 못하게 되는 것 아닌가!"

"그렇군요." 다르타냥이 말했다.

"알겠지." 트레빌이 말을 이었다. "이런 일에는 네 사람이 출발해서 겨우 한 사람만이라도 도달하면 다행이야."

"아! 참으로 지당한 말씀입니다." 다르타냥이 말했다. "그렇다면 아토스, 포르토스, 그리고 아라미스가 있지 않습니까? 이 세 사람이라면 충분하지 않을까요? 아시다시피 제 말은 뭐든지 들어주니까요."

"그 비밀을 말해 주지 않아도 그럴까? 나야 캐묻지 않았지만 말일세."

"저희들은 무슨 일이 있더라도 서로에게 절대적인 신뢰와 헌신을 바치기로 굳게 맹세했습니다. 게다가 대장님께서 저를 완전히 신임하고 있다고 한마디만 해주신다면, 그들도 대장님과 마찬가지로 저를 믿어줄 겁니다."

"그들에게도 각각 이 주일씩 휴가를 내줄 수 있어. 아, 그러면 되겠군. 아토스는 상처로 늘 고생하고 있으니까, 포르주의 광천(鑛泉)에 가기 위해서 휴가를 내는 거다! 포르토스와 아라미스는 그런 병자를 객지에 혼자 있게 내버려두고 싶지 않을 테니까, 동행하기 위해서고! 휴가를 내주면 그들의 여행에 대한 나의 허가가 되겠지."

"감사합니다, 대장님. 정말 감사합니다."

"그러면 지금 당장 가서 모두 만나고, 오늘 밤 실행하도록 하게. 아 참! 그보다도 먼저 데제사르 씨에게 제출할 휴가원을 써주게나. 아마 자네는 미행을 당하고 있었을 테니까, 자네가 여기에 왔다는 것은 이미 추기경에게 알려졌을 것인데, 휴가원을 내면 여기에 온 정당한 사유가 되겠지."

다르타냥은 휴가원을 썼다. 트레빌이 그것을 손수 받으면서, 네 명의 휴가 허가서는 새벽 2시 전에 각각 숙소로 보내겠다고 약속했다.

"제 것은 아토스의 집으로 보내주셨으면 감사하겠습니다." 다르타냥이 말했다. "집에 돌아가서 혹시 나쁜 놈이라도 만나면 곤란하니까요."

"염려 말게. 자, 그럼 잘 다녀오게! 아, 잠깐!" 트레빌이 그를 불러 세웠다.

"돈은 있나?"

다르타냥이 주머니 속에 지니고 있는 돈 자루를 짤랑짤랑 흔들어 보였다.

"충분한가?" 트레빌이 물었다.

"300피스톨입니다."

"됐네. 그만하면 어디고 충분히 갈 수 있어. 그럼 가보게나."

다르타냥이 인사를 하자 트레빌이 손을 내밀었다. 다르타냥은 감사하는 태도로 공손히 그의 손을 쥐었다. 파리에 온 이래, 이 뛰어난 인물에게는 경의를 표할 일뿐이었다. 존경할 만한 성실하고 위대한 분이라고 다르타냥은 늘 생각해 왔다.

제일 먼저 그는 아라미스의 집을 찾아갔다. 보나시외 부인을 미행했던 그 이상한 저녁 이후 그는 이 친구의 집에 간 적이 없었다. 뿐만 아니라, 그 이후로 거의 아라미스를 만나볼 수가 없었다. 간혹 만났을 때에는 언제나 얼굴에 수심이 가득해 보였다.

이날 저녁에도 역시 아라미스는 무슨 생각에 잠긴 듯한 침울한 표정이었다. 아직 잠자리에 들기에는 이른 시각이었다. 왜 그렇게도 우울한 표정인지 다르타냥이 물었다. 아라미스는 다음 주까지 성 아우구스티누스의 제18장에 대한 주석을 라틴어로 써야 하기 때문에 마음이 영 편치 않아서 그렇다고 변명했다.

두 친구가 한참 동안 이야기하고 있으려니, 트레빌의 하인이 한 통의 편지를 가지고 들어왔다.

"뭔가?" 아라미스가 물었다.

"신청하신 휴가의 허가서입니다." 하인이 대답했다.

"나는 휴가를 신청한 적이 없는데."

"아무 말 말고 받아둬요." 다르타냥이 말했다. "그리고 자네, 이건 심부름값일세, 5리브르야. 트레빌 씨에게 가서 아라미스가 진심으로 감사드리더라고 전해 주게. 그럼 그만 돌아가 봐."

하인은 코가 땅에 닿게 절을 하고 나갔다.

"어떻게 된 거야?" 아라미스가 물었다.

"이 주간의 여행 준비를 하고 저를 따라나서는 겁니다."

"하지만 난 지금 파리를 떠날 수가 없어. 뭘 좀 알아볼 일이……." 아라미스가 말하다가 멈추었다.

"그 여자가 어떻게 됐는지 말이죠?" 다르타냥이 말했다.

"누구 말이야?" 아라미스가 물었다.

"여기 와 있던 여자 말입니다. 수놓은 손수건을 가지고 있는 여자요."

"여기에 여자가 와 있었다니, 누구한테서 그런 말을 들었나?" 아라미스가 새파랗게 질린 얼굴로 응수했다.

"제 눈으로 봤어요."

"그 여자가 누군지도 알고 있나?"

"적어도 짐작은 하고 있죠."

"이봐." 아라미스가 말했다. "자네는 여러 가지 일을 알고 있는 사람이니까, 그 여자가 어떻게 됐는지도 알고 있겠지?"

"투르에 돌아갔겠죠?"

"투르에? 그래 맞아. 자네는 그 여자를 알고 있군. 하지만 어째서 나에게 한마디 말도 없이 투르에 돌아갔을까?"

"잡힐까 봐 그랬겠죠."

"어떻게 편지도 안 주었을까?"

"아라미스에게 화가 미칠까 봐 그랬겠죠."

"다르타냥, 자네 덕분에 살 것만 같아!" 아라미스가 외쳤다. "나는 무시당하고 배반당한 줄로만 알고 있었어. 그 여자를 다시 만났을 때 내가 얼마나 기뻤는지! 물론 그 여자가 나를 위해 위험을 무릅쓰고 왔다고는 생각할 수 없었지만 말일세. 그렇다면 왜 파리에 돌아왔을까?"

"오늘 우리가 이렇게 영국에 가야 하는 것이 바로 그 때문입니다."

"그 이유가 뭔가?" 아라미스가 물었다.

"언젠가는 알려드리죠, 아라미스. 그러나 당분간은 그 학자분의 조카딸을 본받아 조심해야 합니다."

아라미스가 빙그레 웃었다. 어느 날 저녁 친구들에게 꾸며서 들려주었던 이야기가 생각났기 때문이다.

"좋아, 그 여자가 파리를 떠난 것이 확실하다고 자네가 말한 이상, 난 이제 여기에 머물러 있을 이유가 없어. 언제든지 자네를 따라갈 용의가 있네. 그런데 어디로 간댔지?"

"우선 아토스의 집으로 가야 하는데, 가실 거라면 서둘러주세요. 벌써 많은 시간을 허비했으니까. 그런데 바쟁에게도 말해두세요."

"바쟁도 같이 가나?" 아라미스가 물었다.

"그럴지도요. 어쨌든 우선 아토스의 집까지는 따라오게 하는 것이 좋겠군요."

아라미스가 바쟁을 불렀다. 곧장 아토스의 집으로 오라고 명령했다. "자, 출발하세." 그가 말했다. 그러고는 망토를 걸치고 검과 세 자루의 총을 집어 들었다. 혹시 돈이 좀 있지 않을까 하여 서랍을 서너 개 열어보았으나 공연한 수고였다는 것을 알고 다르타냥의 뒤를 쫓아갔다. 그리고 마음속으로 다르타냥이 자기 집에 머물렀던 여자에 대해 자기처럼 잘 알고 있는 데다가 그 후의 동정까지도 자기보다 더 잘 알고 있다니 도대체 어떻게 된 일일까 생각했다.

그러나 밖으로 나와서는 그저 다르타냥의 팔을 잡고 그의 얼굴을 뚫어지게 바라보기만 했다.

"그 여자 얘기는 아무한테도 하지 않았겠지?" 그가 말했다.

"맹세코, 아무한테도요."

"아토스나 포르토스에게도?"

"한마디도 입 밖에 내지 않았어요."

"잘했네."

중요한 사항에 대해 마음이 놓인 아라미스는 다르타냥과 함께 길을 계속 걸어갔다. 이윽고 두 사람이 아토스의 집에 당도했다.

그들이 집에 들어가 보니, 아토스가 한 손에는 휴가 허가서를, 다른 손에는 트레빌의 편지를 들고 있었다.

"휴가 허가서와 편지를 지금 막 받았어. 대관절 어떻게 된 일이야? 자네들이 좀 설명해 줄 수 있겠나?" 아토스가 이상하다는 듯이 말했다.

친애하는 아토스에게,
　자네의 건강을 위해 절대로 필요하다고 생각되어 이 주일간의 휴양을 권하는 바일세. 포르주 광천이나 다른 적당한 광천에 가서 쉬면서 하루 속히 쾌유하기를 바라네.
　그럼, 잘 지내게.
트레빌

"그 휴가 허가서와 편지는 말이죠, 저를 따라가야 한다는 뜻입니다, 아토스."
"포르주 광천으로?"
"거기건 다른 곳이건 간에요."
"국왕을 위해선가?"
"국왕을 위해서건, 왕비를 위해서건 마찬가지죠. 우리는 두 분을 섬기는 사람들 아닙니까?"
바로 그때 포르토스가 들어왔다.
"정말이지 이상한 일도 다 보는군." 그가 말했다. "총사대에서 언제부터 신청도 하지 않은 휴가를 허가해 주기로 했다지?"
"대신 신청해 주는 친구가 있고부터입니다." 다르타냥이 대답했다.
"아하! 무언가 새로운 일이 생긴 모양이지?" 포르토스가 말했다.

"그래, 곧 출발할 거야." 아라미스가 말했다.

"어디로?" 포르토스가 물었다.

"정말 나는 하나도 몰라." 아토스가 말했다. "다르타냥에게 물어보게나."

"런던입니다." 다르타냥이 말했다.

"런던으로!" 포르토스가 외쳤다. "런던에는 뭐 하러 가는 거야?"

"그건 말할 수 없어요. 일단 저를 좀 믿어주세요."

"하지만 런던까지 가려면 돈이 필요한데……." 포르토스가 덧붙였다. "난 돈이 없는걸."

"나도 없어." 아라미스가 말했다.

"나도 없어." 아토스도 말했다.

"돈은 저한테 있어요." 다르타냥이 주머니에서 돈 자루를 꺼내 탁자 위에 놓았다. "이 자루 속에 300피스톨이 들어 있어요. 각자 75피스톨씩 갖기로 하죠. 그만큼씩만 있으면 런던에 갔다 돌아올 수 있어요. 게다가, 안심하세요, 네 사람 모두 런던까지 가지는 않을 테니까요."

"그건 왜지?"

"십중팔구 우리 중에 몇 사람은 도중에 남게 될 겁니다."

"그렇다면 우리는 전쟁이라도 하는 건가?"

"맞아요. 미리 말해 두지만, 아주 위험한 전쟁이 될지도 모릅니다."

"아! 그렇군. 하지만 죽을지도 모를 일이라면 적어도 이유쯤은 알고 싶은걸." 포르토스가 말했다.

"알아도 무슨 뾰족한 수가 없을 거야!" 아토스가 말했다.

"그렇지만 나도 포르토스의 의견에 동감이야." 아라미스가 말했다.

"국왕께서 언제 그런 이유를 알려주시나요? '제군들, 가스코뉴에서 전투가 있다, 또는 플랑드르에서 전투가 있다, 모두들 가서 싸워라.' 그저 이렇게만 말씀하실 뿐이죠. 그러면 여러분들은 나가서 싸우잖아요. 왜죠? 그럴 때는 이유 같은 건 신경도 쓰지 않잖아요."

"다르타냥의 말이 옳아." 아토스가 말했다. "여기에 트레빌 씨가 보내주신 세 사람의 휴가 허가서가 있고 출처는 몰라도 300피스톨의 돈이 있다. 가라는 곳에 가서 죽기로 하자. 그렇게 이유를 캐물을 만큼 우리 목숨에 가치가 있는가? 다르타냥, 나는 언제라도 네 뒤를 따르겠다."

"나도 따르겠네." 포르토스가 말했다.

"나도 따르겠네." 아라미스도 말했다. "사실 난 파리를 떠나는 것이 싫지 않아. 기분 전환이 필요하던 참이었으니까."

"좋아요! 썩 좋은 기분 전환이 될 거예요. 다들 안심하세요." 다르타냥이 말했다.

"그러면 언제 떠날 거야?" 아토스가 물었다.

"지금 곧 떠나야 해요." 다르타냥이 대답했다. "잠시도 지체할 시간이 없어요."

"어이! 그리모, 플랑셰, 무스크통, 바쟁!" 네 젊은이가 각자 자기 종들을 큰 소리로 불렀다. "우리 장화에 기름을 치고 본부에 가서 말을 끌고 와."

실제로 총사들은 자신의 말이나 하인의 말 모두 병영(兵營)에 두듯이 본부에 두고 다녔다.

플랑셰, 그리모, 무스크통, 그리고 바쟁이 황급히 나갔다.
"자, 이제 작전 계획을 세워보세." 포르토스가 말했다. "제일 먼저 어디로 가는 거야?"
"칼레로 갑니다." 다르타냥이 말했다. "칼레가 런던으로 직행할 수 있는 길입니다."
"그렇다면 나에게 생각이 있어." 포르토스가 말했다.
"말해 보세요."
"넷이 함께 가면 의심을 받을지도 몰라. 그러니까 다르타냥이 우리들 각자에게 지시하기로 하지. 내가 제일 먼저 불로뉴 가도(街道)로 전진하고, 아토스는 두 시간 후에 아미앵 가도로 출발하고, 아라미스는 누아용 가도로 해서 우리 뒤를 따라오는 거야. 다르타냥은 아무 길로나 가면 되는데, 플랑셰와 옷을 바꾸어 입도록 하게. 그리고 플랑셰는 근위대원의 제복을 입고 다르타냥이 되어 우리 뒤를 따라오게 하는 것이 좋겠어."
"내 생각으로는 이런 일에 하인을 끌어들이는 것은 좋지 않을 것 같아." 아토스가 말했다. "간혹 어엿한 귀족을 통해서도 비밀이 누설되는 수가 있는 판국에, 하인이라면 십중팔구 팔아먹게 마련이거든."
"포르토스의 계획은 힘들 것 같아요." 다르타냥이 말했다. "첫째, 어떠한 지시를 해야 좋을지 저도 모르거든요. 저는 편지한 통을 가지고 있을 뿐이에요. 사본이 세 통 있는 것도 아니고, 또 이 편지는 봉해져 있어서 사본을 만들 수도 없어요. 그러니까 제 생각으로는 함께 가는 수밖에 없을 것 같아요. 편지는 여기 이 주머니 속에 있어요." 그는 편지가 들어 있는 주머니를 가리켰다. "만약에 제가 죽게 되면, 여러분들 중에서 한 사람이 그것을 가지고 여행을 계속하세요. 그가 죽게 되면 또 다른 사람이 그렇게 하고, 그런 식으로 전진하도록 하죠. 누구든지 한 사람만 목적지에 도달하면 되니까요."

"잘한다, 다르타냥! 자네 의견에 나도 찬성이야." 아토스가 말했다. "그렇지만 일단은 치밀한 행동 노선을 짜둘 필요가 있어. 내가 광천 치료를 하러 가고, 자네들은 나를 따라오는 셈인데, 포르주 광천 대신에 해수욕을 하러 가는 것으로 하지. 그건 내 자유니까. 우리를 체포하려고 들면, 나는 트레빌 씨의 편지를 보여주고, 자네들은 휴가 허가서를 보여준다. 덤벼들면 대항하자. 조사를 받게 되면, 해수욕을 몇 차례 하려는 것 말고는 다른 목적이 없다고 완강히 주장하자. 네 사람이 따로따로 흩어져 있으면 너무 쉽게 당할지도 모르지만, 한데 뭉쳐 있으면 하나의 훌륭한 세력이 되지 않겠나. 네 명의 하인에게 권총과 소총을 주자. 만약에 저쪽에서 많은 군사들로 공격해 온다면 접전을 감행할 수밖에 없으니까. 그리고, 다르타냥의 말대로 살아남는 사람이 편지를 전달하는 거야."

"정말 좋은 방법이다." 아라미스가 외쳤다. "아토스, 자네는 평소에 말을 자주 하지 않는데, 일단 말을 시작했다 하면 마치 황금의 입이라는 성 요한과도 같군. 나는 아토스의 계획을 따르겠네. 포르토스, 자네는 어떤가?"

"다르타냥이 좋다고 한다면, 나도 찬성이야." 포르토스가 말했다. "다르타냥이 편지를 가지고 있으니까 마땅히 작전의 지휘자가 돼야 해. 그가 결정하면 우리는 실행할 뿐이다."

"그렇다면 아토스의 계획대로 삼십 분 후에는 출발하기로 결정합니다." 다르타냥이 말했다.

"자, 작전 개시다!" 삼총사가 일제히 외쳤다.

그러고는 돈 자루에 손을 뻗어 각자 75피스톨씩 집었고 정해진 시간에 출발하도록 채비를 갖추었다.

여행

새벽 2시에 우리의 네 용사가 생 드니 성문 밖을 지나 파리를 떠났다. 날이 새기 전까지 그들은 서로 아무 말도 하지 않았다. 어쩔 수 없이 어둠의 영향을 받고 있었다. 그리고 도처에 복병이 있는 느낌이 들었다.

먼동이 트기 시작하자 그들의 입도 열렸다. 해가 떠오르면서 그들도 다시 쾌활해졌다. 전투를 앞둔 날처럼 심장이 고동쳤고 눈이 반짝였다. 어쩌면 이제 바야흐로 목숨을 잃게 될지라도, 그들은 뿌듯한 일이라고 생각했다.

게다가 이 행렬은 기가 막히게 멋진 모습이었다. 검은 말에 총사들의 군인다운 몸가짐과 절도 있게 행진하는 모습은, 아무리 잠행(潛行)을 한다 하더라도 이내 눈에 띌 수밖에 없었다.

하인들은 완전 무장을 갖추고 총사들의 뒤를 따르고 있었다.

일행은 아침 8시경에 무사히 샹티이에 도착했다. 아침을 먹어야 했기에 한 여관 앞에서 멈추었다. 여관의 간판에는 가난한 사람에게 망토를 반으로 잘라주고 있는 생 마르탱의 그림이 그려져 있었다. 하인들에게는 안장을 풀지 말고 즉시 출발할 수 있도록 해두라는 명령을 내렸다.

일행이 식당에 들어가 식탁에 앉았다.

이 식탁에는 조금 전에 다마르탱 가도로 온 귀족 한 사람이 앉아 식사를 하고 있었다. 이 사나이가 날씨 이야기를 시작했다. 네 젊은이들이 응해 주었다. 이 사나이가 그들을 위해 건배를 권했다. 이쪽에서도 답례를 해주었다.

무스크통이 들어와 말들이 준비되었다고 알렸다. 그래서 일행이 식탁에서 일어나려고 하자 이 낯선 사나이가 포르토스에게 추기경을 위해 건배를 들자고 제의했다. 포르토스는 상대가 국왕을 위해 건배해 준다면 기꺼이 그렇게 하겠노라고 대답했다. 낯선 사나이가 자신은 추기경 예하 이외에 다른 왕은 알지 못한다고 외쳤다. 포르토스가 그에게 주정뱅이라고 말했다. 그러자 낯선 사나이가 칼을 빼들었다.

"어리석은 짓을 했구나." 아토스가 말했다. "상관없어, 이렇게 된 이상 물러날 수는 없지. 저 녀석을 해치워버리고 최대한 빨리 따라오게."

세 사람은 다시 말을 타고 전속력으로 출발했다. 한편 포르토스는 그 사나이에게, 이제부터 검술로 온몸을 벌집처럼 만들어주겠다고 큰소리치고 있었다.

"이제 한 차례 치렀군!" 4킬로미터쯤 갔을 때 아토스가 말했다.

"그런데 그 자식 말이야, 왜 하필이면 포르토스에게 대들었을까?" 아라미스가 물었다.

"우리 중에서 포르토스가 제일 목소리가 크니까 우두머리라고 생각했겠지요." 다르타냥이 대답했다.

"언제나 느끼는 거지만, 이 가스코뉴 청년은 지혜덩어리라니까." 아토스가 중얼거렸다.

그러면서 나그네들은 계속 달렸다.

보베에서는 두 시간 동안 쉬었다. 말들에게 숨을 돌리게 하고는 포르토스를 기다렸다. 그러나 두 시간이 지나도 포르토스는 오지 않았고 아무 소식도 없었다. 그들은 다시 길을 떠났다.

보베에서 5킬로미터쯤 가서 좁다란 고갯길에 이르렀을 때, 여덟아홉 명의 사나이들을 만났다. 그들은 이곳의 포도(鋪道)가 망가졌다면서 공사를 하는 체했다. 구멍을 파기도 했고 진흙투성이의 도랑을 파내기도 했다.

아라미스는 파헤쳐진 진창 때문에 장화가 더러워질까 걱정이 되어 그들에게 사정없이 호통을 쳤다. 아토스가 말리려고 했으나 때는 이미 늦었다. 일꾼들이 여행자들에게 시비를 걸기 시작하는데 그 꼴이 어찌나 오만불손했던지, 냉정한 아토스마저 격분하여 그들 중의 한 사람을 향해 말을 몰아갔다.

그러자 그들이 각자 구덩이로 물러나 거기에 감추어두었던 총을 집어 들었다. 일곱 명의 여행자들은 글자 그대로 총화 속에 포위되어 버렸다. 아라미스가 어깨에 관통상을 입었고, 무스크통이 허리 아래에 총을 맞았다. 그러나 말에서 떨어진 것은 무스크통뿐이었다. 중상은 아니었으나 자신의 상처를 볼 수 없었으므로, 굉장한 중상을 입었다고 생각했을 것이다.

"복병이다!" 다르타냥이 외쳤다. "상대하지 말고 이대로 내달립시다."

아라미스는 부상을 당했지만 말의 갈기를 붙잡고 다른 사람들과 함께 달렸다. 무스크통의 말도 따라 붙었다. 주인 없는 상태로 나란히 달리고 있었다.

"여분의 말이 한 필 생겼군." 아토스가 말했다.

"저는 모자가 하나 생겼으면 더 좋겠어요." 다르타냥이 말했다. "제 모자가 총알에 날아가버렸거든요. 그 속에 편지를 넣어두지 않은 게 천만다행이에요."

"아, 그래! 그건 그렇고, 나중에 포르토스가 지나오다가 가엾게도 저놈들한테 죽임을 당할지도 모르겠는걸." 아라미스가 말했다.

"만약 포르토스가 멀쩡하다면 지금쯤은 따라붙었을 텐데." 아토스가 말했다. "그놈의 주정뱅이가 어쩌면 결투하면서 술이 깼을지도 몰라."

말들이 지칠 대로 지쳐서 금방이라도 멈추어 설까 봐 걱정이었으나, 두 시간을 더 달렸다.

그들은 샛길로 접어들었다. 그러는 편이 신경이 덜 쓰이리라 기대했기 때문이다. 그러나 크레브쾨르에 이르자 아라미스가 이제 더는 못 가겠다고 말했다. 실제로 그는 여기까지 오는 데 우아한 자태와 고상한 거동 아래 감추고 있었던 용기를 모두 쥐어짜야 했다. 그는 점점 창백해져서 말 위에서 부축을 받지 않으면 안 되었다. 그래서 어느 주막집 앞에서 그를 말에서 내리게 하여 바쟁에게 맡겼다. 바쟁은 작은 교전이라도 벌어지면 도움이 되기는커녕 도리어 거추장스런 존재가 될 터였다. 그런 뒤에 일행은 아미앵에서 잠을 자기로 하고 다시 출발했다.

"제기랄!" 그들이 길로 접어들었을 때, 아토스가 투덜댔다. "이제 우리 두 사람과 그리모, 플랑셰만 남았군. 제기랄! 다시는 놈들에게 속아 넘어가지 않을 테다. 칼레까지는 절대 입도 열지 않고 칼도 빼지 않겠다. 맹세한다……."

"맹세고 맹꽁이고 간에 달리기나 하죠." 다르타냥이 말했다. "물론 말들이 따라줘야 하겠지만 말이에요."

그들이 말들의 배에 박차를 가하자 말들은 몹시 자극을 받아 다시 기운을 냈다. 아미앵에 도착하니 자정이었다. '리스 도르' 여관을 보고 말에서 내렸다.

여관 주인은 무척이나 정직한 사람인 듯했다. 손님들을 맞으러 나왔는데, 한 손에는 촛대를 들고, 다른 손에는 헝겊 모자를 들고 있었다. 깔끔한 방이라는 이유를 들어 두 손님을 다른 방에 따로 재우려고 했다. 불행히도 이 방들은 건물의 양쪽 끝에 있었다. 다르타냥과 아토스는 이를 거절했다. 그러자 여관 주인은 나리님들 같은 귀한 분들에게 제공할 만한 방이 없다고 했다. 그러나 두 사람들은 매트리스를 바닥에 깔아주면 되니 한 방에서 자겠다고 잘라 말했다. 그래도 여관 주인은 고집을 부렸다. 여행자들도 끝내 버티었다. 결국 여관 주인은 그들이 바라는 대로 해줄 수밖에 없었다.

그들은 잠자리를 펴고 문단속을 단단히 했다. 그때 누군가가 마당 쪽의 겉창을 두드렸다. 누구냐고 물어본 뒤 대답하는 목소리를 들어보니 자신들의 하인이자 창문을 열어주었다.

아닌 게 아니라 플랑셰와 그리모였다.

"말을 지키는 건 그리모만으로 충분합니다." 플랑셰가 말했다. "그러니까 괜찮으시다면, 제가 문 앞에서 가로누워 잘까 합니다. 그러면 누가 오더라도 주인님들에게 접근할 수 없을 테니까요."

"뭘 깔고 자려는 건가?" 다르타냥이 물었다.

"저의 잠자리는 이것입니다." 플랑셰가 대답하면서 짚 다발을 가리켰다.

"그럼 들어오너라." 다르타냥이 말했다. "네 말이 옳다. 여관 주인이 마음에 안 들어. 너무 상냥하거든."

"나도 그래." 아토스가 말했다.

플랑셰가 창으로 올라와서 문 앞에 가로누웠다. 한편 그리모는 책임지고 내일 아침 5시에 네 마리의 말을 준비해 놓고 기다리겠노라고 말하고는 마구간으로 들어갔다.

밤이 꽤 고요했다. 새벽 2시경에 누군가가 문을 열려고 했으나, 플랑셰가 펄쩍 일어나서 "거기 누구야?" 하고 고함을 지르니, 방을 잘못 찾았다고 대답하고는 사라졌다.

새벽 4시에 마구간에서 요란한 소리가 들려왔다. 그리모가 마구간지기들을 깨우려 하니까, 마구간지기들이 그를 후려갈긴 것이다. 창을 열고 보니 가엾게도 그리모는 쇠스랑 자루에 맞아 머리가 깨진 채 기절해 있었다.

플랑셰가 마당으로 내려가 말에 안장을 얹으려고 했다. 말들이 모두 기진맥진해 있었다. 무스크통의 말만은 전날 대여섯 시간을 주인 없이 뛰었으므로 계속 달릴 수 있었을 것이다. 그러나 여관 주인의 말을 치료하기 위해 달려온 수의사가 어처구니없는 실수로 멀쩡한 무스크통의 말까지 치료를 한 통에 그 말마저 누워버렸다.

그들은 이 일로 인해 불안해지기 시작했다. 이 모든 연속적인 사건들은 아마도 우연의 결과일 것이다. 그러나 또한 어떤 음모의 소산일 수도 있었다. 아토스와 다르타냥이 밖으로 나갔다. 플랑셰는 근처에서 말 세 필 정도를 살 만한 데가 있는지 알아보러 갔다. 여관 문 앞에 안장을 제대로 갖춘 활기차고 실한 말 두 마리가 서 있었다. 그 정도면 충분히 쓸 만했다. 그 말의 주인이 어디 있는지 물어보았다. 간밤에 이 여관에 묵은 사람들인데 지금 주인에게 숙박비를 치르고 있다고 누군가가 그에게 말해 주었다.

아토스가 숙박비를 치르러 내려갔다. 다르타냥과 플랑셰는 한길 쪽 문 앞에 서 있었다. 여관 주인은 천장이 낮은 후미진 방에 있었다. 누군가가 아토스에게 거기에 여관 주인이 있으니 가 보라고 했다.

아토스는 아무런 의심도 없이 들어가서 숙박비를 치르려고 피스톨 금화 두 개를 꺼냈다. 주인은 책상 앞에 혼자 앉아 있었다. 책상 서랍 하나가 반쯤 열려 있었다. 그는 아토스가 건넨 돈을 받아 손에 놓고 이리저리 자꾸만 뒤집어보더니, 느닷없이 가짜 금화라고 외치면서 아토스와 그의 동료를 화폐 위조범으로 고발하여 체포하겠다고 거침없이 말했다.

"이 악당아!" 아토스가 그에게 바짝 다가서면서 말했다. "네 놈의 귀때기를 잘라놓을 테다!"

바로 그때 무장을 한 네 명의 사나이가 양쪽 옆문으로 들이닥쳐 아토스에게 달려들었다.

"나는 잡혔다!" 아토스가 있는 힘을 다해 고함을 질렀다. "달아나라, 다르타냥! 빨리 빨리!" 그러고는 권총을 두 방 쏘아댔다.

다르타냥과 플랑셰는 아토스의 고함 소리를 금방 알아들었다. 두 사람은 문 앞에 매어 있는 말 두 마리를 풀어서 올라타고는 배에 박차를 가하여 쏜살같이 내달렸다.

"아토스가 어찌 됐는지 봤어?" 다르타냥이 달리면서 플랑셰에게 물었다.

"아이고! 주인님." 플랑셰가 말했다. "권총 두 방에 두 놈이 거꾸러지는 걸 보았습니다. 그리고 유리문을 통해 얼핏 보니, 다른 놈들과 칼부림을 하고 계시는 것 같았습니다."

"힘내라, 아토스!" 다르타냥이 중얼거렸다. "그를 놓아두고 가야 하다니! 게다가 우리도 얼마 못 가서 저런 꼴을 당할지 몰라. 어서 가자, 플랑셰, 앞으로! 너는 진짜 사나이다."

"언젠가도 여쭙지 않았나요, 주인님." 플랑셰가 대답했다. "피카르디 사람은 써보면 압니다요. 게다가 여기 저의 고향에 오니 힘이 솟습니다요."

두 사람은 더욱더 박차를 가하여 단숨에 생 토메르에 도착했다. 생 토메르에서 그들은 말들에게 숨을 돌리게 했다. 돌발적인 사건에 대비하기 위해 고삐를 팔에 걸친 채로 거리에 서서 급히 간단하게 요기를 했다. 그러고는 다시 출발했다.

칼레의 성문에서 800미터쯤 떨어진 곳에서 다르타냥의 말이 쓰러졌다. 아무리 달래봐도 다시 일어나지 않았다. 코와 눈에서 피가 쏟아졌다. 이제 플랑셰의 말밖에 없었다. 그러나 이 말마저 딱 걸음을 멈추고 온갖 수단을 다 써도 다시 떠나려 들지 않았다.

다행히도 그들은 앞서 말한 것처럼 시내에서 800미터쯤 떨어져 있었다. 그래서 두 마리의 말을 길 위에 내버려둔 채 항구로 달려갔다. 플랑셰가 주인에게 400미터쯤 앞에 하인을 거느린 귀족 한 사람이 막 도착했다고 알려주었다.

그들이 부랴부랴 그 귀족에게 다가갔다. 그 귀족은 갈 길을 매우 서두르는 듯했다. 장화가 먼지투성이었다. 그는 지금 곧장 영국으로 건너갈 수 없겠는지 물어보고 있는 중이었다.

"여느 때라면 아무 문제도 없을 터입니다만." 돛을 달고 떠나려 하고 있는 배의 선장이 대답했다. "오늘 아침에 추기경님의 특별 허가증이 없으면 아무도 건네주어서는 안 된다는 명령이 내려왔습니다."

"나는 허가증이 있소." 귀족이 주머니에서 서류 한 장을 꺼내면서 말했다. "여기 있소."

"항만 총독의 검인을 받아오십시오." 선장이 말했다. "그러신 뒤에는 꼭 저의 배를 이용해 주십시오."

"총독은 어디서 만날 수 있겠소?"

"별장으로 가시면 됩니다."

"별장이 어디 있소?"

"시내에서 1킬로미터쯤 떨어져 있죠. 저기 보십시오, 여기서 보입니다. 저기 저 조그만 언덕 아래에 지붕이 보이지 않습니까요."

"알았소!" 귀족이 말했다.

그가 시종을 거느리고 총독의 별장으로 향했다.

다르타냥과 플랑셰가 4킬로미터쯤 떨어져서 귀족의 뒤를 따랐다.

일단 시내를 벗어나자 다르타냥이 발걸음을 재촉하여 귀족을 따라잡았다. 이윽고 조그만 숲에 이르렀을 때였다.

"여보시오." 다르타냥이 그에게 말했다. "매우 바쁘신 것 같군요."

"너무나도 바쁘답니다."

"그것 참 유감이군요." 다르타냥이 말했다. "사실은 저도 매우 바빠서, 한 가지 부탁 말씀을 드릴까 하는데요."

"뭡니까?"

"제가 먼저 건너가게 해주셨으면 합니다."

"그건 안 되오." 귀족이 말했다. "나는 마흔네 시간에 걸쳐 300킬로미터를 달려왔소. 그리고 내일 정오까지는 런던에 도착해야 하오."

"나는 마흔 시간 동안 같은 거리를 달려왔소. 그리고 내일 아침 10시까지 런던에 도착하지 않으면 안 될 형편입니다."

"거 참 안됐소만, 내가 먼저 왔으니까, 나중에 갈 수는 없소."

"거 참 안됐소만, 내가 나중에 왔지만, 먼저 가야겠소."

"국왕을 위한 일이오!" 귀족이 말했다.

"나를 위한 일이오!" 다르타냥이 말했다.

"아니, 이건 싸움을 걸려는 듯 보이는군."

"그렇소! 그래 어쩌겠소?"

"어떻게 해달라는 거요?"

"알고 싶소?"

"물론이오."

"좋아, 당신이 가지고 있는 허가증을 내게 주시오. 나는 허가증이 없는데 꼭 필요하거든."

"농담하는 거요?"

"결코 농담이 아니오."

"지나가게 길을 비키시오!"

"그럴 수 없소."

"괘씸한 젊은이 같으니라고, 골통을 부숴주겠다. 이봐라, 뤼뱅! 권총을 가져오너라."

"플랑셰." 다르타냥이 말했다. "너는 하인을 맡아라. 나는 주인을 맡을 테니까."

지난번에 여관에서 세운 공에 한껏 고무되어 있었던 플랑셰가 뤼뱅에게 달려들었다. 워낙 건장하고 기운이 세서 단번에 상대방을 땅바닥에 눕히고는 가슴을 무릎으로 눌렀다.

"주인님 일이나 잘 하십시오." 플랑셰가 말했다. "저는 이미 해치웠습니다."

이 꼴을 보자 귀족이 칼을 빼들고 다르타냥에게 덤볐다. 그러나 그에게는 너무나 강적이었다.

삼 초 동안 다르타냥이 그에게 세 번이나 공격을 성공시켰다. 한 번씩 성공시킬 때마다 그는 이렇게 말했다.

"한 대는 아토스 몫, 한 대는 포르토스 몫, 한 대는 아라미스 몫이다."

세 번을 찔러대자 귀족이 털썩 쓰러져버렸다.

다르타냥은 상대방이 죽었거나, 아니면 적어도 기절한 줄 알고 허가증을 꺼내려고 다가갔다. 그러나 주머니를 뒤지려고 막 손을 뻗는 순간, 칼을 놓지 않고 있던 부상자가 칼끝으로 그의 가슴을 찌르면서 말했다.

"한 대는 네 놈 몫이다."

"그리고 한 대는 내 것이다! 마지막 사람에게 최고의 것이 주어지는 법!" 격분한 다르타냥이, 네 번째로 배를 찔러 땅바닥까지 꿰뚫으면서 외쳤다.

이번에야말로 귀족이 눈을 감고 기절해 버렸다.

이 귀족이 허가증을 넣는 것을 보아두었던 다르타냥은 주머니를 뒤져 쉽게 허가증을 찾아냈다. 바르드 백작 명의로 받은 허가증이었다.

그러고 나서 다르타냥은 의식을 잃고 누워 있는, 어쩌면 죽었을지도 모를 스물다섯 살가량의 아름다운 청년을 마지막으로 다시 한 번 보면서 한숨을 쉬었다. 서로 아무런 관계도 없는 사람들끼리 흔히 자신들이 알지도 못하는 사람들의 이익을 위해 서로 죽고 죽이도록 이끄는 야릇한 운명을 생각하니 절로 탄식이 새어나왔다.

그러나 아우성을 치면서 사람 살리라고 고함을 지르는 뤼뱅의 목소리 때문에 그는 이러한 생각에서 곧 빠져나올 수밖에 없었다.

플랑셰는 뤼뱅의 목을 힘껏 죄어댔다.

"이렇게 잡아 누르고 있으면 고함을 지르지 못하는데, 조금만 늦춰주면 다시 고함을 지르기 시작합니다." 플랑셰가 말했다. "이 녀석은 틀림없이 노르망디 놈이에요. 노르망디 놈들은 끈질기거든요."

과연 뤼뱅은 그렇게 목이 눌리면서도 어떻게든지 소리를 내지르려고 버둥거렸다.

"기다려!" 다르타냥이 말했다. 그러고는 손수건을 꺼내 그의 입을 틀어막았다.

"이제 이 녀석을 나무에 매달아 놓죠." 플랑셰가 말했다.

양심에 거리낌 없이 이 일을 끝내자 이번에는 바르드 백작을 그의 하인 옆으로 끌고 갔다. 벌써 땅거미가 지기 시작했다. 그리고 여기는 조금 깊은 숲 속이었다. 그러므로 묶여 있는 사람이나 부상자는 이틀 정도 눈에 띄지 않고 그대로 있을 것이 틀림없었다.

"자, 이젠 총독에게 가자!" 다르타냥이 말했다.

"하지만 부상을 당하신 것 같은데요!" 플랑셰가 말했다.

"괜찮아. 내 상처는 나중에 살펴보기로 하고, 가장 급한 일을 먼저 하자. 게다가 그다지 위험한 상처는 아닌 것 같다."

두 사람은 급히 총독의 별장으로 향했다. 바르드 백작이라는 이름으로 면회를 청하자 총독 앞으로 안내되었다.

"추기경이 서명한 허가증을 가지고 계시겠죠?" 총독이 물었다.

"예, 여기 있습니다." 다르타냥이 대답했다.

"오라! 이건 정식 허가증이군요. 추천의 말까지 덧붙여져 있고요."

"그야 당연하죠." 다르타냥이 대답했다. "나는 추기경 예하의 충신들 가운데 한 사람이니까요."

"예하께서는 누군가가 영국으로 건너가는 걸 막으시려는 것 같습니다."

"그렇습니다. 다르타냥이라는 베아른 출신의 귀족인데, 그가 동료 세 명과 함께 런던에 갈 목적으로 파리를 떠났죠."

"당신도 그 사람을 개인적으로 알고 계시오?"

"누구 말입니까?"

"다르타냥이라는 사람 말입니다."

"잘 알고 있죠."

"그렇다면 그의 인상착의를 알려주시오."

"그야 어렵지 않소."

다르타냥은 바르드 백작의 인상착의를 자세히 알려주었다.

"수행하는 사람이 있습니까?" 총독이 물었다.

"예, 뤼뱅이라는 하인입니다."

"그들을 감시하겠소. 다행히 체포하게 된다면 예하께서도 안심하실 수 있겠지요. 엄중한 경계 아래 파리로 호송될 겁니다."

"그렇게 하신다면, 총독 양반." 다르타냥이 말했다. "추기경에게 지대한 공헌을 한 것이 될 것이오."

"백작님은 돌아가시면 예하를 뵙겠지요?"

"물론이오."

"그러시다면 제가 충성을 다하고 있다고 전해 주십시오."

"꼭 그렇게 하지요."

총독은 이 확답을 듣고 무척 기쁜 마음으로 허가증에 서명하여 다르타냥에게 돌려주었다.

다르타냥은 쓸데없는 인사말로 시간을 낭비하지 않았다. 총독에게 간단히 인사하며 감사를 표하고는 얼른 나와버렸다.

밖으로 나오자마자, 플랑셰와 함께 달리기 시작했다. 그리고 숲을 피해 우회하여 다른 성문을 통해 항구로 돌아갔다.

배는 여전히 떠날 준비가 되어 있었고, 선장은 부두에 서서 기다리고 있었다.

"어떻게 되셨습니까?" 그가 다르타냥을 보자 말했다.

"자, 여기 서명을 받은 통행증이오." 다르타냥이 말했다.

"그리고 다른 분은요?"

"오늘 떠나지 않는다는군요." 다르타냥이 말했다. "하지만 안심하시오. 내가 두 사람 몫의 뱃삯을 치를 테니까."

"그러시다면, 떠납시다." 선장이 말했다.

"떠납시다!" 다르타냥이 따라했다.

그러고는 플랑셰와 함께 거룻배에 뛰어올랐다. 오 분 후에 그들은 본선(本船)에 올랐다. 시간이 절묘하게 맞아떨어졌다. 2.5킬로미터쯤 바다로 나갔을 때 한 줄기 불빛이 반짝이면서 폭음이 들렸다. 항만의 봉쇄를 알리는 대포 소리였다.

이제 상처를 치료해야 할 시간이었다. 다행히 다르타냥의 짐작대로 그다지 심하지는 않았다. 칼끝이 갈비뼈에 부딪혀 뼈를 따라 미끄러져버렸던 것이다. 게다가 셔츠가 곧장 상처에 붙어버렸기 때문에 피가 몇 방울밖에 흐르지 않았다.

다르타냥은 피로로 온몸이 부서지는 것만 같았다. 그래서 갑판 위에 매트리스를 깔게 하여 그 위에 쓰러져 잠이 들었다.

이튿날 먼동이 틀 무렵, 배는 아직도 영국 해안에서 15에서 20킬로미터 떨어진 곳에 이르러 있었다. 밤새도록 바람이 약하게 불어 배가 빠르게 나아가지 않았다.

배는 10시에 도버 항에 닻을 내렸다. 10시 반에 다르타냥은 영국 땅에 발을 디디고 외쳤다.

"드디어 도착했구나!"

그러나 이로써 다 끝난 것이 아니라 런던까지 가야 했다. 영국은 역마(驛馬) 제도가 꽤 잘 되어 있었다. 다르타냥과 플랑셰는 각각 조랑말에 올라타고는 길잡이를 앞장세워 달렸다. 네 시간 만에 수도의 성문 앞에 당도했다.

다르타냥은 런던의 지리도 모르고 영어라고는 한마디도 하지 못했다. 그러나 그가 만나는 사람마다 종이에 버킹엄이란 이름을 적어보이니 공작의 저택이 있는 곳을 알려주었다.

공작은 국왕과 함께 윈저로 사냥을 나가고 없었다. 다르타냥은 공작의 심복 시종을 만나게 해달라고 했다. 이 시종은 공작이 여행을 갈 때마다 수행하는 사람이어서 프랑스어를 제법 할 줄 알았다. 다르타냥은 그에게 사람의 생사가 걸린 용무 때문에 파리에서 왔으니 지금 당장 주인에게 알려야 한다고 말했다.

자신감에 차서 이야기하는 다르타냥의 모습에 패트릭이라는 이 시종은 신뢰가 갔다. 그가 바로 대신의 집사였다. 그는 두 마리의 말을 준비시켜 몸소 젊은이를 안내했다. 한편 플랑셰는 녹초가 된 상태로 말에서 내렸는데, 가엾게도 정말 기진맥진해 있었다. 다르타냥으로 말하자면 강철 같은 체력이었다.

그들이 성에 도착했다. 국왕과 버킹엄 공작은 10에서 15킬로미터쯤 떨어진 늪지대에서 새사냥을 하고 있다고 했다.

그들은 이십 분쯤 걸려서 그곳에 당도했다. 이윽고 패트릭이 주인의 목소리를 들었다. 매를 부르는 소리였다.

"공작님께 누구시라고 아뢸까요?" 패트릭이 물었다.

"어느 날 저녁 퐁 뇌프의 사마리텐 조각상 앞에서 공작님께 싸움을 걸었던 젊은이라고 알려주시오."

"특이한 전갈이군요!"

"그러면 잘 아실 겁니다."

패트릭이 말을 달려 공작에게 가서는, 방금 다르타냥이 말한 그대로 전하면서 사자(使者)가 기다리고 있다고 알렸다.

버킹엄은 사자가 다르타냥이라는 것을 바로 알아차렸다. 프랑스에서 무슨 일이 일어나 그 소식을 자기에게 알리러 온 것이 아닌가 생각하고는, 즉각 그 사자가 어디 있느냐고 물었다. 버킹엄을 멀리에서 근위대원의 제복을 알아보자마자 말을 타고 곧장 다르타냥에게로 달려왔다. 패트릭은 예의상 멀찌감치 떨어져 있었다.

"왕비께 무슨 불행이 닥친 건가?" 버킹엄이 외쳤다. 이 물음에는 왕비에 대한 사모의 정이 넘쳐 흘렀다.

"그런 건 아니라고 생각합니다만, 어떤 커다란 위험에 직면해 계셔서, 오직 공작 각하만이 왕비 마마를 구하실 수 있지 않나 생각합니다."

"내가?" 버킹엄이 말했다. "그야 내가 무슨 도움이 될 수만 있다면야 무척 기쁜 일이지! 어서 얘기해 봐, 어서!"

"이 편지를 받으십시오." 다르타냥이 말했다.

"편지! 누가 보낸 편지냐?"

"왕비 마마께서 보내신 것 같습니다만."

"왕비 마마께서!" 버킹엄이 말했다. 그의 얼굴이 몹시 창백해졌다. 다르타냥 눈에는 금방 쓰러지기라도 할 것만 같았다.

공작이 봉투를 뜯었다.

"여기가 찢겨 있는데 어찌된 건가?" 그가 다르타냥에게 편지에 뚫린 구멍을 보여주면서 말했다.

"아이고 저런!" 다르타냥이 말했다. "그런 줄은 모르고 있었습니다. 실은 바르드 백작의 칼에 가슴을 찔렸을 때 뚫린 칼자국인 듯합니다."

"부상을 당했는가?" 버킹엄이 봉인을 뜯으면서 물었다.

"오! 아무것도 아닙니다! 단순한 상처에 불과합니다." 다르타냥이 말했다.

"야단났구나! 이럴 수가 있나!" 공작이 외쳤다. "패트릭, 자네는 여기 있게, 아니 그보다도 국왕 폐하께 가서, 황공하오나 내가 매우 중대한 일이 생겨서 런던에 돌아가야만 하겠으니 용서해 주십사 하더라고 아뢰어주게. 그리고 자네, 어서 가세."
 공작과 다르타냥은 전속력으로 말을 달려 런던으로 돌아갔다.

이규현

서울대학교 불어불문학과를 졸업하고 같은 과 대학원에서 박사학위를 받았다. 프랑스 부르고뉴 대학에서 철학 DEA를 취득했다. 현재 서울대학교와 덕성여자대학교에 출강하고 있다. 지은 책으로 『한국근현대문학의 프랑스 문학 수용』(공저)이, 옮긴 책으로 『카뮈를 추억하며』, 『헤르메스』, 『성의 역사 I – 앎의 의지』, 『기호의 정치경제학 비판』, 『프로이트와 문학의 이해』, 『알코올』 등이 있다.

삼총사 1

1판 1쇄 펴냄 2002년 10월 21일
1판 8쇄 펴냄 2011년 2월 8일
2판 1쇄 펴냄 2011년 9월 26일

지은이 알렉상드르 뒤마
옮긴이 이규현
발행인 박근섭, 박상준
편집인 장은수
펴낸곳 (주)민음사

출판등록 1966. 5. 19. (제16-490호)
서울 강남구 신사동 506 강남출판문화센터 5층 (135-887)
대표전화 515-2000 / 팩시밀리 515-2007
www.minumsa.com

ⓒ 이규현, 2002, 2011. Printed in Seoul, Korea

ISBN 978-89-374-8004-1   04860
ISBN 978-89-374-8003-4   (전3권)